Hab Mord im Herzen

Im Econ Taschenbuch Verlag sind von Kathy Hogan Trocheck außerdem lieferbar:

Abgestaubt (TB 25983)
Saubere Geschäfte (TB 25974)
Unter den Teppich gekehrt (TB 25121)
Spiel mir das Lied vom Staub (TB 25134)

Zum Buch

Whitney Dobbs, reiche Exfrau eines angesehenen Kardiologen, fährt ein kleines schwarzes Mädchen tot, als sie betrunken durch einen Park rast. Mit Hilfe ihres gerissenen Anwalts kommt sie mit einer geringen Geldstrafe und einigen Stunden gemeinnütziger Arbeit davon. Der skandalöse Fall bringt die ganze Stadt in Aufruhr. Dann wird Whitney jedoch auf offener Straße erschossen.
Die Hobbydetektivin Callahan Garrity glaubt nicht an eine der üblichen Schießereien des Viertels und übernimmt im Auftrag von Whitneys Tochter die Ermittlungen. Doch der Fall ist komplizierter als sie denkt, zumal sich herausstellt, daß der einzige Zeuge ein Verrückter ist, der nur in Bibelversen und symbolischen Zeichnungen mit der Außenwelt kommuniziert. In ihrem bislang übermütigsten und ergreifendsten Abenteuer gerät Callahan Garrity auf der Suche nach dem Mörder der meistgehaßten Frau von Atlanta in ein Labyrinth von Rassenkonflikten, anrüchigen Ärzten und unkooperativen Polizisten.

Zur Autorin

Kathy Hogan Trocheck lebt mit ihrem Mann und ihren zwei Kindern in Atlanta, Georgia. Sie schrieb als freie Journalistin für das *Atlanta Journal Constitution* und andere Magazine.

Kathy Hogan Trocheck

Hab Mord im Herzen

Ein Callahan-Garrity-Krimi

Aus dem Amerikanischen von Anke Grube

Econ & List Taschenbuch Verlag

Veröffentlicht im Econ & List Taschenbuch Verlag
Der Econ & List Taschenbuch Verlag
ist ein Unternehmen der Econ & List Verlagsgesellschaft
Deutsche Erstausgabe

First published by HarperCollins Publ. Inc., New York
Titel des amerikanischen Originals: Heart Trouble
Aus dem Amerikanischen übersetzt von: Anke Grube
Umschlagkonzept: Büro Meyer & Schmidt, München – Jorge Schmidt
Umschlagrealisation: Init GmbH, Bielefeld
Titelabbildung: Reiner Tintel
Lektorat: Stefanie Wewetzer
Gesetzt aus der Caslon und der DIN Engschrift, Linotype
Satz: Josefine Urban – KompetenzCenter, Düsseldorf
Druck und Bindearbeiten: Elsnerdruck, Berlin
Printed in Germany
ISBN 3-612-25205-4

Dieses Buch ist voller Liebe Mary Kathleen Trocheck gewidmet, meist Katie, manchmal Smoochie, früher als winzige anmutige Prinzessin bekannt.

Danksagungen Dies ist ein Roman, klar, und jede Ähnlichkeit mit wirklich stattgefundenen Vorfällen ist völlig unbeabsichtigt. Aber die Autorin möchte den folgenden Personen danken, die sich die Zeit genommen haben, ihr mit ihrem Rat zur Seite zu stehen. Sämtliche möglichen Irrtümer und Fehleinschätzungen sind ganz allein meine Schuld.

Lori Evers, CPA; Bill Hankins; Robert Waller; Leslie Fuller Secrest; David Secrest; Jim Walls; Lt. Don Hardman vom DeKalb-Brandstiftungsdezernat; Bob Davies; Roy Staples aus Jackson, Georgia; Lib Groves Brennan und Anne Groves Morris; John C. Villines; Dr. John D. Cantwell; Schwester Susan Hogan; Dr. Amy Schwartz und Rev. Jackie Jenkins.

Und die üblichen Verdächtigen: Sallie Governeur, Eamon Dolan und Tom Trocheck.

»Nennst du das etwa Rückenspeck?«

Miss Sister Easterbrook hielt die dicke, plastikverpackte Scheibe Schweinefleisch dicht vor ihre colaflaschendicken Brillengläser. Mit ihren milchigen braunen Augen inspizierte sie sie lange und sachkundig. Geringschätzig rümpfte sie die Nase. »Sieht nicht aus wie Rückenspeck. Riecht auch nicht wie Rückenspeck.«

Ihre Schwester, Miss Baby Easterbrook, nickte zustimmend und schnalzte mit der Zunge. »Schweinshaxe war nicht zu kriegen. Tut mir leid. Nix zu machen. Der Straßenmarkt an der Auburn Avenue ist jetzt nur noch was für Schickimickis. Stinkvornehm, das ist meine Meinung.«

»Ein wahres Wort«, erwiderte Sister. »Man kann kein Blattgemüse mit Rückenspeck kochen, der wie ein Duschvorhang riecht.«

Baby und Sister sind technisch gesehen Angestellte von House Mouse, unserem Hausreinigungsservice. »Praktisch scheintot« war die einzige Altersangabe, zu der sich die beiden verstiegen, aber wir nahmen an, daß sie sich an die Achtzig heranarbeiteten. Baby ist fast so taub wie Sister blind, aber als Team schaffen die beiden es, vielleicht ein Haus pro Woche zu putzen.

Sie bekrittelten den Niedergang des Auburn-Avenue-Straßenmarkts, seit diese Atlanter Institution an der Ecke Auburn und Butler vor einigen Jahren renoviert wurde. Das Gesundheitsamt hatte Mundschutze, Haarnetze und Plastikhandschuhe verlangt. Die Seele war der Hygiene geopfert worden, und Baby und Sister betrauerten immer noch den Verlust ihrer Lieblingsmarktstände. Mit Fleisch, das sie nicht eingehend und persönlich in Augenschein nehmen konnten, wollten sie nichts zu tun haben.

Baby trug die Speisefolge vor, während sie die Einkaufstaschen auspackte.

»Brathähnchen, Wirsingkohl, Süßkartoffeln, Buttermilchbrötchen, Apfelpastete. Also Callahan, nichts Ausgefallenes, aber deine Mama wird gute Hausmannskost jetzt zu schätzen wissen. Stimmt's?«

Es war ein Essen zu Ehren von Ednas Heimkehr. Im September hatte sie eine schwere Erkältung bekommen, die immer schlimmer wurde. Schließlich bewog ihr fürchterlicher Husten mich, sie ins Auto zu packen und bei unserer Hausärztin abzuliefern, unter mit pfeifendem Atem vorgebrachten Protesten. Eine Stunde später wurde Edna mit der Diagnose Lungenentzündung ins Piedmont Hospital eingeliefert und auf Sauerstoff und intravenöse Antibiotika gesetzt.

Mich schaudert immer noch, wenn ich daran denke, wie sie in diesem Krankenhausbett aussah. Meine überlebensgroße Mutter, durch Krankheit und Müdigkeit geschrumpft, das blaugetönte Haar verfilzt, das Gesicht von der Farbe ungewaschener Laken, dunkle Ringe unter den Augen und überall Schläuche.

Vor Jahren hatte Edna sich einer beidseitigen Brustamputation unterziehen müssen, aber damals war ich ein Teenager und mein Vater lebte noch. Ihren Krankenhausaufenthalt und die Genesungszeit danach hatte ich mit der Unerschütterlichkeit der Jugend lediglich als kleinere Unannehmlichkeit für die Familie betrachtet. Vor fünf Jahren hatte ich dann meinen eigenen kleinen Zusammenstoß mit dem K-Wort. Ein Knoten in der rechten Brust, gefolgt von einer Lumpektomie und der freudigen

Botschaft, daß der Krebs früh genug erkannt worden und nichtinvasiv war. Seit damals bemühe ich mich, ein braves kleines Mädchen zu sein. Ich esse Brokkoli und Blumenkohl, trinke Mineralwasser, drücke die Daumen, wenn es mal wieder Zeit für die Mammographie ist, und versuche, nicht auf die Ritzen im Gehweg zu treten.
Meine Mutter raucht seit frühester Jugend drei Schachteln Zigaretten täglich. Nichts, was irgend jemand sagte oder tat, konnte diese langen, schlanken Finger von den Filterzigaretten trennen.
Jetzt konnte ich nur noch neben ihrem Bett stehen und ihre Hand halten, während Jeanne Payne, unsere Hausärztin, sie wegen des Rauchens zusammenstauchte.
Ich kenne Jeanne seit wir zusammen bei den Pfadfinderinnen waren. Die Wichtel-Uniform würde ihr wahrscheinlich immer noch passen. Die zarte, einsachtundfünfzig große Jeanne mit ihren dicken, dunklen Locken schaffte es irgendwie, in ihrem weißen Ärztekittel eine beeindruckende Erscheinung abzugeben. Vielleicht lag es an der Bifokalbrille, die sie auf dem Nasenrücken trug. Oder an der Tatsache, daß sie ihr Medizinstudium mit sechsundzwanzig als Beste ihres Jahrgangs abgeschlossen hatte. Als Jüngste, Klügste und Kleinste.
»Du hast einen Schatten auf der rechten Lunge, Edna«, erklärte sie und kam damit gleich zur Sache. »Dein Lungenvolumen entspricht annähernd dem eines tuberkulösen neunzigjährigen Bergmanns. Alle Symptome deuten auf die ersten Anzeichen eines Emphysems hin.«
Edna zuckte zusammen und drückte meine Hand. »Du willst, daß ich mit dem Rauchen aufhöre.«
Jeanne zuckte die Achseln. Sie kann gnadenlos sein, wenn die Umstände es erfordern. »Nur, wenn du noch ein paar Jahre hierbleiben und das Erbe deiner Kinder ausgeben willst.«
Edna versuchte zu lachen, aber das Glucksen verwandelte sich in einen Hustenanfall.

»Zwei Zimmer weiter liegt eine Frau in deinem Alter«, fuhr Jeanne fort. »Sie wird morgen entlassen, genau wie du. Aber sie nimmt ein tragbares Beatmungsgerät mit nach Hause. Sie muß sich vierundzwanzig Stunden am Tag einen Schlauch unter die Nase hängen und reinen Sauerstoff atmen. Mehr können wir nicht für sie tun.« Streng blickte sie auf Edna herunter. »Ist es das, was du willst?«

Edna seufzte. »Nein. Kein Sauerstoff. Ich werde es versuchen. Okay?«

Jeanne verschränkte die Arme über der Brust und drückte das Klemmbrett mit Ednas Krankenblatt an sich. »Versuchen reicht diesmal nicht, Edna.« Ihre Haltung wurde ein klein wenig milder. »Die Lungenentzündung hat deine Herzmuskeln geschwächt. Wir werden dich morgen entlassen, aber ich will dich nächste Woche in meiner Praxis sehen. Du bist eine gute Kandidatin für diese neuen Nikotinpflaster, und ich kann dir Material über Kurse geben, in denen Raucher ein rauchfreies Leben lernen können. Später, wenn du wieder ein bißchen zu Kräften gekommen bist, werden wir noch ein paar Untersuchungen vornehmen. Wegen deines Herzens.«

»Ich kann nach Hause?« Edna legte den Kopf auf das Kissen zurück und schloß die Augen. Zum ersten Mal fielen mir die blauen Venen in ihren Augenlidern auf und das winzige Netzwerk von Falten, die strahlenförmig von ihren Augenwinkeln ausgingen. Wann war sie bloß so alt geworden?

»Morgen«, versprach Jeanne. »Du hast jetzt eine Woche nicht geraucht. Also beste Chancen zum Aufhören. Stimmt's?«

»Ich konnte dich noch nie leiden.« Edna machte sich nicht die Mühe, die Augen zu öffnen. »Geh weg und laß mich schlafen.«

Ich folgte Jeanne in den Korridor hinaus.

»Sie ist wirklich krank, was?«

»Es geht ihr schon viel besser«, erwiderte Jeanne. »Aber es ist mir ernst. Sie muß mit dem Rauchen aufhören. Du lebst doch mit ihr zusammen. Kannst du sie nicht dazu bewegen?«

»Wie lange kennst du uns schon?« fragte ich.
Jeanne schürzte die Lippen und dachte nach. »Seit der zweiten Klasse, stimmt's? Mehr als dreißig Jahre.« Sie grinste. »Du hast recht. Niemand bringt Edna Mae Garrity dazu, etwas zu tun, was sie nicht will.«
»Diesmal hat sie es mit der Angst gekriegt«, bemerkte ich. »Dir ist sicher aufgefallen, daß sie nicht erklärt hat, sie würde nicht aufhören. Das ist eine Premiere.«
Das war Freitag gewesen. Heute war Samstag. Meine Schwester Maureen und ihr unbedeutender Gatte hatten freiwillig angeboten, Edna vom Krankenhaus abzuholen. Mein Bruder Kevin war im September nach San Diego versetzt worden. Und Baby und Sister waren mit allen nötigen Zutaten für ein Festessen aufgetaucht.
Maureen installierte Edna auf der Couch im Wohnzimmer, hüllte sie in Quilts und stellte ein Arsenal von Medizinfläschchen in Reih und Glied auf dem Couchtisch auf.
»Können wir die nicht woanders hinstellen?« fragte ich, irritiert darüber, daß Maureen sich mal wieder anmaßte, in meinem Haus zu bestimmen.
»Sie muß ihre Tabletten sehen, damit sie nicht vergißt, sie alle einzunehmen«, fuhr Maureen mich an und schüttelte das Kissen hinter Ednas Kopf auf.
Steve, Maureens Mann, der es sich in meinem mit Chintz bezogenen Lieblingspolstersessel bequem gemacht hatte, nickte mehrmals bestätigend, zielte mit der Fernbedienung auf den Fernseher und zappte sich schnell durch die Kanäle.
»Noch bin ich nicht hilflos«, schnauzte Edna. »Bring die verdammten Pillen in mein Zimmer, Maureen. Wir werden hier keine Klinik aufmachen.«
»Ich wollte doch nur helfen.« Maureen stiegen die Tränen in die Augen.
Fünfzehn Minuten zu Hause, und wir waren bereits in Runde zwei von *Familienfehde*. Schnell ging ich in die Küche.

Baby stand auf einem Schemel vor der Arbeitsplatte und hieb mit einem gigantischen Hackbeil auf die Hähnchen ein. Sister war am Herd und schüttete übelaussehende Fleischstücke in einen brodelnden Topf voller Gemüse. Der zuckrige Duft bratender Äpfel und Süßkartoffeln mischte sich mit dem scharfen Essiggeruch des Wirsingskohls, und plötzlich spürte ich, wie ich mich zum erstenmal seit Tagen entspannte.

»Kann ich helfen?« fragte ich zaghaft.

Sister verdrehte die Augen. »Du bist die Reinemachecrew, Callahan«, erklärte sie und wischte sich die Hände an einer von Ednas Schürzen ab. »Geh jetzt und steh uns nicht im Weg rum.«

Die Vorstellung, daß ich in der Küche völlig hilflos bin, amüsiert die Mädels, wie ich die Angestellten von House Mouse nenne. In Wahrheit bin ich wie alle Frauen meiner Familie eine exzellente Köchin. Meine Käsemakkaroni lassen den Wunsch aufkommen, seiner Mama einen Schmatz zu geben, so gut sind sie. Aber als Edna ihr Haus in einem Vorort verkaufte und zu mir nach Candler Park zog, war es Teil unserer Vereinbarung, daß ich mich aus der Küche fernhielt und sie das Kochen übernahm. Sie mußte mir nicht den Arm verdrehen, damit ich mich mit dieser Regelung einverstanden erklärte.

Ednas Spielkarten, ein ordentlicher, aber eselsohriger Stapel, lagen in einer Ecke des abgenutzten Eichentischs, neben ihrem leeren Aschenbecher. Ich zog die Tischschublade auf und versteckte den Aschenbecher. Aus den Augen, aus dem Sinn. Dann legte ich eine Patience. Wie Kochen oder die Nase in anderer Leute Angelegenheiten stecken ist das Legen von Patiencen eine Familienangewohnheit der Garritys. Wir legen Patiencen, wenn wir müde sind oder Sorgen haben. Um uns zu beruhigen oder uns abzulenken von den Problemen, die gerade an den Winkeln unseres Unterbewußtseins nagen.

Keine Ahnung, wie viele Patiencen ich an diesem Nachmittag legte. Edna machte ein Nickerchen, Maureen und Steve planten wahrscheinlich irgendeinen neuen Großangriff auf meine Nerven, und Baby und Sister summten Kirchenlieder, begleitet vom Zischen und Brutzeln einer Bratpfanne voller Hähnchenteile. Kann sein, daß auch ich etwas gedöst habe. Das nächste, an was ich mich erinnere, ist, daß Baby über mich gebeugt dasteht und mich an der Schulter rüttelt. »Komm schon, Schätzchen!« brüllte sie. »Essen ist fertig.«

Alle anderen saßen bereits im Eßzimmer, als ich hereintrottete und Platz nahm. Der Tisch bog sich fast unter der Last der Speisen. Da standen Platten mit goldenen, noch dampfenden Brathähnchen, eine Kasserolle glasierter, mit Pecannüssen dekorierter Süßkartoffeln, eine große Schüssel Wirsingkohl und ein Körbchen mit Buttermilchbrötchen. Vor jedem Gedeck stand ein großes Glas Eistee.

Edna saß an ihrem gewohnten Platz am Kopfende des Tisches. Sie sah noch etwas blaß aus, aber ihre Augen zwinkerten verschmitzt, und ein Riesengrinsen klebte auf ihrem Gesicht. Maureen hatte den Kopf eingezogen und machte ein kicherndes Geräusch durch die Nase, und Steves Gesicht war vor Verlegenheit purpurrot angelaufen.

»Was ist denn so witzig?« wollte ich fragen, als ich nach der Serviette griff, um sie mir auf den Schoß zu legen. Die Frage erstarb mir auf den Lippen, als ich mir die Serviette näher betrachtete. Sie war dick und schmal, und auf einer Seite war ein blauer Plastikstreifen zum Abziehen. Kotex Ultra Super.

Erklärungsheischend blickte ich zum unteren Tischende hin. »Wozu sollen die gut sein, Miss Sister?« fragte ich.

»Servietten«, strahlte sie. »Gut und dick. Nett, was?«

Der Montag war ungewohnt hektisch. Es hatte sich herumgesprochen, daß Edna wieder zu Hause war, und sämtliche Stammkunden riefen an, um sie willkommen zu heißen, sich nach ihrer Gesundheit zu erkundigen und sich darüber zu beschweren, daß ich in den zwei Wochen von Ednas Krankenurlaub alle Termine durcheinandergebracht hätte.

»Ich weiß«, seufzte sie ins Telefon. »Sie hat die Bücher derart vermurkst, daß ich es vielleicht nie schaffe, alles wieder zu entwirren.«

Ich zeigte ihr den erhobenen Mittelfinger und wandte mich wieder dem Stapel Rechnungen zu, an denen ich arbeitete. Während Ednas Krankheit hatte ich die Dinge wirklich etwas schleifen lassen. Höchste Zeit, sich wieder voll und ganz aufs Geschäft zu konzentrieren.

House Mouse gibt es erst seit sechs Jahren, aber Edna und ich hatten die Firma langsam hochgepäppelt, so daß sie jetzt einen netten kleinen Profit abwirft – jedenfalls in den meisten Monaten.

Wenn mir damals im College jemand erzählt hätte, aus mir würde mal eine bessere Putzfrau werden, hätte ich vorgeschlagen, derjenige solle auf besseres Dope umsteigen. Damals dachte ich, ich würde als Anwältin enden – mit dreiteiligem Kostüm,

Eigentumswohnung in Buckhead, dem ganzen Yuppie-Pauschalpaket. Ich war sogar an der juristischen Fakultät angenommen worden, eine Tatsache, an die ich mich gern erinnere, wenn ich mich mies fühle. Aber statt dessen hatte ich in der Zeitung über das Eingangsexamen des Atlanta Police Department gelesen. Nach fünfzehn Jahren im Polizeidienst stellte ich fest, daß ich im Einbruchsdezernat feststeckte. Auch nicht schlecht, aber in die Mordkommission wäre ich nie gekommen.

Ich verließ den Polizeidienst so plötzlich und unerwartet, wie ich hineingerutscht war. Ich kündigte an dem Tag, an dem meine Lizenz als Privatdetektivin mit der Post kam, und am nächsten Tag holte ich meine Geschäftskarten ab. Callahan Garrity & Partner.

Irgendwo im Haus muß die Schachtel mit diesen Karten noch liegen. Nachdem ich sechs Monate auf ein Telefon gestarrt hatte, das nicht läutete, überredete mich Edna, den House-Mouse-Reinigungsservice zu kaufen. Ich sage mir immer, daß ich aus dem Privatermittlungsspiel raus bin. Auch allen anderen erzähle ich das, aber in Wirklichkeit scheine ich von meiner Faszination mit dem Verbrechen nicht loszukommen. Also erneuere ich stets meine Lizenz und bewahre eine Schachtel Munition für meine Neunmillimeter Smith & Wesson in einer Pakkung Hafermehl auf, auf dem obersten Regal in der Speisekammer.

Nancy Cook sagt, mein Bedürfnis, Unrecht zu bekämpfen, entspringt demselben Teil meiner Psyche, für den Saubermachen eine befriedigende Beschäftigung ist. »Es ist dir ein Bedürfnis, Ordnung zu schaffen«, meint sie. »Du willst, daß das Universum sauber und ordentlich ist, aber im Gegensatz zu den meisten anderen Leuten bist du bereit, einzugreifen und das Chaos zu beseitigen, das andere angerichtet haben.«

Ich versuchte wirklich ernsthaft, mich um meine eigenen Angelegenheiten zu kümmern. Ausnahmsweise waren alle Mädels bei der Arbeit. Neva Jeans Auto war nicht kaputt, Rubys Blutdruck

war normal, und Jackie hatte Baby und Sister bei ihrer Putzstelle in Midtown abgesetzt.
In der vorigen Woche hatte ich einen Anruf des Geschäftsführers des Cumberland Oaks erhalten. Das ist ein kleines, ultraexklusives Hotel für Dauergäste in Buckhead. Die Suiten sind von Managertypen belegt, die für begrenzte Zeit in der Stadt bleiben, das heißt, bis zu sechs Monaten. Der Geschäftsführer war unzufrieden mit seinem Raumpflegedienst, hatte von House Mouse gehört und wollte wissen, ob ich an dem Auftrag interessiert wäre. Er wollte ein Angebot von mir.
Ich sah das Material durch, das er mir rübergefaxt hatte. Sechzehn Einheiten, alle bis auf vier mit zwei Schlafzimmern und zwei Badezimmern. Die übrigen vier hatten drei Schlafzimmer und zweieinhalb Bäder. Alle Suiten waren voll möbliert, mit gefliesten Küchenfußböden und Hartholzparkett. Die Suiten hatten sogar einen Kamin. Der Geschäftsführer wollte mein Angebot bis Mittwoch vorliegen haben. Ich kratzte mich am Kinn und kritzelte auf meinem Schreibblock herum.
Es könnte eine interessante Sache werden. Die meisten Mieter wären Singles. Keine Haustiere. Ein Minimum an Schmutz und Unordnung, was hieß, daß wir wahrscheinlich jede Suite in zwei Stunden saubermachen könnten. Aber mit dem bestehenden Personal war das nicht zu schaffen. Wir würden zwei, vielleicht sogar drei neue Mäuse einstellen müssen.
Und dieser Gedanke ließ mich erschaudern. Über die Jahre hinweg hatten wir wahrscheinlich ein Dutzend Mitarbeiterinnen eingestellt und gefeuert. Das ist der Teil des Geschäfts, der mir am wenigsten zusagt. Na ja, das und Schimmel. Das Blöde an Klischees ist, daß sie meistens zutreffen. Es *ist* schwer, gutes Personal zu finden. Gott weiß, daß unsere Mädels nicht vollkommen sind. Ganz im Gegenteil. Aber mit ihren Schrullen und Fehlern können Edna und ich leben, ja sogar darüber lachen.

Wenn es darauf ankommt, arbeiten alle unsere Mädels hart. Ihre Arbeit gefällt ihnen, sie sind stolz auf das, was sie tun, und sie haben ihren eigenen Moralkodex entwickelt. Und sie sind fast übermäßig loyal.

Das konnte man von den Möchtegernmäusen kaum sagen, die im Laufe der Jahre in unser Leben hinein- und wieder hinausgewandert waren. Manche tranken. Manche hatten ein Drogenproblem. Oder waren faul. Oder unzuverlässig.

Ich muß ein finsteres Gesicht gemacht haben, denn Edna warf mir einen Blick zu und lachte. Das Krächzen in ihrer Stimme war fast verschwunden. »Als du klein warst, habe ich dir immer angedroht, daß dein Gesicht so bleiben könnte, wenn du Grimassen schneidest. Heute sind es wohl eher die Falten, wegen denen du dir Sorgen machen solltest.«

»Es ist wegen des Cumberland-Oaks-Auftrags«, gab ich zu. »Mir graut vor dem Gedanken, neue Leute einzustellen.«

Sie nickte. »Was ist mit Jackies Cousine? Antoinette?«

»Antoinette hatte ich ganz vergessen«, sagte ich, schon optimistischer. »Ich werde Jackie darauf ansprechen, wenn sie kommt.«

Antoinette hatte ein paarmal aushilfsweise für uns gearbeitet. Sie war schüchtern, aber schnell und tüchtig. Ich sah mir das Angebot noch einmal durch. Konnten wir es schaffen, wenn wir Antoinette ganztags beschäftigten?

Das Telefon klingelte, während ich versuchte, die Zahlen hinzubiegen.

»House Mouse«, meldete ich mich.

»Du solltest den Namen ändern«, bemerkte Nancy Cook, nicht zum erstenmal. »Nager werden nicht mit Sauberkeit assoziiert. Es ist psychologisch abschreckend.«

»Es ist zu teuer, den Namen ändern zu lassen«, entgegnete ich wie immer. »Und es ist den Leuten egal, wie wir den Laden nennen, solange wir unsere Arbeit erledigen. Wir führen schließlich kein Restaurant.«

»Schön«, sagte sie. »Ignorier ruhig den Ratschlag einer Psychologin.«

»Das tu ich«, parierte ich. »Ständig.«

Wir wußten beide, daß das gelogen war. Nancy war seit achtzehn Monaten meine Therapeutin. Wir waren Freundinnen geworden, und sie ist Kundin bei House Mouse. Ich tausche Seelenklempnerei gegen Hausputz. Jedermann profitiert.

»Schläfst du mittlerweile besser?«

»Ein bißchen«, erwiderte ich vorsichtig. Nancy hatte mir ein paar Entspannungstechniken beigebracht, eine Art Meditation, um die Schlaflosigkeit zu bekämpfen, mit der ich mich herumschlage.

»Ich kann dir ein leichtes Beruhigungsmittel verschreiben«, bot sie an. »Es macht nicht abhängig, und es könnte helfen.«

»Mir geht es gut«, wiederholte ich. »Edna ist am Wochenende aus dem Krankenhaus gekommen. Das ist eine große Erleichterung.«

»Da bin ich froh. Schafft sie es, nicht zu rauchen?«

»Ich will sie mal fragen. Ma, meine Seelenklempnerin will wissen, wie es mit dem Nichtrauchen vorangeht.«

Edna schnitt eine Grimasse.

»Sie sagt, es klappt großartig«, erklärte ich. »Und, warum rufst du an?«

»Ich möchte, daß du dich mit jemandem triffst«, sagte Nancy.

»Vergiß es«, fuhr ich dazwischen. »Ich verabrede mich nicht mit Männern, die ich nicht kenne. Und ich kriege das Gruseln, wenn ich mir vorstelle, was für eine Art Mann du für einen passenden Partner für mich halten würdest.«

»Doch keine Verabredung, du Dummi«, lachte Nancy. »Warum sollte ich dir einen Mann suchen, wenn ich selber keinen finde? Außerdem sind alle männlichen Solisten, die ich kenne, noch verkorkster als du.«

»Wie tröstlich.«

»Es ist eine Frau. Eine potientielle Klientin.«

»Sag, daß sie nicht freitags will.« Ich griff nach dem Terminkalender. »Jeder in Atlanta will das Haus freitags saubergemacht haben.«
»Nicht diese Frau. Sie will nicht den House-Mouse-Reinigungsservice engagieren, sondern dich. Callahan Garrity und Partner.«
»Kommt nicht in Frage«, entgegnete ich schnell. »Hier ist die Hölle los, Nancy. Wir sollen ein Angebot für einen Großauftrag abgeben, und wie es aussieht, muß ich neue Leute einstellen. Tut mir leid, aber es geht einfach nicht.«
»Triff dich doch einfach mal mit ihr«, beharrte Nancy. »Hör dir an, was sie zu sagen hat. Sie braucht deine Hilfe, Callahan.«
»Wer ist es?«
»Das soll sie dir selbst sagen. Kann ich ihr mitteilen, daß du zumindest mal mit ihr reden wirst? Es ist dringend.«
»Wie dringend?«
»Ich hab' ihr vom Yacht Club erzählt«, erklärte Nancy. »Frag mich nicht warum, aber die Kneipe fasziniert sie. Ich hab' ihr gesagt, du würdest dich dort mit ihr treffen, heute abend gegen neun.«
»Du hältst eine Menge für selbstverständlich«, meckerte ich. »Was ist, wenn ich nein gesagt hätte?«
»Dann hätte ich einfach noch ein paar Knöpfe gedrückt«, bemerkte Nancy munter. »Ich bin deine Therapeutin, schon vergessen? Ich kenne deine Schwächen.«
»Ich sollte dich bei der Ärztekammer anzeigen. Wie sieht diese Frau aus? Und vergiß nicht, ich habe mich nur bereit erklärt, mit ihr zu reden. Das heißt nicht, daß ich den Auftrag übernehme. Eigentlich kannst du ihr gleich sagen, daß ich das ganz bestimmt nicht tun werde. Spart uns beiden eine Menge Zeit.«
»Ich sage es ihr«, versprach Nancy. »Aber sie wird trotzdem mit dir reden wollen. Und mach dir keine Gedanken. Du wirst sie erkennen, wenn du sie siehst. Sie fällt im Yacht Club eindeutig etwas aus dem Rahmen.«

Der Euclid Avenue Yacht Club ist kein Ort ruhiger Kontemplation. Aber als ich an diesem Montagabend eintrat, war die Stimmung merkwürdig gedämpft. Ein Dutzend oder mehr Stammgäste saßen an der Theke, die Augen gebannt auf den großen Farbfernseher in der Ecke gerichtet. Auch Tinkles hatte der Kneipentür den Rücken zugekehrt. Als ich prüfend auf den Fernsehschirm blickte, war mir der Grund für die Stille klar.

Die Endrunde von *Jeopardy!*.

»Als Wissensgebiet haben wir Weltgeographie«, verkündete Alex Trebek, und sein schwarzer, grau gesprenkelter Schnurrbart erzitterte leicht.

»Die Antwort lautet: ›Die Hauptstadt von Burkina Faso, früher als Obervolta bekannt. Die Stadt hatte 1990 fünfhunderttausend Einwohner.‹«

»Burkina Faso?« schrie Tinkles den Fernseher an. »Burkina Faso? Scheiße, wer interessiert sich schon für Burkina Faso, Alex? Du träumst ja wohl!«

»Augenblick.« Ein kräftiger Mann mit dunklem, krausem Haar, der am Ende der Theke saß, hob die Hand. Er trug einen grünen Krankenhauskittel mit der kühngeschwungenen Aufschrift GRADY MEMORIAL HOSPITAL. »Klappe!« rief er. »Ich denke, Mann. Diesmal weiß ich es. Es ist ... äh ...«

»Ouagadougou«, warf eine Frauenstimme ein.
Köpfe drehten sich. Die Frau saß allein in einer der Nischen an der Wand. *Zierlich* traf es nicht mehr, man mußte schon winzig sagen. Das weißblonde Haar war kurzgeschnitten, und der Fransenschnitt umrahmte kleidsam ihr gebräuntes Gesicht. Sie hatte die hellblauen Augen zusammengekniffen und blinzelte durch den Rauch, der von ihrer Zigarette aufstieg.
»*Was ist* Ouagadougou?« korrigierte sie sich.
Der junge Dr. Kildare, ansonsten bekannt als Bucky Deavers, mein Kumpel von der Mordkommission von Atlanta, schüttelte heftig den Kopf. »Nee. Das ist es nicht. Es muß heißen ...«
Die anderen blickten wieder zum Fernseher und zu Alex hoch, der dem zurückkehrenden Gewinner gratulierte, einem beknackt aussehenden Computerprogrammierer.
»Das ist richtig, Alan«, strahlte Alex. »Die korrekte Frage lautet: ›Was ist Ouagadougou?‹ Damit ist Ihr Wochengewinn auf siebenundsechzigtausend Dollar angestiegen.«
Tinkles richtete die Fernbedienung auf den Fernseher, und der Bildschirm wurde schwarz. »Bier oder Bourbon?« fragte er mich.
»Jack und Wasser.«
»Ouaga-Scheiße-dougou«, murmelte Tinkles und reichte mir meinen Drink. »Wo zum Geier kriegen die bloß diese Fragen her?«
»He«, rief Bucky. »Ich habe zuletzt die richtige Frage gestellt. Also habe ich gewonnen, oder?«
»Nix«, sagte Tinkles und warf einen kurzen Blick auf eine von oben bis unten mit Zahlen vollgekritzelte Serviette. »Du hast deine Kröten in der Endrunde verloren, Deavers. Du stehst jetzt mit Null da.«
»Was?« Bucky machte ein langes Gesicht. »Das kann nicht sein. Ich muß drei- oder viertausend gehabt haben.«
»Du kennst die Regeln.« Tinkles setzte ein Glas Rotwein vor einer jungen Schwarzen mit schläfrigen Augen ab, die zwei Bar-

hocker entfernt von mir saß. »Jeder setzt in der Endrunde von *Jeopardy!* alles aufs Spiel. Alles oder nichts.«

»Ich hatte ja gar keine Chance«, protestierte Bucky. »Ich wollte gerade Ouagadougou sagen, als sie mir zuvorkam. Es lag mir auf der Zunge.«

Ich trat hinter Deavers und flüsterte ihm ins Ohr: »Es ist doch nur ein Spiel, Bucky. Sei nicht so eine Heulsuse.«

Er legte mir den Arm um die Schultern und drückte hart zu. »Es sind hundert Dollar im Topf, Callahan. Das Geld hätte mir gehören sollen.«

Ich sah Tinkles überrascht an. »Hundert Dollar?«

Er zuckte die Achseln. »Auf irgendwas müssen wir ja wetten.«

Ich nahm einen Schluck Jack Daniel's. Süß und rauchig.

»Ach ja. Ich vergaß. Der Boykott.«

Als die Baseballspieler 1994 streikten, traf Tinkles das schwer. Und er nahm es persönlich. Als im nächsten Jahr die Baseballsaison anfing, kündigte er sein Abo der *Sporting News* und die Jahreskarte des Yacht Clubs für die Spiele der Braves gleich mit. Nicht einmal die Tatsache, daß die Atlanta Braves zum ersten Mal überhaupt die World Series gewannen, konnte sein Herz wieder für ein Team erweichen, das er die Millionärbabys nannte. Tinkles regte sich auch über die Organisation der bevorstehenden Olympischen Spiele auf. Er hatte Karten im Wert von fünfhundert Dollar für Turnen der Damen, Beach Vollcyball und Synchronschwimmen vorbestellt.

»Vier verdammte Monate haben die mein Geld behalten«, tobte er. »Dann kriege ich eine Postkarte, auf der steht, daß es keine Karten mehr gibt. Und dazu muß ich noch so ein Formular ausfüllen, um mein Geld wiederzukriegen.«

Er hatte den Fernseher des Yacht Clubs so programmiert, daß der den Sportkanal ESPN ausblendete, und die Stammgäste vermieden es wohlweislich, das »O-Wort« in seiner Gegenwart zu diskutieren. Jetzt lief meistens *Nick at Night.* Die Stammgäste, die nun keine Neuigkeiten aus der Sportwelt mehr erfuhren,

amüsierten sich damit, lüstern darzulegen, was sie tun würden, sollten sie zusammen mit Ginger und Mary Ann Schiffbruch erleiden.
Ich warf einen Blick auf die Blonde in der Nische. Sie nippte an ihrem Drink und versuchte, mich nicht anzustarren.
»Hat die da auch bei *Jeopardy!* mitgespielt?« fragte ich Tinkles.
»Nee«, sagte der. »Sie kam vor kurzem rein, wanderte hier rum und guckte sich alles an, als sei sie beim Ausverkauf von Lord & Taylor. Dann setzte sie sich und bestellte Eistee. Kommt es dir vielleicht so vor, daß sie hier fehl am Platz ist?«
»Heute nicht«, erwiderte ich.
Ich ging zur Nische herüber und ließ mich auf die zerkratzte Holzbank fallen. »Ich bin Callahan Garrity«, sagte ich. »Haben Sie nach mir Ausschau gehalten?«
Aus der Entfernung ließ ihre Zierlichkeit sie jünger und verletzlicher wirken. Ich hatte sie auf höchstens fünfundzwanzig geschätzt. Aus der Nähe sah ich die Krähenfüße in den Augenwinkeln, die schlaffe Haut unter dem Kinn, eine Andeutung altersbedingter Falten zu beiden Seiten des Mundes. Sie war hübsch und gut erhalten, aber gut Mitte vierzig. Und sie kam mir bekannt vor.
Sie zog an ihrer Zigarette und legte herausfordernd den Kopf auf die Seite. »Haben Sie's schon rausgekriegt?« Ihre Stimme war hoch, und sie lispelte leicht.
»Haben Sie sich vor kurzem die Haare schneiden lassen? Die Frau, an die ich denke, hatte dieselbe Haarfarbe, aber sie trug das Haar schulterlang. Und natürlich haben Sie heute abend kein Make-up aufgelegt, nicht wahr?«
Sie schüttelte den Kopf. »Das Foto, das die *Constitution* immer bringt, wurde schon vor Jahren aufgenommen. Auf irgend so einer gräßlichen Wohltätigkeitsveranstaltung.« Als sie die Pose wieder einnahm, wußte ich, wer sie war.
Natürlich. Das Farbfoto zeigte eine lachende Frau mit erhobe-

nem Kinn, ein Diamantcollier um den Hals. Das schulterfreie Ballkleid ließ ein großzügiges, genau richtig bemessenes Dekolleté erkennen. Das entscheidende Detail war das Highball-Glas in der Hand.

Das Bild wurde in jeder Zeitung und jeder Nachrichtensendung zusammen mit einem anderen Foto gebracht, einem Schulfoto. Es zeigte ein kleines Mädchen mit stramm geflochtenen Zöpfen, Zahnlücken und einem schüchternen Lächeln.

Die Namen der beiden waren untrennbar miteinander verknüpft. Whitney Albright Dobbs, festgenommen wegen vorsätzlicher Tötung, Fahren unter Alkoholeinfluß und Fahrerflucht. Faneeta Mayes, Zweitklässlerin an der Pine-Hills-Grundschule, die bereits tot war, als sie im Piedmont Hospital eintraf.

Faneeta Mayes war in dem rosa Rüschenkleid begraben worden, das sie Ostern getragen hatte. Whitney Albright Dobbs saß mir gegenüber, ein zynisches Lächeln auf den blassen, schmalen Lippen.

Ich holte tief Luft und tat, was ich gewöhnlich tue. Ich sagte das erste, was mir in den Sinn kam. »Ich kann Ihnen nicht helfen.«

»Wahrscheinlich nicht«, stimmte sie zu. »Es war Nancys Idee.« Sie drückte ihre Zigarette im Aschenbecher aus, griff nach ihrer Lederbrieftasche und nahm einen Fünfdollarschein heraus. Nach einem Moment des Zögerns nahm sie eine Papierserviette aus dem Serviettenhalter, der auf dem Tisch stand, und wischte den nassen Ring auf, den ihr Glas hinterlassen hatte. Erst dann legte sie den Fünfer auf den Tisch.

»Vielen Dank, daß Sie gekommen sind«, sagte sie und stand auf.

Ich nahm einen Schluck von meinem Drink. »Das eben war wirklich erstaunlich. Ouagadougou, meine ich. Ich dachte, Sie hätten sich das ausgedacht.«

»Ich weiß es wegen meiner Tochter. Alison. Sie ist jetzt in Bryn

Mawr, im zweiten Jahr. Manchmal ist sie ihrem Vater so ähnlich, daß es erschreckend ist. Sie steht auf so was. In der dritten Klasse hat sie alle Präsidenten und Vizepräsidenten der Vereinigten Staaten auswendig gelernt. In der richtigen Reihenfolge. Ein anderes Mal waren es die Hauptstädte aller Länder der Welt. Wir haben im Auto geübt, auf dem Weg zur Schule. Natürlich haben sich die Namen aller afrikanischen Hauptstädte seither geändert, also schickt sie mir Postkarten, um mich auf dem laufenden zu halten.«

»Hat Nancy Ihnen erzählt, daß ich eine Reinigungsfirma betreibe? Ganztägig?«

Sie sah überrascht auf mich herunter. »Ja. Sie hat mir auch gesagt, daß Sie zuviel zu tun haben. Das ist schon in Ordnung. Der Versuch war sowieso zum Scheitern verurteilt.«

Ich hatte meinen Drink kaum angerührt, und das Eis war noch nicht mal geschmolzen. Und zu Hause hockten Steve und Maureen und umsorgten Edna. Ich beschloß, hierzubleiben und mir anzuhören, was Whitney Albright Dobbs zu sagen hatte.

Ich seufzte. »Warum erzählen Sie mir nicht, was es ist, das ich für Sie tun soll, obwohl ich zu beschäftigt bin.«

Tinkles brachte eine Schale mit Nüssen und noch ein Glas Eistee. Er knallte das Glas absichtlich so auf den Tisch, daß sich kalter Tee in Whitneys Schoß ergoß, schleuderte einen dreckigen Wischlappen in ihre Richtung und stelzte davon. Sie biß sich auf die Lippen und tupfte an den Flecken herum. Ich hatte das Gefühl, daß sie eine derartige Behandlung gewöhnt war.

Wenn man die letzten sechs Monate in Atlanta verbracht hatte, war es kaum möglich, Whitney Dobbs nicht zu erkennen. Ihr Gesicht und das ihres achtjährigen Opfers machten seit Mai Schlagzeilen. Die Schulkinder trugen schon seit Monaten große runde Buttons mit Faneetas Bild darauf. Jedes von Schwarzen geführte Geschäft in Atlanta hatte ein Poster von Whitney im Schaufenster hängen, eine vergrößerte Farbfotografie, die mit dem Cocktail und dem glasigen Grinsen. KEINE GERECHTIGKEIT lautete die lapidare Überschrift.

Die Verhandlung war schon seit Wochen vorbei, aber es würde Jahre dauern, bis die durch das Urteil ausgelösten Spannungen und Rassenunruhen sich beruhigt hatten. Jeder Mensch in Atlanta hatte sich eine Meinung über den Fall gebildet. Man konnte es niemandem verübeln. Es war eine Tragödie in Schwarz und Weiß.

Whitney Albright Dobbs. Altes Geld, die Familie seit Ewigkei-

ten in Atlanta ansässig, verheiratet mit neuem Geld. Debütantin, Angehörige der oberen Zehntausend, Ehefrau und Mutter. Carson Dobbs, ihr Mann – oder war es ihr Exmann? – war einer der Top-Kardiologen des Südens. Ein Wunderknabe.
Die Zeitungen hatten auch über die Scheidung berichtet. Nicht sehr schön. Die Häßlichkeit von Scheidungen scheint im direkten Verhältnis zur Menge des vorhandenen Geldes anzusteigen, und hier ging es um ziemlich viel Geld.
Die Fakten des Unfalls waren klar und unbestritten. Whitney und ihre Freundinnen hatten eines Spätnachmittags im Frühsommer im Piedmont Driving Club ihre Après-Tennis-Cocktails eingenommen. Nach dem Tennismatch hatte Whitney nicht nur vier oder fünf Tanqueray mit Tonic getrunken, sondern auch zugegebenermaßen Antidepressiva geschluckt, die eine mitfühlende Psychiaterin ihr verschrieben hatte. Es hatte irgendwelchen Ärger mit der Getränkerechnung gegeben, und sie hatte den Driving Club weißglühend vor Wut verlassen, wobei sie fast zwei Parkwächter umgemäht hätte. Bei der Ausfahrt aus dem Club, der direkt am Piedmont Park liegt, hatte sie die falsche Abzweigung erwischt, war noch einmal falsch abgebogen und schließlich auf einer für den Autoverkehr gesperrten Zugangsstraße mitten im Park gelandet.
Faneeta Mayes gehörte zu einer Gruppe von Kindern, die mit ihren Müttern in den Park gekommen waren, um auf den leicht hügeligen Fahrradwegen ihre Inline-Skates auszuprobieren.
Bei der Gerichtsverhandlung, die teilweise Live im Fernsehen übertragen worden war, hatte der Staatsanwalt Faneeta Mayes' Mutter in den Zeugenstand gerufen. Mit schwacher, stockender Stimme hatte sie berichtet, wie Faneeta mit ihrer Freundin, einem älteren Kind, den Fahrradweg verlassen hatte, um mit ihren Inline-Skates auf der Zufahrtsstraße zur vierhundert Meter weit entfernten Toilette zu fahren. Aus dem Nichts, hatte Janie Mayes gesagt, ihre abgegriffene Familienbibel umklammernd, sei ein roter Jeep aufgetaucht und die Straße herunterge-

donnert. Dem anderen Kind war es gelungen, sich auf die Straßenböschung zu flüchten. Aber Faneetas Inline-Skates waren neu, und sie war unsicher auf den Beinen. Auf dem unebenen Asphalt war sie gestolpert und hingestürzt. Und der rote Jeep bremste nicht. Es war leicht gewesen, den Jeep zu finden. Das von Whitney selbst ausgesuchte Kennzeichen lautete L84AD8. Ausgesprochen Late for a Date.

Whitney Dobbs mußte nicht in den Zeugenstand. Statt ihrer rief ihr Anwalt, ein junges As namens Zack Alexander, eine Reihe von Experten auf, die aussagten, daß alles die Schuld anderer Leute gewesen sei.

Der Barkeeper des Driving Club, ein älterer schwarzer Gentleman, der dort seit vierzig Jahren zum Inventar gehörte, räumte ein, ja, vielleicht hätte Miss Whitney zuviel getrunken. Aber es käme ihm nicht zu, einem Clubmitglied mitzuteilen, daß es genug hätte.

Ein Psychologieprofessor von der Duke University sagte aus, Whitney Albright Dobbs' unerfreuliche Eheprobleme hätten psychische Verwundungen bei ihr hinterlassen, sie sei so vom Krieg gezeichnet wie ein Vietnamveteran. Er hatte sogar einen Namen für die Krankheit, an der sie litt. Häusliches Dysfunktions-Syndrom nannte er es. Ein Kolumnist aus Atlanta schlug vor, die HDS-Gesellschaft könne doch Whitney auf Plakaten für sich werben lassen.

Als weitere Zeugin der Verteidigung trat die alte Freundin auf, die Whitney die Antidepressiva verschrieben hatte. Die Ärztin gab zu, daß Whitney nie zu ihr in die Sprechstunde kam. Wenn sie anrief und ihre Symptome schilderte, gab die Ärztin einfach telefonisch die Verschreibung an Whitneys Apotheke durch. Und ja, Whitney konnte mit dem Rezept unbeschränkt Nachschub bekommen. Auch hatte die Ärztin Whitney nicht darüber aufgeklärt, daß sie nicht trinken dürfe, solange sie das Medikament nahm.

Die Schlacht wurde in letzter Minute durch eine zufällige,

unaufgeforderte Bemerkung eines Zeugen der Anklage gewonnen.
Der Polizist, der den Schlangenlinien fahrenden roten Jeep einige Meilen vom Piedmont Park entfernt angehalten hatte, wurde in den Zeugenstand gerufen. Whitney hätte ihn wiederholt gebeten, ihren Mann anrufen zu dürfen, erwähnte der Polizeibeamte. Das war alles, was Zack Alexander brauchte. Beim Kreuzverhör gab der Streifenpolizist zu, ja, Whitney hätte gesagt, ihr Mann sei Arzt. Und ja, seiner Meinung nach sei sie einwandfrei betrunken gewesen. Eine Gefahr für sich selbst und andere? Unbedingt, bestätigte der Beamte bereitwillig.
Eindeutig sei einer Verdächtigen medizinische Hilfe verweigert worden, verkündete Alexander. Zwei Wochen nach Prozeßbeginn erklärte der Richter Whitneys Festnahme für rechtswidrig und verwarf die Anklage wegen vorsätzlicher Tötung.
Am frühen Abend organisierte eine Gruppe schwarzer Collegestudenten einen friedlichen Protestmarsch, der von den Stufen des Kapitols zum drei Blocks entfernten Gerichtsgebäude von Fulton County führen sollte. Aber als die Studenten auf dem frischgemähten Rasen des Kapitols eintrafen, wurden sie von einem gröhlenden Pöbelhaufen kahlgeschorener, Schlaghölzer schwingender Skins empfangen. Sie wurden eingekesselt von einer hastig zusammengestellten Schwadron Polizisten aus Atlanta, Miliz des Bundesstaates Georgia und Deputies des Sheriffs von Fulton, ausgerüstet mit Schutzhelmen und kugelsicheren Schutzschilden. Es war eine toxische Mischung.
Aus der aufgebrachten Menge wurden Flaschen und Ziegelsteine auf Funkstreifenwagen und vorbeifahrende Autos geworfen. Schüsse wurden abgefeuert. Es könnte eine Schreckschußpistole gewesen sein. Randalierer wüteten in den Straßen in der Nähe des Kapitols, warfen alles ein, was aus Glas war, zündeten alles Brennbare an und schlugen auf alles ein, was ihren Weg kreuzte.
Es wäre noch schlimmer gekommen, wenn sich nicht eine Stun-

de nach Ausbruch dessen, was die *Constitution* taktvoll »Rassenunruhen« nannte, einer von Atlantas berühmten Sommerstürmen über der Stadt ausgetobt hätte. Der peitschende Regen und das ohrenbetäubende Schauspiel von Donner und Blitz fegten die Aufständischen buchstäblich von der Straße in den Schutz der Häuser.

Edna und ich verfolgten die Geschehnisse in den Nachrichten, entgeistert und entsetzt über den Haß, der nur ein paar Meilen von unserem Bungalow entfernt gärte. Es war Frühsommer, und der Regen brachte eine willkommene Kühle, aber wir konnten die Polizeisirenen und die Löschzüge hören, die auf der nahen DeKalb Avenue in Richtung Kapitol jagten. In dieser Nacht schlossen und verriegelten wir alle Fenster und stellten die Klimaanlage an. Die Barrikaden waren errichtet.

»Tiere«, flüsterte Edna, als sie die Aufnahme einer Gruppe schwarzer Jugendlicher mit bloßen Oberkörpern sah, die gerade aus einem zerstörten Schnapsladen hervorschossen, eine Bierkiste unter jedem Arm.

»Sie sind zornig«, versuchte ich ihr zu erklären. »Wenn Whitney Dobbs freikommt, geht das alles noch mal von vorne los.«

Als Edna sich zu mir umdrehte, war ihr Gesicht starr und unnachgiebig. »Sieh dir doch an, was die da tun. Sie zerstören das Eigentum anderer Leute. Bringen sie um die Ersparnisse eines ganzen Lebens. Dieser Schnapsladen gehört nicht Whitney Dobbs. Man sollte diese Tiere einsperren und den Schlüssel wegwerfen.«

Die Geschworenen blieben nur eine Stunde draußen. Die gerichtliche Entscheidung über Zack Alexanders Anträge hatte die Liste der Anklagen gegen seine Mandantin auf fast nichts reduziert. Der Obman der Geschworenen, ein massiger Schwarzer, der in der Zeitung als leitender Postangestellter bezeichnet wurde, überreichte dem Gerichtsdiener mit steinernem Gesicht das Urteil der Geschworenen. Der Gerichtsdiener verlas es mit tonloser Stimme. Whitney Albright Dobbs hatte sich des verkehrswidrigen Verhaltens schuldig gemacht. Ein Vergehen, kein Verbrechen. Der Richter setzte das Strafmaß fest, ein Bußgeld in Höhe von eintausend Dollar und einhundert Stunden gemeinnütziger Arbeit. Kein Gefängnis.

Es war schwer, mit Whitney Dobbs in einer Kneipe zu sitzen und nicht an die Verheerungen zu denken, die sie im Gefolge dieses roten Jeeps zurückgelassen hatte. Whitney nippte an ihrem Eistee und beobachtete mich.

»Mein Anwalt sagt, daß ich die am meisten verachtete Person von Atlanta bin«, sagte sie ruhig. »Glauben Sie das auch?«

Ich dachte darüber nach. Vor ein paar Jahren war der Taxifahrer, der Margaret Mitchell auf der Peachtree Street überfuhr, als sie ins Kino gehen wollte, an Krebs gestorben. Whitney Dobbs hatte daher gute Aussichten auf den Titel, jedenfalls im Wettbewerb der Frauen. Der männliche Bewerber ist eindeutig der Typ, der in Atlanta die Profi-Football-Lizenz besitzt.

»Hier würden Sie jedenfalls keinen Beliebtheitswettbewerb gewinnen«, erklärte ich.

Sie ließ den Blick durch die Kneipe schweifen. Die Zecher sahen hastig zum Fernseher hin, wo *Verliebt in eine Hexe* lief, eine der Folgen mit dem ursprünglichen Darrin. Jeder einzelne in dieser Kneipe wußte, wer Whitney Dobbs war. Und die feindseligen Blicke verrieten, daß niemandem viel an ihrer Gesellschaft lag.

»Ich bin neugierig«, sagte ich. »Was sollte ich nach Nancy Cooks Ansicht für Sie tun können?«

»Sie wissen von meiner Scheidung?«

»Es stand in der Zeitung. Geht es um die Scheidung? Ich mache nämlich keine Scheidungssachen. Niemals. Es überrascht mich, daß Nancy das nicht erwähnt hat.«

»Doch, sie hat es erwähnt.« Whitney klopfte eine Zigarette aus der Schachtel und spielte damit herum. Ihre langen Finger waren ringlos, die Nägel abgekaut. »Aber ich dachte, Sie würden vielleicht Ihre Meinung ändern.«

Ich stand auf und ging zum Münztelefon in der Ecke. Die Gelben Seiten von Atlanta umfassen zwei Bände. Wir sind jetzt eine Großstadt. Ich holte den Band M-Z und legte ihn vor ihr auf den Tisch.

»Hier haben Sie vier Seiten mit Privatdetektiven«, erklärte ich. »Die meisten verdienen sich ihre Brötchen mit Scheidungssachen. Einer von denen würde sicher gern Ihr Geld nehmen.«

Sie schüttelte den Kopf. »Ich habe schon mit einem gesprochen.« Sie schauderte empfindsam zusammen. »Er arbeitet für meinen Anwalt. Ein gräßlicher Kerl. Seine Arme waren tätowiert. Nein. Ich brauche jemanden wie Sie. Eine Frau. Jemanden, der nicht ...«

»Zur Unterschicht gehört?« Ich blickte betont auf mein blaues Baumwollarbeitshemd und meine Jeans. »Ich bin nicht interessiert, Mrs. Dobbs.«

»Whitney«, sagte sie automatisch. »Whitney Albright. Es wird bald eine neue Mrs. Dobbs geben, wissen Sie. Sobald die Scheidung rechtskräftig ist.«

»Ich dachte, das sei sie längst.«

»O nein«, stieß sie bitter hervor. »Carson hat vor achtzehn Monaten eine gerichtliche Trennung beantragt. Er kam erst nach dem Prozeß dazu, die Scheidung einzureichen. Praktisch für ihn, daß ich ihm einen so guten Scheidungsgrund geliefert habe, nicht?«

Sie hatte mich an der Angel, und das wußte sie. Außerdem würde Edna fasziniert sein. Sie hatte den Prozeß gewissenhaft verfolgt und verkündet, das sei besser als jede Vorabendserie. In Ednas Augen war Whitney Dobbs ein Opfer, die alte Ehefrau, die gegen ein neueres, glänzenderes Modell eingetauscht wurde.

»Weiter. Ich höre zu.«

»Er ist direkt nach Weihnachten ausgezogen. Im Dezember werden es zwei Jahre. Er sagte damals, er brauche nur etwas mehr Freiraum, aber er würde mich und Alison immer lieben, und natürlich würde er für uns sorgen.«

»Und, hat er?«
»Selbstverständlich. Carson ist krankhaft bemüht, stets das Richtige zu tun. Er hat sogar meinen Anwalt bezahlt.«
»Das ist etwas sonderbar.«
»Nicht, wenn man weiß, daß die Mutter meines Anwalts eine der Patientinnen meines Mannes ist«, erläuterte Whitney. »Die Mutter meines Ex-Anwalts vielmehr. Als mir klar wurde, was für ein Spiel mein erster Anwalt spielte, habe ich ihn gefeuert. Aber davor hatte er eine Trennungsvereinbarung ausgehandelt, und Carson bezahlte alle Rechnungen, die Hypothek, den Wagen, Alisons Collegeausbildung, alles. Sehr großzügig. Sehr anständig.« An dem letzten Wort erstickte sie fast.
»Bezahlte?«
»Zack sagt, Carson hat das Einreichen der Scheidung hinausgezögert, um die Bonbons zu verstecken. Natürlich war ich auch nicht versessen darauf, unsere Ehe zu beenden.« Sie lächelte traurig. »Ich hatte ein schönes Leben. Zumindest dachte ich das damals.«
»Und als Sie festgenommen wurden, hat er Sie fallenlassen wie eine heiße Kartoffel?«
»Was für ein kurioser Ausdruck. Den muß ich mir merken. Noch in der gleichen Woche hat er die Scheidung eingereicht.«
»Das kann Sie kaum überrascht haben.«
»Es hätte mich nicht überraschen sollen«, räumte Whitney ein. »Aber klares Denken gehörte bis vor kurzen noch nicht zu meiner Lebensart. Und ich gab mich immer noch der Illusion hin, wir könnten wieder zusammenkommen.«
»Sie wußten nicht, daß er schon eine andere Geschichte laufen hatte?«
»Nicht, bis Alison es mir erzählte.« Whitney nagte an ihrer Unterlippe. »Im Sommer hat er Alison mit Suzanne, das ist die Freundin, im College besucht. Wir dachten, es wäre besser, wenn Alison nicht nach Hause käme, wegen des Prozesses und

allem. Carson war der Ansicht, Alison und diese ... Frau könnten doch gute Freundinnen werden. Alison war entsetzt und empört. Sie hat sich geweigert, mit der Frau zu reden. Offenbar hat sie eine ziemliche Szene hingelegt.«

»Das war wohl eine harte Nuß für Alison, besonders, wo Sie doch vor Gericht standen und alles.«

»Sie war am Boden zerstört«, entgegnete Whitney. »Danach haben wir beide eine Therapie bei Nancy angefangen. Zuerst wollte Alison kein einziges Wort sagen. Aber schließlich ist es Nancy gelungen, sie dazu zu bringen, sich zu öffnen und darüber zu reden.«

Ich zuckte innerlich zusammen. Während des ganzen Prozesses hatte mir die Familie von Faneeta Mayes in der Seele leidgetan. Es war mir nicht in den Sinn gekommen, daß der Schmerz übertragbar sein könnte.

»Sie erwähnten, daß Ihr Anwalt der Ansicht ist, Ihr Mann hätte Vermögenswerte versteckt. Wollen Sie mich deshalb engagieren?«

Sie nickte. »Er sagt, er sei pleite.«

»Der berühmteste Herzspezialist von Atlanta? Pleite?«

»Er behauptet, Ben Dwyer, der kaufmännische Leiter seiner Praxis, hätte ihn ausgenommen, ihn um mehr als drei Millionen Dollar betrogen. Carson sagt, er hat das erst vor ein paar Monaten herausgefunden. Er wollte Dwyer feuern und ihn wegen Betrugs anzeigen, aber anscheinend hat der Wind davon bekommen und ist abgehauen, ohne eine Spur zu hinterlassen.«

»Wie soll Dwyer das Geld denn gestohlen haben?« fragte ich.

»Irgendwas mit Scheinzahlungen an Zuliefererfirmen und Versicherungsbetrug«, erklärte Whitney. »Ich weiß es nicht so genau.«

»Glauben Sie das?«

»Nie im Leben«, platzte Whitney heraus. »Carson ist viel zu gerissen, um jemanden mit so was davonkommen zu lassen.«

»Selbst gerissene Leute werden beschissen«, sagte ich.
»Sie kennen Carson nicht. Er stammt aus einer bitterarmen Familie. Ein Stipendium hat ihm das Medizinstudium ermöglicht. Er hütet seinen ersten selbstverdienten Dollar, und er vertraut nur einem einzigen Menschen: Carson Dobbs. Nie würde er jemandem die volle Kontrolle über seine Finanzen übertragen. Nicht einmal einem kaufmännischen Leiter.«
»Also denken Sie, daß er Gelder beiseite geschafft hat.«
»Ich weiß es. Ich brauche Sie, damit Zack das beweisen kann. Carsons Anwalt hat bei Gericht den Verkauf des Hauses beantragt. Meines Hauses. Der Erlös soll zwischen uns aufgeteilt werden. Carson weigert sich auch, Alisons Studiengebühren zu bezahlen. Er sagt, an einem staatlichen College könne sie eine ebenso gute Ausbildung bekommen. Scheißkerl.«
»Ich kenne mich mit diesem Kram nicht aus«, erklärte ich ihr. »Und ich will es auch gar nicht. Sie brauchen jemanden, der auf Wirtschaftskriminalität spezialisiert ist. Ich kenne da jemanden, einen früheren FBI-Agenten. Ein anständiger Kerl. Er hat Wirtschaftswissenschaften an der Penn State ...«
»Ich will aber Sie«, unterbrach Whitney mich eigensinnig. »Carson hat alles von Anfang an geplant. Er hat das Stadthaus in Ansley Park verkauft, in dem er mit seiner Freundin gewohnt hat. Er sagt, er kann sich das jetzt nicht mehr leisten. Die beiden haben irgendeine jämmerliche Wohnung draußen in Sandy Springs gemietet. Alison hat ihn einmal dort besucht. Als sie noch nicht wußte, daß er dort nicht alleine wohnt. Sie ging, sobald die Freundin das Zimmer betrat. Aber ich weiß, daß Carson nicht wirklich in dieser Wohnung wohnt.«
»Lassen Sie mich raten. Sie wollen, daß ich herausfinde, wo er wirklich wohnt.«
»Und wo das Geld ist.«
Das war aussichtslos. Es war interessant gewesen, ihre Geschichte anzuhören, aber das war auch alles.
»Es tut mir leid, Whitney«, sagte ich und blickte ihr fest in die

Augen. »Es klingt wirklich so, als würde Ihr Mann Sie austricksen wollen. Aber ich kann nichts für Sie tun.«

»Es ist wegen des Kindes, nicht wahr?« fragte sie. Ihre blauen Augen blinzelten nicht. »Gott helfe mir, wenn ich diesen Tag ungeschehen machen könnte, würde ich es tun. Ich wollte mich schuldig bekennen und meine Zeit absitzen, aber Zack hat es mir ausgeredet.«

Sie hielt ihr Glas mit beiden Händen umklammert, und die Eiswürfel schaukelten sanft in dem Tee auf und ab. »Zack sagt, ich hätte noch einmal eine Chance bekommen. Um mit mir selbst ins reine zu kommen. Und ich mußte doch an Alison denken. Sie hatte bereits den Vater verloren. Sie braucht ihre Mutter, selbst eine so vermurkste wie mich. Habe ich schon erwähnt, daß Carsons Freundin schwanger ist? Ich hätte mindestens fünfzehn Jahre bekommen. Alison wäre eine Frau mittleren Alters gewesen, wenn ich rausgekommen wäre. Mit einem Knacki als Mutter und einem Vater, der mehr an seinem neuen Baby interessiert ist. Also habe ich Zack machen lassen. Er ist wirklich clever. Aber er hat so viel zu tun. Er braucht jemanden, der ihm hilft.«

Ich stand auf. »Aber nicht mich.«

Bucky packte mich am Ärmel, als ich zur Tür strebte. Wenn ich noch ein bißchen länger geblieben wäre, hätte Whitney Albright Dobbs tatsächlich angefangen, mir leid zu tun.

»Was wollte Mrs. Betrunkene Fahrerin denn von dir?« fragte er, so laut, daß alle in der Kneipe es hören konnten. Takt ist nicht Buckys starke Seite.

»Sie wollte, daß ich ihr helfe, ihren Mann mit der Hand in der Keksdose zu erwischen. Ich habe abgelehnt.«

»Verdammt anständig von dir«, lobte Bucky.

Er klopfte auf den Barhocker neben sich. »Setz dich, und ich spendier dir einen Drink.«

»Ich kann nicht.« Es wurde spät, Steve und Maureen würden mittlerweile weg sein. Ich ließ Edna im Moment sehr ungern allein.

»Ach, nur einen Augenblick. Sieh nur. Die *Patty Duke Show.*« Er wies mit seiner Bierflasche auf den Fernseher.
»Ich kenne alle Folgen«, teilte ich ihm mit.
»Wen findest du am süßesten?« erkundigte Bucky sich und blickte liebevoll auf den Bildschirm. »Ich mag Cathy am liebsten. Weiß du, weil sie so einen niedlichen englischen Akzent hat.«
Ich zuckte die Achseln. »Es ist doch dieselbe Person. Ich hab' mir nie groß Gedanken deswegen gemacht, Bucky.«
»Nein«, erklärte er mir. »Sie sind Cousinen, sie sehen nur gleich aus. Siehst du, Cathy ist in Europa oder irgendwo da aufgewachsen. Und Patty kommt aus New York, weißt du.«
»Es ist immer Patty Duke«, erinnerte ich ihn.
»Was?« Er sah verwirrt aus.
»Deswegen heißt es die *Patty Duke Show.* Weil sie beide Rollen spielt.«
»Willst du mich verarschen?« Bucky blickte verletzt drein.
»Nee«, versicherte ich. »Ich hab' noch eine Erleuchtung für dich. Das ist nicht Mr. Eds richtige Stimme. Es ist ein Schauspieler, der da spricht.«
»Verdammt«, sagte Bucky und nahm einen Schluck Rolling Rock. »Weiß ich doch. Das weiß jeder, Garrity.«
»Ich wollte nur sichergehen«, erklärte ich und versetzte ihm einen spielerischen Schlag auf die Schulter. »Bis dann.«
Vor der Tür des Yacht Clubs warf ich einen Blick zurück.
Durch die geöffnete Kneipentür konnte ich sehen, daß Whitney Albright Dobbs immer noch in ihrer Nische saß, an ihrem Eistee nippte und konzentriert auf den Fernseher starrte.

Dienstagvormittag machte ich ein paar Besorgungen, und als ich zurückkam, verkündete Edna: »Nancy Cook hat angerufen.«

»Hat sie das, ja? Ich muß unbedingt dafür sorgen, daß sie mich von ihrer Überweisungsliste streicht.«

»Nancy hat mir von Whitney Dobbs erzählt. Was für eine Ratte dieser Ex-Mann sein muß. Sie wollte wissen, ob du Whitney helfen wirst. Wirst du?« Der hoffnungsvolle Unterton in Ednas Stimme verriet, daß sie darauf brannte, sämtliche Details zu erfahren.

»Ganz bestimmt nicht.« Ich packte das Büromaterial aus, das ich gekauft hatte. »Sie ist nicht so schlimm, wie ich erwartet hätte. Sie tat mir sogar irgendwie leid. Ich dachte schon, Tinkles würde sie aus dem Yacht Club schmeißen. Aber diese Art von Problemen ist wirklich das letzte, was ich brauche.«

»Wir könnten ihr helfen«, begann Edna.

»Vergiß es, Ma.«

Den Rest des Vormittags brachte ich damit zu, Jackies Cousine Antoinette aufzuspüren.

»Als ich zuletzt mit ihr gesprochen habe, wohnte sie noch bei ihrem Freund«, erklärte Jackie. »Keine Ahnung, wo sie jetzt steckt.«

»Diese Art von Freund, was?« Sämtliche Alarmglocken gehen

bei mir los, wenn ich so was höre. Laut Jackie landete Antoinette immer wieder bei Männern, die permanent arbeitslos waren.

Am späten Nachmittag hatte ich sie endlich gefunden. Sie war den Freund losgeworden und zu ihrer Schwester gezogen, die eine Wohnung in Marietta hatte.

»Ich hab' einen erstklassigen Job gefunden«, teilte Antoinette mir stolz mit. »Wenn Jackie unbedingt Niggerarbeit machen will, ist das ihr Problem.«

»Niggerarbeit?« Ich fühlte mich, als hätte mir jemand ins Gesicht geschlagen. »Jackie macht verdammt gutes Geld«, brauste ich auf. »Sie fährt einen neuen Wagen. Der bezahlt ist. Sie kann ihre Arbeitszeit selbst bestimmen und bekommt volle Sozialleistungen. Ich würde das nicht als Niggerarbeit bezeichnen. Was für einen Job haben Sie denn gefunden, Antoinette?«

»Einen Bürojob. Ich sitz am Schreibtisch und gehe ans Telefon. Ich trage nette Klamotten.«

»Und was verdienen Sie?« hakte ich nach.

Sie schwieg einen Augenblick. »Zweiunddreißig die Woche, falls Sie das irgendwas angeht.«

Ich lachte rüde. »Netto?«

»Äh, nee.«

»Machen Sie sich nichts draus. Meine Mädels verdienen mindestens fünfundsiebzig Dollar pro Haus. An guten Tagen schaffen sie zwei, vielleicht sogar drei Häuser pro Tag. Und wenn sie fünf oder sechs Tage in der Woche arbeiten wollen, können sie das. Und ich putze selbst. Bis dann, Antoinette.«

Ich legte auf. Edna, die dabeigewesen war, die Termine einzutragen, blickte auf. »Sie hat dir einen Korb gegeben?«

»Antoinette ist sich mittlerweile zum Putzen zu schade. Sie hat einen ganz großartigen Bürojob angenommen. Minimale Bezahlung, aber sie darf jeden Tag Strumpfhosen und hochhackige Schuhe anziehen, wenn sie zur Arbeit geht.«

»Fällt dir sonst noch jemand ein?« fragte Edna.

»Also mir fällt dazu nichts mehr ein«, gab ich zu. »Meinst du, wir sollten eine Anzeige aufgeben? Vielleicht können wir das Cumberland Oaks noch ein bißchen hinhalten.«

»Du willst wohl, daß ich wieder im Krankenhaus lande. Du weißt doch, was für Leute sich melden, wenn wir Stellenanzeigen in die Zeitung setzen.«

Ich wußte es. Leute ohne Arbeitszeugnisse. Leute frisch aus dem Gefängnis oder der Psychiatrie. Leute ohne Auto. Leute, die ihre Kinder mit zur Arbeit nehmen wollten oder, schlimmer noch, die ihre Kinder solange bei uns lassen wollten.

Ich griff zum Telefon und wollte gerade dem Geschäftsführer des Cumberland Oaks absagen, als Neva Jean die Küche betrat. Ihre Augen war rot und geschwollen, und sie preßte ein feuchtes, verknülltes Taschentuch gegen die Nase. Sie ließ sich auf den nächstbesten Stuhl fallen und nieste heftig.

»Geht es wieder um irgendeine Vorabendserie?« fragte ich mißtrauisch.

Neva Jean schnüffelte und schneuzte sich ausgiebig. »Was?«

»Ist bei *The Young and the Reckless* wieder irgendwas passiert? Ist Dr. Saint-Germaine wieder ins Koma gefallen?«

»Dr. Saint-Germaine ist tot«, erläuterte Edna. »Ein Erdrutsch. Passierte im September, als sein Vertrag nicht erneuert wurde.« Sie legte den Arm um Neva Jeans Schultern. »Was ist denn los, Herzchen?«

Neva Jean schniefte und murmelte irgend etwas Unverständliches. Es klang wie »ee-ho.«

»Sag das noch mal.«

»Emus«, wiederholte sie und wischte sich die tränenden Augen mit dem Hemdsärmel ab. »Ich bin allergisch gegen Emus.«

»Was ist das?« fragte Edna.

»Ein Wort, das häufig in Kreuzworträtseln vorkommt, besonders in den leichten. E-M-U. In Australien beheimateter Laufvogel«, klärte ich sie auf. »Straußähnlich, nur kleiner. Ich hab' mal eine Sendung im Fernsehen darüber gesehen.«

»Halten die neuen Klienten in der Hardendorf etwa Emus im

Haus?« wollte Edna aufgebracht wissen. »Wenn ich das gewußt hätte, hätten wir fünfundzwanzig Dollar Zulage verlangt.« Sie griff nach dem Terminkalender und wollte eine entsprechende Eintragung vornehmen.
»Nicht die Marinos«, keuchte Neva Jean mit pfeifendem Atem. »Swannelle.«

Ich verabreichte ihr zwei meiner Antihistamintabletten, und nach einigem Überlegen ließ Edna sie ihren neuen Inhalator benutzen. Als Neva Jean wieder atmen und reden konnte, ohne zu schniefen, erklärte sie die Sachlage.
»Da war diese Reklamesendung im Briefkasten. Ihr wißt doch, Swannelle fordert immer die Gratissachen an, die in diesen Anzeigen angeboten werden. In den Zeitschriften, die er beim Friseur klaut.«
Ich nickte. Swannelles Leidenschaft für Projekte, die angeblich leichtverdientes Geld bringen, war schier unerschöpflich. Seit ich ihn kannte, hatte er es mit Timeshare-Telemarketing, einem Vitamin-Postversand und als Verteiler für Amway versucht.
»Emuzucht ist *das* Ding«, erläuterte Neva Jean. »Eine noch größere Sache als Welszuchtanstalten. Swannelle wollte ja unbedingt eine Welszuchtanstalt aufmachen, aber dazu braucht man mindestens viertausend Quadratmeter Land. Dann hat er das mit dem Emu-Geschäft erfahren.«
Sie schneuzte sich mit solcher Kraft, daß es eine zartere Frau vom Hocker gerissen hätte.
»Wißt ihr, was ein Zuchtpaar Emus kostet? Achttausend Dollar!«
»Für zwei Vögel, die noch nicht mal fliegen können?« fragte Edna. »Ziemlich teures Geflügel, Neva Jean.«
»Woher hat Swannelle denn derartig viel Geld?« wollte ich wissen.
Sie nieste wieder. »Er sagt, sein Vetter Rooney hätte ihm das Geld geliehen. Als stiller Teilhaber.«

Ich erinnerte mich an Rooney. Er hatte Swannelle damals in einen vom Unglück verfolgten Bootserwerb verwickelt.
»Und wo hält er die Emus? Sind die nicht ziemlich groß?«
»So groß wie ich«, rief Neva Jean. »Er hat im Garten ein Gehege gebaut und sie da reingesteckt. Als ich gestern abend von der Arbeit kam, hatte er das ganze verdammte Ding eingezäunt. Er hat meine Blumen rausgerissen und meine Gipsfigur, die von dem Jockeyjungen, genommen und neben das Haus geschmissen, einfach so. Und diese verdammten Riesenvögel rannten die ganze Nacht im Garten auf und ab. Ich hab' fast den Verstand verloren. Um zwei Uhr morgens fing ich an zu niesen, und seitdem niese ich ununterbrochen.«
»Achttausend Dollar, was?« Edna war noch nicht darüber hinweg. »Was fängt man mit diesen Emus an, daß sie so teuer sind?«
Neva Jean nieste dreimal hintereinander. »Man verkauft die Eier an andere Züchter«, erklärte sie und wischte sich die Augen trocken. »Swannelle sagt, ein gutes Weibchen legt so fünfunddreißig Eier pro Saison. Und die Eier wird man leicht für hundert Dollar das Stück los. Aber jetzt denkt er schon darüber nach, die Eier ausbrüten zu lassen und die Küken zu verkaufen. Vielleicht macht er die Garage zum Brutplatz.«
»Das ist aber ungünstig«, bemerkte ich. »Besonders wenn du allergisch gegen die Vögel bist.«
»Ich hab' Swannelle gesagt, daß ich krank davon werde.« Neva Jean weinte jetzt richtig. »Er meinte nur, schluck halt ein paar Tabletten und hör auf zu schnüffeln. Ich hasse die verdammten Biester.«
Edna stand auf und holte das Fläschchen mit den Antihistaminen. »Hier«, sagte sie zu Neva Jean. »Sieht aus, als würdest du das brauchen.«

Ich rief Reg Vaughn an, den Geschäftsführer des Cumberland Oaks. »Tut mir leid, aber ich kann kein Angebot für den Job

abgeben«, erklärte ich. »Wir schaffen es nicht. Wir haben einfach nicht genug Personal.«
»Das bedauere ich sehr«, sagte Vaughn. »Wir haben nur Gutes über Ihre Leute gehört.«
»Vielen Dank«, erwiderte ich. »Kann ich Sie anrufen, falls sich an unserer Situation etwas ändern sollte?«
»Wir brauchen sofort jemanden«, entgegnete Vaughn. »Aber man weiß ja nie. Rufen Sie an.«
Ich legte auf und fing an, auf einem gelben Schreibblock herumzukritzeln.
»Du machst dir Sorgen«, stellte Edna fest.
»Schon«, gab ich zu. »Wir sind ausgelastet, aber wenn es uns nicht gelingt, demnächst eine neue Mitarbeiterin einzustellen, können wir nicht so expandieren, wie wir müßten.«
»Irgendwas wird sich schon ergeben«, tröstete Edna.
Es klopfte an der Hintertür. Heute waren wir wirklich gefragte Leute. Es war C. W.
Ich riß die Tür weit auf, so daß er seine Gehhilfe hineinmanövrieren konnte.
»Hunsecker, das läuft ja richtig gut mit dem Ding«, rief ich aus.
»Nicht gut genug«, knurrte er, ließ sich auf einen der Küchenstühle sinken und versetzte der Gehhilfe einen ungnädigen Schubs.
Edna stand auf und brachte ihm ein Glas Eistee. »Wie läuft's mit dem Nichtrauchen?« fragte C. W. unschuldig.
Sie knallte das Glas vor ihm auf den Tisch. »Großartig. Ich will mir nur jedesmal eine anstecken, wenn ich Luft hole. Warum fragt jeder Hans und Franz danach, ob ich noch rauche? Ich habe mit dem Rauchen aufgehört, reicht das nicht?«
C. W. hob beide Hände hoch. »Tut mir leid, daß ich gefragt habe. Geht es dir denn sonst besser?«
»Einfach toll«, sagte Edna, etwas milder gestimmt. »Und, macht die Behandlung Fortschritte?«

»Könnte besser sein. Diese Idioten von Physiotherapeuten im Reha-Zentrum versuchen ständig, alles zu verlangsamen. Immer das Gerede, daß ich doch massenhaft Zeit habe. Sie scheinen nicht zu begreifen, daß ich ein einjähriges Kind zu Hause habe, das besser laufen kann als ich.«

»Der kleine Wash hat auch keine Kugel in den Bauch abbekommen, die sein Rückgrat gestreift hat«, warf ich ein und bereute die Worte, sobald sie heraus waren. Seit der Schießerei war mehr als ein Jahr vergangen, und C. W. und ich hatten noch nicht einmal über die Nacht in der Tiefgarage gesprochen.

Linda, seine Frau, übernahm den Mittlerdienst. Er sagte zu ihr, er sei in Ausübung seines Dienstes verwundet worden, zum ersten Mal in seiner dreißigjährigen Berufslaufbahn als Polizist. Niemand könne etwas dafür. Es sei ein Risiko, daß jeder Polizist einging. Ich sagte zu ihr, ich hätte warten sollen, hätte nicht so darauf drängen sollen, eine Frau zu stellen, von der ich wußte, daß sie geistesgestört war. Die Frau hatte auf C. W. gefeuert und ihn in den Bauch getroffen. Ich hatte zurückgeschossen und sie vor den Augen ihres vierzehnjährigen Sohnes getötet. Seitdem sehe ich nachts oft fern, wenn der Schlaf sich nicht einstellen will, aber ich scheine jeden Geschmack an Western oder Polizeidramen verloren zu haben.

»Wash ist wirklich der süßeste kleine Kerl, den ich je gesehen habe«, wechselte Edna schnell das Thema.

»Der schnellste kleine Kerl trifft es eher«, meinte C. W. »Ich kann mich nicht erinnern, daß Kenyatta je so war. Er interessiert sich einfach für alles. Wenn er nicht im Katzenkorb spielt, räumt er die Küchenschränke aus. Ich sage euch, der Junge richtet das totale Chaos an.«

»Wie alt warst du, als Kenyatta geboren wurde? Neunzehn? Zwanzig? Und wie viele Stunden hast du gearbeitet?« fragte Edna.

»Ich war einundzwanzig.« Er lächelte etwas wehmütig. »Nach der Tagesschicht bei der Polizei habe ich noch als privater Wachmann gearbeitet. Ich verstehe, was du sagen willst. Ich war bei der Arbeit, meine Frau war mit dem Baby zu Hause. Ein anderes Kind, eine andere Frau, andere Zeiten.«

Er räusperte sich. »Hat Linda, äh, euch erzählt, daß ich darüber nachdenke, mein Leben zu ändern?«

Linda hatte berichtet, er sei im Job todunglücklich, beschränkt auf Schreibtischarbeit, wie er war. Inmitten der politischen Scharmützel, die ständig im Atlanta Police Department herrschen, jonglierte er mit Kriminalitätsstatistiken und versuchte, sich möglichst bedeckt zu halten.

Aber die Polizeiarbeit war das Familiengeschäft der Hunseckers, seit die Polizei in den vierziger Jahren die ersten »farbigen« Streifenpolizisten eingestellt hatte. C. W. war Polizist in der dritten Generation und Lieutenant der Mordkommission, und es war ihm bisher noch immer gelungen, die politischen Grabenkämpfe im Department zu überleben.

»Sie hat so etwas erwähnt«, entgegnete ich vorsichtig.

»Ihr erzählt euch also alles«, bemerkte C. W. »Jedenfalls, ich bin vorbeigekommen, um euch was zu zeigen.« Er zog einige Papiere aus der Hemdtasche und reichte sie mir. Ich las sie ungläubig durch. »Du willst dich beurlauben lassen? Wegen Dienstunfähigkeit? Ist das dein Ernst?«

Er nickte. »Vielleicht werden wir hungern müssen, aber Linda hat mir zugeredet. Ich habe die Papiere heute morgen fertiggemacht und bin verschwunden, ehe jemand auf die Idee kam, eine Party für mich zu schmeißen oder so was.«

»Das ist großartig, C. W.«, sagte ich. »Aber erzähl mir nicht, daß du jetzt Hausmann spielen willst.«

Selbst er mußte über diese Vorstellung lachen. »Nein, ich mache eine eigene Firma auf. Ich habe schon länger darüber nachgedacht.«

»Und was für eine Firma?« fragte Edna, direkt wie gewöhnlich.

Er holte noch ein Stück Papier aus seiner Brusttasche und reichte es mir. Es war eine Geschäftskarte.

HUNSECKER & PARTNER stand da in schwungvollem Golddruck. Darunter waren die Worte SICHERHEITSBEAUFTRAGTE FÜR WIRTSCHAFT UND PRIVATANGELEGENHEITEN zu lesen.

»Was hältst du davon?« fragte C. W. ängstlich.

Ich bog den Karton zwischen den Händen. »Gutes Papier. Ganz nettes Gewicht«, bemerkte ich. »Hast du bei der Druckerei auch ordentlich gehandelt?«

Er riß mir die Karte aus den Händen. »Mal ernsthaft, Garrity. Was hältst du davon?«

»Was für eine Art Sicherheitsfirma willst du aufmachen? So wie ›Sicherheits- und Wachdienst. Garantiert nur ehemalige Polizei-oder Kripobeamte‹?«

»Ja, wir beschäftigen ungefähr sechs bis acht Männer«, antwortete C. W. »Ich habe eine bestehende Sicherheitsfirma aufgekauft. Kennst du Lou Gowcher? Er war jahrelang Sergeant im Southside-Revier. Er hat die Firma schon vor Jahren aufgemacht, zusammen mit einem Kumpel, aber jetzt ist der Kumpel gestorben, und Lou will in den Ruhestand gehen und nach Florida ziehen. Wir machen hauptsächlich Sicherheitsberatung. Die Firma hat Verträge mit einigen Supermärkten, drei oder vier Bürokomplexen und einem Einkaufszentrum. Wir vermieten die Wachmänner, installieren Überwachungsmonitore und Sicherheitssysteme. Es ist eine ganz ordentliche kleine Firma.«

»Wow«, brachte ich heraus. »Klingt, als hättest du es recht gut getroffen.«

Er nickte. »So wie es aussieht, werden wir auch von der Olympiade ein Scheibchen abkriegen. Ich kenne den Typ, der für die Sicherheit im Olympischen Dorf zuständig ist. Wir waren zusammen auf der Akademie. Er sagt, er kann alle qualifizierten Leute brauchen, die ich stellen kann.«

»Ja doch«, sagte ich sarkastisch. »Versuch nur mal, qualifizierte Leute zu finden.«

»Personalprobleme?« fragte C. W.

»Mauskräftemangel. Es ist unmöglich, tüchtige Leute zu finden, die Hausputz zu ihrer Lebensarbeit machen wollen. Das gilt heutzutage nicht als politisch korrekt.«
»Darüber hab ich noch nie nachgedacht«, bemerkte C. W.
Er griff nach seiner Gehhilfe und kämpfte sich hoch. Ich mußte gegen die Versuchung ankämpfen, ihm zu helfen. Wieder eine Frage der politischen Korrektheit.
»Zumindest hast du ja noch deine Lizenz als Privatdetektivin«, sagte er.
»Sie hat einen neuen großen Fall, den sie nicht übernehmen will«, begann Edna. »Ich habe ihr gesagt . . .«
»Schon gut.« Ich warf ihr einen giftigen Blick zu.
C. W. sah mich mit erhobenen Augenbrauen an.
»Scheidungssache«, erklärte ich hastig und öffnete ihm die Hintertür. »Sag Linda, sie soll mich anrufen. Dann gehen wir mal essen.«
»Wir könnten zu viert gehen«, schlug C. W. vor.
Ich wußte, welchen Tischpartner er für mich im Auge hatte. Mac.
»Würde ich rasend gern«, erwiderte ich souverän. »Aber kann Wash denn schon feste Nahrung zu sich nehmen?«
»Du bist eine harte Frau, Garrity.«
»Die härteste.«

Ednas Finger flogen nur so über die Rechenmaschine. Normalerweise liebt sie es, Zahlen zu addieren und subtrahieren. Im Grunde ihres Herzens ist sie die geborene Buchhalterin, und ich weiß nicht, ob unsere Firma ohne sie je konkrete Gestalt angenommen hätte. Aber heute hatte sie einen Stapel Papiere neben sich liegen, und jedesmal, wenn sie eine Zahl eingab, runzelte sie die Stirn.

»Was ist los?« fragte ich und setzte mich neben sie an den Küchentisch. Nach unserer Diskussion gestern wollte ich nicht, daß sie sich wegen der Sache aufregte. Wir würden es schon irgendwie schaffen. Das hatten wir immer.

Mit einer weit ausholenden Handbewegung wies sie auf den Papierstapel. »Arztrechnungen und Krankenhausrechnungen«, sagte sie und bekam einen Hustenanfall.

Ich schob die Rechnungen zur Seite. »Du bist gerade aus dem Krankenhaus entlassen worden. Wir sind krankenversichert. Die Versicherung wird die Rechnungen bezahlen. Mach dir keine Sorgen. Du weißt, was Jeanne über Streß gesagt hat.«

»Die hat leicht reden«, erboste sich Edna und hustete erneut. »Guck dir diese Beträge an. Vierhunderteinundneunzig Dollar fürs Röntgen. Zweihunderteinundzwanzig Dollar und fünfundsiebzig Cents für die Behandlung in der Notaufnahme. Was für eine Notfallbehandlung? Die haben nur meine Brust abgehorcht und mir erzählt, ich sei echt wahnsinnig krank. Das hätte ich ihnen auch sagen können. Umsonst.«

»Die Krankenversicherung wird zahlen, Ma«, beruhigte ich sie, aber sie war nicht mehr zu bremsen.

»Behandlung einer respiratorischen Erkrankung, fünfhundertzweiundsiebzig Dollar.« Sie stach mit dem Finger auf die Rechnung ein. »Hier ist eine Rechnung über einhundertsiebzig Dollar von einem Arzt, von dem ich noch nie etwas gehört habe. Ganz bestimmt habe ich nicht darum gebeten, von ihm untersucht zu werden. Warum sollte ich ihn dann bezahlen?«

Ich sah mir die Rechnung an. Der Name des Arztes sagte mir auch nichts, aber ich erinnerte mich vage, daß Jeanne einen Lungenspezialisten gebeten hatte, sich Edna mal anzusehen. Sie hustete wieder, und ihr Gesicht lief rot an. Ich holte ihren Inhalator aus dem Küchenschrank, schüttelte ihn und reichte ihn ihr.

Sie drückte zweimal drauf und inhalierte. Ich nahm die Rechnungen, schob sie in eine Mappe und legte sie auf den Kühlschrank.

»Wir müssen den Eigenanteil übernehmen, weißt du.« Edna atmete wieder leichter. »Wenn wir die Rechnungen nicht bezahlen, werden sie hinter uns hersein. Dann werde ich ernsthaft krank. Ich bin die ganzen geldgierigen Ärzte und Krankenhäuser verdammt leid, die mir acht Dollar für ein paar Tylenol abknöpfen.«

Ich stimmte vollständig mit ihr überein. Ich wußte, wir würden uns mit all den Versicherungsgesellschaften, Ärzten und dem ganzen Rest herumschlagen müssen, aber im Moment brauchten wir beide etwas, das uns von Ednas Krankheit und meinen Sorgen ablenkte.

»Vielleicht sollte ich doch eine Stellenanzeige in die Zeitung setzen«, meinte ich seufzend. »Das könnte für befreiende Komik sorgen.«

Edna legte die langen, knochigen Finger um den leeren Aschenbecher, der neben ihr auf dem Tisch stand, und spielte damit herum. Sie ließ ihn herumwirbeln, befingerte die Kerbe, wo die brennende Zigarette hätte liegen sollen, und ließ den Kaugummi knallen, den sie immer im Mund hatte.

»Ich denke, du solltest den Auftrag von Whitney Dobbs annehmen«, sagte sie ruhig. »Ich weiß, du magst keine Scheidungssachen, aber das hier ist etwas anderes. Es ist mehr eine Schatzsuche, oder?«

»Nur daß ich diesmal für einen der Bösen arbeiten würde«, entgegnete ich nachdenklich. »Sie hat ein kleines Mädchen getötet und ist damit davongekommen, Ma. Das kann ich nicht so einfach abhaken.«

Edna nickte mit dem Kopf. »Ich weiß. Es scheint mir auch nicht richtig zu sein, daß sie mit einer so geringen Strafe davongekommen ist. Ich weiß, du bist anderer Meinung, aber ich sehe immer noch nicht, daß die ganze Sache irgendwas mit Rassendiskriminierung zu tun hat. Glaubst du, die Leute hätten ein derartiges Theater gemacht, einen Aufstand angezettelt und Geschäfte geplündert wie diese Rowdys, wenn Faneeta Mayes weiß gewesen wäre? Whitney Dobbs ist wegen eines Formfehlers freigekommen. Der Polizist, der sie anhielt, war schwarz. Der Richter war schwarz, der größte Teil der Geschworenen auch. Wie soll das eine Verschwörung der Weißen gewesen sein?«

»Man kann auch andersherum argumentieren«, wandte ich ein. »Wenn Whitney schwarz gewesen wäre und ein weißes Kind totgefahren hätte, was glaubst du, was passiert wäre? Sie würde garantiert im Gefängnis schmoren. Statt dessen fährt sie frei wie ein Vogel durch die Gegend, genau wie du und ich.«

»Das kauf ich dir nicht ab.« Edna blieb halsstarrig. »Das ist nicht das Georgia, in dem ich aufgewachsen bin. Die Zeiten haben sich geändert. Jedenfalls, du kennst meine Theorie, Jules. Im Leben kommt alles zurück. Ich hab' das Gefühl, daß das Mädchen ihre eigene Hölle direkt hier auf Erden durchlebt.«

»Vielleicht.«
»Berechne ihr den doppelten Satz«, sagte Edna. »Das sollte die Schuldgefühle mildern, die du als Weiße hast. Und hilft uns, die verdammten Arztrechnungen zu bezahlen.«

Ich griff nach dem Telefon, und es gelang mir, Jeanne Payne an den Apparat zu bekommen, indem ich sie ausrufen ließ.
»Ist mit Edna alles in Ordnung?« fragte sie schnell.
»Edna geht es gut. Sie ist nervös wie eine Katze, die vor einem Mauseloch sitzt, aber sie hat noch nicht geraucht, und der Inhalator scheint zu helfen.«
»Gut. Was kann ich für dich tun?«
»Kennst du Carson Dobbs?«
»Klar. Wer kennt den nicht?«
»Er hat dem Scheidungsrichter erzählt, er sei völlig blank. Nimmst du ihm das ab?«
»Dobbs?« Jeanne lachte. »Guter Witz. Der ist bloß geizig. Er fährt einen ramponierten grauen Sedan, und seine Kleidung sieht immer aus, als hätte er sie im Sears-Katalog bestellt. Aber allzu harte Zeiten kann er eigentlich nicht durchleben. Er und seine Kompagnons haben gerade eine neue Praxis bezogen.«
»Hast du schon mal Herzpatienten an ihn überwiesen?«
»Manchmal«, antwortete Jeanne langsam. »Er ist angeblich ein Genie. Ein bißchen übereifrig, wenn du mich fragst. Aber ich habe noch nie gehört, daß jemand seine Fachkenntnis in Frage gestellt hätte.«
»Also ist er nicht pleite?«
»Ich weiß, du denkst, alle Ärzte sind reich, Callahan, aber dieser Typ ist es tatsächlich. Er hat nicht etwa eine, sondern gleich drei Nebenpraxen, eine drüben in Athens und eine unten in Peachtree City, in dem neuen Regionalkrankenhaus, das sie gerade gebaut haben. Wieso bist du so interessiert an Carson Dobbs, Callahan? Wenn du der Meinung bist, daß Edna mit einem anderen Arzt besser dran wäre, müssen wir darüber reden, weißt du.«

»O nein, Jeanne«, stellte ich hastig klar. »Du bist eine großartige Ärztin. Ich, äh ... also, es ist eigentlich vertraulich, aber dir als unserer Hausärztin kann ich ja wohl vertrauen. Whitney Dobbs will mich engagieren, weil Carson behauptet, er sei pleite. Er sagt, sein kaufmännischer Leiter hätte ihn mit irgendeinem angeblichen Versicherungsbetrug oder so abgekocht, und Whitney ist überzeugt, daß er lügt.«

»Das ist interessant«, bemerkte Jeanne. »Das mit der Scheidung wußte ich natürlich. Seine Freundin soll angeblich bei ihm in der Praxis arbeiten. Das mit dem kaufmännischen Leiter ist mir neu. Normalerweise wäre so was längst im ganzen Krankenhaus rum, aber Carson redet so wenig wie möglich über Privatangelegenheiten. Er ist so eine Art Einzelgänger. Wird Anklage gegen den kaufmännischen Leiter erhoben?«

»Weiß ich nicht. Hör zu, Jeanne, würdest du in Erwägung ziehen, Edna an Dobbs zu überweisen?«

»Wir wollen später eine Herzkatheterisierung vornehmen, aber ich hatte vor, Edna an Patricia Soong zu überweisen. Sie ist genauso gut wie Dobbs, und ich denke, daß sie mit Patientinnen wie Edna besser umgehen kann. Sie ist einfühlsamer.«

»Es war nur so ein Gedanke«, sagte ich. »Aber mir kam die Idee, daß ich versuchen könnte, Edna einen Termin bei Dobbs zu verschaffen. Als Patientin. Um mir ein genaueres Bild von der Praxis zu verschaffen. Das kann doch nichts schaden, oder?«

»Wahrscheinlich nicht«, entgegnete Jeanne widerstrebend. »Also nur eine Konsultation? Carson Dobbs schätzt operative Methoden. Für meinen Geschmack ist er ein bißchen zu vertraut mit den Chirurgen. Er denkt, die Lösung für das Problem jedes Patienten liegt hinter den Türen des OPs.«

»Nein, nein.« Ich war entsetzt. »Nichts dergleichen. Edna geht in seine Praxis, kundschaftet alles aus, und das war's. Ich werde nicht mal zulassen, daß sie die Medikamente abholt, die er ihr verschreibt.«

»Das will ich auch hoffen«, meinte sie schnippisch. »Fühlt Edna sich der Sache denn gewachsen?«
»Machst du Witze? Sie schnüffelt rasend gern herum. Besonders, wenn es um Ärzte geht.«
»Das merk ich mir«, erklärte Jeanne.
»Könntest du seine Praxis anrufen und einen Termin ausmachen? Sag ihm, die Familie macht sich große Sorgen.«
»Ich kann es versuchen. Aber wie alle Kardiologen in der Stadt wird er eine dreimonatige Warteliste haben. Warte. Ich weiß. Ich werde ihm sagen, Edna sei meine Lieblingstante.«
»Wieso habe ich bloß den Eindruck, daß dir das Spaß macht?« erkundigte ich mich.
»Ich gebe dir den Termin durch. Richte Edna aus, sie soll sich benehmen.«
»Das glaubst du doch selber nicht«, murmelte ich, als ich den Hörer auflegte.

»Ich muß Ihnen den doppelten Satz berechnen«, erklärte ich sachlich. »Wird das ein Problem sein?«
Zack Alexander wirkte nicht überrascht. Er machte sich eine Notiz. »Sollte es eigentlich nicht. Whitneys Großmutter hat ihr eine kleinere Summe hinterlassen. Damit wird meine Arbeit finanziert. Und wenn Sie mir helfen zu beweisen, daß der Doktor ein Betrüger ist, sind Ihre und meine Honorare gesichert.«
Er schob mir eine dicke Akte zu. »Das ist alles, was wir bei der Offenlegung aus dem guten Doktor rausbekommen haben. Gute Lektüre, wenn Sie erfundene Geschichten mögen.«
Ich griff nach der Akte. »Sie glauben ihm nicht?«
»Kein Wort.«
Er lehnte sich zurück. Ich hatte einen älteren und spießigeren Mann erwartet, mit Lederhosenträgern, leichten Halbschuhen von Gucci und Seidenkrawatte, der Schutzfärbung des Scheidungsanwalts. Zack Alexander hatte die Bekleidungsvorschriften offenbar nicht gelesen. Er trug ein olivgrünes Cordhemd

und einen karierten Wollschlips, der seine Herkunft bei Eddie Bauer geradezu herausschrie. Sein ergrauendes, braunes Haar war zum Mittelscheitel gekämmt und reichte ihm bis zum Hemdkragen. Ein breiter Schnurrbart verbarg die Winkel eines Mundes, der ständig amüsiert wirkte. Der Mann war durchaus attraktiv, auf Stadtguerilla-Art. Ich fragte mich kurz, ob er und Whitney Dobbs wohl eine eigene zwischenmenschliche Offenlegung durchgeführt hatten. Mit dieser schmutzigen Phantasie muß ich halt arbeiten.

»Dobbs hat Ben Dwyer, seinen kaufmännischen Leiter, vor einem Monat gefeuert. Er hat ihm an einem Freitag mitgeteilt, er müsse sein Büro räumen. Aber Dobbs ist erst zur Polizei gegangen, als wir anfingen, Fragen wegen seiner Finanzen zu stellen. Als Entschuldigung brachte er vor, er hätte seine Patienten nicht beunruhigen wollen.«

Ich zog meinen Notizblock aus der Tasche und begann zu schreiben. »Wie schreibt der Mann sich?«

»D-W-Y-E-R«, buchstabierte Alexander. »Steht alles in der Akte. Er hat die Stadt verlassen. Hat seine Wohnung und sein Bankkonto geräumt, und niemand hat ihn seitdem zu Gesicht bekommen.«

»Wäre nett, wenn wir mit ihm reden könnten, oder mit jemandem, der ihn kannte«, sagte ich. »Wer führt angeblich die Ermittlungen?«

»Tillie Foster, Abteilung für Wirtschaftskriminalität bei der Staatsanwaltschaft von Fulton. Ihre Geschäftskarte ist in der Akte, aber ich würde ihr im Augenblick nicht auf die Pelle rükken.«

»Jemand hat hier eine Menge Arbeit reingesteckt«, bemerkte ich und klopfte leicht auf die Akte. »War das Ihr Privatdetektiv?«

»Bollinger?« lachte Alexander. »Nein. Whitney warf nur einen Blick auf Bollinger und entschied, ein Trupp aneinandergeketteter Sträflinge hätte ihn ausgestoßen. Nein, das war Barry Lewis, der Jurastudent, der im Sommer hier gearbeitet hat. Er hat einen wundervoll mißtrauischen Verstand. Aber der blöde Scheißer glaubt, daß er sich mit der Emission von Kommunalobligationen beschäftigen will. Er besucht jetzt wieder seine Universität in Virginia und bringt das letzte Studienjahr zu Ende.«

Ich blätterte die Akte durch. Barry Lewis hatte sehr gründliche Arbeit geleistet. Vielleicht würde es doch nicht so schwierig werden.

»Wie ich Whitney schon sagte, mache ich normalerweise keine Scheidungssachen«, erklärte ich. »Gut, ich habe eine vage Vorstellung von dem, was zu tun ist, aber warum sagen Sie mir nicht ganz konkret, wo ich Ihrer Meinung nach anfangen soll?«

»Mit dem Haus«, kam die prompte Antwort. »Dobbs hat ein Stadthaus mit drei Schlafzimmern draußen in Windward für achtundachtzigtausend Dollar verkauft. Ein in genau der gleichen Bauweise errichtetes Haus auf der anderen Seite des Sees ging zwei Monate vorher für dreihunderttausend Dollar weg. Dobbs hat erklärt, er müsse seinen Eigenkapitalanteil rausholen, um die Gläubiger zufriedenzustellen. Ich halte das für Bockmist.«

»Wer ist der Käufer?«

Alexander wies mit dem Kopf auf die Akte. »Eine Aktiengesellschaft. Barry hat im Handelsregister nachgesehen, aber ich hätte ihm auch so sagen können, was er da finden würde.«

»Und zwar?«

»Der Name der Gesellschaft lautet Paradox Properties. Als Vertreter ist ETS Services eingetragen.«

»Und was ist das für eine Firma?«

»Eine Anwaltskanzlei, die so was professionell macht. Damit verdienen sie ihr Geld. Man bezahlt eine Gebühr, und ETS richtet einem eine Scheinfirma ein. Die Adresse der Scheinfirma ist die Adresse von ETS. Eine Briefkastenfirma. Gehen Sie irgendwann mal die Eintragungen im Handelsregister durch. ETS dient als Deckadresse für Hunderte und Aberhunderte von Firmen.«

»Was ist mit den Gesellschaftern der Firma? Müssen die Namen nicht eingetragen werden?«
»Steht in der Akte«, sagte Alexander. Er griff nach dem Ordner und blätterte ihn durch, bis er gefunden hatte, was er suchte. »Johnnye B. Adams, V. R. White und J. F. Farmer.«
»Und Sie haben keine Ahnung, wer diese Leute sind?«
»Leute mit allgemein üblichen Nachnamen«, bemerkte Alexander. »Sie sehen, warum Barry hier gegen eine Wand gelaufen ist.«
»Whitney sagte, ihr Ex wohnt in einer kleinen Wohnung mit nur einem Schlafzimmer in Sandy Springs«, meinte ich. »Ein ziemlicher Abstieg nach einem Dreihunderttausend-Dollar-Haus.«
»Ein noch größerer Abstieg von dem Haus an The Prado. Das hat einen Schätzwert von zwei bis drei Millionen. Deswegen ist Carson so dahinter her, daß es verkauft wird. Alison hat Whitney ein bißchen was über die Wohnung erzählt, aber sie war nur ungefähr eine Minute drin. Und sie war ziemlich aufgelöst. Whitney läßt er nicht mal in die Nähe der Wohnung. Auch aus diesem Grund haben wir den Verdacht, daß es sich dabei nicht um seinen wirklichen Wohnsitz handelt. Wenn Sie sich Zutritt zu der Wohnung verschaffen und sie fotografieren könnten, wären wir möglicherweise einen großen Schritt weiter.«
»Und ich im Gefängnis«, bemerkte ich trocken.
»Ich würde doch nie vorschlagen, daß Sie etwas Ungesetzliches tun«, versicherte Alexander.
Er öffnete eine Schreibtischschublade und zog ein kleines, flaches, schwarzes Lederetui heraus, ungefähr so groß wie der Taschenrechner, den ich mit meinem Scheckbuch herumtrage, falls mich je der Drang überkommt, die Schecks einzutragen und meinen Kontostand auszurechnen. Mit dem Daumennagel öffnete Alexander das Etui. Darin, in einem Kokon aus schwarzem Styropor, lag eine Kamera, nicht größer als ein Feuerzeug.

»Niedlich«, sagte ich. »Ist die für mich?«
»Das ist eine Videokamera. Barry hat sie in einem Laden gefunden, der ›Spionbedarf‹ heißt«, erläuterte Alexander und spielte mit seinem Schnurrbart. »Kennen Sie den Laden?«
»So ungern ich Sie enttäusche, aber mit diesem Spionagekram habe ich selten was zu tun«, teilte ich ihm mit. »Ich habe weder Wanzen noch ein Schuhtelefon. Meist sind es nur ich und mein Rolodex. Glauben Sie immer noch, daß ich dem Job gewachsen bin?«
Alexander öffnete eine andere Schublade und holte etwas heraus, das wie ein Miniatur-Tonbandgerät aussah. »Das ist der dazugehörige Videorecorder«, erklärte er. »Läßt sich in einem Aktenkoffer verstecken. Aber ich nehme an, bei einer Frau wird eine Handtasche ausreichen. Eine Videokassette ist drin. Der Recorder arbeitet mit einer Neun-Volt-Batterie. Alles gebrauchsfertig. Wir brauchen Aufnahmen von der Wohnung, zum allermindesten Bilder von Dobbs mit seiner Freundin. Wenn Sie dann irgend jemanden, der eine Verbindung zu Dobbs hat, bei dem Haus in Windward erwischen könnten, wäre das großartig. Kurz gesagt, wir müssen dem Richter irgendwie beweisen, daß Carson Dobbs sich nicht auf direktem Weg ins Armenhaus befindet.«
»Der Name der Freundin und alles ist in der Akte?« fragte ich.
»Sie heißt Suzanne Shaddeau.«
»Und wir haben Aufstellungen aller Bankkonten von Dobbs, Kreditkarten und so weiter?«
»Alle, von denen wir wissen.«
»Wie oft wollen Sie einen Bericht?« erkundigte ich mich, in der Hoffnung, daß es nicht zu oft sein würde. Ich hasse Papierkram.
»Rufen Sie mich an, sobald Sie irgendwas haben. Dobbs' Anwälte haben einen Gerichtstermin in zwei Wochen beantragt, und in Anbetracht von Whitneys Ruf wird der Richter dem Antrag sicher stattgeben.«

Als ich mich der Küchentür näherte, roch ich Kaffeeduft. Und Frischgebackenes.
»Wer hat denn hier ein Gipfeltreffen einberufen?« fragte ich.
Neva Jean, Ruby, Baby, Sister und Jackie saßen dichtgedrängt am Küchentisch. Sie tranken Kaffee und schmierten Butter auf etwas, das wie Apfel-Cranberry-Muffins aussah.
»Ich«, erklärte Edna und stellte ein Glas Marmelade neben die Butter auf den Tisch. »Es ist ein großer Fall, Jules. Wir müssen jede Menge Informationen ausgraben. Und ausnahmsweise ist es nicht gefährlich. Nur ein netter, sauberer Schwindler. Es gibt keinen Grund der Welt, die Mädels nicht alle mithelfen zu lassen.«
»Das stimmt, Callahan«, bekräftigte Neva Jean und biß herzhaft in ihren Muffin. »Edna sagt, du läßt sie helfen. Also wollen wir auch mitmachen.«
»Vergiß nicht den letzten Fall«, kreischte Miss Sister. »Hab ich dieser kleinen Chinesin mit ihrem kleinen roten Auto nicht gründlich die Suppe versalzen?«
Die fragliche Frau war eigentlich Koreanerin. Sister und Baby hatten ihr Haus durchsucht und sich ein Band aus ihrem Anrufbeantworter »geliehen«. Eine Meisterleistung. Ich schenkte mir einen Becher Kaffee ein und lehnte mich gegen die Anrichte, da am Tisch kein Platz mehr frei war.
»Schön.« Ich versuchte, widerstrebend zu klingen, aber ich war bereits selbst zu dem Schluß gekommen, daß ich Hilfe brauchen würde. Kurz erklärte ich, was getan werden mußte.
»Übrigens«, fügte ich hinzu. »Es eilt. Die andere Seite hat in zwei Wochen eine Anhörung beantragt. Wir müssen uns wirklich ranhalten, wenn wir das schaffen wollen. Aber das bedeutet auch mehr Geld für alle.«
»Wir schaffen das«, sagte Neva Jean. »Bestimmt«, bekräftigte Ruby.
Einen Augenblick lang fand ich ihre Begeisterung etwas verwirrend. Die Mädels waren immer ganz versessen darauf gewesen,

ihre Nase in meine Fälle zu stecken, gut. Aber dieser Fall? Bei dieser Klientin?

»Hat Edna euch erzählt, daß ich für Whitney Dobbs arbeite?«

»Whitney Dobbs?« wiederholte Jackie ungläubig. »*Die* Whitney Dobbs?«

»Was spielt das schon für eine Rolle?« wehrte sich Edna trotzig. »Ihr Geld ist ebenso gut wie das aller anderen Leute. Und sie hat jede Menge davon.«

Jackie knallte ihren Kaffeebecher auf den Küchentisch. »Habt ihr das gehört? Callahan will, daß wir einer Babymörderin helfen. Sie will, daß wir dieser reichen Schlampe helfen, die ein kleines Mädchen totgefahren und einfach auf der Straße liegengelassen hat. Als sei sie nicht besser als ein Eichhörnchen oder ein Frosch.« Unterstützungsheischend sah sie die anderen Mädels an.

Ruby faltete die Hände im Schoß. »Ach du liebes bißchen«, meinte sie bedrückt. »Ich wußte nicht, daß es um die Frau geht. Stimmt das, Callahan?«

»Es stimmt«, sagte ich schlicht. »Mir gefällt auch nicht, was sie getan hat, Jackie, aber ich habe sie getroffen, und sie ist nicht so, wie sie in den Zeitungen dargestellt wird. Sie hat mit dem Trinken aufgehört und versucht, ihr Leben in Ordnung zu bringen. Sie braucht Hilfe, und wir könnten das Geld brauchen. So einfach ist das.«

»Erzähl das Faneeta Mayes' Eltern.« Jackie stand auf und riß ihre Handtasche von der Rücklehne des Stuhls. »Macht doch, was ihr wollt. Diese Schlampe gehört auf den elektrischen Stuhl. Soweit es mich betrifft, kann sie in der Hölle verrotten.«

Jackie marschierte aus der Küche und ließ die Fliegentür hinter sich zuknallen.

»Wovon redet sie?« wollte Baby lautstark wissen. »Für wen arbeiten wir?«

»Für diese reiche Weiße, die das Kind im Park getötet hat«, brüllte Sister ihr ins Ohr. »Schreckliche Sache, schreckliche Sache.« Sie schnalzte laut mit der Zunge gegen ihr Gebiß.

»Whitney Dobbs ist sicher keine Heilige«, räumte ich ein. »Aber ihr Mann hat sie wegen einer anderen Frau verlassen und versucht jetzt, sie aus ihrem Haus zu werfen. Er will keinen Unterhalt für die gemeinsame Tochter zahlen, und er weigert sich, die Studiengebühren zu übernehmen. Wir denken, daß er sein Vermögen versteckt hat und auf arm macht.«

»Aber er ist doch Arzt«, sagte Neva Jean. »Arzt oder Anwalt.«

»Arzt«, erklärte ich. »Kardiologe. Will noch jemand nicht für Whitney Dobbs arbeiten? Ich könnte euch keinen Vorwurf daraus machen. Ruby?«

Ruby schloß einen Augenblick lang die Augen und öffnete sie dann wieder. »In Ordnung«, sagte sie einfach. »Ich habe gebetet. Und ich glaube, die Bibel hat eine Menge über Vergebung zu sagen. Die arme Frau braucht Vergebung.«

»Miss Baby«, schrie ich, »könnten Sie heute abend noch arbeiten? Sie werden natürlich bezahlt.«

»Ja, Ma'am«, sagte sie schnell. »Ich mach es. Kann ich zehn Dollar kriegen? Wir haben ein Seniorentreffen in der Gemeinde, und ich hab' mir gedacht, eine neue Handtasche für den Winter wär nett. Bei Kessler haben sie eine für achtzehn neunundneunzig. Braunes Lederimitat, sieht aus wie Wildleder.«

»Sie bekommen fünfundzwanzig Dollar«, versicherte ich.

»Und wieso kriegt Miss Klugscheißer all die guten Jobs?« fragte Sister kriegerisch, die Arme vor der knochigen Brust verschränkt. »Bin ich etwa nicht mehr gut genug?«

»Sie brauchen wir auch«, erklärte ich hastig. »Wir brauchen jeden.«

Wir waren fast mit dem Essen fertig, als es klingelte. Whitney Dobbs stand vor der Tür. Sie sah klein und verängstigt aus, wie ein Kind, das sich am ersten Tag im Kindergarten die Hosen naßgemacht hat.

»Woher wissen Sie, wo ich wohne?« fragte ich.

Sie warf einen Blick über die Schulter zurück in die ruhige Dämmerung. »Darf ich reinkommen? Bitte.«

Ich trat zur Seite, und sie huschte ins Haus.

»Könnten Sie bitte die Tür abschließen?«

Ich hob die Augenbrauen. »Ich weiß, das hier ist nicht Ansley Park, aber so schlecht ist die Gegend nun auch wieder nicht. Sie sind hier vollkommen sicher.«

»Jemand ist mir gefolgt«, platzte sie heraus. »Den ganzen Tag schon. Wo ich auch hingehe, überall taucht dasselbe Auto auf. Ich mußte herkommen, ich wußte nicht, was ich sonst machen sollte.«

»Jules?« rief Edna aus der Küche. »Wenn das wieder eins von diesen verdammten Schulkindern ist, die Süßigkeiten verkaufen wollen, sag ihm, daß ich nicht ...«

»Es ist eine Klientin, Edna«, brüllte ich zurück.

Ich hörte, wie ein Stuhlbein über den Boden scharrte, und eine Minute später kam Edna ins Wohnzimmer, sich das Haar zurechtklopfend, als hätte die unbekannte Klientin um Audienz

bei ihr ersucht. Sie wußte natürlich genau, wer da gekommen war.
»Das ist meine Mutter, Edna Garrity«, stellte ich vor. »Edna, das ist Whitney Dobbs.«
»Albright«, korrigierte sie mich.
»Sie denkt, daß sie verfolgt wird.«
»Ich *werde* verfolgt«, beharrte Whitney. Ihre Stimme hallte in dem hohen Raum wider. Die Nachmittagssonne, die gegen die großen Panoramafenster knallt, läßt unser Wohnzimmer an den meisten Tagen bis lange nach Sonnenuntergang unangenehm warm werden, aber Whitney rieb sich die Arme und fröstelte.
Sie sah schrecklich aus. Unter den Augen hatte sie große dunkle Ringe, und das kurze blonde Haar war ungekämmt und ungewaschen. Mir fiel auf, daß sie dasselbe Hemd trug wie vor zwei Tagen. Es war mittlerweile völlig zerknittert, und ein Knopf fehlte. Dort wurde das Hemd mit einer Sicherheitsnadel zusammengehalten.
»Warum setzen Sie sich nicht«, bot Edna an, ignorierte meine schlechten Manieren und wies auf einen Sessel. »Oder kommen Sie mit in die Küche und trinken Sie eine Tasse Kaffee mit uns. Wir hatten gerade gegessen, also ist es dort ziemlich unordentlich.«
Whitney zerrte an einem Faden, der an ihrem Hemd herabhing. Sie hatte den Anstand zu erröten. »Oh, Sie hatten gerade gegessen. Es tut mir leid. Mir war gar nicht bewußt, wie spät es schon ist.« Sie lächelte schwach. »Es riecht wunderbar.«
»Nur ein bißchen alter Schweinebraten, ein paar gebratene Äpfel und Brokkoliauflauf«, sagte Edna entschuldigend. »Ich kann Ihnen gern einen Teller zurechtmachen. Es ist genug da.«
»Sie kocht immer so viel, daß es für eine ganze Armee langen würde, und dann macht sie ihr Essen solange schlecht, bis Sie ihr sagen, wie großartig es schmeckt«, bemerkte ich.
Whitney schluckte. »Ich kann nichts essen.« Ihre Augen irrten

zwischen Ednas besorgtem Blick und meinem harten Gesicht hin und her. Es gefiel mir nicht sonderlich, daß sie unangemeldet und uneingeladen hier auftauchte.
»Na, dann eine Tasse Kaffee«, schlug Edna vor und legte Whitney die Hand auf den Arm. »Sie sehen aus, als sei Ihnen kalt.«
Whitney biß sich auf die Lippen. »Da ist ein weißes Auto. Ein Ford, glaube ich. Es ist mir hierher gefolgt. Ich wollte eigentlich zu einem Treffen. Dann bekam ich solche Angst, daß ich nicht mehr klar denken konnte. Ich hatte Ihre Geschäftskarte. Ich kenne die Gegend. Carson und ich hatten eine kleine Wohnung hier in der Nähe, als er Assistenzarzt am Grady war.«
Sie redete unentwegt weiter. »Ich bin direkt in Ihre Auffahrt gefahren, und er hielt am Straßenrand. Eine Minute lang dachte ich, er würde auf mich losgehen. Dann fuhr er weiter, ganz langsam. Da sammelte ich all meinen Mut zusammen, stieg aus und klingelte.«
Ich ging zum Fenster und sah hinaus. Am Ende unserer Auffahrt steht eine Straßenlaterne. Warmes gelbes Licht ergoß sich auf die Fahrbahn wie eine Lache Buttermilch. Die Straße war leer.
»Da ist niemand«, teilte ich Whitney mit und ließ den Vorhang zurückfallen.
»Vor einer Minute war er noch da.«
»Tut nichts zur Sache«, sagte Edna. »Kommen Sie mit in die Küche und trinken Sie eine Tasse Kaffee. Dann können Sie uns alles erzählen.«
»Vielleicht ein bißchen Tee«, erklärte Whitney sich einverstanden.

»Der Wagen parkte auf der anderen Straßenseite, als ich heute morgen das Haus verließ«, begann sie, rührte ihren Tee um, hob den Löffel heraus und ließ die bernsteinfarbene Flüssigkeit zurück in die Tasse tropfen. »Das Auto paßte irgendwie nicht in unsere Gegend. Fast alle fahren Volvos oder BMWs. Ich dachte mir nichts dabei, es hätte die neue Putzfrau von irgend jemandem sein können. Aber dann folgte er mir zum Postamt. Und als ich aus der Aerobicstunde kam, stand er da, und bei A & P fiel er mir wieder auf.«

»Sie sagen immer er«, warf ich ein. »Haben Sie den Fahrer erkannt?«

»Nein«, gab sie zu. »Der Wagen hatte getönte Scheiben.«

»Gut. Was können Sie mir sonst über das Auto sagen? Baujahr? Marke? Nummernschild?«

Sie zuckte die Achseln. »Ich kenne mich mit Autos nicht aus. Es war irgendwie gedrungen, wie ein Kompaktwagen. Weiß, mit Roststellen auf der Motorhaube. Ich habe versucht, das Nummernschild zu erkennen, aber es waren immer einige Wagen zwischen uns.«

»Haben Sie schon mal daran gedacht, die Polizei zu rufen?« Ich wurde immer ärgerlicher. Ich hatte zugestimmt, Whitney Albright Dobbs zu helfen, das versteckte Vermögen ihres Mannes zu finden und nicht, sie vor dem großen bösen Wolf zu beschützen.

»Die Polizei?« Sie ließ den Löffel so abrupt in die Tasse klirren, daß Tee auf die Untertasse spritzte. »Die Polizei würde mich nur ins Röhrchen pusten lassen. Ich habe Ihnen doch gesagt, daß ich in dieser Stadt nicht sehr beliebt bin.«

»Was ist mit Ihrem Anwalt? Erzählen Sie es ihm. Wenn es Ihr Mann ist, der Sie belästigt, kann Alexander eine einstweilige Verfügung erwirken.«

»Ich rufe Zack an, wenn ich nach Hause komme.« Sie preßte die Lippen zu einem grimmigen Strich zusammen, griff nach einer Serviette und wischte den verschütteten Tee weg. »Da ist noch mehr«, sagte sie. »Ich bekomme anonyme Anrufe.«

»Weiß Zack das schon?« Ich bereute bereits, daß ich mich in diesen Schlamassel hatte verwickeln lassen.

»Nein. Anfangs kam es mir so belanglos vor. Ich dachte, es sei einer von Alisons Freunden. Jemand, der mit ihr sprechen wollte, aber nicht mit mir. Aber seit letzten Freitag habe ich eine Geheimnummer. Am Sonntagmorgen fingen die Anrufe an. Er ruft immer wieder an. Ich gehe nicht mehr ans Telefon.«

»Und was sagt er?« fragte Edna und beugte sich vor.

Whitney zögerte.

»Machen Sie sich keine Gedanken wegen meiner Mutter«, teilte ich Whitney mit. »Glauben Sie mir, nichts, was Sie sagen könnten, würde sie schockieren.«

»Die ersten Male hat er gar nichts gesagt. Aber dann wurde er mutiger. Er flüstert, so daß man ihn kaum verstehen kann. Häßliche Dinge.«

»Zum Beispiel?«

»Sau. Nutte. Säuferin. Babymörderin. So was.«

»Haben Sie die Stimme wiedererkannt?«

»Es ist nur ein Flüstern. Ich könnte nicht mal sagen, ob es ein Mann oder eine Frau ist.«

»Und einer von Alisons Freunden könnte es nicht sein?«

Nachdrücklich schüttelte sie den Kopf. »Nein. Sie ist im College. Sie kennt die neue Geheimnummer, aber sie würde sie nie weitergeben.«

»Kennt Ihr Mann die neue Nummer?«

»Nein. Nur Zack und ein paar enge Freunde. Und Dr. Cook.«

Mein Blick wanderte zur Küchenuhr. Ich hatte versprochen, Baby und Sister um sieben abzuholen, und jetzt war es halb sieben.

»Hören Sie«, sagte ich, »ich muß gehen. Meine Mitarbeiterinnen und ich werden versuchen, uns in die Wohnung ihres Mannes einzuschleichen. Sie müssen der Polizei von den anonymen Anrufen und dem Auto erzählen. Wenn jemand Sie belästigt, kann die Polizei das regeln.«

»Warum können Sie das nicht tun?«

»Weil ich weder die Zeit noch die Rechtsbefugnis dazu habe. Die Polizei kann eine Fangschaltung einrichten, um den anonymen Anrufer zu schnappen. Sie kann Ihren Mann befragen und feststellen, ob er dahintersteckt. Wenn Ihnen wirklich jemand folgt, wird vielleicht sogar jemand zur Bewachung Ihres Hauses abgestellt.«

Wieder schüttelte Whitney den Kopf und murmelte etwas, das ich nicht verstehen konnte.

»Rufen Sie Ihren Anwalt an, sobald Sie nach Hause kommen«, riet ich ihr. »Er kann die Polizei für Sie anrufen.«

Sie erhob sich, blickte aber weiterhin skeptisch.

Ich holte meine Handtasche und die Autoschlüssel und folgte ihr zur Haustür. »Schaffen Sie es, allein nach Hause zu fahren?«

»Ich wollte zu meinem Treffen gehen«, sagte sie unentschlossen. »Bei den Unitariern. Ich versuche, möglichst jeden Tag ein Treffen zu besuchen. Das bei den Unitariern ist heute abend das einzige im Umkreis.«

»Anonyme Alkoholiker?«

Sie nickte. »Sie halten mich für albern. Sie denken, ich sei ein alter Angsthase. Das stimmt, nehme ich an. Seit Carson mich verlassen hat, ist alles anders. Vorher war ich nicht so ängstlich. Es hat mir nichts ausgemacht, wenn er spät nach Hause kam oder für ein paar Tage verreist war. Es ist anders, seit er weg ist. Deshalb habe ich angefangen zu trinken, glaube ich. Weil ich solche Angst hatte. Weil kein Mann mehr da war.«

Ich wußte nicht, was ich sagen sollte. Ich mag Männer, und mir fehlt Mac, seit wir uns letztes Jahr getrennt haben, aber ich war nie auf die Idee verfallen, daß ein Mann mich vor irgend etwas beschützen könnte.

»Möchten Sie, daß ich Ihnen bis zu Ihrem Haus hinterherfahre?«

Sie straffte die Schultern. »Nein. Der Ford ist weg. Ich schaff es schon. Und ich rufe Zack an. Er wird wissen, was zu tun ist.«

»Gut.« Edna war uns zur Vordertreppe gefolgt. »Rufen Sie mich an, wenn Sie angekommen sind«, bat sie Whitney. »Damit ich weiß, daß Sie heil nach Hause gekommen sind.«

Whitney blickte die Straße hinauf und hinab. Ein schwarzer Pickup-Truck, aus dem laute Country-Musik dröhnte, ratterte vorbei, und sie zuckte leicht zusammen.

Mit den Autoschlüsseln in der Hand ging sie zu ihrem Volvo.

»Ich glaube nicht, daß Carson dahintersteckt«, sagte sie, als sie die Wagentür aufschloß. »Es sieht ihm überhaupt nicht ähnlich.«

»Wer sonst sollte Ihnen so etwas antun?« fragte ich.

Sie lächelte traurig. »Mehr Leute, als ich zählen kann.«

Edna war entzückt von meinem neuen Spielzeug. Sie hing über meiner Schulter und sah zu, wie ich mit einem Eishacker ein Loch in die Schließe einer ihrer alten Lederhandtaschen bohrte. Mit Klebeband befestigte ich die Loch-Videokamera am Taschenfutter. Ich schloß das Kabel an den winzigen acht-Millimeter-Videorecorder an und setzte ihn sanft unten in der Tasche ab. Dann drückte ich auf den Einschaltknopf und sah zu, wie das Band sich geräuschlos drehte.

»So ein Ding müssen wir uns unbedingt besorgen.« Edna griff nach der Tasche und nahm mich ins Visier. »Einfach großartig. Was ich damit nicht alles machen könnte!«

»Zum Beispiel?«

»Na, zum einen könnte ich herausfinden, wessen Hund mir jeden Morgen in die Azaleen scheißt. Das verdammte Biest muß so groß sein wie ein Elefant. Wenn ich wüßte, wer es ist, würde ich mir das alte Schrotgewehr deines Bruders schnappen und dem Riesenhund etwas Vogeldunst verpassen.«

»Vergiß es«, sagte ich. »Diese Kamera kostet zwölfhundert Dollar. Du wirst schon selber eine Überwachung durchführen müssen.«

»Ja, ja«, erwiderte sie, wanderte durch die Küche und zielte mit der Handtasche aus dem Fenster heraus. »Glaubst du, daß dieser armen Frau wirklich jemand folgt? Und sie telefonisch bedroht?«

»Ich weiß es nicht«, seufzte ich. »Es tut mir jetzt schon leid, daß ich den Fall übernommen habe.«

»Sie ist einfach mitleiderregend, Jules. Was ist, wenn da draußen wirklich jemand ist? Wie würdest du dich fühlen, wenn etwas passiert und du sie einfach im Stich gelassen hast?«

»Hör auf, meine katholischen Schuldgefühle auszunutzen, Ma«, sagte ich.

»Schöne Katholikin«, murmelte sie. »Wie lange läuft dieses Videoband?«

»Vier Stunden. Das reicht dicke. Und Whitneys Anwalt sagt, es ist am besten, wenn man die Tasche irgendwo absetzt und sie leicht herumbewegt, so daß die Kamera durch den Raum schwenkt. Aber ich weiß nicht, ob Baby das abziehen kann. Ich weiß nicht mal, ob sie sie reinlassen werden.«

»Wer würde Baby schon von der Tür jagen?« fragte Edna gebieterisch. »Eine harmlose, senile alte Dame. Baby Easterbrook hat das süßeste, reinste Gesicht, das ich je gesehen habe.«

»Darauf spekuliere ich ja«, entgegnete ich.

Baby und Sister warteten in der Eingangshalle des Apartmenthauses, als ich vorfuhr. Bevor ich auf die Hupe drücken konnte, kamen sie entschlossen auf den Firmenwagen zu.

Babys Aussehen paßte perfekt zu ihrer Rolle. Sie hatte ein verwaschenes Hauskleid an, das bis zu den knochigen Knöcheln reichte, und darüber hatte sie einen mottenzerfressenen, farblosen Pullover geworfen. Dazu trug sie mitgenommene Hausschuhe und eine geblümte Duschhaube. Sisters Beitrag zu dem Ensemble war ein Paar orangeroter, baumelnder Plastikohrringe.

»Sie sehen großartig aus«, sagte ich und half den beiden alten Damen in den Wagen. Baby saß vorn, hauptsächlich weil sie als erste beim Auto angekommen war.

Sister musterte Baby prüfend durch ihre dicken Brillengläser,

schürzte die Lippen und gab ein wenig schmeichelhaftes Geräusch von sich. »Du siehst einfach gräßlich aus. Wie eine, die gerade aus diesem staatlichen Irrenhaus da unten in Milledgeville entflohen ist. Wenn du so vor meiner Tür auftauchen würdest, Missy, würde ich die Polizei rufen.«
Baby befingerte die langen Hängeohrringe. »Wo hast du denn die schicken Ohrringe her? Na? Hab ich bei Miss Suzie Deeters, der Frau des Pastors, nicht letzte Woche beim Missionskreis genau solche Ohrringe gesehen?«
»Könnte sein«, meinte Sister und kniff schlau die Augen zusammen. »Vielleicht hat sie sie mir geschenkt, weil sie mir so gut gefielen.«
»Oder vielleicht hast du sie der Frau direkt vom Kopf geklaut«, kreischte Baby. »Gütiger Gott, ich trage Schmuck, der einer Frau Gottes gestohlen wurde. Sister Easterbrooks, du wirst in einem Handkarren zur Hölle fahren und ich gleich mit.«
»Still, ihr zwei«, mischte ich mich ein und fuhr in Richtung Stadtautobahn. »Wir wollen noch mal den Plan durchgehen.«
»Wir haben das doch schon zigmal besprochen«, beschwerte sich Baby. »Geben Sie mir die Handtasche, damit ich üben kann, Filme zu machen.«
Sie riß mir die Tasche aus der Hand und preßte sie gegen die Brust, wobei sie die Kamera aus dem Fenster richtete und alles mögliche ins Visier nahm. »Gut so«, sagte ich. »Denken Sie nur daran, soviel von jedem Zimmer aufzunehmen, wie es nur geht. Versuchen Sie, die Kamera auf die Möbel und so zu richten.«
»Wie soll sie in den Rest der Wohnung kommen?« fragte Sister besorgt. »Die werden doch nicht irgendeine meschugge alte Farbige einfach überall in der Wohnung rumwandern lassen.«
»Da kommen Sie ins Spiel. Geben Sie Baby fünf oder zehn Minuten. Dobbs muß überzeugt sein, daß sie wirklich desorientiert ist und sich verlaufen hat, aber er darf nicht dazu kommen, die Polizei zu rufen. Nach zehn Minuten gehen Sie rein und erklären, was passiert ist. Daß Baby davongewandert ist und sich

verirrt hat, während Sie bei Leuten aus der Nachbarschaft zu Besuch waren. Es ist eine Erdgeschoßwohnung. Wenn ich sie Ihnen zeige, werden Sie dann zurechtkommen?«

»Aber ja doch«, verkündete Sister. »Sie sollten sich lieber wegen dieser tauben Nuß da vorn Sorgen machen.«

Punkt acht bog ich in die Clarenden Park-Wohnsiedlung ein. Carson Dobbs wohnte im Shropshire Way, im letzten Haus. Ich sah Licht in der Wohnung. Der Doktor war daheim.

»Es ist soweit«, sagte ich.

Baby schlurfte quälend langsam auf die Wohnung zu, die Handtasche unter den rechten Arm geklemmt. Normalerweise ist sie flink und hurtig und bewegt sich mit der Geschwindigkeit einer Wasserwanze. Es war reine Effekthascherei. Endlich war sie an der Tür angekommen und klopfte laut. Wir konnten ihre Stimme in dem Betonkorridor widerhallen hören.

»Letha Mae? Ich bin's, Baby. Laß mich rein. Hallo, hörst du mich?«

Ich parkte auf einem Besucherstellplatz, so nahe am Geschehen, daß ich schnell eingreifen konnte, falls Baby und Sister mich brauchten, aber doch so weit entfernt, daß ich hoffte, nicht aufzufallen. Was nicht einfach ist, wenn man einen pinkfarbenen Chevy-Lieferwagen fährt.

Als wir die Außenbeleuchtung angehen sahen, ließen Sister und ich uns tief in die Sitze sinken. Vorsichtig schob ich den Kopf ein wenig höher und spähte über das Steuerrad hinweg. Eine Frau öffnete die Tür. Sie hob sich als Silhouette gegen das Licht ab. Mit in die Hüften gestützten Händen versuchte sie, irgendeinen Sinn in Babys Geplapper zu bringen.

»Letha Mae!« heulte Baby. »Ich weiß, hier is Letha Maes Haus. Laß mich rein und bring mich zu Letha Mae. Meine Beine mach'n nich mehr mit. O Gott, ich glaub', ich kipp um ...«

Ich sah Babys schmächtige Gestalt wanken und dann zusammenbrechen. Die Frau stürzte auf sie zu und fing sie auf.

»Carson«, rief sie scharf. »Hier ist eine alte Frau. Sie ist krank. Ich glaube, sie ist in Ohnmacht gefallen.«
Ein Mann erschien und nahm Babys schlaffen Körper in die Arme. Die Frau trat auf den Gang hinaus, der die Häuser miteinander verband, blickte in beide Richtungen und nach draußen auf den Parkplatz. Ich duckte mich und hörte eher als ich sah, daß die Tür geschlossen wurde.
»Ich hab' nie gesagt, daß sie ohnmächtig werden soll«, flüsterte ich verärgert. »Der Mann ist Arzt. Kardiologe. Kann sich nur um Sekunden handeln, bis er merkt, daß sie simuliert.«
»Hah«, schnaubte Sister. »Die ist schon als kleines Mädchen so umgekippt, wenn sie sich davor drücken wollte, in Mamas Garten Unkraut zu jäten. Wenn sie Mama reinlegen kann, kann sie auch diesen Doktormann reinlegen.«
Wir warteten weitere zehn Minuten, dann glitt ich nervös aus dem Lieferwagen und führte Sister zu Dobb's Wohnungstür.
»Hier ist es«, erklärte ich und wies auf den nur wenige Zentimeter entfernten Hauseingang. »Können Sie es einigermaßen erkennen?«
»Ich kann gut sehen«, sagte Sister und scheuchte mich weg. »Lassen Sie mich jetzt. Ich kümmer mich schon um mich und Baby.«
Sobald ich wieder im Wagen saß, schritt Sister zur Tat. Sie hatte nicht die Absicht, sich von Baby die Schau stehlen zu lassen.
»Baby«, rief sie lautstark. »Baby Easterbrooks. Bist du hier, Baby?«
Sie klopfte an die Tür der Nachbarwohnung und rief wieder den Namen ihrer Schwester, aber nichts rührte sich. Jetzt ging sie über zu Tür Nummer zwei. »Entschuldigen Sie, mein Herr, meine Dame«, rief Sister. »Meine dumme Schwester hat sich verlaufen. Baby, wo bist du?«
Sister hämmerte gegen die Tür. »Baby Easterbrooks! Hörst du mich? Komm sofort da raus. Das ist nicht Letha Maes Haus. Du kommst jetzt sofort mit mir nach Hause!«

Die Tür öffnete sich. Diesmal konnte ich Carson Dobbs im Türrahmen erkennen. Er war groß und schlank. Ohne weitere Umstände schob Sister ihn beiseite und trat ein. »Baby!« hörte ich sie rufen.

Carson Dobbs zuckte die Achseln und schloß die Tür.

Schön, dachte ich. Immer mit der Ruhe, aber macht hinne.

Ich behielt die Wohnung im Auge. An diesen Teil des Jobs war ich gewöhnt. Was mir Kopfschmerzen machte, war die Arbeit mit der versteckten Kamera. Es schien mir irgendwie nicht richtig zu sein. Carson Dobbs war clever, das wußte ich selbst. Raffinierte Detektivarbeit war nötig, um ihn zu schnappen. Aber das hier, dachte ich, war wirklich ziemlich schmierig.

Ich hatte die Akte mitgebracht, die Zack Alexander mir mitgegeben hatte. Ich öffnete das Handschuhfach, so daß das Licht darin anging. Man konnte dabei lesen, aber ich würde es mir verkneifen. Ich warf einen Blick auf die Uhr. Halb neun. Baby war jetzt seit einer Viertelstunde in der Wohnung, Sister seit ungefähr fünf Minuten. In weiteren fünf Minuten sollten sie wieder draußen sein, so war es verabredet. Aber das war, bevor Baby die Nummer mit dem sterbenden Schwan abgezogen hatte. Ich seufzte und warf noch einen Blick auf die Akte. Vielleicht nur ein bißchen. Um mir die Zeit zu vertreiben. Ich blätterte die Papiere durch. Die Finanzberichte verschwammen mir vor den Augen, aber dann entdeckte ich einen Zeitungsausschnitt, den ich noch nicht kannte.

»Familie des Opfers hält Mahnwache vor dem Haus der Angeklagten« lautete die Schlagzeile. Das Foto zeigte eine Frau in Shorts und T-Shirt, die vor einer prächtigen Villa stand. Sie hielt ein Transparent hoch, auf dem MÖRDERIN zu lesen war.

Wieder warf ich einen Blick auf die Fenster der Wohnung. Keine Veränderung. Ich gab den Mädels noch drei Minuten, dann würde ich mir einen Vorwand ausdenken müssen, um reinzugehen und sie da rauszuholen. Inzwischen überflog ich den Artikel. Die Frau auf dem Bild war Janie Mayes, Faneetas Mutter. Und das Haus, vor dem Mrs. Mayes Mahnwache hielt, gehörte Whitney. Scheiße. Warum hatte niemand mir gegenüber diese Komplikation erwähnt? Dieser Auftrag wurde von Minute zu Minute unangenehmer.

Janie Mayes, die als Sekretärin in einem Hotel an der Southside arbeitete, hielt jeden Sonntag seit dem Prozeß Mahnwache vor Whitneys Dobbs Haus, stand in dem Artikel. Die Nachbarn hatten sich beschwert, und Zack Alexander hatte versucht, eine einstweilige Verfügung gegen sie zu erwirken. Aber der Richter hatte abgelehnt, mit der Begründung, daß Mrs. Mayes sich auf öffentlichem Grund und Boden aufhielt und ihr im ersten Zusatzartikel der Verfassung garantiertes Grundrecht der Redefreiheit ausübte.

Als ich eine Wohnungstür aufgehen hörte, schob ich den Zeitungsausschnitt in die Akte zurück und schloß das Handschuhfach.

Carson Dobbs stand in der Tür, den Arm um die Frau gelegt. Suzanne irgendwas. Ihr Name stand irgendwo in der Akte. Sie war groß und gertenschlank, hatte den Körper einer Tänzerin und schulterlanges Haar, das im Lampenlicht kupferfarben glänzte. Baby und Sister hielten sich aneinander fest und strebten auf den Parkplatz zu.

»Tschüs denn«, rief Sister lautstark. Sie wies auf den Lieferwagen. »Das da ist meine Nichte. Komm, Baby, wir müssen jetzt nach Haus.«

Ich hielt den Atem an, als die beiden sich vorsichtig im Schneckentempo von Carson Dobbs und Suzanne fortbewegten. Baby hielt die Handtasche umklammert. »Weiter. Weiter«, instruierte ich stillschweigend. »Nur noch ein paar Schritte.«

Eine Bewegung an der Wohnungstür erregte meine Aufmerksamkeit. Carson Dobbs hatte die Tür hinter sich zugemacht. Wahrscheinlich nachdem er sich überzeugt hatte, daß die Schwestern sein Grundstück verlassen hatten und er nicht län-

ger für irgendwelche Verletzungen haftbar gemacht werden konnte, die die beiden alten Damen sich zuziehen mochten.
Ich wagte nicht auszusteigen, um ihnen in den Wagen zu helfen, weil ich fürchtete, Dobbs könne aus dem Fenster sehen. Es schien Jahre zu dauern, bis Baby mit einem Ruck die Wagentür aufriß und ihre protestierende Schwester auf den Rücksitz schob. Sie stieg ein, schnallte sich an und riß triumphierend die Handtasche hoch, als hätte sie gerade den Ball hinter die Grundlinie gebracht und damit den Sieg im großen Wochenendspiel gesichert.
»Wie ist es gelaufen?« fragte ich und fuhr los, ohne das Licht einzuschalten. Ich wollte ein wenig Abstand zwischen mich und den Doktor legen.
»Ooh, was für eine schöne Wohnung«, schwärmte Baby mit einem Seufzer. »Sie haben einen hübschen grünen Teppich und ein großes, weiches Sofa. Die Frau war wirklich furchtbar nett.«
»Sie haben sie aufs Sofa gelegt, und der Doktor hat gerade ihren Blutdruck gemessen, als ich kam«, fügte Sister hinzu.
»Ich hab' die Handtasche dicht an meine Brust gepreßt, genau wie Sie sagten«, erklärte Baby stolz. »Ich hab' niemanden an sie rangelassen.«
»Haben Sie es geschafft, in alle Zimmer zu kommen?«
»Klar doch«, sagte Sister und beugte sich vor, so weit es ging. »Sie hat diesen weißen Leuten erzählt, daß sie mal pischern müßte, frech wie sonstwas«, fuhr sie mißbilligend fort.
»Na, mußte ich auch«, verteidigte Baby sich. »Ich hab' ein Bier getrunken, bevor ich los bin. Weil ich solche Angst hatte.«
»Zwei Bier. Zwei große«, berichtete Sister. »Und dann marschierte sie ins Schlafzimmer, obwohl die Dame ihr gesagt hat, es ist die rechte Tür, nicht die linke.«
»Ich hör nicht allzu gut«, sagte Baby. »Aber ich hab' meine Handtasche überall im Schlafzimmer spazierengeführt, bis die Dame reinkam und mich rausscheuchte. Diese Leute haben nicht gerade viele Klamotten, was?«

»Und als sie wieder rauskam, war ich dran«, erzählte Sister. »Ich sagte, mein Blutzucker spielt verrückt, kann ich mir vielleicht etwas Orangensaft borgen? Dann borgte ich mir Missys Kamera-Handtasche und folgte der weißen Dame in die Küche. Wissen Sie, was die im Eisschrank haben?«
»Was denn?«
»Nichts als ein paar Flaschen, ich konnte nicht genau erkennen, was für welche, und eine Packung Arm & Hammer-Natron.«
»Sagen Sie nicht, Sie haben das auf Band.«
»Ich hab' es genau so gemacht, wie Sie es Baby gezeigt haben«, erklärte Sister. »Das war gut, oder, diesen leeren Eisschrank zu zeigen?«
»Sehr gut sogar.«
»Ein wahres Wort«, hörte ich sie zueinander sagen.
»Wirklich eine hübsche Wohnung«, meinte Sister.
»Zu sauber«, verkündete Baby. »Kein Mensch ist so ordentlich. Es sei denn, der Prediger kommt zu Besuch.«
Ich gab den beiden Mädels ihr Geld.
Den Rest der Fahrt zurück zu ihrem Seniorenhochhaus diskutierten sie darüber, wie sie die Knete ausgeben würden, und planten eine Bustour in die Innenstadt von Atlanta, um bei Kessler einzukaufen.
»Ich bringe die Kassette morgen zu dem Rechtsanwalt, dann sehe ich sie mir an«, teilte ich den beiden mit, als ich vor ihrem Hochhaus anhielt. »Auf einem normalen Videorecorder kann ich sie nicht abspielen, sie ist zu klein. Ihr Mädels habt heute abend gute Arbeit geleistet. Geht nach Hause und schlaft euch aus.«

»Konntest du letzte Nacht nicht schlafen?«
Ich versuchte, meine Stimme beiläufig klingen zu lassen. Edna haßt es, verhätschelt oder umsorgt zu werden, und das Kranksein schien sie als peinlich zu empfinden. Aber ich hatte selber wachgelegen. Ich hatte gehört, wie sie mitten in der Nacht aufgestanden war, wie die Sprungfedern gequietscht hatten, als sie versuchte, es sich in ihrem Sessel bequem zu machen, und dann das dumpfe Geleier des Fernsehers. Heute morgen hatte Edna dunkle Ringe unter den Augen, und als sie sich Kaffee einschenkte, zitterte ihre Hand.
»Es geht mir gut.« Sie schnitt eine Grimasse und fuhr sich mit den Fingern durchs Haar. »Die Dauerwelle, die Frank mir gemacht hat, hat meine Haare völlig ruiniert. Sie sind viel zu kraus.«
In meinen Augen sah ihr Haar genauso aus wie immer, blauweiß, zu Kringeln, Bögen und Wellen toupiert und aufgebauscht. Außerdem war ihre Antwort bewußt ausweichend.
»Du kannst nicht schlafen«, stellte ich fest. »Und du bist kurzatmig. Das ist mir gestern schon aufgefallen. Ich möchte, daß du Jeanne Payne anrufst.«
»Kümmer dich um deine Angelegenheiten«, knurrte Edna und rührte Milch und Zucker in ihren Kaffee. »Ich bin noch müde

vom Krankenhaus, das ist alles. Alle Viertelstunde wecken sie dich auf und fallen über dich her. Ich würde viel besser schlafen, wenn ich eine rauchen könnte.«
Ich stand auf und schnüffelte. Ich roch Aqua-Net-Haarspray, Jergens Handlotion und Doublemint-Kaugummi. Kein Zigarettenqualm. Ich kniff die Augen zusammen. »Du rauchst doch nicht etwa heimlich und kaust Kaugummi, um den Geruch zu überdecken?« Einmal Polizist, immer Polizist.
Sie versuchte einen tiefgekränkten Blick.
»Rauchst du wieder?«
»Nein, verdammt«, schnauzte sie. »Laß das Verhör, in Ordnung? Wann kann ich die Videokassette von gestern abend sehen?«
»Gar nicht«, sagte ich. »Sie paßt nicht in unseren Videorecorder. Heute nachmittag bringe ich sie zu dem Anwalt. Whitney wird auch dasein.«
»Hast du die Freundin gesehen? Wie sieht sie aus?«
Ich wertete ihre Neugier als positives Zeichen.
»Suzanne? Es war dunkel, und ich saß im Wagen, aber sie ist groß, sehr schlank, mit großen Lollos und langem, lockigem, kastanienbraunem Haar.«
»Und fünfzehn Jahre jünger als der Doktor, möchte ich wetten«, bemerkte Edna.
»Wahrscheinlich«, stimmte ich zu. Ich griff nach der Aktenmappe, in die ich bereits die Videokamera, meine Akten und mein Notizbuch gepackt hatte. »Ich bin spät dran. Ich erzähl dir alles, wenn ich zurückkomme.«

Den größten Teil des Vormittags brachte ich im Amtsgericht von Fulton County zu und watete durch Grundbücher und Immobilienregister. Dem Praktikanten Barry verdankte ich eine Kopie des Grundbucheintrags für das Haus in Windward, das Dobbs vor etwas über einem Jahr gekauft hatte. Die Steuerstempel verrieten mir, daß er dreihunderttausend Dollar für das Haus bezahlt hatte. Das Haus war mit einer Hypothek in

Höhe von zweihundertfünfzigtausend Dollar belastet gewesen, aufgenommen bei der Peach State Realco Bank. Zuzüglich Steuern und Versicherungen hatte Dobbs' Junggesellenbude ihn monatlich etwa dreitausend Dollar gekostet. Und gleichzeitig hatte er noch Whitneys Lebensunterhalt finanziert. Die Kardiologie hatte es wirklich sehr, sehr gut mit Carson Dobbs gemeint.

Ich fand auch die Dokumente über den kürzlichen Wiederverkauf des Hauses an Paradox Properties. Paradox hatte achtundachtzigtausend Dollar für die Immobilie bezahlt. Sonderbar, daß ein Pfennigfuchser wie Carson Dobbs einen solchen Verlust hingenommen hatte.

Ich sah im alphabetischen Register nach, ob Dr. Dobbs in den letzten zwei Jahren irgendwelche anderen Immobilientransaktionen durchgeführt hatte. Fehlanzeige, auch bei Paradox Properties. Ich schlug die Firma im Telefonbuch nach. Sie war nicht eingetragen.

Unten in der Eingangshalle des Gerichtsgebäudes stellte ich fest, wo die Gewerbeerlaubnisse erteilt wurden.

Ich wartete fünf Minuten hinter der Mattglasscheibe, während der einzige diensttuende Beamte mit einem defekten Kopierer kämpfte.

Er war weiß, sein braunes Haar wurde langsam schütter, er trug einen schmierigen grauen Pullover, und sein Körperbau verriet, daß er nur für die Mittagspause lebte. Das Namensschild auf dem Schreibtisch hinter dem Schalter wies ihn als Scott Eastman aus. Ich räusperte mich.

Er blickte desinteressiert hoch. »Einen Augenblick«, sagte er. Mit großer Geste hieb er auf den Einschaltknopf ein. Der Kopierer gab ein ersticktes Gurgeln von sich, und alle Bedienungstasten flammten rot auf.

»Dieser Kopierer haßt mich«, verkündete er und versetzte dem Gerät einen schnellen Tritt.

»Ich weiß, wie das ist«, erklärte ich mitfühlend. »Mein Fax ist

genauso.« Ich besitze kein Faxgerät, aber das brauchte er ja nicht zu wissen.
Daraufhin kam er zum Schalter geeilt, ganz Hilfsbereitschaft. Er zeigte mir, wie ich im Mikroficheregister nach Paradox Properties suchen konnte. Als wir keinen Eintrag fanden, mißbilligte er das, war aber nicht überrascht.
»Das liegt an diesem Telekommunikationstrend«, erboste er sich. »Jeder, der ein Telefon und ein Modem besitzt, macht eine Firma auf. Aber keiner will eine Gewerbeerlaubnis beantragen. Fulton County wird so um Millionen betrogen. Was sage ich, Abermillionen. Und das sind Steuergelder, die uns dann bei wichtigen kommunalen Aufgaben fehlen.«
»Schockierend«, stimmte ich ihm zu. »Die Firma ist im Handelsregister eingetragen, aber die angegebene Firmenadresse ist die einer dieser Anwaltskanzleien, die ihre Anschrift an jeden vermieten.«
»Könnte die Gewerbeerlaubnis vielleicht in einem anderen County beantragt worden sein?« fragte Scott. »DeKalb, Cobb, Gwinnett, Henry, Cherokee, Rockdale?«
»Wer weiß?« gab ich zurück. »Ich weiß nur, daß die Firma oben in Windward Grundbesitz erworben hat. Das ist Fulton County, also nahm ich an, daß der Firmensitz in Fulton County ist.«
»Hmmm.« Er nahm es persönlich, daß Paradox Properties es versäumt hatte, eine Gewerbeerlaubnis zu beantragen. »Könnte die Firma vielleicht unter einem anderen Namen eingetragen worden sein? Unter den Namen der Gesellschafter oder des Geschäftsführers vielleicht?«
Ich suchte die Namen der drei Gesellschafter aus der Akte heraus.
»Johnnye B. Adams, V. R. White und J. F. Farmer«, las er laut vor. »Adams und White sind so häufige Namen, daß ich zwei- oder dreihundert Treffer lande, wenn ich nach Querverweisen suche«, sagte er. »Ich versuch es mit Farmer. Das ist nicht ganz so schlimm.«

Er gab etwas in den Computer ein, wobei seine dicklichen Finger mit rasender Geschwindigkeit über die Tastatur flogen. »Vierundvierzig Farmer mit einer Gewerbeerlaubnis«, stellte er einen Augenblick später fest. »Der Suchbefehl erfaßt die Initialen nicht. Sie müssen die Datei aufrufen und die Seiten abrollen. Wollen wir?«

Ich warf einen Blick auf die Uhr. Um vier sollte ich mich mit Whitney in Zack Alexanders Kanzlei treffen. Jetzt war es fast drei, und sein Büro lag an der Kreuzung Interstate 75 und Powers Ferry Road. Um diese Zeit war der Verkehr da mörderisch. Trotzdem. Liebend gern würde ich etwas mehr vorweisen können als Babys und Sisters unbewiesene Künste als Videofilmerinnen. »Klar«, sagte ich.

Scott öffnete die Sperre und winkte mich zu seinem Computer hinüber. Ich stand hinter ihm, während er die Liste abrollen ließ. Manche Farmer waren Schlosser, manche Tierpräparatoren, Vertreter, Immobilienmakler, Herrenfriseure oder Versicherungsagenten. Es gab acht Farmer mit den Initialen J, aber keine J. F.s.

Wir blätterten bis zum Ende des Registers. Scott blickte zu mir hoch. »Noch mal?« fragte er.

Ich nickte. Diesmal ging er das Register langsamer durch und ließ mich jede Eintragung studieren. Und als wir zu den Fs kamen, landeten wir einen Treffer. Eine Felicia Farmer hatte eine Gewerbeerlaubnis für die Herz-Kreislauf-Gesellschaft von Atlanta, P. C., beantragt. Die Adresse lautete Peachtree Road. Ich wußte, daß Carson Dobbs' Praxis dieselbe Adresse hatte, aber um sicherzugehen, überprüfte ich es in meiner Akte. Die gleiche Adresse.

»Volltreffer«, rief ich.

Ich griff nach dem Telefon, das neben dem Computer stand. »Darf ich?«

»Nur zu«, sagte Scott. »Ich drucke es Ihnen aus.«

Die Telefonistin meldete sich mit »Herz-Kreislauf-Gesellschaft

von Atlanta« und wollte hinzufügen: »Bitte warten Sie.« Ich mußte schnell handeln.
»Einen Augenblick«, rief ich. »Ich würde gern mit J. F. Farmer sprechen.«
»Mit wem? J. F.?« Einen Augenblick schien sie ernsthaft verwirrt zu sein. »Oh,« sagte sie dann und lachte. »Sie meinen Felicia Farmer, Dr. Kleins Frau. Sie arbeitet nicht hier in der Praxis. Sie müssen sie zu Hause anrufen.«
»Das werde ich tun«, versprach ich und legte auf.
»Scott«, sagte ich, grinste und klopfte ihn auf die Schulter. »Sie haben mich zu einem glücklichen Menschen gemacht. Ich hoffe, Sie bekommen bald eine dicke Gehaltserhöhung.«
Er wand sich ein bißchen und errötete. »Hier ist Ihr Ausdruck«, meinte er und reichte ihn mir. »Es hat mir auch Spaß gemacht, mit Ihnen zu arbeiten.«

Selbst das Schneckentempo, in dem der Verkehr sich vorwärtsbewegte, konnte meine Freude über die Aufdeckung von Carson Dobbs' kleinem Immobilienschwindel nicht beeinträchtigen. Ich fühlte mich selbstgefällig, clever, Herrin der Lage. Wenn vor dem Amtsgericht Torpfosten gestanden hätten, hätte ich einen dieser irren Siegestänze imitiert, die Footballspieler beim Touchdown so gern hinlegen. Whitney Dobbs war vielleicht nicht die ideale Klientin, aber bei Gott, Callahan Garrity war dem Gegner ganz schön auf die Pelle gerückt.
Ich flitzte links und rechts an den dahinschleichenden Autos auf der Interstate vorbei wie eine Rennfahrerin, und vor dem grünverglasten Bürohochhaus an der Powers Ferry Road fand ich einen Besucherparkplatz direkt neben dem Eingang. Kein Zweifel, heute war mein Tag.
»Ich hab' ihn«, verkündete ich, als die Sekretärin mich in Zack Alexanders Büro führte. Er telefonierte gerade und blickte mich stirnrunzelnd an, beendete das Gespräch aber eine Sekunde später.

»Wen? Dobbs? Sie haben ihn auf Video?«
Die Kamera und die Videokassette hatte ich fast vergessen. Ich zog den Reißverschluß meiner Aktenmappe auf und legte Kamera und Kassette auf den Schreibtisch. Dann zog ich den Computerausdruck hervor und wedelte triumphierend damit herum.
»Gestern abend haben wir Dobbs und seine Freundin auf Video aufgenommen. Und heute, gerade eben, habe ich einen Volltreffer gelandet. Carson Dobbs hat sein Dreihunderttausend-Dollar-Haus an sich selbst verkauft. Bei J. F. Farmer, dem Mitglied der Geschäftsleitung von Paradox Properties, handelt es sich um Felicia Farmer, Gattin von Dr. David J. Klein, der mit Dobbs eine Gemeinschaftspraxis hat.«
»Nett«, sagte Alexander und studierte den Computerausdruck. »Sie haben das vom Gewerbeamt?«
»Ja«, bestätigte ich. »Ich hatte nicht die Zeit, die beiden anderen Gesellschafter zu überprüfen, aber ich würde wetten, daß die auch irgendwas mit Dobbs zu tun haben.«
»Ich bin beeindruckt. Und der Richter sollte es ebenfalls sein. Wenn Dobbs seine Eigentumsrechte an dem Haus auf diese Weise verschleiert hat, wird er bei dem Rest wahrscheinlich dieselbe blöde Masche angewandt haben. So furchtbar kreativ sind diese Typen nie. Und jetzt erzählen Sie mir von der Wohnung.«
Er trommelte mit den Fingern auf die Videokassette, während ich kurz zusammenfaßte, was die Mädels mir über Carson Dobbs' Wohnung berichtet hatten. Alexander nickte anerkennend, während er sich Notizen machte.
»Großartig«, meinte er. »Nichts im Kühlschrank, nirgends persönliche Besitztümer. Wenn das auf dem Band zu erkennen ist, könnten wir wirklich was in der Hand haben.«
Es fiel mir auf, daß er während des Gesprächs öfter verstohlen auf die Uhr sah, ein schwarzes Modell für Taucher mit mehr Skalen und Meßgeräten als ein neuer BMW.

»Whitney verspätet sich«, erklärte er stirnrunzelnd. »Ich habe ihr versprochen, daß wir auf sie warten, damit wir uns das Video zusammen ansehen können.«
»Könnten wir nicht ohne sie anfangen?« Ich hatte noch wahnsinnig viel Lauferei zu erledigen, und ich machte mir Sorgen wegen Edna.
Alexander griff nach dem Telefon, tippte eine Nummer ein, wartete einen Moment und lauschte. Er hatte einen Anrufbeantworter erwischt. »Whitney, hier ist Zack. Es ist jetzt vier, und wir warten auf dich. Bitte geh ran, wenn du zu Hause bist.«
Aber sie nahm nicht ab. Er wirbelte die Karten auf seinem Rolodex herum, fand die gesuchte Nummer und tippte sie ein. Er wartete und legte dann wieder auf. »Das war ihr Autotelefon. Es meldet sich niemand.« Nervös zupfte er an seinem Schnurrbart herum.
»Kommt sie öfter zu spät?« Vor meinem inneren Auge sah ich Whitney, wie sie ihren Tennisschläger neu spannen oder sich die Nagelhäutchen entfernen ließ. Vielleicht saß sie auch wieder im Driving Club und tankte Tanqueray mit Tonic, sich der Tatsache nicht bewußt, daß sie die Zeit anderer Leute verschwendete.
Alexander klopfte gegen seine Uhr, als könnte er sie damit veranlassen, seine Mandantin auftauchen zu lassen. »Nie«, sagte er. »Meistens ist sie fünf Minuten zu früh dran.«
Er drückte auf den Knopf der Sprechanlage und fragte seine Sekretärin im Vorzimmer: »Myra, haben wir heute schon etwas von Mrs. Dobbs gehört?«
»Kein Wort«, antwortete Myra. »Aber ist heute nicht Mittwoch?«
»Das stimmt«, entgegnete Alexander stirnrunzelnd. »Der Mülltrupp. Aber sie ist immer so gegen zwei fertig.«
»Mülltrupp?«
»Die Arbeitsauflagen, die verhängt wurden«, erklärte Alexander. »Der Richter hat dafür gesorgt, daß ihr die dreckigste, demütigendste Arbeit zugeteilt wurde, die es gibt. Sie muß Müll von der

Straße aufsammeln, zusammen mit all den anderen Frauenschindern, Ladendieben und Alkoholsündern. In aller Öffentlichkeit, mit einer orangefarbenen Neonweste bekleidet, damit all ihre früheren Freunde an ihr vorbeifahren und zugucken können.«

Wieder drückte er auf den Knopf der Sprechanlage. »Myra, sehen Sie zu, ob Sie Dr. Dobbs erwischen. Stellen Sie fest, ob er heute schon etwas von Whitney gehört hat. Dann versuchen Sie es mit dieser Nachbarin, Audrey Newsome. Sagen Sie mir Bescheid, sobald Sie etwas hören.«

»Aber sie ist doch bloß eine halbe Stunde zu spät«, kommentierte ich. »Vielleicht hatte sie was Besseres vor.«

Er schüttelte den Kopf. »Sie kennen Whitney nicht. Sie ist ganz besessen davon, Carson seinen Betrug nachzuweisen. Zwei, dreimal am Tag ruft sie mich an, um Vorschläge zu machen oder Fragen zu stellen. Diesen Termin würde sie um keinen Preis der Welt versäumen.«

Wir saßen beide da und dachten über die verschiedenen Erklärungsmöglichkeiten nach. »Haben Sie erwogen, die Polizei zu rufen?«

»Das könnte ich machen«, entgegnete er widerstrebend. »Aber erst, wenn wir mit Carson oder einem der Nachbarn gesprochen haben.«

»Sie machen sich Sorgen, daß sie wieder zu trinken angefangen haben könnte«, riet ich.

Er dachte darüber nach. »Nein, eigentlich nicht. Sie geht fast jeden Tag zu einem Treffen der Anonymen Alkoholiker. Nein, ich habe Angst, daß ihr etwas zugestoßen sein könnte.«

Sein Telefon summte, und er drückte auf den Knopf der Sprechanlage.

»Zack? Dr. Dobbs ist im OP. Er ist nicht zu sprechen. Aber ich habe die Nachbarin erreicht, Mrs. Newsome. Sie sagt, sie hätte Whitney heute kurz nach neun das Haus verlassen sehen. Seitdem ist sie nicht mehr aufgetaucht.«

»Vielen Dank, Myra. Könnten Sie Whitneys Bewährungshelferin anrufen und das Gespräch zu mir durchstellen? Sehen Sie in der Prozeßakte nach, der Name sollte da vermerkt sein.«
Er kritzelte etwas auf ein Stück Papier. »Hier ist Whitneys Adresse. Sie müssen doch sowieso in die Richtung, wenn Sie in die Stadt zurückfahren. Könnten Sie bei Whitney vorbeischauen und nachsehen, ob alles in Ordnung ist? Ich möchte lieber hierbleiben, falls sie anruft oder sonst jemand sich meldet.«
»Das kann ich machen.«
»Der Schlüssel zur Hintertür liegt unter dem Dachfuß des Geräteschuppens. Sie hat eine Alarmanlage, aber die ist tagsüber meistens nicht eingeschaltet.«
»Sie schaltet die Alarmanlage nicht ein, trotz der anonymen Anrufe und der Drohungen?« fragte ich.
Alexanders Gesicht wurde starr. »Drohungen?«
»Hat sie Ihnen nicht erzählt, daß sie anonyme Anrufe bekam und daß sie dachte, jemand würde ihr folgen? Gestern abend ist sie deswegen bei mir zu Hause aufgetaucht, fast hysterisch vor Angst. Sie hat mir versprochen, Sie anzurufen.«
»Ich war gestern abend nicht zu Hause«, sagte Alexander leise.
»Ich dachte, es sei alles nur Einbildung«, gab ich zu. »Sie sagte, ein kleiner weißer Ford würde sie verfolgen. Und der Anrufer hätte ihre neue Geheimnummer.«
»Gütiger Himmel«, rief Alexander aus. »Sie hat mir gegenüber mit keinem Wort erwähnt, daß sie Angst hatte.«
»Ich rufe Sie von Whitneys Haus aus an«, sagte ich. »Wenn etwas sein sollte, bevor ich da ankomme, können Sie mich übers Autotelefon erreichen.«
Als ich wieder bei meinem Lieferwagen angelangt war, war mir nicht mehr nach einem Siegestänzchen zumute.

Whitney Dobbs wohnte in Ansley Park, in Midtown am Rande des Zentrums. Vor langer Zeit galt Ansley als Vorort von Atlanta. Das war, bevor die Bauunternehmer entschieden, daß Midtown ein netter Ort zum Hochziehen von Bürohochhäusern wäre. Ansley Park hat sich dennoch irgendwie eine Atmosphäre grüner Stille bewahrt. Die Straßen sind breit und angenehm gewunden, und die Häuser sind umgeben von ausgedehnten Rasenflächen, auf denen hochaufragende, efeuüberwucherte Eichen stehen.

Whitneys Haus stand an The Prado, der renommiertesten Straße des Wohnviertels. Es war eine graue, schindelgedeckte Villa mit einem Krüppelwalmdach und niedlichen kleinen Fenstern unter dem Dach, die dem Haus einen Ausdruck verwirrter Überraschung verliehen.

Ich fuhr den pinkfarbenen Lieferwagen die Auffahrt hoch und parkte vor einer breiten Garage, die ebenfalls mit grauen Schindeln verkleidet war. Die für zwei Wagen gebaute Garage war leer. Den Schlüssel fand ich am angegebenen Ort.

Der Herbst hatte in diesem Jahr wohl beschlossen, länger zu bleiben. Die Blätter einer großen Eiche schwebten um mich herum zu Boden. Gras und Büsche waren bedeckt mit kleinen braunen Eichenblättern, sensationell roten Ahornblättern und leuchtendgelben Ginkgoblättern. Meine Schritte knirschten im Laub, als ich eine kurze Granittreppe zu der gedeckten Seitenveranda hinaufstieg. Ein Briefkasten aus schwarzem Schmiedeeisen war an die Wand geschraubt. Ich konnte erkennen, daß die Post von heute noch im Kasten lag. »Whitney?« rief ich laut und versuchte, durch die Glasscheibe der Seitentür zu spähen. Wenn Whitney zu Hause war, wollte ich nicht einfach uneingeladen hereinspazieren.

Ein lautes, metallisches Klicken hinter mir ließ mich herumfahren. Ein fettes graues Eichhörnchen huschte über einen Ast, der sich über die Auffahrt erstreckte. Eicheln. Mist. Ich wurde langsam nervös.

Ich schloß die Tür auf und trat in die Diele. »Whitney?« rief ich erneut. Schnell durchsuchte ich das Haus. Es war ein zweistökkiges, gemütliches Einfamilienhaus, eingerichtet mit dem mühelosen, schäbigen Chic, der von altem Geld so geschätzt wird. Große, durchgesessene Sofas, tonnenweise Familienfotos in Silberrahmen, und auf jeder freien Fläche stapelten sich Bücher und Zeitschriften. In der Ecke des Wohnzimmers stand ein Quartett von Tennisschlägern gegen einen Flügel gelehnt.

Die Küche verriet mir, wie Whitney den Tag begonnen hatte. Eine Müslischüssel, ein Saftglas und eine Kaffeetasse standen auf dem Abtropfbrett. Die Morgenzeitung, ordentlich gefaltet und noch in der Plastikhülle, lag auf einem großen Küchentisch mit Marmorplatte. Auf der Anrichte entdeckte ich einen Stapel Briefe. Ich streckte gerade die Hand nach dem Stapel aus, als ein schrilles Läuten die Stille zerriß. Wild blickte ich um mich, auf der Suche nach dem Telefon. Es stand auf einem eingebauten Schreibtisch in der Ecke der Küche.

»Bei Dobbs«, meldete ich mich.

»Callahan?«

Es war Zack.

»Sie ist nicht hier. Ich glaube nicht, daß sie seit heute Morgen hier gewesen ist. Die Post ist noch im Briefkasten.«

»Ich habe endlich Whitneys Bewährungshelferin erreicht. Whitney hat sich um acht Uhr dreißig heute morgen eingetragen und wurde zusammen mit den anderen von einem Kleinbus des Sheriffs abgeholt. Sie sollten Müll an der Brown's Mill Road aufsammeln. Das ist in Südatlanta. Der Kleinbus des Sheriffs sollte alle gegen drei wieder im Bewährungsamt abliefern.«
»Und, hat er das?« fragte ich.
»Das scheint niemand so genau zu wissen.« Alexander hörte sich ziemlich frustriert an. »Im Sheriffbüro kann mir keiner weiterhelfen. Und Whitneys Bewährungshelferin sagt, daß sie Whitney heute morgen gar nicht gesehen hat, nur ihre Unterschrift auf dem Meldebogen.«
»Wie hilfreich«, bemerkte ich sarkastisch. »Haben Sie schon was von dem Doktor gehört?«
»Der ist immer noch im OP, oder er hat keine Lust, mich zurückzurufen. Verständlich, unter den Umständen. Hören Sie, ich mache mir langsam wirklich Sorgen. Sind Sie immer noch bereit, mir in dieser Sache zu helfen?«
Mein Magen machte einen schuldbewußten kleinen Satz. »Was soll ich tun?«
»Myra und ich fahren runter zum Bewährungsamt, um festzustellen, ob wir ihr Auto irgendwo entdecken können oder jemanden finden, der sie heute gesehen hat. Es gibt bestimmt ein Dutzend Parkplätze um den Countykomplex im Zentrum herum, es kann also etwas dauern. Würde es Ihnen etwas ausmachen, zur Brown's Mill Road rauszufahren? Der Kleinbus des Sheriffs soll beige und braun sein. Und Whitney fährt einen dunkelgrauen Volvo.«
»Ich kenne ihren Wagen«, erinnerte ich ihn. »Wissen Sie, wo genau ich suchen soll? Soweit ich mich erinnere, ist Brown's Mill eine verdammt lange Straße.«
»Die blöde Bewährungshelferin wußte es nicht. Und um die Wahrheit zu sagen, ich bin mit dem Teil der Stadt nicht sonderlich vertraut.«

»Ich war mal Polizistin«, sagte ich. »Es ist schon ein paar Jahre her, aber die Straße finde ich bestimmt.«
»Rufen Sie mich an, wenn Sie etwas herausfinden«, bat er.

»Whitney – Zack hat sich Sorgen gemacht, als Sie heute nachmittag nicht gekommen sind. Bitte rufen Sie ihn auf der Stelle an. Callahan Garrity.«
Mit vorgetäuschtem Optimismus deponierte ich den Zettel auf der Küchenanrichte. Dann schloß ich die Seitentür ab, ging raschelnd durch das Laub zurück und stieg in den Lieferwagen.
Ansley Park und die Brown's Mill Road trennten Welten.
Eine Zeitlang führte die Brown's Mill Road hauptsächlich an Lagerhäusern und Fabrikgebäuden vorbei, hier und da durchsetzt von heruntergekommenen Pfingstlergemeinden und kleinen, hoffnungslos wirkenden Einkaufszentren.
Schließlich hörte die Industriebebauung auf. Eichen, Pinien und Sweetgums drängten sich jetzt bis dicht an die Straße heran. Gelegentlich tauchten Felder auf, die gänzlich von Kudzu verschluckt worden waren. Das dunkelgrüne Rankgewächs überwucherte Bäume, Strommasten und die Überbleibsel alter Häuser.
Weiter vorn entdeckte ich etwas am Straßenrand und fuhr langsamer, um es mir genauer anzusehen. Es war eine Ansammlung von ungefähr einem Dutzend leuchtend orangefarbener Müllsäcke, ordentlich zugebunden und aufgestapelt. In Abständen von ungefähr einer Viertelmeile entdeckte ich weitere Ansammlungen von Müllsäcken am Straßenrand. Also war der Mülltrupp hier gewesen. Vielleicht hatte Whitney mir eine Spur aus Müllsäcken zurückgelassen wie Hänsel und Gretel eine aus Brotkrumen.
Es war jetzt fast sechs. Die Dämmerung brach herein, und es wurde eindeutig kühl. Ich kurbelte das Wagenfenster hoch, spähte durch die Windschutzscheibe und folgte der Spur oran-

gefarbener Säcke. Ich passierte den Brown's-Mill-Golfplatz, eine Sportanlage der Stadt Atlanta, der etwas ungepflegt und verwahrlost wirkte.

Als ich etwas entdeckte, was wie eine Einfahrt in den Park aussah, bog ich nach rechts ab. Aber eine hölzerne Barrikade blokkierte die Zufahrt, und jetzt konnte ich auch ein paar Lastwagen und schwere Maschinen erkennen. Fünf Männer standen darum herum und tranken Wasser aus einem großen orangefarbenen Kühlbehälter, der auf der Heckklappe eines Pickup-Trucks stand. Ich stellte den Wagen ab und ging zu den Arbeitern hinüber. Ihre Gesichter unter den Kappen waren schmutzig und schweißüberströmt, die Arbeitsstiefel verkrustet mit rotem Matsch.

»Entschuldigen Sie.«

Der Mann, der am dichtesten am Kühlbehälter stand, nahm die Kappe ab und drehte sich zu mir um. »Ja, Ma'am?« Er war schwarz, und das rote Stirnband, das er um den Kopf gewunden hatte, ließ ihn aussehen wie einen Piraten.

»Haben Sie eine Arbeitskolonne des Countys gesehen, die hier Müll aufgesammelt hat? Heute vormittag?«

Der Arbeiter nickte nachdrücklich. »Ja. Ein Deputy hockte denen im Nacken und brüllte herum, wie bei den zusammengeketteten Sträflingen früher.« Er grinste breit. »Nur haben sie diesmal ein paar weiße Leute zum Steineklopfen verdonnert.«

»Haben Sie eine weiße Frau in der Kolonne gesehen, sehr klein, sehr zierlich, mit kurzem blondem Haar, Anfang Vierzig?«

Er sah die anderen Arbeiter an. »Es war eine ganze Truppe. Ist einem von euch eine Frau bei dieser Müllkolonne aufgefallen?«

»Es waren hauptsächlich Männer und ein paar große, beinharte schwarze Mamas. Eine Frau wie die, von der Sie sprechen, wär mir aufgefallen«, erklärte ein älterer Mann.

»Wissen Sie zufällig, wann die Gruppe abgeholt wurde?«

»Nee«, antwortete der Vormann. »Aber ich hab' diesen Kleinbus schon seit ein paar Stunden nicht mehr gesehn. Haben Sie schon bei der Einfahrt zum Golfplatz geguckt?«

»Ist das denn nicht die Einfahrt?«

Er lachte und deutete auf die hölzerne Absperrung. »Das ist die Einfahrt für die Instandhaltungscrews. Fahren Sie weiter bis zum Stoppschild und dann auf die Cleveland Avenue. Dann sehn Sie's schon.«

Ich hielt mich an seine Wegbeschreibung, fuhr langsam in die sich vertiefende Dämmerung hinein und hielt Ausschau nach der Arbeitskolonne oder Müllsäcken.

Die Rasenflächen des Golfplatzes verblaßten langsam zu ihren Winterfarben Salbeigrün und Gold. Der Golfplatz glitt zu meiner Rechten vorbei, die Fairways bedeckt mit Laub. Ich sah eine Reihe von Golf-Wägelchen die befestigten Wege entlangrumpeln, und ein dynamischer Vierer ging tatsächlich zu Fuß und zog die Schlägersets auf Rollen hinter sich her.

Der Himmel über mir war von dieser eigenartigen purpurnen Farbe, die der Herbstdämmerung eigen ist, und Laub regnete auf Dach und Windschutzscheibe des Lieferwagens nieder. Vor mir entdeckte ich etwas, das wie eine weitere Ansammlung von Müllsäcken aussah. Die Arbeitskolonne mußte sich um den Golfplatz herumgearbeitet haben. Vielleicht würde ich den Kleinbus und Whitney da vorn auf dem öffentlichen Parkplatz finden. Vielleicht machten sie auch Pause und tranken Wasser.

Ich fuhr langsamer, als ich mich den Müllsäcken näherte. Es war ein großer Stapel, vielleicht ein Dutzend Säcke, und darüber lag etwas, das wie ein großer Ast aussah. Beim Vorbeifahren erregte etwas an dem Stapel meine Aufmerksamkeit. Ich fuhr auf den Seitenstreifen und stieg aus, um mir die Sache näher anzusehen. Als ich schon zwei Schritte vom Lieferwagen entfernt war ging ich zurück, langte unter den Fahrersitz, holte meine Smith & Wesson heraus und schob sie in den Rockbund.

Ich hatte etwa zehn Meter von den Müllsäcken entfernt geparkt.

Als ich auf den Stapel zuging, fing mein Magen wieder mit diesen kleinen Hüpfern an. Ich war unsicher auf den Beinen, denn die Absätze meiner eleganten Schuhe sanken in den weichen Boden ein. Meine rechte Hand kroch unter meine Jacke, und ich ließ sie auf dem Pistolengriff ruhen. Wenn jemand vorbeiging oder vorbeifuhr, würde es aussehen, als kratzte ich mich am Bauch.

Ich war ungefähr fünf Meter von dem Stapel entfernt, als mir aufging, daß es sich bei dem Ast um Beine in engsitzenden schwarzen Jeans handelte. An den Füßen waren neue weiße Nikes. Ich holte tief Luft und rannte los. Als ich einen Müllsack wegtrat, kam der Rest des Körpers zum Vorschein. Es war ein junger Schwarzer, vielleicht zwanzig Jahre alt. Er trug ein graues Sweatshirt mit abgeschnittenen Ärmeln und eine orangefarbene reflektierende Weste, wie ich sie schon bei Straßenarbeitern gesehen hatte. Eine schweißdurchtränkte rote Falcons-Kappe lag auf einem blutbespritzten Müllsack. Bierdosen, Verpackungen von McDonald's und dreckige Wegwerfwindeln quollen aus einem Müllsack hervor, den die Schüsse aufgerissen hatten. Wahrscheinlich eine Schrotflinte. Das Gesicht des Mannes war auf einer Seite nur noch eine blutige Masse. »Herrgott.« Ich konnte mein Herz in der Brust hämmern hören.

Langsam wich ich von der Leiche zurück, krampfhaft schlukkend, um mich nicht zu übergeben. Der Mann war tot, ihm war nicht mehr zu helfen. Ich hatte die Pistole gezogen und ließ den Zeigefinger am Lauf entlanggleiten. Einen Moment lang blieb ich so stehen, bis mir klar wurde, daß der Schütze immer noch in der Nähe sein konnte, um nach Belieben Schießübungen abzuhalten. Ich schleuderte die Schuhe von den Füßen und rannte zurück zum Lieferwagen. Das Autotelefon. Ich würde vom Autotelefon aus die Polizei rufen. Irgend etwas ließ mich innehalten. In Strümpfen ging ich zurück zu dem Grabstein aus orangefarbenen Säcken. Der Stapel war zweimal so groß wie alle anderen Stapel, an denen ich vorbeigekommen war. Möglicherweise hatte jemand zwei oder drei Stapel zusammengestellt, um darunter etwas zu verbergen. Mein Brustkorb schmerzte. Ich merkte, daß ich nicht richtig atmete. Ich stapfte zurück. Durch die Nase einatmen, durch den Mund ausatmen. Die Sonne war mittlerweile untergegangen und die Luft kühl. Meine Haut kribbelte unter der dünnen Kostümjacke aus Baumwolltwill, und ich hatte kalte Füße.

Ich stand vor dem Stapel und sah mir den Schauplatz noch einmal genauer an, wobei ich es vermied, einen Blick auf das Gesicht des Mannes zu werfen. Zu seiner Rechten, halb verborgen von einem weiteren explodierten Müllsack, sah ich etwas. Ich mußte drei oder vier Säcke zur Seite stoßen, um genaueres erkennen zu können. Und dann fand ich, was ich nicht hatte finden wollen.

Noch eine Leiche. In Designerjeans von Ralph Lauren, das Haar unter einer dazu passenden Denim-Baseballkappe verborgen, hätte sie für einen heranwachsenden Jungen durchgehen können. Aber die Kugel hatte ein Loch in die orangefarbene Schutzweste gerissen, so daß ein Stückchen der zarten, weißen BH-Spitze zu erkennen war, dunkelgefärbt von Blut. Aus irgendeinem Grund schob ich die Müllsäcke zur Seite und kniete neben ihr nieder. Merkwürdig, was für Sachen einem auffallen. Whitneys Timberland-Stiefel waren kaum getragen. Und im Gegensatz zu dem Mann trug sie weiße Baumwollhandschuhe. Zum Schutz.

Das Hut-Dezernat war in starkem Aufgebot erschienen. Zwei Leichen, und eine davon Whitney Albright Dobbs.

Ich sollte das mit den Hüten erklären. Vor ein paar Jahren kam jemand aus der Mordkommission zu dem Schluß, daß er im Filzhut und einem Anzug, der nicht von Sears kam, mehr nach einem Kriminalbeamten aussehen würde. Jetzt sind alle Beamten des Morddezernats immer piekfein gekleidet. Sie tragen dreiteilige Anzüge, protzige Seidenkrawatten und die bereits erwähnten Hüte. Es sieht aus, als hätten sie sich zum Vortanzen für eine Tournee von *Guys and Dolls* ausstaffiert.

Bucky Deavers besaß die auffälligsten und gräßlichsten Outfits von allen. Heute abend hatte er einen grünen Tweedanzug im Farbton Schimmelkäse, ein gelbes Seidenhemd und einen dunkelgrünen, rattenscharfen Borsalino gewählt. Den Mann, mit dem er zu meinem Lieferwagen kam, um mit mir zu reden, hatte ich schon oft in den Elf-Uhr-Nachrichten gesehen.

»Callahan, das ist Captain Mackey«, sagte Bucky.

Lloyd Mackey trug einen konservativen Filzhut, einen maulwurfsgrauen, teuer geschnittenen Anzug, ein schwarzes Hemd und eine beige-schwarze Krawatte mit geometrischem Muster.

Ich hatte meine Aussage bei dem ersten uniformierten Beamten gemacht, der eintraf, nachdem ich die Schießerei vom Autotelefon aus gemeldet hatte. Dann hatte ich alles für den ersten Kripobeamten wiederholt, der am Tatort erschienen war. Sah aus, als sollte ich mich jetzt nochmal richtig auskotzen.

Bucky drückte meine Schulter. »Wir haben jemanden losgeschickt, der uns was zu essen holt. Für dich habe ich Kaffee und einen Cheeseburger bestellt.«

»Danke«, sagte ich. Der heiße Kaffee würde vielleicht meine Nerven stabilisieren, aber ich wußte nicht, ob ich einen fettigen Hamburger verkraften konnte.

»Wissen Sie schon, wer der Mann ist?« fragte ich Mackey.

»Wenn Sie nicht mit der Presse reden, verrat ich es Ihnen. Wir haben noch keine Namen bekanntgegeben.«

»Jemand hat durchsickern lassen, daß Whitney tot ist«, bemerkte ich. Es wimmelte von Reportern.

Mackey ignorierte meinen Einwurf und schlug ein kleines Notizbuch auf. »Das Büro des Sheriffs hat den Mann identifiziert. Shawan Taylor. Alter ungewiß. Sagen wir zwanzig. Soweit bekannt, keine Angehörigen. Er wurde wegen Urinierens in einem Burger King im Zentrum festgenommen. Der Filialleiter hat Anzeige erstattet, und der Richter fand, daß ein bißchen Arbeitsethos dazu beitragen könnte, Shawan wieder auf die rechte Bahn zu bringen.«

»Also wurde er erschossen, weil er in der Öffentlichkeit gepinkelt hat«, stellte ich fest.

Die Temperatur war seit dem Einbruch der Nacht um gut zwanzig Grad Fahrenheit gefallen. Hinten im Lieferwagen hatte ich eine alte Decke gefunden und sie mir umgelegt, aber ich war immer noch barfuß. Die Schuhe, die ich so hastig weggeschleudert hatte, waren irgendwo da draußen, verloren in der tintenschwarzen Dunkelheit. Es kostete mich einige Anstrengung, nicht mit den Zähnen zu klappern.

Mackey zuckte die Achseln. »Er war ein Grady-Rooter. Er trug noch das Armband mit seinem Namen drauf, das er im Kran kenhaus umbekommen hatte. Deavers hat im Grady angerufen. Taylor wurde letzte Woche wegen einer entzündeten Schnittwunde am Fuß eingeliefert.«

Rooter war der Polizeiausdruck für die obdachlosen Stammkunden, die mehr Zeit in der Notaufnahme des Grady verbrachten als die Ärzte und Schwestern. Laut meiner Schwester Maureen, die dort arbeitet, ließen sich die Rooters oft per Ambulanz einliefern, nur um ein Bad oder eine warme Mahlzeit zu bekommen.

»Was hatte ein Rooter bei Whitney zu suchen?« fragte ich mich laut. »Wo steckte der Rest der Müllkolonne?«

»Wir arbeiten daran.« Mackey verstaute das Notizbuch wieder in der Innentasche seines Jacketts und schob die Hutkrempe hoch. Er hatte hohe Wangenknochen, tiefliegende braune Augen und Koteletten, die er ein wenig zu lang trug, wie es in letzter Zeit Mode war.

»Deavers hat mir erzählt, daß Sie für Whitney Dobbs gearbeitet haben. Als Privatdetektivin. Haben Sie eine Lizenz?«

»Ich habe eine Lizenz«, entgegnete ich ruhig.

»Würden Sie mir verraten, was Sie für Whitney Dobbs tun sollten?«

»Es ging um häusliche Probleme. Sie und ihr Anwalt hatten den Eindruck, daß der künftige Ex-Ehemann nicht gerade ehrlich ist, was die Aufteilung des Vermögens angeht.«

»Und, ist das so?«

Ich überlegte, wieviel von meinen Erkenntnissen ich preisgeben sollte. Nicht viel, bevor ich Gelegenheit hatte, mich mit Zack Alexander zu besprechen.

»Der Ex ist Arzt. Kardiologe. Und er behauptet, plötzlich pleite zu sein. Wir hatten gerade erst mit den Ermittlungen begonnen.«

»Carson Dobbs. Der Name sagt mir was. Wußte der Doktor, daß seine Frau jemanden angeheuert hatte, um seine Finanzen zu überprüfen?«

Ich spürte, wie ich beim Gedanken an unsere Video-Expedition errötete.
»Ich weiß es nicht. Ich bin gerade erst engagiert worden. Ich habe Mrs. Dobbs vor ein paar Tagen zum ersten Mal getroffen.«
»Aber Sie sind heute abend hier rausgefahren, um nach ihr zu suchen?«
»Sie ist zu einem wichtigen Termin mit ihrem Anwalt nicht erschienen. Er machte sich Sorgen, weil ihr das überhaupt nicht ähnlich sah. Also hat er Mrs. Dobbs' Bewährungshelferin angerufen und herausgefunden, daß sie hier zu einem Arbeitseinsatz eingeteilt war. Ich bin hier rausgefahren, um nach ihr zu suchen.«
»Und Sie haben sie gefunden.«
»Ja.«
»Und Sie haben hier in der Gegend niemanden gesehen, bevor Sie die Leiche entdeckten?«
Ich holte tief Luft. »Eigentlich nicht. Ich bin an einigen Golfspielern vorbeigefahren, die versuchten, vor Einbruch der Dunkelheit noch ein letztes Loch zu schaffen, aber die gingen in die entgegengesetzte Richtung. Ich habe Bucky schon erzählt, daß ich angehalten und mit einigen Arbeitern gesprochen habe, auf der Brown's Mill Road. Sie haben die Arbeitskolonne heute vormittag gesehen, aber eine weiße Frau ist ihnen nicht aufgefallen. Sie ist sehr schlank. Aus einiger Entfernung würde man nicht merken, daß sie eine Frau ist. Aber jemand muß es gewußt haben«, fügte ich hinzu.
Mackey wirkte überrascht. »Meinen Sie?«
Machte er Witze, oder stellte er sich absichtlich blöd?
»Kommen Sie, Captain«, sagte ich. »Der tödliche Unfall mit Fahrerflucht? Faneeta Mayes? Whitney Dobbs konnte nicht mal die Straße runtergehen, ohne daß irgend jemand ihr ins Gesicht spuckte. Ich weiß mit Bestimmtheit, daß sie mit anonymen Anrufen terrorisiert wurde. Und gestern abend sagte sie mir, daß jemand ihr den ganzen Tag gefolgt sei.«

»Das sagte sie.«
»Genau. Sie hatte panische Angst. Das war nicht nur Theater.« Ich fügte nicht hinzu, daß ich erst vor kurzem zu diesem Schluß gekommen war.
»Ist sie wegen der Sache zur Polizei gegangen?« fragte Mak-key.
»Nein«, gab ich zu. »Sie wußte, wie die Leute über sie dachten. Sie meinte, die Polizei würde nur annehmen, daß sie einen über den Durst getrunken hätte.«
»Und was macht Sie so sicher, daß sie nicht getrunken hatte?«
Ein guter Punkt. Noch gestern abend war ich bereit gewesen, Whitney Dobbs als Hysterikerin abzutun, die sich selbst furchtbar leid tat und in jedem Schatten irgendwelche Unholde sah. Vierundzwanzig Stunden später hatte sich meine Sichtweise radikal geändert. Wenn man die Leiche seiner Klientin mit einer Kugel in der Brust sieht, kommt man zum Glauben.
»Sie war in Therapie«, teilte ich Mackey mit. »Sie ist fast jeden Abend zu einem Treffen der Anonymen Alkoholiker gegangen.«
»Sagt wer?«
»Ihr Anwalt.« Es klang sogar in meinen Ohren ziemlich lahm.
»Okay.« Mackey machte sich nicht die Mühe, seine Skepsis zu verbergen. Er drehte sich um, um zu sehen, was für Fortschritte seine Ermittlungsbeamten gemacht hatten. Die Spurensicherung, uniformierte Beamte, Huttypen und Deputies des Sheriffs hasteten im grellen Licht eines Scheinwerfers umher, der an einen Generator angeschlossen worden war. Der Tatort war mit gelbem Plastikband abgesperrt, das um die Bäume an der Straße gewickelt war. Die Absperrung reichte ungefähr vierzig Meter in den Golfplatz hinein.
Am Rande der Absperrung flatterten die Medienvertreter umher wie die Motten. Sämtliche lokalen Fernsehsender hatten Satellitenübertragungswagen geschickt, dazu kamen ein weiteres Dutzend Radio- und Zeitungsreporter. Wegen Shawan Tay-

lor waren die nicht gekommen. Ein toter Grady-Rooter ist nichts Besonderes.
Mackeys Blick blieb an einem Knäuel Reporter hängen, die dem hochgewachsenen Kerl mit dem häßlichen grünen Zuhälterhut Mikrophone und Kameras ins Gesicht schoben.
»Deavers«, bemerkte Mackey und schüttelte resigniert den Kopf. »Man sollte das Zeug verbrennen, das er da anhat.«
Er wandte seine Aufmerksamkeit wieder mir zu. »Offensichtlich haben Sie ein paar Theorien, was den Mörder Ihrer Klientin angeht. Wie wär's, wenn Sie mal Namen nennen?«
Ich biß mir auf die Lippen. Ich wußte, daß es ein Fehler sein würde, mit Mackey zu reden. Ich sollte den Mund halten und mich um meine eigenen Angelegenheiten kümmern. Mir war kalt, ich war barfuß, und ich hatte eine kranke Mutter zu Hause, um die ich mich kümmern mußte.
»Whitneys Mann ist der erste, der einem da in den Sinn kommt«, erklärte ich statt dessen. »Ihr Anwalt hat den ganzen Nachmittag versucht, ihn zu erreichen. Er hat nicht zurückgerufen. An Ihrer Stelle würde ich in Erfahrung bringen, wo Carson Dobbs gesteckt hat.«
Mackey blickte amüsiert drein. »Einer unserer Leute hat mit Dr. Dobbs gesprochen, gleich nachdem wir sie identifiziert hatten. Er ist schließlich ihr nächster Verwandter. Er sagt, er sei im OP gewesen. Wir prüfen das nach.«
»Oh nein.« Mir kam ein gräßlicher Gedanke.
»Was ist?«
»Ihre Tochter. Alison. Sie ist im College, irgendwo im Norden. Wurde die Tochter benachrichtigt?«
»Wäre das nicht Sache von Dr. Dobbs? Er ist ihr Vater.«
Nachdrücklich schüttelte ich den Kopf. »Sie redet nicht mehr mit ihm.« Ich packte Mackey am Ärmel. »Ich muß Whitneys Anwalt anrufen. Zack Alexander. Er wird dafür sorgen, daß jemand Alison anruft. Oder es selbst tun.«
Ich hätte Zack schon längst anrufen sollen. Aber es war alles so

schnell gegangen. Die Polizei hatte mich fast zwei Stunden lang befragt.

»Mr. Alexander ist benachrichtigt worden«, erklärte Mackey. Er wies mit dem Kopf in Richtung des abgesperrten Tatorts. Ich hatte ihn nicht ankommen sehen. Aber da stand er, die Hände in die Taschen geschoben, und hörte aufmerksam einem der Kripobeamten zu.

»Wäre das im Augenblick alles?« fragte ich Mackey.

»Im Augenblick ja.«

Ich humpelte zu Alexander hinüber. Er sah mich kommen und kam mir entgegen. Sein Gesicht wirkte abgespannt, und der Schnurrbart schien ihn nach unten zu ziehen. Er legte mir den Arm um die Schultern. »Armes Kind.«

Ich wußte nicht, ob er mich meinte oder Whitney.

»Haben Sie die Tochter benachrichtigt?«

»Sie kommt morgen mit der ersten Maschine.«

Da brach ein Tumult los, ungefähr an der Stelle, wo die Reporter Deavers interviewt hatten.

Ein großer, stämmiger Schwarzer in Jeans und Daunenweste stürmte in den Kreis der Kameras. »Diese Sau«, brüllte er und fuchtelte wild mit den Armen herum. »Sie hat bekommen, was sie verdient hat, die gottverdammte Nutte. Sie war nichts als Dreck. Sehen Sie, wo sie gelandet ist? Im Müll!«

Er drängte sich durch die Absperrung und steuerte auf die Stelle zu, wo die Spurensicherung immer noch die Toten untersuchte. Eine Frau umklammerte den Ärmel des Mannes und versuchte, ihn zurückzuhalten. »Nein«, hörten wir sie rufen. »Tu das nicht. Tu das nicht.«

»Ich will sie sehen«, brüllte er und versetzte der Frau einen Schlag, so daß sie der Länge nach auf dem Golfplatz landete. Drei uniformierte Polizisten stürzten sich auf ihn und zerrten ihn hinter die Absperrung zurück. Die Reporter stürmten mit laufenden Kameras auf ihn zu.

»Wer zum Teufel ist das?« fragte ich Zack.

»Wer schon?« sagte er. »Bryant Mayes. Er ist Feuerwehrmann, er muß es im Polizeifunk gehört haben. Oder einer seiner Kumpel von der Polizei hat ihn angerufen und ihm einen Tip gegeben. Die Frau ist Janie Mayes.« Faneeta Mayes' Eltern, die gekommen waren, um zu sehen, wie der Gerechtigkeit schließlich doch noch Genüge getan wurde.

»Ist er besoffen?«

Bryant Mayes brüllte immer noch herum und versuchte, die Polizisten abzuschütteln, die versuchten, ihn in einen Streifenwagen zu verfrachten. Als er auf dem Rücksitz saß, beugte er sich zurück und versetzte den Beamten Fußtritte. Die wiederum schlugen mit Gummiknüppeln auf seine zutretenden Beine ein.

»Wahrscheinlich.« Zack betrachtete die Show. »Wie ich höre, ist er seit dem Unfall nicht allzuoft nüchtern gewesen. Er ist vom Dienst beurlaubt. Bis er sein Leben wieder auf die Reihe gekriegt hat.«

Janie Mayes stand wie erstarrt neben dem Funkstreifenwagen und starrte leer in die Dunkelheit. Sie hatte einen rosafarbenen Pullover über einen grauen Jogginganzug geworfen, und an den Füßen trug sie Laufschuhe ohne Socken.

Auch Alexander beobachtete sie. »Ob sie jetzt wohl zufrieden ist?« sagte er leise. »Jetzt hat sie, was sie wollte. Die ganzen Tage, an denen sie mit diesem Schild vor Whitneys Haus stand. Und sie damit quälte. Nun kann sie zu Hause bleiben.«

Ich seufzte. »Meinen Sie, ich kann gehen? Ich bin fix und fertig.«

Er straffte die Schultern. »Ich rede mit Lloyd Mackey. Ich sage ihm, Sie seien meine Mandantin, und Sie könnten nicht mehr. In Ordnung?«

»Ich wär Ihnen dankbar.«

Schnell ging er zu Mackey hinüber. Kaum eine Minute später war er wieder zurück.

»Gehen wir.« Er begleitete mich zum Lieferwagen und blieb vor der offenen Wagentür stehen. »Es ist noch nicht vorbei, wissen Sie«, sagte er.

»Was? Whitney ist tot. Sie haben keine Mandantin mehr.«

»Aber sicher doch«, erwiderte Zack. »Ich bin Whitneys Anwalt. Und Alisons. Ich bin der Nachlaßvertreter. Und ich will verdammt sein, wenn ich zulasse, daß Carson Dobbs seine Tochter um ihr Erbe betrügt.«

»Mir soll's recht sein«, murmelte ich. Ich war erschöpft. Total erledigt. Mir graute vor der Fahrt nach Hause.

»Ich ruf Sie morgen an«, versprach Zack.

Auf dem Heimweg mußte ich die Wagenfenster offenlassen, denn die kalte Luft, die mir ins Gesicht wehte, war das einzige, was mich wachhielt. Als ich zu Hause ankam, stand Maureens Wagen in der Einfahrt, auf meinem Parkplatz.

»Scheiße.« Ich stellte den Lieferwagen auf der Straße ab. Und dann fiel es mir wieder ein. Edna. Vielleicht hatte sich ihr Zustand verschlimmert, und sie hatte Maureen um Hilfe gebeten. Mit bleischweren Füßen und voller Angst trabte ich die Einfahrt hoch. Aber als ich die Hintertür aufschloß, war alles still. Nur das Ticken der großen Küchenuhr war zu hören.

Auf Zehenspitzen schlich ich zur Tür von Ednas Schlafzimmer und spähte hinein. Sie lag schlafend im Bett, auf die Kissen aufgestützt, einen Chiffonschal ums Haar geschlungen und einen Liebesroman in der Hand, der mit der aufgeschlagenen Seite nach unten auf ihre Brust gesunken war. Ich schlich mich ins Zimmer, nahm ihr die Brille ab, legte sie auf den Nachttisch und lauschte auf ihren Atem. Es war ein leichtes Pfeifen zu hören, aber der Atem kam gleichmäßig, und sie hustete nicht. Ich drehte das Licht aus und ging hinaus.

Als ich bei meiner Schlafzimmertür ankam, hatte ich bereits den Reißverschluß meines Rocks geöffnet und die Bluse halb ausgezogen. Aber die Tür war abgeschlossen. Was zum Teufel sollte das denn?

Ich rüttelte an der Tür.
»Einen Augenblick«, kam es gedämpft von Maureen.
Ich sah, wie das Licht anging, und dann öffnete meine Schwester die Tür einen Spalt und spähte verärgert hinaus. »Was ist denn los?«
»Das könnte ich dich fragen. Das ist mein Schlafzimmer.«
Ich sah genauer hin. Maureen hielt krampfhaft einen Frotteebademantel vor der knochigen Brust zusammen, aber ansonsten war sie nackt wie eine neugeborene Maus. »Und das ist mein Bademantel. Ich bin totmüde. Verschwinde, und zwar dalli.«
»Hat Mutter es dir nicht erzählt? Sie sagte, Steve und ich könnten hier schlafen. Unser Badezimmer wird renoviert. Du weißt schon, damit wir das Haus während der Olympiade vermieten können. Und ohne Badezimmer können wir da unmöglich bleiben. Es ist ja nur für eine Woche.«
Edna hatte nichts von Übernachtungsgästen erwähnt. Selbst wenn sie es getan hätte, wäre ich nie bereit gewesen, mein Schlafzimmer zu räumen. Besonders nicht für Maureen und ihren Schwachkopf von Mann.
»Schlaft im Arbeitszimmer«, raunzte ich und zerrte an der Tür.
Mit einem Ruck zog sie sie wieder zu sich heran. Für einen so mageren Menschen war sie erstaunlich kräftig.
»Das können wir nicht«, zischte sie. »Mutter hat die Bettcouch für dich fertiggemacht.«
»Schön«, sagte ich. »Ihr beiden könnt da schlafen. Ich will mein Bett.«
»Verdammt. Du weißt, daß wir versuchen, schwanger zu werden«. Sie machte eine dramatische Pause. »Hör zu, Callahan. Ich habe meinen Eisprung.«
»Ich hör gar nichts.«
»Miststück.« Bevor ich sie daran hindern konnte, hatte sie die Tür zugeknallt und den Schlüssel herumgedreht.
Ich rüttelte noch etwas an der Tür und klopfte, aber nur leise,

weil ich meine Mutter nicht aufwecken wollte. Von drinnen war Gekicher zu hören, und dann das Quietschen meiner Bettfedern. Maureen wußte schon, wie sie mich martern konnte.
Ich legte die Lippen an den Türrahmen. »Ich will, daß die Laken morgen früh verbrannt werden«, flüsterte ich. Dann stapfte ich zur Bettcouch.

Wie jede Bettcouch, mit der ich je Erfahrungen gesammelt habe, verbirgt unsere ein übles Geheimnis. Es ist ein niedliches, ja sogar reizendes Sofa mit geschwungener Rücklehne, runden Armlehnen und einem verblaßten Schonbezug mit Blumenmuster. Aber die Matratze war dünn, klumpig und roch muffig. Schlimmer noch, die Metallstütze, die quer über die Mitte verlief, stach mich mit der Akkuratheit eines Eispickels in die Lendenwirbelsäule.

Edna hatte das Bett mit einem Stapel Kissen und einem Quilt hergerichtet und mir sogar mein Flanellnachthemd zurechtgelegt. Ich versuchte, mich in die Kissen zu vergraben wie ein Igel, aber jedesmal, wenn ich die Augen schloß, sah ich Beine in schwarzen Jeans und weiße Turnschuhe, und dann die Wildlederstiefel und den Streifen blutbefleckter Spitze.

Ich griff nach der Fernbedienung und schaltete mich durch die Fernsehprogramme. Die Nummern der Kabelkänale kann ich mir nie merken. Late-night-Talk-Shows mit hohlköpfigen Yuppie-Talkmastern, dann der Home-Shopping-Kanal, wo die neueste Mode für Kreuzfahrten vorgeführt wurde. Nach einem Footballspiel kam ich zu einer spanischen Seifenoper, und dann fand ich endlich, was ich gesucht hatte, den Sender, wo alte Spielfilme laufen. Ich hatte auf Screwball Comedy gehofft,

etwas mit Cary Grant oder Myrna Loy. Statt dessen bekam ich *Haut den Herkules.* Ich hätte heulen können.
Danach sah ich mir eine halbstündige Werbesendung über eine Saft-Diät an. Als ich mich dabei ertappte, wie ich nach meiner Kreditkarte suchte, um eine Saftpresse für 89,95 Dollar zu bestellen, wurde mir klar, daß es höchste Zeit für drastische Maßnahmen war. Genauer gesagt war es Viertel nach zwei.
Ednas neue Medikamente füllten ein ganzes Regal im Medizinschränkchen. Antibiotika, Steroide, Abführmittel, Zeug, dessen Namen ich nicht aussprechen konnte. Ich griff nach dem Fläschchen mit dem orangefarbenen Warnetikett auf der einen und dem Cartoon eines schläfrigen Auges auf der anderen Seite. »Kann Schläfrigkeit verursachen«, stand auf dem Etikett. Großartig. Das war es, was ich beabsichtigte. »Bedienen Sie keine schweren Maschinen«, fügte der Text hinzu. Verflixt. Ich würde den Löffelbagger abstellen müssen.
Die Tabletten waren so winzig, daß ich gleich zwei mit einer Handvoll Wasser herunterschluckte. Das letzte, an das ich mich erinnere, ist, daß ich zur Bettcouch zurücktaumelte.

»Jules? Jules! Wach auf!«
Edna schüttelte mich wieder und wieder. Schließlich riß sie mir erst die Decke und dann die Kissen weg. Ich kämpfte mich in eine aufrechte Position. Meine Knochen hatten sich über Nacht verflüssigt. Sonnenlicht flutete durch das Fenster. Ich bedeckte die Augen mit den Händen. Irgendwo im Haus briet jemand Zwiebeln. Zwiebeln zum Frühstück?
»Telefon für dich«, sagte Edna und bohrte ihren Finger in mein Bein. »Steh auf. Was ist bloß los mit dir? Ist dir klar, daß es schon Mittag ist?«
»Schlaftabletten«, murmelte ich. Das Wort wurde von einem gewaltigen Gähnen verschluckt.
Ich taumelte hinter ihr in die Küche. Der Hörer lag neben dem Telefon.

»Callahan?« Es war Zack Alexander. »Wir müssen eine Strategiediskussion abhalten.«
»Weswegen?« fragte ich. War unsere Mandantin nicht tot? »Sie haben doch die Videokassette. Und die Gewerbeerlaubnis beweist, was für Tricks Carson Dobbs abgezogen hat.«
»Das reicht nicht«, sagte Zack. »Wir brauchen mehr. Ich habe bereits versucht, die Anhörung zu verschieben. Sein Anwalt will sich nicht darauf einlassen. Haben Sie heute schon Zeitung gelesen?«
Ich hatte heute noch gar nichts getan. »Nein. Wieso?«
»Es ist unglaublich«, erboste sich Zack. »Mackey hat gestern nacht eine Erklärung vor der Presse abgegeben. Er sagt, es könnte einfach ein Zufallsmord an Fremden gewesen sein. Im letzten Jahr hat es unten im Gelobten Land ständig Schießereien gegeben. Es wurden willkürlich Schüsse auf Hunde, Straßenschilder und Autos abgefeuert, einmal sogar auf ein vollbesetztes Golf-Wägelchen.«
»Im Gelobten Land?« Sprachen wir über dieselbe Sache? Hatte Zack sich auch bei Ednas Schlaftabletten bedient?
»So nennen die Leute, die da wohnen, das Gebiet da draußen«, erklärte Zack. »Nach dem Bürgerkrieg haben sich viele befreite Sklaven da niedergelassen. Zurück zum Thema. Ein Zufallsmord an Fremden. Ist das zu glauben? Als wären Whitney Dobbs und dieser Obdachlose einfach zur falschen Zeit am falschen Ort gewesen.«
»Vielleicht redet er absichtlich Bockmist. Manchmal gibt die Polizei solche Erklärungen ab, um sich die Presse vom Hals zu schaffen.« Aber Edna hielt die *Constitution* hoch und deutete auf die Titelseite.
»Fiel Gesellschaftslöwin einem Zufallsmord zum Opfer?« lautete die Schlagzeile.
Ich griff nach der Zeitung und begann zu lesen.
»Können Sie um zwei hier sein?« wollte Alexander wissen.
»Ja«, murmelte ich, etwas abgelenkt. »Ich werde dasein.«

Ich legte auf und sog die oreganogesättigte Luft ein. »Spaghetti? Zum Frühstück?«
Edna schenkte mir eine Tasse schwarzen Kaffee ein. »Trink das. Wir haben schon vor Stunden gefrühstückt. Du riechst die Tomatensauce, die es zum Mittagessen gibt.« Sie sah bedeutungsvoll zur Küchenuhr hoch, die halb eins anzeigte.
»Ich hab' die Mädels alle zur Arbeit verfrachtet. Baby und Sister tauchten auf und wollten arbeiten, also hab ich sie zur alten Mrs. Schall rübergeschickt. Neva Jean niest immer noch wie verrückt, wegen der verdammten Strauße.«
»Emus«, korrigierte ich, ohne von der Zeitung aufzublicken. Die *Constitution*-Korrespondentin sprach es nicht offen aus, aber man merkte, daß sie der Polizei den Käse über Zufallsmörder, die beim Schießen auf Straßenschilder versehentlich Whitney Dobbs mit erledigt hatten, nicht abkaufte.
Ich las den Artikel zu Ende und legte die Zeitung weg. »Wie kommt es, daß du mir gegenüber nichts davon erwähnt hast, daß du Romeo und Julia mein Schlafzimmer überläßt?«
»Oh. Habe ich nicht gesagt, daß sie ein paar Tage bei uns bleiben würden? Nur bis sie ihr Badezimmer wieder benutzen können.«
»Nein«, sagte ich scharf. »Du hast es nicht erwähnt, weil du wußtest, daß ich das nie mitgemacht hätte. Und ich schätze es nicht sonderlich, nach Hause zu kommen, nachdem ich zwei Stunden von der Polizei befragt wurde, um festzustellen, daß meine Schwester und mein Schwager in meinem Bett rammeln wie zwei Mastschweine im Schlammloch.«
»In der Zeitung haben sie Garrity falsch geschrieben«, bemerkte Edna und wies auf das Blatt. »Die arme Frau. War es nicht schrecklich, sie so zu finden?«
»Versuch nicht, das Thema zu wechseln«, warnte ich. »Hör zu, Ma. Sie verdienen beide nicht schlecht, sie sind nur geizig. Maureen hat mir selbst erzählt, daß Steve Anteile an dem Rettungsdienst erworben hat, für den er arbeitet. Soweit es mich betrifft,

können sie heute nacht im Motel Six einchecken. Bei Chez Callahan werde ich jedenfalls ganz offiziell das »Belegt«-Schild einschalten.«

»Hmpf.« Edna stürmte erregt aus der Küche. Als sie zurückkam, hatte sie die Arme voller Bettzeug. Sie öffnete die Tür zur Waschküche und stopfte es in die Waschmaschine.

»Und Maureen soll mir neue Bettlaken kaufen. Hab ich ihr schon gesagt«, rief ich. »Ich schlafe nicht auf Steves Sperma. Mir egal, wieviel heißes Wasser und Bleichmittel du benutzt.«

»Schön.« Edna knallte die Waschmaschine zu, kehrte zum Herd zurück und hob den Deckel von dem großen gußeisernen Topf. Der warme Duft nach Tomaten, Knoblauch und Oregano erfüllte den Raum. Edna griff nach einem Holzkochlöffel und rührte die brodelnde Sauce um.

»Es ist dein Haus«, bemerkte sie, an niemand im besonderen gewandt. »Wenn du deine Familie vor die Tür jagen und sie in irgendein heruntergekommenes Motel verfrachten willst, geht mich das wahrscheinlich nichts an.«

Wir wußten beide, daß Maureen und Steve schon seit Monaten ihre Strategie für die Olympiade ausheckten.

»Fünfhundert Dollar pro Nacht. Pro Zimmer«, hatte Steve eines Sonntags beim Essen hier in unserem Haus verkündet. »Und wir haben vier Schlafzimmer. Aber die Zimmervermittlung sagt, man muß zwei Badezimmer haben. Dann können wir zweitausend Dollar pro Nacht einsacken, und zwar drei Wochen lang.«

»Unser Anteil beträgt vierzehntausend Dollar«, fuhr Maureen selbstgefällig fort. »Und wir bekommen das neue Badezimmer, das ich mir schon immer gewünscht habe.«

»Aber wo wollt ihr wohnen?« hatte ich gefragt. »Können zwei Personen wirklich bequem in einem von Steves Krankenwagen schlafen? Wird das nicht ein bißchen eng, mit den ganzen Herzmonitoren und so?«

Steve und Maureen tauschten einen besorgten Blick.

»Ihr könntet hier schlafen«, setzte Edna an.
»Nur daß ihr sicher für euch sein wollt«, warf ich hastig ein. »Außerdem, warum in der Stadt bleiben, bei dem ganzen Geld, das ihr machen werdet? Warum fahrt ihr nicht in Urlaub? In irgendein exotisches Land. Wie wär's mit Beirut? Oder Bosnien?«
»Uns wird schon etwas einfallen, Mom.« Maureen tätschelte Ednas Hand. »Mach dir keine Sorgen wegen uns. Du weißt, wie ungern Steve sich aufdrängt.«
Meine Mutter ist unfähig, die hinterhältigen Machenschaften meiner Schwester zu durchschauen.
»Dir würde kein Zacken aus der Krone fallen, wenn du etwas netter zu deiner Schwester wärst«, erklärte Edna nun. »Sie macht eine schwere Zeit durch. Es ist hart für sie, nicht schwanger werden zu können. Du könntest ruhig ein bißchen mehr Verständnis zeigen.«
Ich nahm einen großen Schluck Kaffee. Die heiße Flüssigkeit verbrühte mir die Kehle, aber das war besser als offen auszusprechen, was ich von einer Vermischung dieser speziellen Genpoole hielt.
Das Telefon klingelte, und ich griff dankbar nach dem Hörer.
»Garrity?« Es war Bucky Deavers. »Kannst du ganz schnell mal vorbeikommen?«
Keine Witzeleien, keine vulgären Kommentare über mein Aussehen gestern. Irgend etwas stimmte nicht.
»Mackey will dir noch ein paar Fragen stellen«, erklärte Bukky.
»Was soll das?« fragte ich scharf. »Ich habe dir genau gesagt, was ich gestern abend gesehen habe, ich habe es Mackey gesagt, ich habe es der ganzen Einheit gesagt. Ich habe zwei Leichen gesehen. Punkt.«
Deavers seufzte. »Das ist alles eine einzige Scheiße. Eine Riesenscheiße.«
»Ich will wissen, was los ist. Sonst komme ich nicht.«

»Scheiße«, murmelte er. »Du weißt, daß wir Bryant Mayes gestern abend festgenommen haben, oder? Den Vater des toten Kindes?«

»Ich habe gesehen, wie der Typ eine Szene hingelegt hat«, erwiderte ich vorsichtig. »Der war so besoffen wie Cooter Brown.«

»Du warst schon weg, als es so richtig losging«, sagte Bucky. »Mayes sollte gerade in die Stadt gebracht werden. Sie wollten ihn sich beruhigen lassen, weit weg von der Presse, und ihn dann gehen lassen. Da schlägt der besoffene Scheißkerl die Scheibe des Streifenwagens ein und beißt Randy Barnes in die Hand, vor laufenden Kameras. Barnes mußte ins Krankenhaus und die Wunde nähen lassen.«

»Oh-oh«, sagte ich.

»Genau«, bestätigte Bucky. »Uns blieb keine Wahl. Wir mußten ihn wegen Trunkenheit, Erregung öffentlichen Ärgernisses und tätlichem Angriff auf einen Polizeibeamten festnehmen. Mayes' Frau weinte, sie war völlig aufgelöst. Also sag ich zu Mackey, ruf nicht den Abschleppwagen. Das würde alles nur noch schlimmer machen. Ich fahr Mayes' Laster in die Stadt, und seine Frau kann die Kaution stellen und den traurigen Arsch nach Hause schaffen. Als ich in den Laster steige und nach hinten gucke, was seh ich da?«

»Eine Kiste Bier?«

»Bestimmt zwei Dutzend leere Heineken-Flaschen«, gab Bucky zu. »Und einen vergammelten alten Teppich. Und unter dem Teppich guckte ein Gewehrlauf hervor.«

»Oh Scheiße.«

»Genau das hab ich auch gesagt. Wir haben die Waffe aus Mayes' Pickup-Truck ins Labor geschafft. Und Mayes ist noch in Polizeigewahrsam. Also müssen wir, du, ich und Mackey, ein ernsthaftes Gespräch über das führen, was du auf diesem Golfplatz gesehen hast.«

»Aber ich dachte, Mackey hält es nur für einen Zufallsmord«, protestierte ich.

»Das war vorher. Jetzt ist die Kacke wirklich am Dampfen. Und, Garrity?«

»Ja?«

»Vielleicht möchtest du dir die Nase pudern, bevor du herkommst. Jeder Reporter der freien Welt steht draußen vor der Tür, die Kamera direkt auf uns gerichtet.«

»Prima«, sagte ich.

Im Radio lief eine Life-Übertragung, in der über die Befragung von Bryant Mayes im Mordfall Whitney Dobbs durch die Polizei berichtet wurde, also war ich nicht überrascht, als ich den Zirkus sah, der sich vor dem Atlanta Police Department in der Decantur Street versammelt hatte.

Übertragungswagen von Fernseh- und Radiostationen parkten auf dem Gehweg, und ein Knäuel kamera- und mikrophonschwingender Journalisten hatte sich um eine Frau geschart, die auf der obersten Stufe des Polizeihochhauses stand, das Gesicht der Menge zugewandt. Janie Mayes. Sie wirkte aufgewühlt und gestikulierte wild. Ich konnte ihren Kiefer arbeiten sehen, aber die Worte waren unhörbar. Ein älterer Schwarzer stand neben ihr. Er hielt das gerahmte Porträt von Faneeta hoch, das ich schon so oft in der Presse gesehen hatte.

Ich fuhr auf den Parkplatz. Alles besetzt. Nachdem ich den winzigen Parkplatz zweimal umrundet hatte, in der Hoffnung, daß jemand wegfahren würde, erschien Bucky Deavers. »Park neben meinem Wagen«, rief er und winkte mich zu dem für Detectives reservierten Stellplatz hinüber.

Er schob mich hastig zum Seiteneingang, und wir gingen zur Mordkommission hoch. Lloyd Mackey wies auf einen Stuhl. Bucky trat ein und setzte sich ebenfalls. Mackey stand auf und

schloß die Tür. Heute morgen trug er keinen Hut, dafür ein rostfarbenes Hemd, dunkelgraue Hosen, ein rostfarben-graues Sportjacket und eine Bifokalbrille.
Bucky hatte Jeans und ein Falcons-Sweatshirt an. Er mußte dienstfrei haben.
»Wir müssen nochmal mit Ihnen reden«, sagte Mackey unverblümt. »Ich weiß, daß Deavers Ihnen erzählt hat, daß wir gestern abend eine Waffe in Bryant Mayes' Wagen gefunden haben. Also lassen Sie uns alles nochmal durchgehen.«
Ich schloß die Augen und versuchte, mir die Einzelheiten genau ins Gedächtnis zu rufen. Ich erzählte ihnen von den beiden Männern im Golf-Wägelchen und dem Vierer, der zu Fuß unterwegs gewesen war. Ich berichtete ihnen sogar von den städtischen Straßenarbeitern, mit denen ich auf der anderen Seite des Golfplatzes gesprochen hatte.
»Von denen wissen wir.« Mackey machte eine wegwerfende Handbewegung. »Die haben sogar noch weniger gesehen als Sie.«
»Was ist mit Autos?« fragte Bucky und beugte sich vor. »Was für Wagen sind dir in der Gegend aufgefallen?«
Ich schüttelte den Kopf. »Ich erinnere mich nur, daß ich den Wagen nicht gesehen habe, nach dem ich suchte – Whitneys grauen Volvo.«
»Einen Pickup-Truck haben Sie nicht bemerkt?« fragte Mackey.
»Nein, tut mir leid.«
»Haben Sie Bryant Mayes gestern abend gesehen?«
»Ja, natürlich. Ich sprach gerade mit Zack Alexander, Whitneys Anwalt, als er anfing, Radau zu machen.«
»Hatten Sie ihn schon mal gesehen?«
»Ja, ich nehme an, während Whitneys Prozeß. Im Fernsehen. Ja, ich denke, ich habe ihn im Fernsehen gesehen.«
»Aber nicht gestern auf dem Golfplatz? Oder sonst irgendwo in der Gegend?« bohrte Bucky.

Über diese Frage hatte ich schon seit Buckys Anruf nachgedacht. Hätte Mayes auf dem Golfplatz sein können? Aber ich konnte mich nur daran erinnern, daß die Golfspieler bunte Pullover getragen hatten. Vielleicht auch Kappen. »Nein«, sagte ich.

Ich hatte meinerseits Fragen an die beiden Cops. »Was ist mit den anderen Mitgliedern der Arbeitskolonne? Wo steckten die gestern nachmittag?«

Bucky blickte Mackey an, der leicht nickte.

»Weg«, meinte Bucky. »Der für den Teil des Golfplatzes zuständige Deputy sagt, er hätte sechs Leute beaufsichtigt. Der Fahrer, auch ein Deputy, und sechs weitere Mitglieder der Kolonne waren an der Brown's Mill Road, ungefähr eine Meile entfernt. Geplant war, daß die beiden Gruppen sich in der Mitte treffen. Der Kleinbus sollte sie um zwei abholen.«

»Und?« fragte ich erwartungsvoll.

»Es gab einige Pannen«, erklärte Bucky. »Die Gruppe ist mit Verspätung vom Bewährungsamt losgefahren, weil einige der Mitglieder der Kolonne zu spät kamen, und dann gab es irgendein Problem mit dem Kleinbus, so daß sie erst gegen elf überhaupt loskamen.«

»Whitney hatte um vier einen Termin bei ihrem Anwalt«, bemerkte ich.

»Es sind vom Richter verhängte Arbeitsauflagen. Die Arbeiter haben nicht zu bestimmen, wann es nach Hause geht. Wie ich schon sagte, war es schon vier, als sie alle Leute wieder eingesammelt hatten.«

»Und niemandem ist aufgefallen, daß Whitney und dieser andere Typ, wie hieß er noch mal, fehlten?«

»Shawan Taylor«, erklärte Mackey. »Wie Deavers bereits sagte, haben die einen Riesenbockmist gebaut.«

»Es gab einen Zwischenfall«, erläuterte Bucky. »Einer der Mitglieder der Kolonne fand eine halbleere Flasche Fusel im Graben und nahm einen kräftigen Schluck. Da das Glas kaputt war, schnitt er sich in den Mund und blutete wie ein Schwein. Als er sein eigenes Blut sah, drehte er durch, und als die anderen ihn bluten sahen, drehten sie ebenfalls durch, und dann verlor der Deputy die Nerven.«

»Dieses verdammte Sheriffbüro«, erklärte Bucky bitter. »Der Deputy weigerte sich, den Mann anzurühren. Angst vor Aids. Am späten Nachmittag wurden einfach alle in den Kleinbus verfrachtet. Zur Hölle mit der korrekten Verfahrensweise, dem Zählen ihrer Schäfchen und all dem.«

»Vielleicht hat einer der anderen Mitglieder der Kolonne einen Pickup-Truck gesehen«, regte ich an.

»Die werden großartige Zeugen abgeben«, meinte Mackey trokken. »Scheckbetrüger, Trunkenbolde, Ladendiebe. Wir reden schon mit den Leuten.«

»Ihr wollt wirklich Bryant Mayes wegen Mordes anklagen?« fragte ich. »Wollt ihr unbedingt einen Aufstand auslösen?«

»Wir können das Gewehr nicht einfach ignorieren«, beharrte Bucky.

Ich sah, wie Mackey ihm einen warnenden Blick zuwarf.

»Bryant Mayes hätte Whitney jederzeit abknallen können«, wandte ich ein. »Was hat er jetzt davon? Rache? Und woher wußte er, wo Whitney gestern arbeiten würde? Hat er ein Alibi?«

»Er sagt, er sei im Pickup-Truck im Piedmont Park herumgefahren«, erklärte Bucky. »Seine Frau sagt, er tut das ständig. Als wollte er nach seinem kleinen Mädchen suchen.«

Mackey stand auf, ging zur Tür und hielt sie für mich auf.

»Was ist mit Carson Dobbs?« fragte ich noch. »Wo war der?«

»Bei einem Patienten«, sagte Bucky.

»Wir rufen Sie an.« Mackey machte mir die Tür vor der Nase zu.

Die Menge war weiter angewachsen, als ich zum Hauptausgang hinaustrat. Es war eine merkwürdige Mischung. Eine Gruppe älterer und mittelalter schwarzer Frauen, die offensichtlich mit Janie Mayes gekommen waren, Feuerwehrleute, eine bunte Ansammlung von Collegestudenten der nahen Georgia State University und Obdachlose, die mal sehen wollten, was hier los war.

Ich blieb auf dem Bürgersteig stehen und sah zu. Ein ernster junger Gemeindehelfer versuchte, ruhig mit den Journalisten zu sprechen, aber in der Menge gärte es.

»Polizeischikane!« schrie eine ältere Frau mit einem Blumenhut. »Rassismus! Sie sind hinter Bryant Mayes her, weil er schwarz ist und weil er arm ist!«

»Uh-huh«, echote eine Gruppe von Kirchendamen unisono. »Ein wahres Wort.«

»Ein Komplott der Polizei!« brüllte jemand. Ich hätte schwören können, daß es einer der Obdachlosen war. »Rassenjustiz! Ein Komplott der Weißen!«

Das reichte mir. Ich eilte zu meinem Wagen und stieg ein.

Zack Alexander und Alison Dobbs hatten nicht auf mich gewartet. Sie starrten angespannt auf den Videorecorder. Die Bildqualität war schlecht, aber man konnte ausmachen, was es sein sollte, wenn man wußte, was man sich ansah. Gerade eben war Carson Dobbs im Bild, mit heraushängenden Hemdzipfeln, ohne Krawatte und auf Strümpfen. Er saß in einem Lehnsessel und redete mit jemandem, der von der Kamera nicht erfaßt wurde. Er hatte zurückweichendes, sandfarbenes Haar, dunkle Augen und ein großes Loch in der linken Socke.

Das Wohnzimmer sah aus wie die Dekoration eines Möbelgeschäfts. Ein nichtssagendes Sofa, zwei Sessel, ein großes gerahmtes Landschaftsgemälde hinter dem Sofa, zwei kleine Beistelltischchen und ein Couchtisch. Die Möbel waren um ein kleines Fernsehgerät herumgruppiert, das auf einem Kartentisch stand. Suzanne Shaddeau ging an der Kamera vorbei und setzte sich neben Dobbs. Alison holte tief Luft.

Die Tochter war attraktiv, wie ihre Mutter, aber wie viele Collegemädchen hatte sie beschlossen, daß Make-up und Haarspray passé waren. Sie war blaß, hatte dunkle Ringe unter den Augen, und ihr mausfarbenes Haar hing ihr ungekämmt bis über die Schultern. Sie trug ein knielanges Blümchenkleid und schwere schwarze Schnürschuhe.

»Sie ist hübsch, nicht?« meinte Alison und deutete auf die Freundin ihres Vaters.

»Nicht so hübsch wie deine Mutter«, erklärte Zack.

Die Kamera schwenkte unfachmännisch durch den Raum und zeigte die Möbel, die leeren Wände, das glückliche Paar. Dann bewegte sich die wackelige Kamera einen schmalen Flur herunter. Ein Schlafzimmer, möbliert mit einer Frisierkommode, einem ungemachten Bett und zwei Nachttischen, kam ins Bild. Die Tür des Kleiderschranks stand halb offen, so daß man ein halbes Dutzend Kleidungsstücke auf Bügeln sowie zwei Paar Schuhe erkennen konnte. Nach dem Flur schwenkte die Kamera ins Badezimmer. Eine Hand voller Altersflecken öffnete ein Medizinschränkchen und zeigte die leeren Regale. Zwei Handtücher lagen ordentlich gefaltet auf dem Handtuchhalter.

Zack Alexander hielt die Fernbedienung hoch und schaltete das Band aus. »Wir haben es uns schon einmal angesehen«, erläuterte er.

»Es ist nicht schlecht«, meinte ich.

»Es ist gut.«

Alison Dobbs stand auf und schüttelte mir die Hand. Sie maß bestimmt nicht mehr als einsdreiundfünfzig. »Hallo«, begrüßte sie mich.

»Ich bin Callahan. Das mit Ihrer Mutter tut mir sehr leid.«

»Zack hat mir von Ihnen erzählt.« Alison setzte sich wieder und kreuzte die Füße. Mit geneigtem Kopf sah sie mich an. »Werden Sie uns helfen?«

»Alison glaubt, daß ihr Vater etwas mit Whitneys Tod zu tun hat«, erklärte Zack.

»Er hat sie gehaßt«, sagte Alison bitter. Ihre Hände krampften sich um die Sessellehne. »Nachdem er uns verlassen hatte, gönnte er uns überhaupt nichts mehr. Sie haben sich die ganze Zeit wegen Geld gestritten. Es war, als seien meine Mutter und ich ganz plötzlich der Feind und versuchten nur, ihn zu bestehlen.«

»Carson hat Alison mitgeteilt, daß sie das College verlassen muß«, fügte Zack hinzu. »Mitten im Semester.«

»Wenn eine staatliche Schule gut genug für ihn war, ist sie auch gut genug für mich«, klagte Alison. »Das hat er zu mir gesagt!«

Ich blickte auf meine Hände hinunter. Die Nagelhäute waren in einem gräßlichen Zustand. Ich fingerte an einem Hautstückchen neben meinem Daumennagel herum. »Die Polizei wird wahrscheinlich Bryant Mayes festnehmen«, teilte ich ihnen mit. »Er hatte ein Gewehr in seinem Pickup-Truck. So eins wie das, mit dem Whitney erschossen wurde.«

»Woher wissen Sie das?« Zack war offensichtlich verblüfft.

»Ich war gerade bei der Polizei. Deswegen bin ich zu spät gekommen«, erklärte ich. »Lloyd Mackey wollte noch mal meine Aussage mit mir durchgehen. Sie lassen das Gewehr untersuchen. Wenn Bryant Mayes festgenommen wird, ist die Hölle los. Es kommt bereits in den Nachrichten. Seine Familie behauptet, es sei ein Komplott der Weißen.«

»Bryant Mayes?« fragte Alison verwirrt. »Der Vater des kleinen Mädchens?«

»Ja«, sagte Zack. »Beide Elternteile haben deine Mutter seit der Verhandlung ständig belästigt und schikaniert. Hat sie dir das nicht erzählt?«

»Nein. Sie wollte nicht, daß ich mir Sorgen mache, wenn ich im College bin. Ich glaube, sie fühlte sich schuldig wegen allem, was geschehen war. Bei ihr sei alles bestens, sagte sie immer.«

»Haben Sie irgendwann noch mal mit Ihrem Vater gesprochen?« fragte ich.

Alison lief rot an. »Er bat mich, ihn in seiner neuen Wohnung zu besuchen. Im September, kurz bevor das neue Semester anfing. Um den Scheck über die Studiengebühren abzuholen. Es war ein Trick. Ich sollte *sie* kennenlernen.«

»Suzanne?«

»Sie kam ins Zimmer und wollte irgendwas sagen. Ich drehte mich um und ging. Er brüllte mich an. Er sagte, er würde mir keinen Groschen geben, wenn ich den wichtigsten Menschen in seinem Leben nicht akzeptieren könne.«

Taktvoller Bursche, dieser Carson Dobbs.

»Wenn Bryant Mayes es getan hat, hat mein Vater ihn angeheuert«, brach es plötzlich aus Alison heraus. »Mein Vater hat es getan.«

»Die Polizei hat gerade erst mit den Ermittlungen begonnen«, erklärte ich. »Warum lehnen wir uns nicht einfach zurück und warten ab, was dabei herauskommt? Ich kenne den zuständigen Kripobeamten, Bucky Deavers. Er ist gut. Gescheit. Sehr gründlich. Er wollte heute vor seinem Captain nicht viel sagen, aber wenn sie vorhaben, Mayes festzunehmen, müssen sie Beweise haben.«

Alison sprang auf. »Das heißt, mein Vater wird mit einem Mord davonkommen«, schrie sie. »Er ist reich, er ist weiß, er ist Arzt. Mein Vater ist auch gescheit. Wenn wir es der Polizei überlassen, wird er nie geschnappt.«

Zack eilte zu ihr und legte den Arm um sie. Alison vergrub das Gesicht in seinem todschicken Sportjacket und schluchzte. Zacks Augenwinkel schienen herabzusinken, und seine Schnurrbartenden schienen fast bis zum Kinn zu reichen.

»Ist ja gut, Herzchen«, tröstete er sie. »Ist ja gut.«

Mit einer Hand wühlte er in der Hosentasche herum, auf der Suche nach etwas, und schließlich zog er seine Autoschlüssel hervor. Er sah mich über den Kopf seiner Mandantin hinweg an.

»Ich sorge dafür, daß Myra Alison nach Hause bringt. Morgen findet eine Trauerfeier statt, und Alison will noch einige Leute anrufen.«

An Zacks Arm hängend, ging Alison zur Tür. Dort blieb sie stehen und drehte sich um. Ihr Gesicht war tränenüberströmt und angeschwollen. Sie wollte etwas sagen, schüttelte dann den Kopf und verließ den Raum.

Fünf Minuten später kam Zack zurück.

»War diese Schau echt?« wollte ich wissen.

Er zog eine Augenbraue hoch. »Wollen Sie wissen, was sie sagte, als ich sie gestern abend anrief und ihr mitteilte, daß ihre Mutter ermordet worden war? ›Mein Vater hat es getan‹, sagte sie.«

»Ich weiß nicht.« Ich schüttelte den Kopf. »Es ging doch nur um eine Scheidung, um Himmels willen. Und er ist Arzt. Glauben Sie wirklich, daß er das alles arrangiert hat? Daß er Bryant Mayes angeheuert hat, um Whitney umzubringen? Wegen einer Scheidungsvereinbarung?«

Zack setzte sich, nicht hinter seinen Schreibtisch, sondern in einen Sessel neben mich. »Wenn man Scheidungsfälle bearbeitet, Garrity, bekommt man die schlimmste Seite der Leute zu sehen.«

Er strich über seinen Schnurrbart. »Als ich meine erste Solo-Kanzlei aufmachte, hatte ich eine Mandantin. Die Scheidung war gelaufen, alles war geregelt. Die aufzuteilenden Vermögenswerte waren beträchtlich, denn sie hatte ihm geholfen, ein sehr erfolgreiches Familienunternehmen zu führen. Der Ex meiner Mandantin haßte es, ihr jeden Monat den Unterhaltsscheck auszustellen. Oh, wie er das haßte. Eines Tages bekam ich einen Anruf vom FBI. Ich mußte meine Mandantin in die Stadt bringen, und sie setzten uns in einen kleinen Raum und zeigten uns ein Überwachungsvideo. Der Ex meiner Mandantin hatte auf einer Tankstelle einen Typen angeheuert, der seine Exfrau erstechen sollte. Für vierhundert Lappen. Der Tankstellentyp sollte das Messer stellen.«

»Du lieber Himmel.«

»Das sagte meine Mandantin auch. Der FBI-Agent ließ sie in den Kofferraum ihres Wagens klettern, ein Maskenbildner überschüttete sie mit künstlichem Blut und steckte ihr ein Messer zwischen die Rippen, damit der angeheuerte Killer ein Foto machen konnte. Um zu beweisen, daß er den Mord begangen hatte.«

Ich machte mir im Geist eine Notiz, niemandem je so auf den Senkel zu gehen, daß er sich veranlaßt sah, mich für vierhundert Lappen umbringen zu lassen. Vor nicht allzulanger Zeit habe ich mal im Kofferraum eines Autos gesteckt. Es ist eine Erfahrung, die ich nicht empfehlen würde.

»Ich meinte, was ich zu Alison gesagt habe«, teilte ich Zack mit. »Überlassen wir die Sache der Polizei. Es ist zwecklos, wenn ich versuche, den Mord an Whitney zu untersuchen. Ich habe weder die Erfahrung noch die Mittel, über die die Polizei verfügt.«

»Sie haben doch bereits bewiesen, daß Dobbs das Haus an sich selbst verkauft hat«, widersprach Zack. »Machen Sie einfach weiter so.«

»Was sollte es ihm denn einbringen, sie umbringen zu lassen?« argumentierte ich. »Soweit Carson Dobbs bekannt ist, war es ihm gelungen, Whitney über den Tisch zu ziehen. Die Anhörung stand kurz bevor, und er dachte, er hätte alles im Griff. Warum sollte er sich die Mühe machen, sie umzubringen? Warum sollte er dieses Risiko eingehen?«

Zack schüttelte den Kopf. »Carson kannte Whitney. Sie konnte ziemlich starrköpfig sein. Er wußte, sie würde nicht aufgeben. Und es gibt noch etwas, das Sie nicht verstehen können, weil Sie den Mann nie getroffen haben.«

»Und das wäre?«

»Der Prozeß. Die Berichterstattung in den Medien, all das. Wenn Dobbs sauer war, bevor Faneeta Mayes überfahren wurde, war er nachher rasend vor Wut. Er nahm es persönlich. Er dachte, Whitney hätte es getan, um Aufmerksamkeit zu erregen. Damit er schlecht dastand. So denkt der Typ.«

»Ich werde nicht beweisen können, daß Carson Dobbs es getan

hat«, beharrte ich. »Ich bin kein Cop, Zack. Und wenn ich etwas herausfinden sollte, werde ich damit zur Polizei gehen.«

»Schön«, sagte Zack. »Also, wie sieht Ihr Plan aus?«

»Und ich berechne Ihnen immer noch das doppelte Honorar.«

Ich hatte keinen Plan.

Wir stellten den Fernseher an, um uns die Nachrichten über Bryant Mayes' Nicht-Verhaftung anzusehen. Es war wie eine Wiederholung der Nachrichten über Whitneys Prozeß, nur daß Whitney jetzt auch tot war. Die Fernsehkameras zeigten die wogende Menschenmenge und dann Bryant Mayes, der das Polizeipräsidium durch den Haupteingang verließ, mit geducktem Kopf. Hochrufe ertönten.

Mayes' Anwalt warf den Arm um seinen Mandanten und hielt eine weitschweifige Rede, die darauf hinauslief, daß Mayes an allem und jedem unschuldig war. Der Anwalt war weiß, groß und schlaksig, mit eingefallenen Wangen, und sein rotblondes Haar war zu einem strengen Mittelscheitel frisiert.

»Fred Grossbart?« Zack beugte sich vor, um einen besseren Blick zu erhaschen.

Den Namen hatte ich noch nie gehört. »Wer ist er?«

»Grossbart?« Zack schnaubte. »Er regelt die Sache, wenn man einen Strafzettel bekommen hat, dafür ist er bekannt. Wieso um alles in der Welt vertritt er einen Mandanten, der mit einer Mordanklage zu rechnen hat?«

Grossbart schob Bryant Mayes in eine weiße Limousine und fuhr mit ihm davon. Dann kam Lloyd Mackey heraus. Er stand mit zusammengepreßten Lippen oben auf den Stufen, den grauen Filzhut tief ins Gesicht geschoben. Neben ihm stand Bucky, der auf seine Schuhe herunterstarrte.

»Mr. Mayes wurde wegen tätlichen Angriffs auf einen Polizeibeamten, Trunkenheit in der Öffentlichkeit und Widerstand gegen die Staatsgewalt angeklagt«, verkündete Mackey. »Er wird bis zum Gerichtstermin auf freien Fuß gesetzt.«

»Was ist mit dem Mord an Whitney Dobbs?« rief einer der Reporter und schob Mackey sein Mikrophon ins Gesicht. »Wird Mayes des Mordes angeklagt werden?«

»Wird die Polizei mal wieder einen unschuldigen Schwarzen einsperren?« schrie jemand aus der Menge.

»Im Mordfall Whitney Dobbs und Shawan Taylor werden die Ermittlungen fortgesetzt«, sagte Mackey. »Alle Zeugen, denen gestern nachmittag am Brown's-Mill-Golfplatz irgend etwas Ungewöhnliches aufgefallen ist, bitten wir, sich zu melden. Alle Informationen werden streng vertraulich behandelt.« Nachdem er die Nummer der Hotline bekanntgegeben hatte, drehte er sich auf dem Absatz um und verschwand wieder im Polizeipräsidium.

In den Nachrichten folgte eine Zusammenfassung der Ereignisse. Aufnahmen von Whitney nach dem Faneeta-Mayes-Prozeß wurden gezeigt, dann eine Liveaufnahme vom Golfplatz. Sogar Archivmaterial von Arbeitskolonnen, die Müll von der Straße aufsammelten, wurde gesendet.

Zack Alexander kritzelte Notizen in ein ledergebundenes Büchlein.

»Können Sie mir eine Liste der anderen Mitglieder dieser Arbeitskolonne besorgen?« fragte ich.

Er nickte, ohne aufzublicken. »Whitneys Bewährungshelferin hat heute angerufen, um mir ihr Beileid auszudrücken. Sie heißt Colleen Danaher. Jung. Anständiger Typ. Wenn ich sie frage, wird sie mir die Namen besorgen, glaube ich.«

Die Kombination Shawan Taylor und Whitney Dobbs ließ

mich nicht los. »Es wäre interessant zu erfahren, wie die Leute für die einzelnen Arbeitskolonnen ausgesucht werden«, bemerkte ich.

»Wahrscheinlich nach dem Zufallsprinzip«, sagte Zack. »Ich frag mal, vielleicht weiß Colleen es.«

»Kann ich den Rest des Videos sehen, daß die Mädels aufgenommen haben?« fragte ich.

Er schob die Kassette wieder in den Videorecorder, und diesmal sahen wir uns das Video zusammen an, bis zur letzten wackeligen Aufnahme eines leeren Kühlschranks.

»Sie wohnen da eindeutig nicht ständig«, sagte ich, als der Bildschirm wieder grau wurde.

»Nein.«

Ich ging zum Schreibtisch, griff nach der Fernbedienung, ließ das Band zurücklaufen, bis Suzanne Shaddeau auftauchte, und hielt das Bild an.

Ihr Gesicht war halb von der Kamera abgewandt, aber sie hatte die linke Hand ausgestreckt und reichte jemandem ein Glas. Verwackelt oder nicht, der schöne Diamantsolitär, den sie am Ringfinger trug, war gut zu erkennen.

»Hübsches Verlobungsgeschenk«, bemerkte ich.

Zack kniff die Augen zusammen. »Das ist mir gar nicht aufgefallen.«

»Sie sind ja auch keine Frau. Einige Karat hat das Ding bestimmt.«

Er schrieb wieder etwas in sein Notizbuch. »Ich werde es überprüfen. Mal sehen, mit wessen Geld der Flitter gekauft wurde.«

Ich starrte weiter auf den Ring und dachte an Alisons Gesichtsausdruck, als Suzanne ins Bild kam.

»Wir müssen jemanden finden, der in dieser Praxis arbeitet«, stellte ich fest. »Jemanden, der Whitney mochte. Oder noch besser, der Suzanne nicht mag. Wenn sie in einer Arztpraxis arbeitet und mit diesem Ring herumprotzt, gibt es garantiert ein paar Neider.«

Er nickte. »Whitney hat gelegentlich mit einer der Praxisschwestern geredet. So hat sie herausgefunden, daß Suzanne schwanger ist.« Er rieb sich die Stirn, als könnte er dadurch einen Namen zum Vorschein bringen.

»Carol vielleicht«, grübelte er. »Ich weiß, daß die Frau schon seit Jahren bei Carson ist.«

»Vielleicht weiß Alison es«, schlug ich vor. »Sie erwähnten eine Trauerfeier. Wird das eine große Sache?«

Er zuckte die Achseln. »Die Gedenkfeier findet im Botanischen Garten statt. Whitney war nicht religiös. Es kommen alte Freunde und Nachbarn. Alison hat die Einladungsliste aufgestellt, und Myra hat die meisten heute morgen angerufen.«

»Viel Familie?«

»Fast keine. Whitney war ein Einzelkind. Ihre Mutter starb, als sie noch ein Baby war. Es gibt einen Vater und eine Stiefmutter, aber die leben draußen in Arizona, und für eine so weite Reise sind sie gesundheitlich nicht fit genug.«

»Dobbs kommt nicht?«

»Wir haben ihn nicht eingeladen«, sagte Zack. »Alison soll sich morgen vormittag auf einen Kaffee mit ihm treffen.«

»Würde es ihr etwas ausmachen, wenn ich zur Gedenkfeier komme?«

Er schien überrascht. »Ist das Ihr Ernst?«

»Ich werde die Diskretion in Person sein«, versicherte ich. »Ich werde mich zu Ihnen gesellen, und Sie können mir sagen, mit welchen Leuten ich reden soll. Ich zieh sogar ein Kleid an.«

Er musterte mich von oben bis unten, so unverbindlich und neutral, als sei ich Beweisstück A in einem langweiligen Zivilprozeß. »Sie sollten unbedingt ein Kleid tragen«, bemerkte er gleichmütig. »Sie haben großartige Beine.«

Im Heckfenster des alten grauen Pontiacs, der vor dem Haus parkte, saß ein Stoffhund. Ich ging durch die Vordertür hinein. Ein Blick in das Arbeitszimmer bestätigte meine Befürchtungen. Zwei braune Papiersäcke voller Kleidungsstücke lagen auf der Bettcouch, zusammen mit einem Reiseköfferchen in grellem Pink.

Neva Jean war in der Küche und klapperte mit Geschirr. Edna deckte den Tisch und hustete.

»Ma?«

Sie sah mich an und runzelte die Stirn.

»Wann hat der Husten wieder angefangen? Hast du deine Medizin genommen?«

Sie hustete und nickte mit dem Kopf. »Mir geht's gut«, keuchte sie. »Neva Jean hat Chilipulver über den Salat geschüttet. Ich hab' eine Riesenprise abbekommen.«

»Ich dachte, es sei Paprika«, gestand Neva Jean kleinlaut. »Es tut mir furchtbar leid.«

Ich wartete, bis wir mit dem Salat fertig waren, dann stellte ich die naheliegende Frage. »Bleibst du heute nacht hier?«

Neva Jean rieb sich die Augen und schniefte übertrieben. »Edna meinte, es ginge in Ordnung. Bis Swanelle wieder zu Verstand kommt und die Emus loswird. Ich bin schrecklich allergisch gegen sie, Callahan. Und sie sind so teuer, sagt er. Er kann sie erst verkaufen, wenn sie ein paar Eier gelegt haben und er das Geld wieder raushat, das er für sie bezahlt hat.«

Ich seufzte. »Und wie lange wird das dauern?«

»Angeblich sind sie gerade brünstig. Swannelle rennt alle paar Stunden von der Werkstatt nach Hause und guckt nach, ob schon was passiert ist. Aber bislang keine Spur von Eiern. Es ist irgendwie süß, echt.«

»Nur daß du nicht in deinem eigenen Haus leben kannst«, bemerkte ich.

»Aber doch nur, bis die Vögel ein paar Eier gelegt haben«, protestierte Neva Jean. »Die können wir für fünfhundert Dollar das Stück verkaufen. Ist das nicht toll?«

Der alte Spruch über den Pelz, den man nicht verkaufen soll, bevor man den Bären erlegt hat, kam mir in den Sinn. Aber um die Wahrheit zu sagen, ich hatte viel lieber Neva Jean im Haus als Maureen und Steve. Sie hätte es nie gewagt, mein Bett mit Beschlag zu belegen. Außerdem wußte ich, daß Swannelle ein Gewohnheitsmensch war, und gewöhnt war er vor allem daran, von Neva Jean von vorn bis hinten bedient zu werden. Er würde schnell genug einen Weg finden, seine Braut zur Heimkehr zu überreden.

»Wie lief dein Treffen mit diesem Anwalt?« fragte Edna. »Wie fand er das Video der Mädels?«

»Er fand es großartig«, entgegnete ich. »Ich nehme an, du hast schon Nachrichten gesehen?«

»Polizeikomplott!« stieß sie empört hervor. »So einen Mist habe ich noch nie gehört. Wie kommen die Leute nur auf solche dämlichen Ideen?«

Ich spießte einen Pilz auf die Gabel. »Haben wir das Thema nicht schon mal durchdiskutiert?«

»Na, Jackie bildet sich da bestimmt nur was ein«, berichtete Neva Jean. »Sie ist immer noch sauer auf dich, weil du für Whitney Dobbs gearbeitet hast.«

Ich legte die Gabel hin.
»Ist das ihr Ernst? Jackie ist wütend auf mich? Weil ich zugestimmt habe, Whitney zu helfen? Weil ich beweisen will, daß ihr Mann versucht, sie bei der Scheidung um den ihr zustehenden Anteil zu betrügen?«
»Sie hat zu Baby und Sister gesagt, sie sollten sich was schämen, weil sie für Whitney Dobbs gearbeitet haben«, meinte Neva Jean, die immer noch an einem Bissen Lasagne kaute.
»Sie hat was gesagt?« Ich konnte hören, wie meine Stimme schrill wurde.
»Jackie sagt, Whitney Dobbs war eine rassistische Sau, und jetzt hat die Polizei ein Komplott ausgeheckt, um sich an der Familie des toten kleinen Mädchen zu rächen. Deshalb wollen sie dem Vater den Mord an Whitney anhängen«, berichtete Neva Jean.
»Schwarz, weiß, wen schert das schon?« erboste sich Edna. »All diese Randaliererei und dieses Herumgegeifere. Warum sind diese Prediger, die ich heute im Fernsehen gesehen habe, nicht draußen, um die Armen zu speisen oder das Evangelium zu predigen? Statt dessen stehen sie auf der Treppe des Polizeipräsidiums rum und reißen groß das Maul auf, um alle Leute aufzuhetzen. Was ist mit ›Liebe deinen Nächsten‹? Gilt das nicht mehr?«
»Dies sind die Neunziger, Ma«, sagte ich und tunkte ein Stück Knoblauchbrot in die Tomatensauce auf meinem Teller. »Es wird Paranoia genannt. Und das gilt für beide Teile gleichermaßen.«
»Jackie sagt, die Polizei und der weiße Machtapparat werden erst zufrieden sein, wenn sie jeden schwarzen Mann unter Dreißig in Atlanta eingesperrt haben«, erklärte Neva Jean.
»Was für ein weißer Machtapparat?« fragte ich. »Atlanta hat einen schwarzen Bürgermeister und einen mehrheitlich schwarzen Stadtrat. Fulton County hat den ersten schwarzen Sheriff des Landes, eine Frau. Und dem Atlanta Police Department

steht eine schwarze Polizeipräsidentin vor. Arbeiten die etwa alle zusammen, um dem armen alten Bryant Mayes was anzuhängen?«

»Schrei mich nicht so an.« Neva Jean langte nach der Lasagneform. »Ich hab' nur wiederholt, was Jackie gesagt hat, das ist alles.«

Ich holte tief Luft. »Mit Bryant Mayes' Festnahme hatte ich nichts zu tun. Und wenn Jackie ein Problem mit der Art hat, wie ich meinen Laden führe, muß sie das mit mir besprechen. Die Hautfarbe hat bei uns nie eine Rolle gespielt, und das weiß Jakkie. Zum Teufel, ich wollte nicht mal für Whitney Dobbs arbeiten. Ich hab' den Auftrag nur angenommen, weil wir Geld brauchen.«

Je mehr ich über Jackies Kritik nachdachte, desto mehr traf sie mich. Sie war die Jüngste der Mädels, Anfang Dreißig, Single, arbeitsam, klug und ehrgeizig. Sie hatte an der Abendschule eine Ausbildung als Anwaltsassistentin angefangen, räumte aber bereitwillig ein, daß sie bei einem Rechtsanwalt nie soviel verdienen würde wie als House Mouse.

Edna wollte mich beruhigen. »Jackie ist jung und hat eine Menge Stolz. Das ist gut. Es wurmt sie, daß die Leute sie für eine Putze halten.«

»Ach, Blech«, sagte Neva Jean. »Genau das sind wir. Wir alle. Juckt mich gar nicht. Solange ich am Ende der Woche meinen Gehaltsscheck kriege und niemand von mir verlangt, das Katzenklo sauberzumachen.«

Ich stand auf, nahm meinen noch halbvollen Teller und kratzte die Reste in den Abfalleimer.

»Was soll das denn jetzt?« fragte Edna. »Wir sind noch nicht mit dem Essen fertig, Miss Julia Callahan Garrity.«

»Tut mir leid, Ma«, sagte ich. »Die Lasagne war Spitze, aber ich muß über einiges nachdenken. Und einen dicken Aktenordner lesen. Finanzkram. Also Leute, ihr müßt den Nachtisch ohne mich essen.«

Die Gedenkfeier von Whitney Dobbs war denkwürdig, das konnte man sagen. Auf dem kleinen, ziegelgepflasterten Innenhof des Botanischen Gartens spielte der Sonnenschein mit den Schatten. Ein Streichquartett – drei Frauen und ein Mann, alle in schwarzen Rollkragenpullovern und Hosen – fiedelte irgend etwas Klassisches. Auf einer Seite des Innenhofs war ein gedeckter Tisch aufgebaut, auf dem eine silberne Kaffeemaschine, Tabletts mit trocken aussehenden Kuchen und kleinen Sandwiches sowie eine Platte mit Obst und Käse standen. Kellner im weißen Hemd, schwarzer Fliege und Kummerbund gingen schweigend durch die Menge und boten Weiß- und Rotwein an. Zwei große Elektroheizer standen geschmackvoll in gegenüberliegenden Ecken und erwärmten leise und effektiv den Innenhof.

Es waren vielleicht fünfzig Personen anwesend, vor allem Frauen, aber auch ein paar Männer in Geschäftsanzügen, um die Sache abwechslungsreicher zu gestalten. Die Leute schoben sich durch Zimmerpalmen und Chrysanthemen und plauderten mit gedämpften Stimmen.

Alison Dobbs schwebte durch den Innenhof, ein Schmetterling, der immer gerade lang genug verweilte, um sich auf die Luft vor der Wange küssen oder leicht, aber liebevoll umarmen zu lassen.

»Ich mußte Eintritt bezahlen, um hier reinzukommen«, teilte ich Zack mit. »Es ist das erste Mal, daß ich bei einer Beerdigung Eintritt bezahlen mußte.«
»Das ist eine Gedenkfeier, keine Beerdigung«, bemerkte er. »Sie kriegen das Geld zurück.«
»Sechs Mäuse. Und vier fünfzig für die Strumpfhose.«
Er warf mir einen schnellen, abschätzenden Blick zu.
Ich hatte mich dem Anlaß entsprechend in Schale geworfen und trug ein einfaches burgunderrotes Velourkleid mit Goldknöpfen und winzigen Goldohrringen. Und ich hatte neue Schuhe, mit hohen Absätzen. Sie drückten, obwohl ich den vollen Preis bezahlt hatte, hundertvierzig Dollar.
»Nicht schlecht«, räumte er widerstrebend ein.
»Ich sollte Ihnen auch die Schuhe in Rechnung stellen«, meinte ich und schniefte. »Mein gutes Paar ist mir abhanden gekommen, als ich Whitney fand.«
»Wenn Sie mir die Quittung einreichen.« Zack reichte mir ein Taschentuch. »Haben Sie sich erkältet?«
Das Taschentuch war aus echtem Leinen und mit einem Monogramm bestickt. Ich tupfte damit an meiner laufenden Nase herum. »Vielleicht ein bißchen. Ich habe gestern abend herumtelefoniert. Mein Freund Bucky ist ungewöhnlich schweigsam, aber er hat zugegeben, daß gegen Bryant Mayes ermittelt wird. Dr. Dobbs ist bislang unverdächtig.«
Zack überlegte. »Das wird sich bald ändern. Ich kenne mich mit Scheidungssachen aus, Callahan. Das war ein Mord innerhalb der Familie. Der Einsatz ist höher, als es die Polizei gewohnt ist, aber glauben Sie mir, Dobbs steckt dahinter.«
Ich war noch nicht überzeugt. »Bucky sagt, Mayes wohnt praktisch in der Feuerwache, obwohl das gegen die Vorschriften ist. Seine Kumpels haben sich abwechselnd um ihn gekümmert, glaube ich. Seit dem Tod der Kleinen leben er und seine Frau inoffiziell getrennt.«
»Sie führt gerade einen Marsch aufs Rathaus an und brüllt etwas

von einem Komplott der Polizei«, bemerkte Zack. »Schöne Trennung.«
»Bucky sagt, das sei wegen der Medien. Am Abend von Whitneys Ermordung wurde Janie Mayes zum Verhör aufs Revier gebracht, und da hat sie zugegeben, daß sie nicht wußte, wo Bryant in den letzten Monaten übernachtet hat. Er kommt alle paar Tage nach Hause, gibt ihr seinen Gehaltsscheck, holt sich saubere Sachen und geht wieder.«
»An dem Abend, als Whitney starb, war Janie bei Bryant«, wandte Zack ein. »Wir haben sie beide zusammen gesehen.«
»Janie Mayes hatte es in den Nachrichten gehört, und kurz darauf hat Bryant sie angerufen. Einer seiner Kumpels hat es im Polizeifunk gehört. Er holte sie ab, und dann fuhren sie gemeinsam zur Southside, um sich an dem Anblick von Whitney Dobbs' Leiche zu weiden.«
Ich musterte Whitneys Freunde. Die Leute waren ernst, aber niemand weinte.
»Wann fangen die Reden an?« fragte ich. Meine Füße taten mir weh.
»Es gibt keine Reden«, erklärte Zack. »Alison wollte etwas mehr, äh, Unstrukturiertes.«
»Wie eine Cocktailparty für die Toten«, bemerkte ich. »Nur nicht so amüsant. Sehen Sie hier irgend jemanden, mit dem ich reden sollte?«
»Ich frage Alison«, meinte er und verschwand.
Ich nippte an meinem Wein und glitt mit einem Fuß diskret aus dem Schuh. Ich schwöre, ich konnte hören, wie meine Zehen mir dankten.
Damit also war ich beschäftigt, ich wackelte mit den Zehen, nippte an meinem Chardonnay und kümmerte mich um meine eigenen Angelegenheiten, als die Bombe platzte.
»Was macht *die* denn hier?« hörte ich eine Frau zischen.
Alle Gespräche brachen ab. Köpfe wendeten sich, eine Choreographie von Schock und Ungläubigkeit.

Carson Dobbs und Suzanne Shaddeau standen händchenhaltend neben einem Formbaum in Gestalt eines Schwans. Carson trug Schutzfärbung: einen taubengrauen Anzug, beiges Hemd und eine leicht zu vergessende Krawatte. Suzanne hingegen war bis aufs Messer gestylt. Ihr Kleid war schwarz, kurz und eng. Es war sittsam hochgeschlossen, aber der Stoff klebte wie ein Handschuh an ihrem geschmeidigen Körper, der so sehr an eine Tänzerin erinnerte. Aufgrund der schwarzen Wildlederstilettos überragte sie Carson um mehrere Zentimeter. Die Aufmachung erinnerte an die einer erstklassigen Nutte bei der Beerdigung ihres Zuhälters.

Nachdem alle Anwesenden das dreiste Geschöpf genau gemustert hatten, hielten sie naturgemäß Ausschau nach Alison Dobbs, der Tochter der betrogenen Frau.

Das dauerte nicht lange. Alison hielt gerade einen Plausch mit einer winzigen weißhaarigen Matrone, als Zack zu ihr trat und ihr etwas ins Ohr flüsterte.

Alison blickte auf und entdeckte Carson und Suzanne.

Suzanne winkte ihr zu.

Ich schob meinen Fuß in den Schuh zurück und kippte den Rest meines Weins herunter. Jetzt würde es möglicherweise interessant.

Alison strebte mit Volldampf auf die Neuankömmlinge zu, Zack im Schlepptau.

Carson lächelte seine Tochter zärtlich an und beugte sich herunter, um ihr einen Kuß auf die Wange zu geben.

»Was tust du hier?« fragte Alison mit schriller Stimme. »Und was hat *sie* hier zu suchen?«

»Es ist doch eine Gedenkfeier, Alison«, tönte Suzanne. »Uns beiden lag deine Mutter sehr am Herzen. Du bist nicht die einzige, die um sie trauert, weißt du.«

»Ich will, daß Sie von hier verschwinden!« Alisons Gesicht war rot angelaufen.

Suzannes volle Lippen teilten sich zu einem halben Lächeln. »Das hast du nicht zu entscheiden.«

»Ali«, sagte Carson und legte schützend den Arm um Suzanne. »Wir sind gekommen, um Whitney die letzte Ehre zu erweisen.« Er senkte die Stimme. »Du machst eine Szene. Es wäre deiner Mutter äußerst peinlich.«
»Du hast sie umgebracht!« klagte Alison ihn an. »Und jetzt stehst du da und redest davon, daß es ihr peinlich wäre. Ihr habt sie umgebracht.«
»Alison!« stieß Carson scharf hervor. »Hör sofort auf damit. Hörst du mich, junge Dame? Ich will nicht, daß du so redest. Ich bin dein Vater. Du bist emotional aufgewühlt. Also. Komm her, und wir werden uns ruhig und gesittet unterhalten. Es gibt vieles, was wir zu regeln haben.«
Alison wich ein Stück zurück. »Ich rede nicht mit dir«, hörte ich sie sagen. »Mörder.«
Suzannes Hand schoß so blitzschnell vor und der Schlag kam so plötzlich, daß alles ganz nebelhaft blieb. Vielleicht hatten wir es uns alle nur eingebildet. Aber nein, das ekelhafte Klatschen, mit dem Suzannes Handfläche auf Alisons weiche Wange traf, war keine Einbildung.
Zack Alexander packte Alison am Arm, als sie instinktiv die Hand hob, um zurückzuschlagen. »Das reicht«, sagte er ruhig. »Das reicht jetzt.«
Suzanne drehte sich um und stolzierte aus dem Innenhof. Carson Dobbs blieb wie festgewurzelt stehen. Sein Rücken war steif wie ein Ladestock, und auf seiner Stirn zuckte ein Muskel. Er kochte vor Wut.
»Sie haben sie gegen mich aufgehetzt«, fuhr er Zack an. »Sie haben meine eigene Tochter gegen mich aufgehetzt.«
»Sie gehen jetzt besser, Dr. Dobbs«, entgegnete Zack. »Die Leute gucken schon.«
Das konnte man sagen. All diese wohlerzogenen Country-Club-Typen glotzten und gafften Carson Dobbs an, als sei er ein zweiköpfiges Kalb auf dem Jahrmarkt.
Er ging ohne Eile davon, erwiderte mit einem steifen Nicken

den Gruß eines älteren Mannes, machte sich aber nicht die Mühe, seine ausgestreckte Hand zu ergreifen.
»Mann!« Die Frau neben mir schnappte sich ein Glas Rotwein von einem Tablett, das ein Kellner stehengelassen hatte. Sie stürzte den Wein herunter und leckte sich genießerisch die Lippen. »Eins muß man Suzanne lassen. Sie weiß, wie man einen guten Auftritt inszeniert. Und einen guten Abgang.«
»Sie kennen sie?«
Die Frau trug ein gutgeschnittenes schwarzes Kostüm. Sie war klein und schlank, und ihr ergrauendes braunes Haar wurde von einer schwarzen Samtschleife hinter den Ohren festgehalten.
»Wir arbeiten zusammen. In Carsons Praxis. Oder vielmehr, wir haben zusammengearbeitet. Ich habe gekündigt.«
»Waren Sie eine Freundin von Whitney?« fragte ich. Zack und Alison waren in Richtung Gewächshaus davongegangen, Alison heftig schluchzend. Zu spät, sich vorstellen zu lassen, wie es die Höflichkeit gebot. Ich würde mich selbst vorstellen müssen.
Ich streckte die Hand aus. »Ich bin Callahan Garrity. Ich bin Privatdetektivin und arbeite für Alison. Würde es Ihnen etwas ausmachen, wenn ich Ihnen ein paar Fragen stelle? Über Suzanne und Carson?«
»Ich bin Carol Steiner. Ich bin Krankenschwester. Und nein, ich wäre entzückt, Ihre Fragen zu beantworten.«
Genau die Frau, nach der ich gesucht hatte.
»Also, was wollen Sie wissen?« fragte Carol. »Ich habe bereits gekündigt, ich bin ihm also keine Loyalität schuldig. Carson weiß, wieviel ich von Whitney hielt. Er hat nicht mal versucht, mir die Kündigung auszureden.«
»Äh, schön.« Ich blickte mich um, um sicherzugehen, daß niemand uns zuhörte. Ich hätte mir keine Sorgen zu machen brauchen. Die Hälfte der Gäste war nach dem Kampf davongehastet, und der Rest klatschte nach Herzenslust über die gerade erlebte Szene.
»Carson und Whitney waren noch nicht rechtskräftig geschie-

den. Wußten Sie, daß Whitney der Ansicht war, Dr. Dobbs würde seine Einkommensverhältnisse verschleiern? Das ist immer noch ein Thema. Wir müssen wissen, wie er und Suzanne Shaddeau so leben. Machten sie den Eindruck, als seien sie knapp bei Kasse? Und ich würde gern mehr über den Finanzleiter erfahren. Der, von dem Dr. Dobbs behauptet, er hätte ihn betrogen. Der jetzt spurlos verschwunden sein soll.«

»Ben Dwyer«, sagte Carol. »Es sind doch immer die ruhigen Typen, stimmt's?«

»Kannten Sie ihn gut?« fragte ich. »Wie glaubwürdig finden Sie die Geschichte, daß er Carson reingelegt haben soll?«

Sie kaute an der Unterlippe, bis nur noch rosarote Spuren von Lippenstift übrig waren. »Ich kannte ihn nicht besonders gut. Er war ein Einzelgänger, verschanzte sich immer mit seinen Aktenordnern und Computerausdrucken in seinem Büro. Intelligent genug, so was durchzuziehen, war er sicher. Sie kennen den Typ, so clever, daß es schon unheimlich ist.«

Ich nickte. »Waren Sie überrascht, als Dr. Dobbs ihn feuerte und verkündete, die Praxis sei praktisch pleite?«

Carol zuckte die Achseln. »Es hat uns überrascht, daß Ben rausgeschmissen wurde. Aber Carson hat es nie offiziell bekanntgegeben. Suzanne hat nur einem der Sachbearbeiter befohlen, Bens Büro auszuräumen. So haben wir erfahren, daß er weg war. Was das Finanzielle angeht, was weiß ich. Ich bin Krankenschwester, keine Buchhalterin. Ich weiß, daß mein Gehalt pünktlich kam. Aber mit den Krankenversicherungsabrechnungen stimmte irgendwas nicht.«

»Was stimmte nicht?«

»Es gab ein heilloses Durcheinander. Alle Patienten beklagten sich deswegen, und Ben latschte ständig hinter Carson her und klagte, daß irgendwas nicht stimmte. Carson gab dem neuen Computersystem die Schuld. Und das«, fuhr Carol spöttisch fort, »war Suzannes kleines Baby. Das war ihr Job, das Programmieren des Computers. Große Sache.«

»War irgend jemand aus der Praxis näher mit Dwyer bekannt?« fragte ich. »Hatte irgend jemand noch Kontakt zu ihm, nachdem er gegangen war?«
Mit einem Kopfschütteln verneinte sie beide Fragen.
»Wissen Sie, wo er wohnte?« Laut den Akten, die Zack mir gegeben hatte, behauptete Dobbs, in Dwyers Personalakte stehe nur eine Postfachadresse.
»Er wohnte in einer dieser möblierten Suiten für leitende Angestellte«, antwortete Carol. »Irgendwo in Midtown, glaube ich. Oaks irgendwas.«
»Cumberland Oaks?« fragte ich hoffnungsvoll.
»Möglich. Aber niemand hat etwas von Dwyer gehört. Whitney hat mich gebeten, mich umzuhören, und das habe ich getan. Eben war sein Zeug noch in seinem Büro, und in der nächsten Minute war es leer.« Sie lachte. »Suzanne hat ungefähr fünf Minuten gewartet, bis sie es sich aneignete. Ich nehme an, das ist eine der Sondervergünstigungen, wenn man die Verlobte vom Chef ist. Ein Privatbüro.«
»Sie sind also nicht gerade ein Fan von Suzanne«, wagte ich mich vor.
»Dieses hinterhältige, berechnende Biest hat nicht gerade viele Fans in der Praxis. Außer Carson, dem Trottel.«
»Erzählen Sie mir mehr von Suzanne. Wie ist sie so?«
»Sie ist eine Intrigantin«, erklärte Carol. »Hinter jedem Wort steckt ein Plan. Sie wußte, daß Carson und Whitney eine schwere Zeit durchmachten. Und sie ging auf ihn los wie ein Hai auf eine Elritze. Er hatte keine Chance.«
»Also, sie ist rücksichtslos, und sie mag die Männer anderer Frauen«, sagte ich. »Erzählen Sie mir was Neues. Lebensstil, Hobbys, Freunde, was auch immer.«
»Es gibt drei Dinge, an denen ihr was liegt«, fuhr Carol fort. »Sich selbst, ihre Tiere und Carson. In der Reihenfolge. Ich habe nie gehört, daß sie irgendwelche Freunde erwähnt hätte. Oder Familienangehörige, was das betrifft.«

»Was für Tiere?« hakte ich nach.
»Pferde und Hunde. Sie züchtet irgendwelche Rassepferde. Sie hat ständig darüber geredet.«
»Wirklich?« Es waren keine Hunde in der Wohnung gewesen, als Baby und Sister da ihren Besuch abgestattet hatten. »Wo hält sie denn die Pferde?« fragte ich.
»Für den Kram hab ich mich nie interessiert. Ich mochte sie nie besonders. Auch nicht, als sie sich Carson noch nicht gekrallt hatte. Aber ich erinnere mich, daß eins ihrer Pferde im Herbst ernsthaft krank war. Suzanne war völlig aufgelöst deswegen. Sie hat sich sogar eine Woche freigenommen. Das Pferd mußte operiert werden, soweit ich weiß. Suzanne redete pausenlos darüber, wie besorgt sie doch sei.«
Pferde waren ein teures Hobby. Mein ehemaliger Freund Mac hat ein Haus auf einer Pferdefarm in North Fulton gemietet, und er hörte nie auf, sich über das Geld und die Aufmerksamkeit zu wundern, mit der sein Vermieter die Tiere überschüttete.
»Hat Suzanne je erwähnt, wo sie und Carson wohnen?« erkundigte ich mich hoffnungsvoll.
»In irgendeiner Eigentumswohnung, soweit ich weiß. Alison war mal da.«
»Aber aus der Praxis ist niemand dorthin eingeladen worden?«
Carol lachte. »Auf eine Plauderstunde mit Dr. Herzlichkeit? Vielleicht waren die Ärzte mal eingeladen, aber ich bezweifle es. Carson hatte nur ein reges gesellschaftliches Leben, als er noch mit Whitney zusammen war. Sie hat sich um die Leute gekümmert, er nie.«
Eine Frau, Ende Fünfzig, das weiße Haar zusammengesteckt, kam auf uns zu. »Carol?« Sie blieb etwas entfernt von uns stehen, da sie nicht stören wollte.
»Das ist meine Mitfahrgelegenheit«, rief Carol. »Ich muß los.«
Ich gab ihr meine Geschäftskarte, und sie und ihre Freundin wanderten den Gartenweg herunter, weg von mir und all meinen Fragen.

Als ich zu den Festivitäten zurückkehrte, hockten Zack und Alison eng nebeneinander auf einer Bank im Gewächshaus. Wahrscheinlich planten sie eine Anklage wegen Körperverletzung und tätlichen Angriffs gegen Suzanne. Die Menge hatte sich erheblich gelichtet. Das Streichquartett packte seine Instrumente ein, und zu essen gab es nur noch Karottenkringel und Rettichrosen. Ich stürzte noch ein Glas Weißwein herunter und sah hinüber zu Alison und Zack. Sie schienen für die Umwelt verloren.

Ich konnte hier rumstehen und mich mit billigem Weißwein besaufen – oder nach Hause gehen, die engen Schuhe und das enge Kleid ausziehen und es mir gemütlich machen.

Edna saß am Küchentisch und kritzelte Notizen in den House-Mouse-Terminkalender. Ihre Miene wirkte übermäßig selbstzufrieden.

»Du scheinst ja sehr mit dir zufrieden zu sein«, bemerkte ich, nachdem ich in meine wahre Arbeitskleidung, nämlich Jeans und Sweatshirt, geschlüpft war.

»Bin ich auch«, verkündete sie. »Ich habe morgen einen Termin beim Arzt. Ich kann es kaum erwarten.«

»Schön.« Ich öffnete den Kühlschrank, um nach etwas Eßbarem Ausschau zu halten. »Jeanne wird erfreut über deine Fortschritte beim Aufhören mit dem Rauchen sein.«

»Ich gehe nicht zu Jeanne.«
Ich hatte die übriggebliebene Lasagne von gestern aufgestöbert und erwog, sie im Backofen aufzuwärmen, eine Portion auf einen Teller zu legen und mich ordnungsgemäß zum Essen an den Tisch zu setzen. Aber heute war einfach nicht so ein Tag. Also holte ich mir eine Gabel und aß die Lasagne direkt aus der Auflaufform, beim Licht des geöffneten Kühlschranks.
»Zu wem gehst du dann?« fragte ich.
»Zu Carson Dobbs. Was hältst du davon?«
Ich hörte auf zu kauen. »Wirklich? Wer hat das arrangiert?«
Edna nahm mir die Auflaufform aus der Hand, schnitt mir ein Stück Lasagne ab und legte es auf einen Teller. Dann deckte sie die Auflaufform wieder ab und stellte sie in den Kühlschrank.
»Jeanne. Sie hat eben angerufen. Sie sagte, du hättest sie darum gebeten. Und du kennst ja Jeanne.« Edna war so zufrieden mit sich, daß sie vor sich hinsummte. »Ich kann es kaum erwarten. Wo ist die Handtasche mit der Videokamera? Ich will schon mal üben.«
»Wahnsinn!« Ich legte die Gabel hin. »Nein, nein. Keine Videokamera. In dem Fall brauchen wir das nicht.«
»Aber ich will es machen«, erklärte sie, als sei die Sache damit geklärt.
»Pech«, sagte ich. »Du sollst dich nur ein bißchen in der Praxis umsehen. Stell fest, wie alles so läuft. Und vor allem, bezahl per Scheck. Sag ihnen, du wärst nicht krankenversichert.«
»Mit einem Scheck?« Ihre Augen quollen fast aus den Höhlen. »Hast du eine Ahnung, wieviel das kostet? Fünfhundert Piepen mindestens.«
»Sag der Sprechstundenhilfe, daß du nicht krankenversichert bist«, wiederholte ich. »Du willst nur, daß der Doktor dich abhorcht und dir vielleicht den Blutdruck mißt. Du willst eine zweite Meinung einholen. Und mach dir keine Gedanken wegen des Geldes. Zack wird die Kosten erstatten. Stell du nur einen Scheck aus. Klar?«

»Das ist alles?«
»Das ist wirklich wichtig, Ma«, versicherte ich. »Wir wollen sehen, auf welches Konto er den Scheck einzahlt.«
Edna hob eine Augenbraue. »Du denkst, daß er die Geschäftsbücher frisiert? Zum Geier, du hättest etwas sagen sollen. Ich kenne eine Menge solcher Tricks.«
»Was?« rief ich bestürzt. »Du weißt, daß ich nichts davon halte, das Finanzamt zu bescheißen.«
»Entspann dich«, sagte Edna. »Ich habe die House-Mouse-Bücher nie frisiert. Aber als ich anfing, für Frank zu arbeiten, im Schönheitssalon, hatte seine frühere Empfangsdame das seit Jahren gemacht. Ich sag zu Frank: ›Ist nicht. Ich geh doch nicht ins Gefängnis für dich‹«.
»Das hast du mir nie erzählt. Was hat er denn gemacht?«
»Nichts Ausgefallenes«, erklärte Edna und schlug eins unserer eigenen Rechnungsbücher auf. »Die Mehrzahl unserer Kundinnen hat bar bezahlt, und das meiste davon ist nie in den Büchern aufgetaucht. Und natürlich haben die Mädels nur ungefähr zehn Prozent ihrer Trinkgelder versteuert. Dann hatte Frank bestimmte Zulieferer, die nur zu gern bereit waren, ihm monatliche Rechnungen über Waren und Dienstleistungen zu schikken, die wir nie erhalten haben.«
Sie hatte mich zum Nachdenken gebracht. »Zack glaubt, daß Carson Dobbs schon seit einigen Jahren Gelder aus der Praxis abschöpft. Daß er den Plan ausgeheckt hat, als er Whitney verließ. Zack hatte einen anderen Privatdetektiv beauftragt, der Sache nachzugehen, aber Whitney mochte den Mann nicht. Deshalb hat sie darauf bestanden, mich zu engagieren. Und eine von Dobbs' Praxisschwestern sagt, daß mit den Krankenversicherungsabrechnungen irgendwas nicht stimmte. Und für die Abrechnungen ist die neue Freundin zuständig. Suzanne.«
Ich klappte die Akte auf, die Zack mir gegeben hatte, und blätterte sie durch, um zu sehen, ob mir irgendwelche Berichte oder Dokumente beim ersten Lesen entgangen waren. Aber ich fand

nur eine an den Rückendeckel geheftete Geschäftskarte. Der Name des Privatdetektivs war Doyle Bollinger.
Ich wählte die angegebene Nummer. Ein Anrufbeantworter meldete sich nach dem ersten Klingeln. »Bollinger. Hinterlassen Sie Ihre Nummer.«
Ich hinterließ die Nachricht, daß ich für Whitney Dobbs' Familie arbeite und gern mit ihm über seine Arbeit an dem Fall reden wolle.
Edna strich Einträge in unserem Terminkalender aus und markierte andere, in dem Versuch, unser beschränktes Angebot an Mäusen mit der Nachfrage unserer Klienten in Einklang zu bringen. Plötzlich blickte sie auf. »Ach«, meinte sie. »Hab ich ganz vergessen.«
Sie zog einen langen weißen Geschäftsbriefumschlag aus dem Terminkalender. »Das kam heute morgen für dich an. Per Kurier.«
Der Umschlag war ungeöffnet. Ich sah Edna an. »Fühlst du dich nicht wohl?«
»Ich hatte zu tun«, entgegnete sie spitz. »Außerdem klingt das so, als würde ich ständig deine Post öffnen.«
»Nur die guten Sachen«, bemerkte ich und schlitzte den Umschlag auf, in dem sich ein einsames Blatt Papier befand. Es war ein Computerausdruck mit sechs Namen und Adressen, jedoch nur drei Telefonnummern. Jemand hatte handschriftliche Notizen neben jeden Namen geschrieben.
»Was ist das?« fragte Edna und beugte sich über den Tisch, um besser sehen zu können.
»Es gibt keinen Begleitbrief, aber ich bin mir ziemlich sicher, daß das eine Liste der anderen Mitglieder der Arbeitskolonne ist. Zack hat Whitneys Bewährungshelferin, eine Frau namens Colleen Danaher, gebeten, sie für mich zu besorgen.«
Beim Anblick der Liste fiel mir noch etwas ein. »Ma? Kannst du jemanden für mich anrufen?«
Sie legte den Kuli hin. »Was?«

»Ruf Reg Vaughn an. Den Geschäftsführer des Cumberland Oaks. Frag ihn, ob er sich vielleicht an einen Mieter namens Ben Dwyer erinnert. Er muß vor kurzem die Stadt verlassen haben. Dwyer war Carson Dobbs' Finanzleiter. Wenn Dwyer tatsächlich im Cumberland Oaks gewohnt hat, möchte ich mit Vaughn reden. Ruf mich einfach, ja? Ich bin drüben in meinem Zimmer. Ich werde versuchen, die Leute auf dieser Liste aufzuspüren.«

Ich stellte das Telefon auf mein Bett, zog meinen gelben Schreibblock hervor und sah mir die Liste genauer an.

Der erste Name lautete Annie Lou Axley, wohnhaft in Decatur. Laut der handschriftlichen Notiz war Annie Lou wegen Fahrens unter Alkoholeinfluß verurteilt worden. »Wiederholungstäterin«, bemerkte die Notiz.

»Wer ist da?« Der Jugendliche, der sich meldete, besaß eine extrem geringe soziale Kompetenz.

»Könnte ich bitte mit Ms. Axley sprechen?« wiederholte ich höflich. »Hier ist Miss Garrity von der Miller Brewing Company. Wir testen gerade eine neue Biermarke in Atlanta und suchen qualifizierte Tester ...«

»Mama!« brüllte der Junge. »Die Frau am Telefon will uns Freibier geben.«

Annie Lou war interessiert. »Sie sagen, bei Ihnen gibt's Freibier?«

»Vielleicht«, sagte ich vorsichtig. »Ich bräuchte allerdings ein paar Informationen.«

»Was für Informationen?« fragte sie scharf. »Wer sind Sie noch mal?«

Annie Lous Sohn hatte seine Telefonkünste offensichtlich auf den Knien seiner Mutter erlernt.

»Ich bin Privatdetektivin. Ich würde gern mit Ihnen über den Mord an Whitney Dobbs sprechen. Wenn Sie Informationen für mich haben, gleich welcher Art, entschädige ich Sie natürlich für Ihren Zeitaufwand. Vielleicht könnten wir uns irgendwo treffen?«

»Scheeeiiiiße«, stöhnte sie angewidert. »Ich hab' nix gesehen. Das hab ich auch schon der Polizei erzählt. Freibier, daß ich nicht lache.«
Der nächste Name auf der Liste lautete Harold Eaves. Die Adresse war ein wenig verwirrend. Er wohnte in der Trinity Street, mitten in der City, in der Nähe des Kapitols. Nicht gerade eine typische Wohngegend. Aber die Notiz erklärte alles. Mr. Eaves war wegen Bagatelldiebstahls verurteilt worden, und die angegebene Adresse war die eines Obdachlosenasyls für Männer, betrieben vom Schrein der Unbefleckten Empfängnis.
Ich suchte die Nummer der Kirche aus dem Telefonbuch heraus. Es war nach fünf. Das Telefon klingelte, und dann hörte ich eine Bandansage, aus der ich die Anfangszeiten der Messen, Beichtgelegenheiten und so weiter erfuhr. Wenn ich mit Harold reden wollte, würde ich zum Obdachlosenasyl fahren müssen. Die Fahrt könnte sich lohnen. Vielleicht konnte er mir etwas über Shawan Taylor erzählen, den Obdachlosen, der mit Whitney getötet worden war. Morgen abend, versprach ich mir selbst.
Bei den beiden folgenden Namen war eine Adresse angegeben, aber keine Telefonnummer. Und ich konnte keine entsprechenden Einträge im Telefonbuch finden. Ich wandte mich dem vorletzten Namen auf der Liste zu. William J. Tuckers Adresse war ebenfalls interessant. Er wohnte in der Tuxodo Road, in einer noch feudaleren Gegend als Whitney, nur einen Katzensprung vom Amtssitz des Gouverneurs entfernt. Und die Notiz unter der Eintragung besagte, daß William J. wegen tätlichen Angriffs und Körperverletzung verurteilt worden war. »Schlägt seine Frau«, besagte die Notiz kurz und bündig.
Jippee, dachte ich. Aber ich rief an.
Eine Frau meldete sich. Ein längeres, kaltes Schweigen folgte, als ich nach William J. fragte.
»Er hat eine neue Nummer«, sagte sie schließlich, bot aber nicht an, sie mir mitzuteilen.
»Es ist wichtig«, drängte ich.

»Bei Billy ist alles wichtig«, entgegnete sie müde, gab mir aber die Nummer. »Er geht allerdings nie ran«, fügte sie hinzu. »Aus Angst vor Gläubigern und Anwälten. Wenn es wirklich so wichtig ist, versuchen Sie es im Eisenwarenladen.«
Damit legte sie auf. Vielleicht war ich es ja, die ein Problem mit den Umgangsformen beim Telefonieren hatte.
»Was für ein Eisenwarenladen?« fragte ich, nachdem ich die Nummer noch mal gewählt hatte. »Bitte legen Sie nicht auf. Ich muß wirklich dringend mit Ihrem Mann sprechen.«
»Was sagten Sie noch mal, wer Sie sind?«
Zumindest war sie neugierig. Ich beschloß, es mit einem neuen Ansatz zu versuchen. Mit der Wahrheit. »Ich bin Privatdetektivin. Ich arbeite für die Familie von Whitney Dobbs.«
»Die.« Mrs. Tuckers Stimme war ausdruckslos. »Es tut mir leid, was passiert ist. Ich kannte sie nicht, aber wir hatten eine gemeinsame Freundin.«
»Whitney und ich hatten auch eine gemeinsame Freundin«, sagte ich. »Deswegen habe ich den Fall übernommen.«
»Was hat Billy damit zu tun? Waren die beiden Trinkkumpane?« Ihr Lachen war bitter und klang verletzt.
»Er war am Tag des Mordes in der gleichen Arbeitskolonne wie Whitney. Die vom Gericht verhängten Arbeitsauflagen, wissen Sie. Ich möchte mit ihm reden, um festzustellen, ob er irgend etwas gesehen hat.«
Sie seufzte. »Das wußte ich nicht. Aber es ist kaum überraschend, wenn man Billy kennt. Wissen Sie, wo das Paces Crossing-Einkaufszentrum ist? In Vinings? Der Laden heißt Village Hardware. Versuchen Sie es da. Billy darf nicht mehr als Anwalt arbeiten, wissen Sie. Er ist von der Anwaltsliste gestrichen.«
»Oh.«
»Ich muß gehen«, sagte sie. Und legte zum zweiten Mal einfach auf.
Zumindest würde ich mich nicht auftakeln müssen. Jeans und Sweatshirt sind das perfekte Outfit für einen Eisenwarenladen.

Selbst für einen in Vinings, das als »Country«- Anhängsel des noblen Buckhead gilt. Ich rief im Laden an. Die Frau, die ans Telefon ging, sagte, sie hätten bis sieben auf.

»Billy?« meinte sie, als ich nach ihm fragte. »Ja, der muß hier irgendwo sein.«

Als ich in die Küche kam, saß Edna am Küchentisch, schälte Karotten und guckte sich die Nachrichten an.

»Du hattest recht mit Ben Dwyer«, erklärte sie. »Ich wollte es dir sagen, aber du hast gerade mit jemandem telefoniert. Reg Vaughn hat bestätigt, daß Dwyer bei ihnen wohnte. Er ist Mitte des Monats ausgezogen, ohne die Stromrechnung zu bezahlen. Auch die Telefongesellschaft sucht nach ihm. Niemand hat ihn abreisen sehen. Es fiel nur eines Tages auf, daß sich die Post in Dwyers Briefkasten stapelte.«

»Keine Nachsendeadresse?«

»Keine. Aber Mr. Vaughn meinte, du könntest gern vorbeikommen. Er will noch mal mit dir über ein Angebot für die Übernahme der Raumpflege reden.«

»Großartig.« Ich langte nach den Autoschlüsseln, die auf dem Tisch lagen. »Ich muß nach Vinings, um mit jemandem über Whitney zu reden. Wenn es danach nicht zu spät ist, fahre ich auf dem Rückweg beim Cumberland Oaks vorbei.«

Edna warf die Karotte hin, die sie gerade schälte. »Dann hat es wenig Sinn, noch mehr Gemüse zu putzen. Ich glaube, ich mache mir nur ein bißchen Suppe warm.«

»Was ist mit unserem Hausgast passiert?« fragte ich und blickte mich um.

»Swanelle hat angerufen, völlig aufgelöst, und meinte, mit den Emus würde irgendwas nicht stimmen. Sie verhalten sich irgendwie merkwürdig, meinte er. Er hat Neva Jean überredet, hinzukommen und sich die Biester mal anzusehen. Klang wie ein ehelicher Besuch, wenn du mich fragst.«

»Na, du kannst das Licht für mich anlassen«, versprach ich. »Und vergiß nicht, deine Medizin zu nehmen. Wir wollen doch nicht, daß Carson Dobbs sich zu einer Notoperation entscheidet, wenn du morgen bei ihm aufkreuzt.«

Ich kam fünf Minuten vor sieben im Eisenwarenladen an. Ein Mann mittleren Alters in einem ausgeblichenen Overall und einer verschwitzten Georgia-Bulldogs-Baseballkappe lud gerade Paletten mit Stiefmütterchen und Zierkohl auf eine Schubkarre.

»Ich suche Billy Tucker«, sagte ich zu dem Mann und folgte ihm in den Laden.

»Weswegen?« fragte er und fing an, die Paletten auf ein Gestell direkt hinter dem Eingang aufzustapeln.

»Es ist, äh, persönlich.« Ich sah mich im Laden um. Das Einkaufszentrum war ziemlich neu und schick, aber der Effekt, auf den man es hier abgesehen hatte, war der eines heruntergekommenen ländlichen Gemischtwarenladens. Die Decke bestand aus rauchgeschwärzten Holzbalken, verzinkte Tonnen voller Nägel, Muttern und Schrauben standen herum, und in der Mitte des Hauptgangs gab es sogar einen großen schmiedeeisernen Ofen. Davor waren ein halbes Dutzend Schaukelstühle im Halbkreis arrangiert. Echt ein Marketing-Genie, dem das eingefallen war.

»Arbeitet Mr. Tucker hier?« fragte ich den Mann im Overall.

Er lachte. »Arbeitet? So habe ich das noch nie gesehen. Ich komme um acht und gehe um sieben. Zum Teufel, das ist doch fast ein Job, oder? Selbst wenn ich nichts dafür bezahlt kriege.«

»Billy Tucker«, stellte ich fest und streckte die Hand aus. »Ich bin Callahan Garrity. Ich muß mit Ihnen reden.«

Er wischte sich die Hände am Overall ab und ergriff zögernd meine Hand. »Sehen Sie, ich bin pleite. Meine Frau hat mich rausgeschmissen. Ich habe weder ein Girokonto noch Kreditkarten. Ich fahre eine alte Schrottkiste, die mein ältester Sohn mir überlassen hat. Ich habe nichts, was Sie wollen könnten, glauben Sie mir.«

»Ich denke doch«, erwiderte ich.
Ein älterer Mann ging zielstrebig zur Vorderseite des Ladens, klappte eine Schalttafel auf und fing an, das Licht auszuschalten.
»Ey, Billy«, sagte er lautstark. »Laß uns Feierabend machen.« Er stand mit einem Schlüsselring in der Hand da und wartete offensichtlich darauf, den Laden abschließen zu können.
»Okay, Ed«, meinte Billy und ging mit federnden Schritten durch die Ladentür. Ich folgte ihm auf den Fersen. »Ich bin weder ein Gläubiger noch Anwältin«, sagte ich und packte ihn am Ärmel seines Flanellhemds, so daß er stehenbleiben mußte. »Ich versuche herauszufinden, wer Whitney Dobbs umgebracht hat. Sie waren dort. Wie wär's, wenn ich Sie zum Essen einlade?«
Er schüttelte den Kopf. »Damit will ich nichts zu tun haben. Sorry.«
Erneut schüttelte ich seinen Ärmel. »Kommen Sie, Billy.« Ich versuchte, nicht so verzweifelt zu klingen, wie ich mich fühlte. »Gehen wir essen. Das kann doch nichts schaden, oder? Sie sind pleite. Ich bezahle. Wählen Sie das Restaurant aus.«
»Ach, zum Teufel«, murmelte er und wies auf seine Arbeitsklamotten. »Meine dreiteiligen Anzüge sind alle in der Reinigung.«
»Gut«, erwiderte ich. »Fürs Ritz-Carlton bin ich auch nicht angezogen. Ein Stück weiter die Straße runter habe ich ein Barbecue-Restaurant gesehen. Mögen Sie Barbecue?«
»Toady's«, sagte Billy Tucker. »Das geht in Ordnung. Da gibt's eine Bar. Ich trinke gern mal was. Stört Sie das?«
»Nicht solange Sie mich fahren lassen.« Ich wies auf meinen Lieferwagen.

Als wir endlich loskamen, hatte es zu regnen begonnen. »Nehmen Sie diese Kurve ganz langsam«, riet Billy Tucker und beugte sich vor, als wolle er mich durchlotsen. »Entgegenkommende Wagen können einen erst sehen, wenn es zu spät ist.« Es waren die ersten Worte, die er seit dem Verlassen des Eisenwarenladens von sich gab.

Ich hielt die Augen auf die schmale zweispurige Straße gerichtet. Das Barbecue-Restaurant, ein Bauwerk mit viel unechtem Stuck, das aussah, als sei es in einem vorigen Leben ein mexikanisches Restaurant gewesen, befand sich auf der rechten Seite.

Tucker strebte direkt auf die Bar zu. Als er zurückkehrte, hielt er ein Highball-Glas in der einen und ein Glas Wein in der anderen Hand.

Er reichte mir den Wein. »Ich hab's auf die Rechnung setzen lassen. Sie mögen doch Wein, oder? Ich habe noch nie eine Frau Ihres Alters getroffen, die keinen mochte.«

Ich nickte und nahm einen Schluck. Es war ein billiger weißer Zinfandel, ekelhaft süß.

Eine Kellnerin in engen Blue Jeans und einem Cowboyhemd mit Messingnägeln führte uns zu einem Tisch im schwach beleuchteten Speisesaal. Die alten Besitzer hatten offensichtlich

einen Teil des Dekors mitverkauft. Die Wände waren bedeckt mit Gemälden von Stierkämpfern, ramponierten Sombreros und bunten Umhängen, und von der Decke hingen uralte Piñatas herab, an offenen Rohrleitungen befestigt.
Sobald wir am Tisch saßen, erschien eine weitere Kellnerin und reichte uns beiden eine große Speisekarte. »Als Tagesgericht gibt es Spare-Ribs, soviel Sie essen können, mit einer gebackenen Kartoffel und Salatbüffet, für acht neunundneuzig. Kaffee und Tee extra.«
Billy ließ die Eiswürfel in seinem mittlerweile leeren Glas klirren. »Bringen Sie mir noch so einen, Schätzchen. Dewars und Wasser. Wir nehmen Ribeye-Steak, Zwiebelringe und den Haussalat.«
»Was sollte das denn?« fragte ich scharf, als sie gegangen war. »Das hier ist ein Barbecue-Restaurant. Ich wollte Barbecue. Ich bezahle – schon vergessen?«
Billy kaute an einem Eiswürfel und hörte sich ungerührt meine Einwände an. »Nee, Sie wollen das Barbecue hier nicht, glauben Sie mir. Im Sommer hat Toadys Bruder das Lokal gekauft. Sein Barbecue ist grauenhaft. Das Fleisch ist trocken wie Sägemehl. Aber das Steak ist gut. Sie werden es mögen. Wie, sagten Sie, war Ihr Name noch gleich?«
»Callahan. Garrity.« Ich trank einen Schluck von dem Kool-Aid-Wein und überlegte, wie ich Tucker dazu bringen konnte, mit mir zu reden.
Die Kellnerin brachte unsere Salate und noch einen doppelten Scotch mit Wasser für Tucker. Ich wartete, während er gierig trank, und knabberte an einem Salatblatt, knackigem Endiviensalat mit einer überraschend anständigen Vinaigrette. Vielleicht wußte Toadys Bruder nicht, wie man Barbecue zubereitete, aber auf Salat verstand er sich.
»Meine Frau hat Ihnen gesagt, wo Sie mich finden können?« fragte Billy plötzlich.
»Ja, hat sie.«

»Ungewöhnlich«, bemerkte er. »Normalerweise erzählt sie den Leuten, ich sei tot oder im Gefängnis.«
»Sie wußte nicht, daß Sie am Golfplatz waren, als Whitney Dobbs getötet wurde.«
»Es gibt vieles, was sie nicht weiß.«
»Laut Polizei wurden Sie derselben Arbeitskolonne wie Whitney zugeteilt.«
»Das stimmt«, entgegnete er. »Aber dann fuhr der Kleinbus ohne mich ab. Ich habe weder etwas gehört noch etwas gesehen.« Er nahm noch einen großen Schluck Scotch und spießte ein Salatblatt mit der Gabel auf.
»Aber vorher haben Sie Whitney gesehen, oder – und Shawan Taylor?«
»Taylor. Ist das der schwarze Typ?«
»Ja«, sagte ich. »Niemand versteht, wie die beiden von der Kolonne getrennt werden und dann zurückgelassen werden konnten.«
»Die haben einen Riesenscheiß gebaut. Diese Deputies wären schon mit der Überwachung eines Kaugummiautomaten überfordert. Die Hälfte der Scheißkerle in der Kolonne hat sowieso nicht gearbeitet. Drückeberger, allesamt.«
Er fixierte mich scharf. »Sie trinken Ihren Wein ja gar nicht. Was ist los – trinken Sie nicht?«
Der Wein war so süß, daß mir die Zähne weh taten. »Ich muß noch ziemlich weit fahren, und es regnet«, teilte ich ihm mit. »Ich werde lieber bei Eistee bleiben.«
»Wie Sie wollen.« Er trank sein Glas aus. »Hat meine Frau Ihnen erzählt, was passiert ist?«
»Was wann passiert ist?«
»Sie wissen schon.« Er spielte mit seinem Salat und stocherte auf der Suche nach etwas Herzhafterem in den Endivienblättern herum. Schließlich fand er einen Crouton, den er sich in den Mund steckte.
»Ihre Frau hat einfach aufgelegt«, teilte ich Tucker mit. »Zweimal. Ich glaube, sie ist wütend auf Sie.«

»Wütend. Das ist gut. Wollen Sie wissen, was passiert ist?« Er sprach etwas undeutlich. Tucker wollte reden, aber nicht über das Thema, an dem ich interessiert war.
»Ich will wissen, was am Golfplatz passiert ist. An dem Tag, an dem Whitney Dobbs und Shawan Taylor erschossen wurden. Die Mordwaffe war ein Gewehr. Jemand muß doch etwas gesehen oder gehört haben. Es gibt einen Verdächtigen. Ist Ihnen an dem Tag ein Pickup-Truck aufgefallen ...?«
»Mayes«, stellte Tucker fest. »Brian oder so ähnlich. Ich hab' Zeitung gelesen, wissen Sie. Glauben Sie, die Eingeborenen werden sich erheben, wenn er festgenommen wird?«
»Die Leute sind aufgewühlt«, sagte ich. »Erst wird Faneeta Mayes getötet, dann kommt Whitney frei, und nun dies. In den Augen mancher sieht das aus, als sollte Mayes was angehängt werden. Also, was ist Billy? Hören Sie auf, Spielchen mit mir zu spielen. Haben Sie an jenem Nachmittag etwas gesehen oder nicht?«
Bevor er etwas entgegnen konnte, kam die Kellnerin mit unserem Essen. Die Steaks brutzelten auf ovalen Metallplatten, und auf einer Seite türmte sich ein kleiner Berg Zwiebelringe auf. Der Duft nach Fleisch und Zwiebeln ließ mich fast ins Schwärmen geraten.
»Könnte ich einen Eistee haben?« fragte ich die Kellnerin. Billy schwenkte die Eiswürfel in seinem Glas hin und her und nickte ihr zu. »Noch einen Dewars, Süße.«
Am liebsten hätte ich die Bestellung widerrufen und ihr gesagt, sie solle ihm auch einen Eistee bringen. Er hatte genug Scotch intus, um einen Elefantenbullen zu betäuben. Aber ich tat es nicht.
Tucker machte sich über sein Steak her, als hätte er den ganzen Tag noch nichts gegessen.
»Der Golfplatz, Billy«, erinnerte ich ihn. »Erzählen Sie mir, was passiert ist.«
»Da gibt es nicht viel zu erzählen.« Er kaute genüßlich. »Da liegt

verdammt viel Müll rum. Diese Leute haben einfach keinen Stolz. Schmeißen den größten Scheiß einfach aus dem Fenster. Sie würden nicht glauben, was ich da schon alles aufsammeln mußte. Das ist alles, mehr ist nicht passiert. Müll aufsammeln, in den Sack stecken, die Säcke aufstapeln. Zusammen mit einem Haufen Wracks. Ich, Ihre Freundin und diese große Rothaarige, Annie hieß sie, glaube ich, waren die einzigen Weißen da draußen. Ziemlich entwürdigend, wissen Sie.«

Meiner persönlichen Ansicht nach war es weitaus entwürdigender, als gewalttätiger Schläger bekannt zu sein, als zusammen mit Ladendieben und Leuten, die in der Öffentlichkeit getrunken hatten, Müll aufzusammeln.

»War Annie Lou Axley bei Ihnen?«

Er aß noch etwas Steak, spießte einen Zwiebelring auf und schluckte ihn runter. »Nee. Sie war weiter vorn, zusammen mit den anderen Schwarzen und einer großen schwarzen Mama.«

»Also waren Sie mit Whitney und Shawan zusammen?«

»Das hab ich nicht gesagt. Sie waren in Sichtweite, aber ein Stück weiter die Straße runter, ungefähr zweihundert Meter. Der Typ klebte praktisch an ihr. Schon, als wir in der City in den Kleinbus stiegen. Wahrscheinlich gefiel ihm, wie sie in diesen engen kleinen Jeans aussah. Süß. Wie ein Junge, aber sexy, wissen Sie?«

Die Whitney, an die ich mich erinnerte, hatte ein Loch im Brustkorb, und ihr Blut vermischte sich mit totem Laub und Müll von der Straße. Ich schluckte hart und nahm einen Bissen Steak. Vielleicht hätte ich ein komisches Gefühl im Magen verspüren sollen, aber ich tat es nicht. Das Steak war göttlich. Die vegetarische Lebensweise wird nie etwas für Callahan Garrity sein, fürchte ich.

»Also konnte niemand Whitney sehen? Nicht mal die Wachen? Wann haben Sie die beiden zuletzt gesehen?«

»Ich hatte keine Uhr um.«

Ihm fiel etwas ein. »Meine Uhr ist in meinem Haus. Eine Rolex.

Wenn meine Frau sie nicht weggeschmissen hat. Sie hat zuerst zugeschlagen, wissen Sie.«
Ich versuchte, mich auf mein Steak zu konzentrieren. Das letzte, was ich heute abend hören wollte, waren die grausigen Einzelheiten der kampfbefrachteten Ehe von Billy Tucker.
»Diane ist ein kleines, mickriges Geschöpf«, erklärte er und verschlang noch einen Zwiebelring. »Neunzig Pfund in tropfnassem Zustand. Würden Sie glauben, daß sie mir ein blaues Auge verpaßt hat?«
»Was haben Sie ihr angetan?« Schlechte Frage. Warum bestand ich nicht darauf, daß er beim Thema blieb?
Er legte die Gabel hin, immer noch erregt über die Unfairneß des Lebens. »Wir hatten beide etwas getrunken, okay? Sie nörgelte an mir rum, war mit ein paar geschäftlichen Entscheidungen nicht einverstanden. Ich hatte ein sauschlechtes Jahr hinter mir, wirklich ein sauschlechtes Jahr. Ich sag zu ihr, halt endlich die Klappe. Vielleicht habe ich sie auch ein bißchen geschubst. Nein, nicht mal richtig geschubst, nur von mir weggeschoben, damit sie aufhört, mir auf den Geist zu gehen. Sie holt aus und knallt mir eine, ich revanchiere mich. Wir waren draußen auf der Veranda. Ein aufdringlicher Nachbar rief die Polizei, und dann stehe ich plötzlich vor einem Richter, der wahrscheinlich seinen Abschluß per Post gekriegt hat. Und der verhängt zweihundert Stunden Müllaufsammeln.«
Er schüttelte den Kopf. »Unglaublich, dieser Scheiß, was?«
Billy Tucker war ein ziemlich großer guter alter Junge. Vielleicht einsfünfundachtzig, 120 Kilo, schmale Hüften, dicker Bauch. Er hatte herabhängende Schultern, und sein rotes Gesicht zeigte die Topographie geplatzter Äderchen, die für den Gewohnheitstrinker typisch ist. Eine Langzeitdiät aus Scotch, rotem Fleisch und Gebratenem, sagte ich zu mir, konnte das aus einem Menschen machen. Ich verzichtete auf die Zwiebelringe.
»Billy«, sagte ich. Meine Geduld mit seinen Spielchen war erschöpft. »Wir sind nicht hier, um über Ihren Streit mit Ihrer

Frau zu reden, und das wissen Sie. Hören Sie auf, mich zu verarschen. Sie waren zweihundert Meter von Whitney und Taylor entfernt. Warum hat der Kleinbus die anderen mitgenommen, Sie aber nicht?«

Er kaute schweigend. »Ich habe nicht gesehen, wie der Kleinbus weggefahren ist. Vielleicht sind sie losgefahren, als ich gerade im Wald war. Als ich rauskam und mich umsah, waren alle weg. Die Rothaarige, die Schwarzen, alle. Also ging ich über den Golfplatz zum Clubhaus. Da gibt es ein Münztelefon. Ich rief Ed an, eine Art Cousin von mir. Er kam und holte mich ab.«

»Wann war das?« drängte ich. »Denken Sie nach.«

»Warten Sie. Ed brauchte mindestens dreißig, vierzig Minuten für die Fahrt. Es wurde langsam dunkel, als er ankam.«

Ich war bei Einbruch der Dunkelheit am Golfplatz eingetroffen. Tucker konnte noch nicht lange weggewesen sein. Er mußte die Leichen gesehen haben.

»Sie sagten, Sie waren im Wald. Was taten Sie da?«

»Pinkeln. Ist doch wohl nicht gegen das Gesetz.«

Ich aß einen Bissen Steak. Es war mittlerweile kalt, und ich konnte das weiße Fett in den Fleischsaftpfützen auf der Platte gerinnen sehen. Plötzlich kam mir das Steak nicht mehr so appetitlich vor.

»Billy, ich bin beim Golfplatz angekommen, als es dunkel wurde. Da lagen zwei Leichen zwischen diesen orangefarbenen Müllsäcken. Wenn Sie bei Einbruch der Dämmerung losgefahren sind, müssen Sie die Leichen gesehen haben. Erzählen Sie mir, was Sie gesehen haben. Bitte.«

»Ich brauche einen Drink«, sagte er stur. »Ich habe einen höllischen Tag hinter mir. Eine höllische Woche.«

»Schließen wir einen Kompromiß«, entgegnete ich schließlich. »Sie sagen mir die Wahrheit, und ich bestelle Ihnen noch einen Drink. Nur einen. Und danach fahre ich Sie nach Hause. Sie sind nicht in der Verfassung, selbst zu fahren.«

Er zog einen Flunsch. »Immer meckern und keifen. Wie Diane. Immer das Genörgel, daß ich zuviel trinke.«

»Ich bin nicht Ihre Frau«, sagte ich kalt. »Wie steht's mit der Wahrheit?«

Er schloß die Augen und rieb sie mit seinen kurzen, schwieligen Händen. Er trug keinen Ehering.

»Verdammt. Das hat mir gerade noch gefehlt. Holen Sie mir meinen Drink.«

Als seine Hand sich wieder um das volle Glas schloß, holte Tukker tief Luft.

»Ich habe nicht gesehen, wie es passierte, okay? Ich schwöre es. Wenn ich es gesehen hätte, hätte ich es der Polizei erzählt. Also, es war so. Ich mußte dringend pinkeln. Also ging ich über die Straße, in den Wald hinein. Ich glaube nicht, daß jemandem mein Verschwinden auffiel. Da war ein alter Zaun zwischen dem Seitenstreifen und dem Wald. Aber hinter dieser ausgebrannten Tankstelle war der Zaun kaputt. Ich ging in den Wald, bis ich von der Straße aus nicht mehr zu sehen war. Und pinkelte. Als ich den Reißverschluß wieder hochzog, hörte ich es. *Pop. Pop.* Zwei Pops, glaube ich. Damals hielt ich es für eine Fehlzündung. Aber ein paar Sekunden später hörte ich, wie jemand durch den Wald brach. Rannte. Er stieß Zweige zur Seite, riß alles kaputt. Der Wald war verfilzt und zugewuchert, voller Ranken. Ein richtiger Dschungel. Aber der Mann rannte wie ein aufgescheuchtes Reh.«

»Konnten Sie ihn erkennen?«

Tucker nahm vorsichtig einen Schluck von seinem Drink, dann einen tiefen Zug. »Nein. Er war zu schnell, und es war dunkel im Wald. Es kam kaum Sonnenlicht durch das ganze Unterholz. Er könnte eine Jacke angehabt haben, dunkelgrün möglicherweise, mit irgendeiner Art Kapuze.«

»Haben Sie gesehen, wo er hin ist?«

»Ich fragte mich, was am anderen Ende des Waldes war. Ich hatte es nicht gerade eilig, wieder zum Müllsammeln zurückzukehren, also ging ich ein Stück und kam auf eine alte, unbefestigte Straße. Eine Sackgasse. Ist jetzt eine Müllkippe. Alles voller alter Matratzen, Reifen, Dosen und Flaschen. Und mitten in diesem Müllhaufen steht ein alter Schuppen. Und ich meine einen Schuppen. Gebaut aus verrosteten Blechteilen und verrostetem Draht. Und auf der Veranda dieser Bruchbude steht ein alter Schwarzer. Ich sehe ihn an, er sieht mich an, und dann dreht er sich um, geht rein und schließt die Tür. Verdammt unheimlich, kann ich Ihnen sagen.«

»Also haben Sie nicht gesehen, wohin der Schütze gegangen ist?«

»Ich habe nichts gesehen«, wiederholte Billy. »Wie ich schon sagte. Ich habe nichts gesehen. Nur ein Stück einer grünen Jakke. Das ist alles.«

»Was taten Sie dann?«

»Ich ging zurück zur Straße und rief Ed an, damit er mich abholte«, sagte Tucker. »Es war verdammt kalt da draußen.«

»Und die Leichen haben Sie nicht gesehen?« drängte ich. »Sie haben Schüsse gehört und jemanden weglaufen sehen. Wollen Sie mir erzählen, daß Sie sich nicht umgesehen haben, um festzustellen, was passiert ist? Sie haben sich nicht gefragt, was aus Whitney Dobbs und Shawan Taylor geworden war? Kommen Sie, Billy, sehe ich so blöd aus? Oder soll ich etwa glauben, daß Sie so blöd sind? Sie sind Anwalt, um Gottes willen.«

»Ich war Anwalt.« Er zerpflückte seine Serviette, rollte das feuchte Papier zu kleinen Kugeln und reihte sie hintereinander auf der Tischplatte auf.

»Sie war tot«, brachte er schließlich heraus und sah mich an. »Ich hätte nichts mehr für sie tun können. Den Typ habe ich erst gesehen, als ich mich vorbeugte, um ihr den Puls zu fühlen. Sie waren beide tot. Niemand war zu sehen. Was hätte ich tun sollen?«

»Ist Ihnen mal der Gedanke gekommen, die Polizei zu rufen?«

»Ich wollte nur weg von da. Nachdem ich meinen Cousin angerufen hatte, ging ich bis zur Ecke. Ich mußte da weg.«

»Sie haben die Müllsäcke auf die beiden gelegt?« Das hatte mich beunruhigt, die Müllsäcke, die die Leichen bedeckten. Nicht versteckten, nicht wirklich, nur bedeckten.
»Es schien mir das Richtige zu sein.«
Der Typ hatte merkwürdige Vorstellungen von Anstand.
»War sonst noch jemand in Sicht?« fragte ich. »Haben Sie irgend jemanden auf dem Golfplatz gesehen? Oder im Clubhaus, als Sie telefoniert haben?«
»Es wurde langsam dunkel. Ich hab' nicht darauf geachtet. Ich hatte gerade zwei Leute mit Löchern im Körper gesehen, verstehen Sie?«
Er wurde langsam reizbar. War es leid, mit lästigen, nörgelnden Frauen wie seiner Gattin zu reden. Vielleicht würde er mir gleich eine verpassen. Und eine blutige Pfote zurückziehen.
»Warum haben Sie das nicht der Polizei erzählt, Billy? fragte ich.
»Ich habe genug Probleme.« Er stürzte den Rest seines Drinks herunter.
»Jetzt haben Sie noch eins mehr«, erklärte ich und winkte der Kellnerin, damit sie die Rechnung brachte. »Die Polizei wird noch einmal mit Ihnen reden wollen. Sobald sie mit den anderen gesprochen haben, wird ihnen klar sein, daß Sie nicht mit im Kleinbus des Sheriffs waren. Sie müssen der Polizei sagen, was Sie gesehen haben, Billy, bevor der falsche Mann verhaftet wird und die Dinge in dieser Stadt wirklich häßlich werden.«
Tucker hievte sich von seinem Stuhl hoch und zog die Jeans über die Hüften hoch.
»Von mir aus gesehen sind sie das bereits«, sagte er. »Wir treffen uns draußen. Ich muß aufs Klo.«
Ich legte das Geld neben die Rechnung auf den Tisch und beobachtete, wie Billy Tucker unsicher auf die Toiletten zutorkelte, mit Tischen und Stühlen auf Kollisionskurs. Der Mann war ein Wrack. Besoffen von Scotch, den ich bezahlt hatte. Ich hoffte nur, daß er sich noch an seine eigene Adresse erinnerte.

Ich hatte vergessen, daß wir für diesen Morgen um neun ein Treffen aller Mädels angesetzt hatten. Um halb neun wankte ich in die Küche, die Haare noch feucht vom Duschen.

»Du hast Buttermilchbrötchen gebacken«, bemerkte ich und sog die Luft ein. »Gibt's einen besonderen Anlaß?«

»Das Treffen, erinnerst du dich? Außerdem war mir danach.« Edna öffnete die Backofentür und spähte hinein. »Die Mädels lieben meine Buttermilchbrötchen.«

Das tat ich auch, aber trotzdem war ihr nicht jeden Morgen danach, sie für mich zu backen. Ich setzte mich an den Tisch, trank Kaffee und grübelte über die Ungerechtigkeiten des Lebens nach.

Edna eilte geschäftig hin und her und stellte Tassen, Untertassen, Teller, Messer, die Butter und verschiedene Konfitüren auf den Tisch.

»Du bist gestern abend ziemlich spät nach Hause gekommen«, meinte sie und holte die Sahne aus dem Kühlschrank. »Hast du den Typen gefunden, den du gesucht hast?«

»Das habe ich«, sagte ich grimmig. »Ich habe ihn zum Essen eingeladen und mit Scotch abgefüllt, bis ihm nach Reden zumute war. Dann wollte ich ihn nach Hause fahren, und er ist eingeschlafen, sobald er im Lieferwagen saß. Ich dachte schon, ich würde meine Pistole abfeuern müssen, um ihn aufzuwecken und auszuladen.«

»Du hast doch die Pistole bei dir, wenn du mit dem Lieferwagen unterwegs bist, oder?«

»Ja. Ich trage eine Waffe. Es gefällt mir nicht, aber ich tue es.«

»Gut«, sagte Edna. »Die Zeiten sind schlecht da draußen, Jules. So habe ich Atlanta noch nie erlebt. So voller Haß.«

Sie öffnete den Backofen und zog zwei Bleche mit Buttermilchbrötchen heraus. Die Brötchen waren gut aufgegangen, schneeweiß an den Seiten und oben goldbraun. Edna schüttete sie in ein mit Leinentüchern ausgelegtes Körbchen und deckte sie liebevoll zu, wie ein Baby in der Wiege. Sie stellte das Körbchen auf den Tisch, trat einen Schritt zurück und führte eine langsame Pirouette aus. Oder so etwas ähnliches. »Na, wie sehe ich aus?«

Jetzt, wo sie es erwähnte, stellte ich fest, daß sie recht gut aussah. Sie hatte sich schick gemacht und trug einen marineblauen Hosenanzug aus Wolle, eine gestärkte gestreifte Bluse und winzige goldene Ohrringe in Reifenform. Ihr blauweißes Haar war hochtoupiert, und außer dem gewohnten Lippenstift und Puder hatte sie einen Hauch blauen Lidschatten aufgelegt. Sie hatte sogar auf ihre Lieblingstreter mit den Gummisohlen verzichtet und flache schwarze Wildlederschuhe angezogen.

»Du siehst aus wie Mrs. Gotrocks«, meinte ich bewundernd. »Und all dieser Aufwand nur für ein Treffen mit den Mädels?«

»Ich habe einen Termin bei Carson Dobbs. Schon vergessen? Um elf.«

»Das war mir entfallen. Möchtest du, daß ich dich hinfahre?«

»Weswegen? Ich bin doch nicht krank. Außerdem könnte meine Tarnung auffliegen, wenn er dich sieht.«

»Das stimmt. Aber denk daran, kein richtiges Herumgeschnüffel. Das Wichtigste ist der Scheck. Und wenn er von einer Operation anfängt...«

»Renne ich wie der Teufel. Ich denke immer noch, du solltest mich diese Kamera benutzen lassen. Ich wette, ich könnte an interessante Papiere und so was herankommen.«

Bevor sich ein Streit entspinnen konnte, hörten wir, wie ein Wagen in die Auffahrt fuhr. Wir guckten aus dem Fenster und sahen zu, wie Ruby ausstieg und Baby und Sister, die königlich im Fond saßen wie Königin Elizabeth und Prinzessin Margaret, die Tür aufhielt. Dann geleitete Ruby die beiden langsam zur Hintertür.

»Oh, Edna!« rief Ruby aus, als sie eintraten. »Du hast für uns gekocht und gebacken, und ich komme mit leeren Händen. Und das, wo du es doch mit dem Herzen hast.«

»Setzt euch und eßt«, sagte Edna. »Und außerdem bin ich nicht krank.«

»Ja, Ruby«, bekräftigte Baby. »Edna geht es gut. Sie spioniert heute für Callahan. Sie spioniert bei diesem Doktormann, den wir neulich reingelegt haben.« Bei der Erinnerung schaukelte sie hin und her und machte hihi.

Sister nahm ein Brötchen aus dem Korb und öffnete es mit langen, zitternden Fingern. Ich schob ihr die Erdbeermarmelade zu. »Hier ist Ihre Lieblingskonfitüre, Miss Sister.«

»Callahan«, sagte sie und tauchte einen Löffel in die Marmelade. »Wann können wir noch mal Geheimagenten spielen? Ich und Baby, wir wollen noch mehr Filme mit dieser Handtaschenkamera machen. Wir könnten heute morgen mit Edna gehen, als Unterstützung.«

»Tut mir leid«, erklärte ich. »Der Doktor kennt Sie beide jetzt. Aber ich lasse es Sie wissen, wenn sich etwas ergibt.«

»Gibt es nicht auch etwas, das ich tun könnte?« fragte Ruby wehmütig.

Baby und Sister waren gut fünfundzwanzig Jahre älter als Ruby, aber wegen ihres hohen Blutdrucks und ihrer Kreislaufprobleme versuche ich immer zu vermeiden, Ruby in meine Ermittlungen mit hineinzuziehen. Als sie mir ein einziges Mal geholfen hatte, war aus einem vorbeifahrenden Auto auf uns und andere Passanten geschossen worden. Ein Baby war dabei umgekommen.

»Wir werden auch etwas für dich zu tun finden, Ruby, ganz bestimmt.« Edna tätschelte ihr die Schulter.

»Wir?« fragte ich.

In dem Moment ging die Hintertür auf und Neva Jean kam hereingerauscht, begleitet von einem kalten, feuchten Windstoß.

»Ich wußte es«, rief sie aus. »Als ich aus dem Wagen stieg, hatte ich den Duft in der Nase. Ednas Buttermilchbrötchen. Ich könnte ein halbes Dutzend mit einem Bissen verschlingen.«

Sie bestrich ein warmes Brötchen mit Butter, ohne sich vorher den Mantel auszuziehen.

»Was machen die Emus?« fragte ich. »Schon irgendwelche Anzeichen von Eiern?«

Neva Jean blickte gequält drein. »Nein. Obwohl Swannelle ihnen diese teure Aufbaunahrung gibt. Er hockt draußen in diesem blöden Verschlag und beobachtet die verdammten Vögel, Stunde um Stunde. Er wartet darauf, daß Sluggo, das ist der Junge, mit Nancy, der Henne, eine Nummer schiebt. Aber die Viecher kreischen nur, picken rum und rennen auf und ab. Ist nix mit Sex. Unglaublich, was?«

»Jedenfalls nicht, was diese Vögel angeht«, bemerkte Edna bedeutungsvoll. »Mir ist aufgefallen, daß du gestern nacht gar nicht zurückgekommen bist.«

»Oh. Ach, du liebes bißchen.« Ruby war errötet und fächerte sich Luft zu. Sie war tief religiös. »Oh, du meine Güte.«

»Swannelle züchtet Emus, um sie zu verkaufen«, erläuterte Neva Jean. »Wenn er sie ausbrütet und aufzieht, kann er zwei Stück für ungefähr sechzehntausend Dollar verkaufen. Deswegen ist er so interessiert an ihrem Sexleben. Es ist nix Abartiges.«

Ich war mir da nicht so sicher, aber wir hatten keine Zeit, uns näher mit der Sache zu beschäftigen, wenn wir weiterkommen wollten. Es war bereits Viertel nach neun, und alle außer Jackie waren anwesend.

»Laßt uns anfangen«, sagte Edna. »Wir bringen Jackie auf den neuesten Stand, wenn sie kommt.« Wir erklärten den Mädels unser Problem. Das Geld war knapp. Wir hatten mehr Arbeit, als wir bewältigen konnten, und mußten lukrative Neukunden ablehnen.

»Wenn wir im Geschäft bleiben wollen, müssen wir expandieren«, teilte ich den Mädels mit. »Edna und ich brauchen mehr Leute.«

Die Hintertür ging auf, und Jackie trat ein. »Tut mir leid«, sagte sie kurz. Statt sich zu den anderen an den Tisch zu setzen, holte sie sich eine Tasse Kaffee und blieb stehen, an die Arbeitsplatte gelehnt.

»Wir könnten zweierlei machen«, fuhr ich fort. »Entweder wir bitten alle, mehr zu arbeiten, was natürlich auch mehr Geld bedeuten würde. Alle schließt mich ein, aber nicht Edna, jedenfalls bis ihr Gesundheitszustand sich gebessert hat. Ihr Mädels müßt mich wissen lassen, ob ihr bereit seid, neue Klienten anzunehmen. Es liegt ganz bei euch. Oder aber wir stellen neue Leute ein. Wir könnten ab sofort zwei neue Mädels brauchen.«

Ruby hob zögernd die Hand. »Callahan, hast du schon jemanden im Auge?«

»Eine gute Kraft«, sagte Edna. »Fleißig. Verläßlich. Keine Trinker oder Drogenabhängige.«

Wir alle lachten zusammen über die letzte Anforderung.

»Wir hatten gehofft, ihr könntet euch mal umhören«, fuhr ich fort. »Wir können eine Anzeige aufgeben, wenn es sein muß, aber ich glaube, wenn ihr euch in eurem Bekanntenkreis umhört, finden wir am ehesten die richtigen Leute.«

Edna blickte Jackie an. »Wir wollten Ihre Cousine Antoinette einstellen. Sie war nicht interessiert. Fällt Ihnen sonst noch jemand ein, Jackie?«

Jackie lief rot an. »Was? Wollt ihr nur schwarze Leute haben? Weil ich Afroamerikanerin bin, will jeder, den ich kenne, als Putze arbeiten, oder was?«

Ednas Kiefer sackte herab, und ich konnte sehen, wie sie ebenfalls rot anlief. Die Mädels erstarrten, als hätte jemand eine Klapperschlange mitten in unseren gemütlichen kleinen Kaffeeklatsch geschleudert.

»Hey!« sagte Neva Jean scharf. »Ich bin weiß. Callahan und Edna sind weiß. Was ist in letzter Zeit nur los mit dir, Jackie? Warum bist du so empfindlich?«

Jackie verschränkte trotzig die Arme. »Jemand wie du würde das sowieso nicht verstehen, Neva Jean. Vielleicht bin ich es ja leid zu sehen, wie Leute ausgebeutet werden. Und diskriminiert. Vielleicht bin ich es einfach leid, in einer rassistischen Gesellschaft zu leben.«

Im Raum wurde es sehr still.

»Was hat sie gesagt?« fragte Baby Sister in einem weithin hörbaren Flüsterton. »Macht sie Callahan an?«

»Sei still, Döspaddel«, sagte Sister.

Tief getroffen suchte ich nach den richtigen Worten. Die Mädels beobachteten mich, warteten darauf, was ich tun und sagen würde. Selbst Edna.

»Wir haben alle Mädels gebeten, sich umzuhören«, sagte ich langsam. »Weil wir euch schätzen und eurem Urteil vertrauen. Nicht wegen eurer Hautfarbe. Ich dachte, das hätten wir hier hinter uns.«

»Das liegt daran, daß du der Boß bist«, erwiderte Jackie.

Urplötzlich schob Ruby ihren Stuhl zurück und stand auf. Die Stuhlbeine quietschten, als sie in der bedrückenden Stille über den Boden schrammten. »Ich muß an die Arbeit«, verkündete sie. »Kommen Sie, Miss Baby und Sister. Callahan, ich frag meinen Pastor, ob er eine gute Frau kennt, die Arbeit sucht.«

Die drei gingen hinaus, gefolgt von Neva Jean, die erklärte, sie müsse ihren Wagen wegfahren, damit Ruby rauskönne.

Edna murmelte etwas von Telefonaten, die sie erledigen müsse, und verschwand. Jackie und ich blieben allein zurück. Wir standen uns gegenüber wie Revolverhelden und taxierten einander.

»Whitney Dobbs ist tot«, sagte ich endlich. »Ich versuche zu beweisen, daß ihr Mann sie um den ihr zustehenden Anteil am ehelichen Vermögen betrügen wollte. Meine Ermittlungen haben nichts mit Faneeta Mayes oder ihrem Vater zu tun. Es geht hier nicht um die Hautfarbe, Jackie.«

»Für dich nicht«, entgegnete sie bitter. »Das sagen weiße Leute immer, wenn ein Afroamerikaner vorgeführt wird. Es geht hier nicht um die Hautfarbe?« johlte sie verächtlich. »Es geht immer um die Hautfarbe. Wie, glaubst du, fühle ich mich, wenn ihr alle rumrennt und für Whitney Dobbs arbeitet? Sie hat ein schwarzes Kind getötet und ist damit davongekommen. Weil sie weiß ist. Glaubst du im Ernst, wenn ich mich betrinke und ihr Kind totfahre, würde mir der Richter die Stirn tätscheln und sagen, geh nach Hause und mach eine Therapie? Nein, mein schwarzer Arsch würde im Gefängnis schmoren. Und das weißt du, Callahan. Sie ist tot, aber du arbeitest immer noch für sie. Diese alten Närrinnen wissen es vielleicht nicht besser. Aber ich. Und ich will nichts damit zu tun haben.«

Edna kam geschäftig in die Küche geeilt. »Ich kann meine Autoschlüssel nicht finden«, meinte sie und schob einige Unterlagen auf der Arbeitsfläche zur Seite. Sie blickte erst mich an, dann Jackie.

»Verlassen Sie uns?« Gott segne Edna. Sie kam immer sofort zur Sache.

Jackie spülte ihre Kaffeetasse aus und stellte sie sorgfältig auf den Abtropfständer.

»Noch nicht. Nicht so kurz vor Weihnachten.«

Die Auseinandersetzung mit Jackie hatte mich mitgenommen und deprimiert. Edna hingegen war stinksauer.

»Soll sie doch gehen, wenn sie so denkt«, grollte sie und öffnete Schranktüren und Schubladen, immer noch auf der Suche nach ihrem Autoschlüssel. »Ich werde mich nicht bei ihr entschuldigen, weil ich weiß bin und eine Firma habe. Die anderen Mädels denken nicht so.«

»Ich will nicht, daß sie geht«, sagte ich. »Wir brauchen Jackie. Aber mir gefällt es auch nicht, von ihr als bornierte Person hingestellt zu werden.«

»Da sind sie ja!« rief Edna triumphierend aus und hielt den Schlüsselring hoch. »Jemand hat sie in die Krimskramsschublade getan.«

Sie zog ihren Mantel an und strebte zur Hintertür. »Reg dich deswegen nicht auf«, befahl sie mir. »Du hast sie gehört. Sie wird nicht vor Weihnachten kündigen. Sie muß ihr Auto abbezahlen. Und du weißt ja, was ihr Mustang ihr bedeutet. Er ist ihr Baby.«

Wir wußten beide, daß Jackie jederzeit einen anderen Job finden konnte.

Als Edna gegangen war, beschloß ich, Bucky Deavers anzurufen. Normalerweise gehe ich nicht freiwillig mit Informationen über meine Fälle zur Polizei, aber dieses eine Mal hatte ich das unangenehme Gefühl, daß die Anklage gegen Bryant Mayes auf wackligen Füßen stand.

Eine Bandansage teilte mir mit, daß Bucky im Präsidium war, aber nicht an seinem Schreibtisch. Ich hinterließ eine Nachricht.

Dann holte ich die Akte Whitney Dobbs hervor und begann, mir Notizen über meine Unterhaltung mit Billy Tucker zu machen. Ich hatte vor, noch einmal zum Brown's-Mill-Golfplatz und dem Gelobten Land hinauszufahren, um mir den Schuppen anzusehen, von dem Tucker erzählt hatte. Und ich wollte einigen Sachen nachgehen, die Carol Steiner erwähnt hatte. Wenn Carson Dobbs Gelder aus der Praxis abschöpfte, waren dann vielleicht die Krankenversicherungsabrechnungen getürkt?

Als ich gerade eine Liste der Sachen erstellte, die ich noch überprüfen mußte, rief Doyle Bollinger an.

»Wie steht's?« fragte er. Ich konnte Verkehrslärm im Hintergrund hören. Er rief von einem Autotelefon aus an. »Sie sagten, Sie ermitteln jetzt im Fall Whitney Dobbs.«

»Ich arbeite für ihre Tochter«, erklärte ich. »Hätten Sie vielleicht Zeit, Ihre Ergebnisse mit mir durchzusprechen?«

»Warum nicht?« entgegnete er. »Da gibt's nicht viel zu sagen. Ich hab' nicht mal irgendwelche Berichte geschrieben. Wissen Sie, wo mein Büro ist?«

Ich warf einen Blick auf die Geschäftskarte. Die Adresse sagte mir nichts.

»Es ist ein Bürokomplex«, fuhr Bollinger fort. »Nehmen Sie die 285 in Richtung Peachtree-Dunwoody. Biegen Sie links ab, und fahren Sie an den Krankenhäusern vorbei. Dann kommt rechts ein kleiner Bürokomplex. Heißt Dunwoody Plaza. Mein Büro ist in Gebäude G, Nummer vier. Zwischen einem Kieferchirurgen und einem Physiotherapeuten. Ich bin auf dem Weg. Treffen wir uns in zwanzig Minuten?«

»Sagen wir dreißig«, entgegnete ich.

Als ich nach meiner Jacke griff, klingelte das Telefon erneut. Es war Deavers. »Na, bleibst du auch immer schön sauber?«

»Du solltest mich besser kennen«, sagte ich. »Wie laufen die Ermittlungen gegen Bryant Mayes?«

»Warum willst du das wissen?«

»Ihr macht einen Fehler, Bucky.«

»Die Spurensicherung ist da anderer Meinung.«

»Habt ihr den Bericht der Ballistik schon?«

»Du weißt, daß ich darüber nicht reden kann.«

»Hör zu«, sagte ich. »Ich habe mit einem Zeugen gesprochen. Er wurde zurückgelassen, als die Deputies diese Leute in den Kleinbus verfrachteten. Er war am Tatort. Er hat die Schüsse mitbekommen und jemanden durch den Wald rennen hören. Er hat flüchtig eine grüne Jacke gesehen. Und er sah einen weiteren Zeugen, einen alten Mann, der auf der Veranda eines Schuppens da draußen mitten in einer Müllkippe saß. Der alte Mann hat sehr wahrscheinlich den Schützen vorbeilaufen sehen.«

»Laß mich raten, wer der Zeuge ist. Billy Tucker, stimmt's?«

»Ja«, entgegnete ich vorsichtig. »Er hat euch gegenüber zugegeben, daß er nicht im Kleinbus war?«

»Er hat nichts gegenüber niemandem zugegeben, soweit ich weiß«, sagte Bucky. »Wir haben in der Tatnacht seine Aussage aufgenommen. Er hat erklärt, er hätte nichts gesehen. Was weißt du über diesen Tucker?«

»Ich weiß, daß er nicht der Weihnachtsmann ist. Das ändert nichts an der Tatsache, daß er da draußen war. Und er hat etwas gesehen, und für mich klingt es nicht so, als ob das Bryant Mayes gewesen wäre.«

»Hat Tucker angegeben, das Gesicht des Schützen gesehen zu haben?«

»Nein«, gab ich zu.

»Konnte er feststellen, ob die Person schwarz oder weiß war? Mann oder Frau?«

»Er hat nur flüchtig eine Jacke gesehen, möglicherweise mit Kapuze.«
»Und warum sollte das nicht Bryant Mayes gewesen sein?«
»Warum sollte er durch den Wald rennen?« fragte ich. »Warum sollte er nicht einfach aus dem fahrenden Wagen schießen?«
»Ja, warum wohl?« erwiderte Bucky. »Mayes und seine Feuerwehrkumpels haben dauernd da unten Golf gespielt, wenn sie dienstfrei hatten. Wußtest du das?«
»Nein.«
»Warte mal.« Ich konnte hören, wie Bucky mit leiser Stimme mit jemandem sprach. »Ich muß gehen, Garrity. Noch eins. Hat Tucker erwähnt, warum er in Schwierigkeiten steckt?«
»Du meinst, daß er seine Frau geschlagen hat? Ja, er ist ein Drecksack.«
»Davon rede ich nicht«, sagte Bucky. »Hör dich mal um. Der Kerl ist ein berufsmäßiger Lügner.«
»Werdet ihr Mayes festnehmen?«
»Kein Kommentar«, erklärte Bucky ziemlich hochtrabend. Wahrscheinlich Lloyd Mackey zuliebe.

Dunwoody Plaza war ein regelrechter Kaninchenbau gleichaussehender Bauten aus rotem Backstein im Georgianischen Stil. Das zentrale Fassadenmotiv waren weiße Säulen, zwei palladianische Fenster und doppelte Eingangstüren.
Nachdem ich zehn Minuten herumgefahren war, entdeckte ich schließlich das kleine Messing-»G« an der Eingangstür. Nummer vier war im ersten Stock. »BOLLINGER & PARTNER« stand auf dem kleinen Messingtürschild.
Das Vorzimmer war leer und winzig klein, kaum mehr als ein Schreibtisch mit Drehstuhl, Telefon und einem marineblauen Lederarmsessel. Die Tür zum inneren Büro war direkt hinter dem Stuhl der abwesenden Sekretärin. Drinnen konnte ich ein Radio plärren hören.
Es war auf einen der Nachrichtensender eingestellt. Selbst von

meinem Standort aus konnte ich deutlich die dröhnende Stimme von Ellis McIntyre vernehmen, dem Moderator der mittäglichen Talkshow des Senders. Er war ein rechtsgerichteter Rush-Limbaugh-Verschnitt und steckte gerade mitten in einer seiner berühmten »McIn-Tiraden«.

»Ich sage Ihnen, Freunde, es ist höchste Zeit, daß wir anständigen Bürger diesen Crack-rauchenden Dritt-Welt-Sozialbetrügern mit ihren Schrotflinten sagen, daß wir genug haben. Wir leben in einer Stadt der Angst, wo die Politiker im Rathaus der Polizei Handschellen anlegen, um diese nervösen Tunten davon abzuhalten, dem Gesetz Genüge zu tun. Weil sie Angst haben, diese Rowdys könnten die Stadt plündern, wenn einer der ihren festgenommen wird. Wissen Sie, was ich dazu sage, Freunde? Ich sage, laßt sie randalieren. Und laßt den Gouverneur die Miliz von Georgia, die Nationalgarde und das Georgia Bureau of Investigation holen. Holt sie alle her!«

Ich hatte genug. Wenn ich schon warten mußte, dann ohne die Gesellschaft von Ellis McIntyre. Ich klopfte kurz, öffnete die Tür und spähte hinein.

Das Büro war leer. Es war kaum größer als das Vorzimmer, mehr ein übergroßer Schrank. Auf dem riesigen Holzschreibtisch stapelten sich Aktenordner, auf einem Gestell daneben stand eine elektrische Schreibmaschine, und ein offener Laptop balancierte auf einem wackligen Stapel aus Papieren und Zeitschriften. Das Radio stand oben auf einem mit Telefonbüchern vollgestopften Bücherregal. Ich trat ein, um es abzuschalten.

Gerade in dem Augenblick ging die Tür auf. Ich drehte mich um und lächelte strahlend, in der Hoffnung, daß ich nicht ertappt worden war. Der Mann, der in der Tür stand, ließ ein paar Aktenordner auf den Schreibtisch der Sekretärin fallen. Er war ein bißchen größer als ich, vielleicht einsfünfundsiebzig, stämmig, aber massiv gebaut, wie ein Gewichtheber. Sein dikkes, braunes Haar war gelockt, stark mit Silber durchzogen und

geföhnt wie das eines Fernseh-Wetterfroschs. Er trug eine getönte Fliegerbrille, Jeans, Pullover und eine Windjacke.
»Tut mir leid, daß ich zu spät komme«, sagte er, setzte einen wuchtigen Aktenkoffer ab und schüttelte mir die Hand. »Ich bin Bollinger.«
»Callahan Garrity«, stellte ich mich vor. »Sie haben Ihr Radio angelassen. Ich dachte, es sei vielleicht jemand da.«
»Ich stelle es nie ab.« Bollinger lud mich mit einer Geste ein, ihm in sein Büro zu folgen. »Es leistet mir Gesellschaft.« Er setzte sich auf einen Drehstuhl, schwenkte herum und stellte das Radio leiser, aber nicht ab.
»Also«, sagte er und drehte den Stuhl wieder zu mir hin. »Wie ich höre, waren Sie bei der Truppe. Ich auch. East Point Police. Vor ungefähr acht Jahren bin ich frühzeitig in den Ruhestand gegangen. Vielleicht kennen Sie ein paar meiner alten Kumpels. Earl Parker? Sonny Ferguson?«
Die Namen kamen mir bekannt vor, aber die Gesichter, die ich mit ihnen verband, waren Straßenpolizisten, alte Hasen aus dem Southside-Revier, wo ich nie gearbeitet hatte.
»Ich weiß, wer sie sind«, entgegnete ich. »Ich bin selbst schon seit sechs Jahren weg. Kommt mir viel länger vor.«
»Trotzdem haben Sie da unten bestimmt noch Verbindungen.«
»Ein paar«, erwiderte ich. »Vielleicht kennen Sie C. W. Hunsecker?«
»Ich kannte ihn. Guter Mann.«
»Ja. Der Beste.«
»Sehen Sie mich an«, sagte Bollinger plötzlich. »Wie ich aussehe. Ich habe an einem Fall gearbeitet, deswegen trage ich weder Mantel noch Krawatte. Sie müssen meinen Aufzug entschuldigen.«
»Klar doch«, meinte ich. »Ich selbst ziehe auch eher saloppe Kleidung vor. Was für Fälle bearbeiten Sie denn so gewöhnlich?«

»Alles mögliche. Entlassungsabfindungen, Suche nach Verschwundenen, auch Scheidungssachen. Ich hab' einige Anwälte an der Hand, die dafür sorgen, daß ich beschäftigt bleibe.«
»Sind Sie auf diese Weise auch an Whitney Dobbs geraten?«
Er lachte reumütig. »Nun ja, schon. Das hat nicht besonders gut hingehauen. Ich hab' ein bißchen herumgeschnüffelt, wie Zack mir aufgetragen hat. Ich hab' mich sogar einmal mit Mrs. Dobbs getroffen, aber dann rief Zack an und sagte, seine Mandantin würde lieber mit einer Frau arbeiten. Und dann höre ich, daß Whitney tot ist. Der Fall ist die Hölle, scheint's.«
»Wie weit sind Sie mit Ihren Ermittlungen gekommen?« fragte ich.
»Nicht sehr weit. Ich bin dem Doktor und seiner Freundin zwei, dreimal zu einem Restaurant gefolgt.«
»Suzanne Shaddeau.«
»Ja«, sagte er. »Große Rothaarige, tolle Figur.«
»Das ist sie.«
»Jedenfalls, sie gingen immer in dasselbe Restaurant. Ein Italiener draußen in Sandy Springs. Anscheinend gehen sie da zwei-, dreimal die Woche hin. Ich dachte, Mann, kochen die Leute denn nie?«
»Wenn man aussieht wie Suzanne Shaddeau, ist Kochen wahrscheinlich unerheblich«, bemerkte ich.
»Stimmt. Ich hab' sogar versucht, die beiden zu leimen. Das letzte Mal folgte ich ihnen ins Restaurant, setzte mich neben sie an die Bar und versuchte, mit ihnen ins Gespräch zu kommen. Suzanne war recht freundlich, er weniger. Sehr zugeknöpft, der Typ. Wir kamen auf das Thema Häuser und sowas zu sprechen. Als ihr Tisch fertig war, lud sie mich sogar ein, mich zu ihnen zu setzen. Ich dachte schon, jetzt würden wir wirklich weiterkommen.«
»Sie haben mit den beiden zusammen gegessen?«
»Ja. Und so toll ist das Essen da wirklich nicht. Deshalb verstehe ich auch nicht, wie die da dauernd essen können. Aber der Dok-

tor ist sehr vorsichtig. Immer, wenn ich es geschafft hatte, das Gespräch auf persönliche Sachen zu lenken, gab er ihr ein Zeichen, und sie schwieg.«
»Also haben Sie nicht herausgefunden, wo die beiden wirklich wohnen.«
»Wollen Sie wissen, was ich herausgefunden habe?« sagte Bollinger. »Der Typ ist ein geiziges Schwein. Er hatte einen Coupon mit, mit dem er ein Essen umsonst bekam.«
»Wo war das Restaurant noch mal? Ich habe nichts darüber in der Akte gefunden.«
»Draußen am Spalding Drive. Geht von der Holcombe Bridge Road ab. Ich hab' keine Berichte geschrieben. Am nächsten Tag rief Zack mich an und schickte mir einen Scheck für meine Mühe. Das war's. Zack ist ein anständiger Kerl. Ich weiß, daß er mir neue Aufträge vermitteln wird, also hab ich die Sache nicht weiter verfolgt. Mit manchen Klienten kommt man eben nicht aus. Das haben Sie wahrscheinlich selbst schon festgestellt.«
»Klar. Ich hab' mich beim ersten Mal auch nicht gerade prima mit Whitney verstanden. Worüber hat Suzanne beim Essen denn geredet, wenn Carson sie nicht über persönliche Sachen sprechen lassen wollte?«
Er zuckte die Achseln. »Weiß nicht. Das Übliche halt. Wie schlimm der Verkehr war. Wir haben uns darüber unterhalten, daß die Braves die Wettkämpfe gewonnen haben. Ich hatte nicht gerade das Gefühl, daß der Doktor ein großer Baseball-Fan ist. Aber sie schon.«
»Wie hieß das Restaurant?«
»Irgendwas Italienisches. Ich hab' vergessen, was genau. Rubinos, Salinos, irgendwas mit einem O am Ende.«
»Und es liegt am Spalding Drive?« Ich versuchte mir die Lage des Restaurants bildlich vorzustellen. »Das ist mindestens acht oder zehn Meilen von ihrer Wohnung entfernt. Nicht gerade das Lokal um die Ecke. Es überrascht mich, daß sie so oft den ganzen Weg fahren.«

»Vielleicht war es nur eine Phase, die sie durchmachten«, regte Bollinger an.
»Vielleicht«, stimmte ich zu. »Oder vielleicht waren sie aus einem bestimmten Grund so oft in der Gegend.«
»Sie arbeiten also immer noch an dem Fall? Obwohl Whitney umgebracht wurde?«
»Zack vertritt Whitneys Tochter Alison«, erklärte ich. »Alison will wissen, wieso ihre Mutter sterben mußte. Und es gibt noch ein paar finanzielle Dinge zu regeln. Alison und ihr Vater haben sich entfremdet.«
Bollinger schüttelte den Kopf. »Ärzte, was? Haben mehr Geld als Gott und wollen trotzdem immer mehr. Ich glaube, es geht ihnen um Macht.«
Macht. Ich dachte an einige der Ärzte, die ich in den letzten fünf Jahren wegen meines Anfalls von Brustkrebs aufgesucht hatte. Wie viele von denen hatten mir herablassend auf die Schulter geklopft und gewollt, daß ich ein braves kleines Mädchen war und tat, was sie sagten – ohne Fragen zu stellen.
»Das haben Sie richtig erkannt«, sagte ich. »Und nach allem, was ich höre, ist Carson Dobbs Experte darin, Leute zu kontrollieren.«
Wir fachsimpelten noch ein bißchen. Bollinger war überhaupt nicht so, wie ich erwartet hatte. Längst nicht so schlimm, wie Whitney ihn dargestellt hatte. Ganz bestimmt kein gräßlicher, tätowierter Mann. Aber sein langärmeliger Pullover hinderte mich auch daran, die Sache mit der Tätowierung nachzuprüfen.
Er begleitete mich zur Eingangstür des Bürogebäudes. »Was halten Sie von dem Riesenradau wegen diesem Bryant Mayes?« fragte Bollinger. »Werden Ihre Kumpels von der Mordkommission ihn nun verhaften oder nicht?«
»Wenn Sie mich fragen, will ihm jemand was anhängen«, sagte ich. »Es paßt einfach alles zu gut. Keine Ahnung, ob sie ihn verhaften werden. Ein Freund von mir arbeitet an dem Fall, aber er erzählt nicht viel.«

»Jemand will ihm was anhängen«, meinte Bollinger nachdenklich. »Könnte sein.«

Ich rief Reg Vaughn, den Geschäftsführer des Cumberland Oaks, von meinem Autotelefon aus an. »Kommen Sie ruhig vorbei«, teilte er mir mit. »Ich kann jetzt nicht reden, ich lösche gerade Waldbrände.«
Ein Jugendlicher fuhr in der Hotelhalle mit einem Staubsauger herum, als ich eintrat. Es war eine beeindruckende Eingangshalle, wenn man nicht zu genau hinsah. Ein großer Messingkronleuchter, schöne Tapete, dicke Teppiche. Ein massiver Kamin, aus Findlingen gemauert, nahm eine Ecke des Raums ein. Davor stand eine Sitzgruppe aus Polstersofas und Sesseln.
Wenn man in der Raumpflege tätig war, ließ der Raum einen erschaudern. Der schöne Teppich war schmuddelig und fleckig, und ein grauer Pfad markierte den Weg von der Eingangstür zu den Fahrstühlen und zum Empfang. Der Kronleuchter war mit Spinnweben überzogen, das bemalte Holzwerk und die Fußbodenleisten waren von einem Staubfilm bedeckt, und die Messingbeschläge an den Eingangstüren und den Fahrstühlen waren stumpf und angelaufen.
Ich konnte Edna direkt tss-tss machen hören. Vaughn hatte nicht übertrieben, als er sagte, es gäbe Probleme mit der Raumpflege. Und das hier war die Hotelhalle, wahrscheinlich der sauberste Raum im ganzen Haus, da er das erste war, was ein potentieller Mieter zu Gesicht bekam.
Reg Vaughn blickte hoffnungsvoll auf, als ich sein Büro betrat. Er hatte schütteres braunes Haar und ein langes, freundliches Gesicht.
»Ich bin Callahan. Haben Sie die Krise bewältigt?«
»Was?« Er lachte. »Für den Augenblick ja. Kommen Sie rein. Sie haben nicht vielleicht Ihre Meinung geändert und wollen doch für uns arbeiten?«

Ich wies mit der Hand in Richtung Hotelhalle. »Sieht aus, als hätten Sie jemanden gefunden.«

»Nur eine Übergangslösung«, erklärte Vaughn. »Ich brauche etwas wie The House Mouse.«

Es war verlockend. Ein großer Auftrag, und wir brauchten nur zuzugreifen. Aber jetzt, wo ich das Hotel gesehen hatte, waren die letzten Zweifel beseitigt. Wir hatten einfach nicht die Mauskräfte. »Tut mir leid«, teilte ich ihm mit. »Wir suchen nach Leuten, aber bis wir jemanden eingestellt haben, können wir einfach keine neuen Aufträge übernehmen.«

»Das hat Ihre Mutter auch gesagt«, meinte Vaughn. »Wir werden wohl weitersuchen müssen.«

»Edna hat mir erzählt, daß Sie eine ziemlich unangenehme Überraschung erlebt haben. Mit Ben Dwyer.«

Vaughns freundliches Gesicht nahm einen säuerlichen Ausdruck an.

»Eine Überraschung war es«, bestätigte er. »Das Hotel ist jetzt seit drei Jahren unter der Leitung unserer Firma. In dieser Gegend und bei diesen Mieten erwartet man einfach nicht, daß die Mieter so mir nichts dir nichts abhauen. Ich habe die Sache einem Inkassobüro übergeben, aber ich glaube kaum, daß sie Erfolg haben werden. Der Mann war nicht gerade der typische Nassauer.«

»Kannten Sie Dwyer?«

»Ich bin ihm begegnet, als er den Mietvertrag unterzeichnete und die Kaution hinterlegte, und ich habe ihn ein paarmal Kommen und Gehen sehen. Aber die meisten unserer Gäste wohnen nur vorübergehend hier. Dwyer war wie jeder andere Mieter.« Er runzelte die Stirn. »Jedenfalls dachte ich das.«

»Haben Sie seinen Mietvertrag?« fragte ich.

Vaughn stand auf, ging zum Aktenschrank, zog ein Blatt Papier hervor und reichte es mir. Es war ein Standard-Mietvertrag. Name, Anschriften während der letzten fünf Jahre, Anschrift des Arbeitgebers, Kontonummern, Kreditkartenauskünfte. Bevor er ins Cumberland Oaks gezogen war, hatte Dwyer zwei Jahre lang in Marietta gelebt. Für die Zeit davor waren zwei Anschriften in Fort Lauderdale angegeben.

Ich sah Vaughn an. »Haben Sie die vorigen Anschriften überprüft?«

»Zuletzt wohnte er in einem Apartmentkomplex in der Nähe der Cumberland Mall. Vierhundert Einheiten. Neues Management. Niemand erinnert sich an ihn, aber laut ihrer Unterlagen hat er die Miete immer rechtzeitig bezahlt.«

»Was ist mit den Adressen in Florida?«

»Nichts«, erklärte Vaughn. »Zwei verschiedene Häuser, zwei verschiedene Vermieter. Sie wollten mir noch nicht mal guten Tag sagen.«

»Und die Bankkonten wurden aufgelöst, stimmt's?«

»Stimmt.«

»Was haben Sie mit seiner Post gemacht?« fragte ich.

»Die Briefpost mußten wir der Post zurückschicken. Aber die Postwurfsendungen, das Zeug, das sie nicht nachsenden, ist hier.«

Er ging zu einem Schrank und zog einen Schuhkarton hervor, den er mir auf den Schoß stellte. »Wollen Sie mal sehen?«

Der Schuhkarton war fast voll. Kataloge, Rundschreiben auf dünnem Zeitungspapier, Postwurfsendungen, in denen alles und jedes von Büromaterial und Rasenpflege bis zu Autoalarmanlagen angeboten wurde.

»Wissen Sie, wonach Sie suchen?« erkundigte Vaughn sich hoffnungsvoll.

»Nein, keine Ahnung«, gab ich zu. »Kann ich das Zeug mitnehmen? Vielleicht entdecke ich irgendein Muster.«

»Bitte«, erklärte er und hob die Schachtel für mich hoch. »Ich habe den Wäschekatalog genommen«, fügte er hinzu und errötete leicht. »Meine, äh, Frau bestellt gerne per Katalog.«

»Kein Problem«, meinte ich. Ich stützte die Schachtel auf der Hüfte ab und ging zur Tür. »Sie sind sicher, daß keiner der anderen Mieter Dwyer kannte? Nicht mal seine nächsten Nachbarn?«

»Ich fürchte nicht«, sagte Vaughn. »Sie können gerne mit ihnen reden, wenn Sie wollen, aber unsere Mieter sind vielbeschäftigte Leute. Petria May, die Frau aus der Wohnung gegenüber, ist Modedesignerin. Sie ist wegen Vereinbarungen mit irgendwelchen Herstellern hier unten. Sehr schön, sehr exotisch. Nicht gerade Dwyers Typ, würde ich sagen. Außerdem fliegt sie fast jedes Wochenende nach New York. Sie sagt, sie hätte nie auch nur ein Wort mit ihm gewechselt. Mr. Fujiko, der die Wohnung neben Dwyer hatte, spricht so gut wie kein Englisch. Und er ist sowieso letzte Woche nach Tokio zurückgekehrt.«

»Das paßt«, sagte ich. »Hätten Sie was dagegen, wenn ich mal einen Blick in Dwyers alte Wohnung werfe?«

»Tut mir leid. Sie ist vermietet. Die Olympiade steht vor der Tür, da steht hier in der Ecke nichts lange leer. Ich habe mich gründlich umgesehen, nachdem uns klargeworden war, daß Dwyer abgehauen sein muß. Sauber wie geleckt. Wir mußten nicht mal die Wände neu streichen oder den Teppichboden reinigen lassen.«

»Gut für Sie, schlecht für Hinweise«, bemerkte ich und trat in die Hotelhalle hinaus. »Danke für die Post. Falls Mr. Dwyer auftaucht, lasse ich es Sie wissen.«

»Es gibt einen Finderlohn«, bot Vaughn an. »Meine Gesellschaft hat fünfhundert Dollar bewilligt. Sie läßt sich nicht gern leimen.«

Der blaue Himmel, der Anfang November einen milden Winter versprochen hatte, war eine dicke fette Lüge gewesen. Die Wolkenbänke droben waren dunkel und bedrohlich, und kalte Windböen zerrten an mir, als ich vor dem Cumberland Oaks in den Lieferwagen stieg. Ich erwog, nach Hause zu fahren, ein warmes Mittagessen zu mir zu nehmen, ein langes Nickerchen zu halten und den Telefonhörer von der Gabel zu nehmen.

Statt dessen beschloß ich, zum Tatort zurückzukehren. Diesmal war es heller Tag, und ich hatte eine geladene Pistole und Billy Tuckers Beschreibung von dem, was er gesehen hatte.

Lediglich zwei weitere Wagen standen auf dem Parkplatz des Brown's-Mill-Golfplatzes. Das Grün war mit Laub und kleinen herabgefallenen Zweigen übersät, und die Bäume, welche die Einfahrt säumten, drängten sich eng aneinander und schwankten auf eine Art und Weise hin und her, die mich an die sprechenden Bäume im *Zauberer von Oos* erinnerte. Die Bäume, die Dorothy und ihre Freunde warnen und ihnen raten zu verschwinden, bevor es zu spät ist.

Ich zog mir die Kapuze meiner Jacke über den Kopf und rannte zum Clubhaus.

Das Clubhaus war ebenso verlassen wie der Golfplatz. Ein junger Weißer, etwa Anfang Zwanzig, stand hinter einer mit Golfhandtüchern, Golftees und Golfhemden übersäten Theke und nippte an einem Becher mit dampfendem Kaffee. Er war in ein Taschenbuch vertieft, auf dessen Umschlag U-Boote abgebildet waren. Ein Namensschild auf der Theke verriet, daß es sich hier um Mike Hooker, den Club-Profi, handelte.

Er blickte auf und sah mich überrascht an. Wahrscheinlich wirke ich nicht wie der sportliche Typ. Ich stellte mich vor und erzählte ihm, an was ich arbeitete.

»Ich selbst hab gar nichts gesehen«, sagte er. »Hier war alles ruhig, als ich abschloß. Das hab ich auch der Polizei gesagt.«

Ich sah mich im Clubhaus um. Linoleum auf dem Fußboden, billige holzvertäfelte Wände, Verkaufsautomaten anstatt eines richtigen Grillrestaurants oder Cafés. Ein großes Panoramafenster hinter der Theke bot einen guten Ausblick auf den Golfplatz. In einiger Entfernung konnte ich einen Mann auf einem riesigen Rasenmäher erkennen, der das abgefallene Laub einsaugte.

»Was für Leute spielen denn hier draußen bei Ihnen Golf?« erkundigte ich mich.

»Ganz unterschiedlich. Rentner, die jeden Tag spielen, um etwas Bewegung zu bekommen, Arbeiter, Leute, die an der Northside wohnen, aber hier unten spielen, weil sie im Bobby Jones oder Chastain keine Abschlagzeiten bekommen. Wir haben sogar einige Profisportler, die während der Woche hierherkommen, weil sie hier ungestört spielen können. Der Platz ist billig, aber ziemlich gut. Nicht allzu schwierig, aber brauchbar, wissen Sie.«

Ich wußte es nicht, aber ich tat so als ob.

»Kennen Sie die meisten Stammspieler beim Namen?«

»Nee«, erwiderte Hooker. »Sie wollen mich nach Bryant Mayes fragen, dem Feuerwehrmann, stimmt's? Es kommen viele Feuerwehrleute her. Im Frühjahr veranstalten sie sogar immer ein Turnier. Aber ich kenne sie nicht alle. Die Polizei hat mir sein Bild gezeigt. Ich konnte weder ja noch nein sagen.«

»Haben Sie an dem Tag Schüsse gehört?«
Er wies auf einen oben an der Wand angebrachten Bildschirm. Der Fernseher war natürlich auf den Sportkanal ESPN eingestellt, und ein Kommentator ließ sich gerade über die Favoriten beim College Bowl aus. »Ich hab' entweder ferngesehen oder telefoniert. Und dann sind da noch die Flugzeuge. Der Flughafen ist vielleicht fünf Meilen entfernt. Wir sind nicht direkt das Augusta National.«
»Spielen hier auch irgendwelche Ärzte?«
»Klar«, sagte er. »Dauernd.«
»Was ist mit einem Arzt namens Carson Dobbs?«
»Der Name sagt mir nichts, aber wenn er zusammen mit anderen gespielt hat, als Vierer, würde ich ihn sowieso nicht erkennen.«
Der Dampf, der von Mike Hookers Kaffee aufstieg, sah verlokkend aus. Aber ich hatte noch was zu tun. Keine Zeit für eine Kaffeepause. Im Lieferwagen streifte ich meine flachen Lederschuhe ab und zog Wanderstiefel an. Sie waren noch ziemlich neu, kaum abgenutzt. Ich hatte sie gekauft, als Mac und ich noch zusammen waren und wir oft mit seinem schwarzen Labrador Rufus durch die Wälder streiften. Ein dickerer Mantel und Handschuhe wären auch schön gewesen. Ich versuchte, nicht darüber nachzudenken.
Ich überquerte die Straße und ging zu der verlassenen Tankstelle. Der aufgerissene Betonboden war mit Bierdosen und zerbrochenen Weinflaschen übersät. Ich schob die Hände tief in die Jackentaschen und umschloß die Pistole fest mit den Fingern. Das Gewicht der Neunmillimeter beulte die Jacke aus. Ich wünschte, ich wüßte, wo das Fußgelenkholster aus meinen Polizeitagen hingeraten war.
Vorsichtig stieg ich über den kaputten Stacheldrahtzaun, der die Tankstelle vom Wald abgrenzte. Genau da, wo Billy Tucker gesagt hatte, war er so weit nach unten gesackt, daß man darübersteigen konnte. Meine Stiefel glucksten im Morast. Zu-

mindest sah ich jetzt wie eine erfahrene Wanderin aus. Das Unterholz war ziemlich dicht hier. Ranken blieben an meinen Kleidern hängen, und Zweige verdeckten mir die Sicht. Je tiefer ich in den Wald eindrang, desto dunkler wurde es. Ein Pfad war nicht zu erkennen, aber der herumliegende Abfall verriet mir, daß schon Leute hier entlanggekommen waren.

Da ich nicht wußte, wohin ich ging, versuchte ich, mich genau geradeaus zu halten. Ein winziger, schmaler Bach, ungefähr sechzig Zentimeter breit, schlängelte sich vor mir durch den Wald, und ich mußte darüberspringen und eine Böschung auf der anderen Seite emporkraxeln. Nachdem ich zwei, drei Minuten weitergegangen war, konnte ich erkennen, daß der Wald lichter wurde. Der verstreute Abfall war jetzt überall. Urplötzlich hörte der Wald auf, und ich stand mitten auf einer Müllkippe.

Das erste, was ich sah, war ein Stapel ausgebrannter Matratzen, haufenweise alte Reifen, Betonbrocken, verrostete Autowracks und überall Haufen von Altpapier, Dosen und Glasscherben. Auf der anderen Seite des Schrotthaufens entdeckte ich den Schuppen, den Billy Tucker mir beschrieben hatte. Obwohl Schuppen eigentlich ein grandioser Ausdruck für dieses Monument imaginativen Recyclings war.

Das Fundament bestand aus aufeinandergestapelten Brocken zerbrochener Betonblöcke. Darüber hatte jemand eine Reihe von Holzpaletten aneinandergenagelt, Paletten, wie sie in Gartencentern zum Verschicken und Transportieren großer Mengen von Pflanzerde, Dünger und Grassamen verwendet werden. Grob zurechtgesägte Baumstämme bildeten die vier Eckpfeiler, und die Wände dazwischen waren ein verrücktes Patchwork aus Sperrholzresten, Blechplatten, ja sogar Asphaltdachschindeln.

Eine leuchtend blaue Plastikfolie war über das behelfsmäßige Sperrholzdach gespannt. Der Wind fuhr darunter und blähte sie auf, so daß sie aussah wie eine alberne Duschhaube in Übergröße.

Ich umrundete die Müllkippe, wobei ich laut mit den Stiefeln scharrte, um etwaige lauernde Ratten oder Schlangen darauf aufmerksam zu machen, daß ich in der Nähe war.
Beim Näherkommen entdeckte ich das, was Billy als »Veranda« beschrieben hatte. Es handelte sich um noch einen Stapel Paletten, direkt vor einer vom Regen verzogenen Blindholztür. Ich sah auch die Bilder. Es waren kühne Farbflecken: Rot, Blau, Rosa, Schwarz, Purpur, Gelb und Grün. Quer über die Vorderseite des Hauses waren Blechdosen flachgeklopft und festgenagelt worden, die jetzt als Leinwand für das Gemälde eines bösen grünen Teufels dienten, der grinste und ein langes, rosarotes Schwert schwang. In der oberen Ecke der vorderen Hauswand sandte eine purpurne Sonne blaue, orange und schwarze Strahlen aus, und Engel in roten Roben schwebten durch die Luft. Die traurigen Knollenköpfe ließen die Flügel klein erscheinen.
Ich blieb einige Meter vom Haus entfernt stehen und gaffte. So etwas hatte ich noch nie gesehen. Eine Reihe von Steinen, genauer gesagt von Felsbrocken, jeder in einer anderen Farbe bemalt und mit schwarzen Farbspritzern und weißen Punktmustern verziert, bildeten einen schiefen Fußweg zur Veranda.
Ich blieb vor der Veranda stehen und sah mich um. »Ist jemand zu Hause?« rief ich. »Hallo?«
Als keine Antwort kam, kletterte ich auf die Veranda, die unter meinem Gewicht bedrohlich schwankte. Weitere Gemälde schmückten sie. So eine Art Götter in Roben rasten in einem Gefährt über die Außenwand, das aussah wie ein von Katzen gezogener Wagen.
»Hallo, ist da jemand?« Es gab keinen Türgriff, nur ein Holzstück als Schnappriegel. Die Tür schwang auf, als ich dagegenstieß. Ich trat ein und stand in tiefer Dunkelheit. Es gab keine Fenster. Nur winzige Nadelstiche aus Licht drangen durch die Löcher in der Seitenwandung. Als meine Augen sich an das Dunkel gewöhnt hatten, entdeckte ich einen Stapel leerer Farb-

töpfe in einer Ecke und in der anderen einen Haufen von etwas, das aussah wie Lumpen. In der Mitte stand ein alter Grill mit verkohlten Holzklötzen drauf. Ansonsten war der Raum leer. Es roch nach Schweiß und Urin, Schimmel und Holzrauch.

Ich kniete mich hin und musterte die Farbbüchsen. In dem schwachen Licht entdeckte ich ein Stück Stoff unter dem Stapel. Ich zerrte daran und zog ein kariertes, mit Dreck und Farbe überzogenes Flanellhemd hervor. Als eine zentimeterlange Kakerlake hervorkroch und auf meine Hand krabbelte, schleuderte ich das Hemd weg und unterdrückte einen Schrei. In weniger als fünf Sekunden war ich raus aus der Hütte und runter von der Veranda.

Am Rand der Müllkippe blieb ich stehen. Ich kam mir albern und zimperlich vor, aber wer auch immer hier wohnen mochte, war zur Zeit nicht anwesend, zu dem Schluß war ich bereits gelangt.

Ohne Übergang wurde die Müllkippe zu aufgesprungenem und pockennarbigem Asphalt. Ich war auf das Ende einer Sackgasse gestoßen. Kein Straßenschild teilte mir den Straßennamen mit, aber ich nahm an, daß ich das Gelobte Land gefunden hatte.

Ich ging ein gutes Stück mitten auf der Straße, bevor ich die ersten Lebenszeichen entdeckte. Aber plötzlich konnte ich die Anfänge eines Wohngebiets erkennen. Winzige, heruntergekommene Häuser standen dicht beieinander, jedes mit einem kleinen Gartenstreifen. Wäsche wehte an Wäscheleinen, und in einem Gebüsch dicht neben der Straße sah ich zwei magere Hennen in der Erde picken.

Ein himmelblaues Haus aus Löschbetonblöcken auf der rechten Straßenseite wirkte am wohlhabendsten. Ein hoher Maschendrahtzaum umgab das Grundstück, und auf der Veranda türmten sich Zimmerpflanzen in Töpfen und Körben. Ein kastanienbrauner Delta 88, einer der großen Benzinfresser aus den Siebzigern, parkte in der Auffahrt. Am Zaum hing ein kugelbeharktes Schild mit der Aufschrift »Bissiger Hund«.

Das Tor war unverschlossen und quietschte laut, als ich es öffnete. »Hundchen?« Ich sah mich vorsichtig um. Bislang kein Anzeichen von knurrenden Dobermännern. »Köter?« sagte ich mit lauterer, tapferer Stimme. Immer noch kein Hund in Sicht. Vielleicht machte er nur die Nachtschicht. Oder er wartete, bis ich den Garten ganz durchquert hatte und ohne Hoffnung auf Entkommen in die Enge getrieben war.
Schneidig marschierte ich die Treppenstufen hoch und klingelte an der Tür. Während ich wartete, zupfte ich mir Blätter und kleine Zweige aus dem Haar und bürstete meine Jacke ab.
»Wer ist da?« fragte eine Frauenstimme von der anderen Seite der Tür her.
»Ich bin Detektivin«, rief ich zurück. In der Tür war ein kleines Guckloch. Ich hoffte, daß ich nicht allzu furchteinflößend wirkte. »Ich arbeite für die Familie der Frau, die drüben am Golfplatz erschossen wurde. Könnte ich vielleicht eine Minute mit Ihnen reden?«
»Ich will nichts mit irgendwelchen Schießereien zu tun haben.«
Verdammt. Ich holte eine Geschäftskarte heraus und schob sie unter der Tür hindurch. »Hier ist meine Karte«, sagte ich. »Es dauert wirklich nur eine Minute.«
»Fragen Sie«, rief die Frau zurück. »Ich mach die Tür nicht auf.«
Also gab es keinen Hund. Nur eine alleinlebende Frau, die Angst vor Fremden hatte. Ich konnte es ihr nicht verdenken.
»Wissen Sie, wer in diesem Schuppen am Ende der Straße wohnt? Ein alter Mann?«
»Das ist das Haus von Arliss. Was wollen Sie denn von dem verrückten Alten?«
»Ich muß mit ihm reden. Aber es sieht so aus, als sei er ausgezogen.«
»Er zieht ständig aus«, entgegnete sie lachend. »Er ist völlig durchgeknallt. Malt Bilder auf Zeug, das er in dem Schrott da findet. Arliss ist wie das Wetter, er kommt und geht.«

»Aber hat er letzte Woche in der Hütte gewohnt? Weiß irgend jemand, wo er jetzt ist?«
»Ich hab' gehört, er läuft rum und erzählt, er hätt' gesehen, wie die weiße Frau drüben am Golfplatz umgebracht wurde.«
»Hat er *Ihnen* erzählt, daß er die Schießerei gesehen hat?«
»Arliss redet jede Menge Stuß. Weil er verrückt ist, deshalb. Arliss Woods muß irgendwo sein. Aber ich hab' ihn nicht gesehen. Schließen Sie ja das Tor hinter sich, hören Sie?«
Das nächste Haus war längst nicht so nett. Es war ein Holzhaus, und jede Spur von Farbe war längst verschwunden. In den Fußbodendielen der verrottenden Veranda klafften Löcher, und eins der Fenster vorne war gesprungen und mit Klebeband repariert. Die Tür ging auf, bevor ich klopfen konnte. Ein barfüßiger Jugendlicher in einem seidig glänzenden schwarzen Jogginganzug schleppte einen schlafenden Säugling mit sich herum.
»Roseanne ist gerade eingeschlafen«, bemerkte er. »Sind Sie die Frau von der Versicherung?«
»Nein«, erwiderte ich und betrachtete das Baby. Es war in eine rosafarbene Decke gehüllt, und seine dicke kleine Wange wurde gegen die Schulter des Jungen gequetscht. Die Lippen umklammerten einen großen durchsichtigen Plastikschnuller.
»Ich suche Arliss Woods«, teilte ich dem Jungen mit.
»Was wollen Sie von Arliss? Ein Bild kaufen?«
»Ich will mit ihm reden, dann kaufe ich vielleicht ein Bild. Wissen Sie, wo ich ihn finden könnte?«
Der Junge schob Roseanne ein bißchen weiter nach oben, aber ihre Augen blieben geschlossen. »Arliss bleibt in der Gegend. Könnte sein, daß er Farbe kaufen ist.«
Ich grub noch eine Geschäftskarte aus und reichte sie ihm. Er nahm sie und begutachtete sie argwöhnisch.
»Sind Sie von der Polizei?«
»So was in der Art«, sagte ich. »Wenn Sie mir helfen, Arliss Woods zu finden, ist vielleicht eine Belohnung drin.«
»Arliss mag keine Bullen. Ich auch nicht.« Er und das Baby gin-

gen zurück ins Haus. Ich hoffte, daß Roseanne noch ein schönes Nickerchen machte.
Ich fragte noch etwas herum, klopfte noch an ein paar Türen. Niemand erzählte mir irgendwas. Nachdem ich einen Block gegangen war, stieß ich auf eine Querstraße, die erste mit einem Straßenschild. Apache Street.
Es war mittlerweile Nachmittag, und ich hatte Hunger. Ich stapfte mühsam zurück durch den Wald, überquerte die Straße und stieg in den Lieferwagen. Ich verriegelte die Tür und überlegte, was ich als nächstes tun sollte.
Der Himmel war noch dunkler und grauer geworden und die Temperatur um weitere zehn Grad Fahrenheit gefallen. Mitte November konnte in Atlanta noch kein Schnee fallen, versicherte ich mir selbst. Ich drehte die Heizung an und versuchte, meine Gedanken zu ordnen.
Ich mußte unbedingt mit Arliss Woods reden. Aber vielleicht hätten Ruby, Baby oder Sister im Gelobten Land als Detektivinnen mehr Erfolg. Jackie könnte es schaffen, dachte ich. Aber Jackie war wütend auf mich und wollte kündigen.
Der Gedanke war zu deprimierend, um sich länger mit ihm zu befassen. Statt dessen rief ich Zack Alexander an. Seit Whitneys Gedenkfeier hatten wir nicht mehr miteinander gesprochen.
»Callahan«, rief Zack, als seine Sekretärin mich durchgestellt hatte. Es klang, als würde er gerade etwas essen. »Was haben Sie herausgefunden?«
»Nicht genug«, sagte ich. »Und wie steht's bei Ihnen?«
»Nicht so gut«, gab er zu. »Ich hatte gar keine Gelegenheit, nach der Gedenkfeier mit Ihnen zu reden. Das war eine Sache, was?«
»Alison hatte keine Chance«, sagte ich. »Diese Suzanne ist vielleicht ein Früchtchen.«
»Milde ausgedrückt«, entgegnete Zack. »Die Szene hat unserer Sache überhaupt nicht gutgetan. Jetzt ist Carson noch wütender. Was für ein Mist. Haben Sie schon irgendwas in der Hand?«

»Ich folge einigen Hinweisen. Aber ich brauche noch etwas Zeit.«
»Viel Zeit haben wir nicht. Carson hat das Haus in Ansley Park zum Verkauf angeboten. Die ganze Woche lang sind Makler mit potentiellen Käufern durchs Haus getrampelt. Armes Mädchen. Sie ist schließlich zu einer Freundin gezogen.«
»Kann er das denn machen? Einfach das Haus verkaufen und das Geld einsacken? Ich dachte, es sei Whitneys Haus.«
»Das ist unsere Position«, sagte Zack. »Whitney ist tot, aber ihr Anteil am ehelichen Vermögen gehört zum Nachlaß. Ich habe eine einstweilige Verfügung beantragt, damit die Hausbesichtigungen aufhören. Aber in der Zwischenzeit hat Carson Alison den Hahn abgedreht. Buchstäblich.«
»Er muß keinen Unterhalt zahlen?«
»Alison ist zwanzig Jahre alt«, entgegnete Zack müde. »Sie geht aufs College. Sie ist eine mündige Erwachsene. Gesetzlich steht ihr kein Pfennig zu. Es ist jedoch nicht ganz so schlimm, wie Alison es darstellt. Carson sagt, er unterstützt sie, wenn sie zu ihm und Suzanne zieht.«
»Ich wette, Alison war entzückt von dem Angebot.«
»Sie ist nicht wirklich mittellos«, erklärte Zack. »Natürlich erbt sie alles, was Whitney besaß, aber noch einmal, alles außer den Geldern, die Whitneys Mutter ihr hinterlassen hat, ist mit dieser verdammten Güterrechtsregelung gekoppelt. Wir werden einen Zivilprozeß gegen Carson anstrengen müssen. Es wird häßlich werden.«
Das alles kam mir hoffnungslos kompliziert und schäbig vor. Reiche Leute hatten Probleme, über die ich nie nachgedacht hatte. Vielleicht war es gar nicht so schlecht, zur Mittelklasse zu gehören. Zumindest riskierte man nicht, enterbt zu werden.
»Was für eine Klage wollen Sie denn gegen ihn einreichen?« fragte ich.
»Schadensersatz wegen absichtlicher Tötung«, sagte Zack energisch.

»Callahan? Sind Sie noch dran?«
»Ich bin noch dran«, teilte ich Zack mit. »Nur völlig perplex. Sie wollen vor Gericht gehen und zu beweisen versuchen, daß Carson Dobbs Whitney umgebracht hat? Ist das nicht eine ziemlich extreme Maßnahme?«
»Ich tue, was notwendig ist, um Alisons Interessen zu vertreten«, erwiderte er.
Ich war mir da nicht so sicher. Ich fragte mich, ob Alison darüber nachgedacht hatte, wie es sein würde, eine zweite Gerichtsverhandlung durchzustehen, in der ein Elternteil wegen Tötung eines Menschen angeklagt wurde.
»Was ist, wenn die Polizei Bryant Mayes festnimmt?« fragte ich. »Bucky Deavers behauptet steif und fest, daß handfeste Beweise gegen Mayes vorliegen.«
»Der Fall kommt nie vor ein Geschworenengericht«, meinte Zack zuversichtlich. »Heute schon mal ein Radio oder einen Fernseher angestellt?«
»Ich habe Ellis McIntyre ein paar Minuten geifern und toben gehört. Ekelerregend. Der Mann ist gefährlich.«
»Ja, ja«, entgegnete Zack ungeduldig. »Von McIntyre rede ich nicht. Heute nachmittag hat der Bürgermeister bekanntgegeben, daß er das Justizministerium gebeten hat, eine Sonderein-

heit zu schicken, die prüfen soll, ob Bryant Mayes' Bürgerrechte verletzt wurden.«

»Heiliger Strohsack«, rief ich aus. »Sie meinen das FBI?«

»Nehme ich an«, antwortete Zack. »Jetzt kommen wir zumindest weiter.«

»Und wohin?«

In meinem Autotelefon knisterte und knackte es. Die Verbindung brach zusammen. »Ich muß auflegen«, teilte ich Zack mit. »Aber es gibt Hinweise auf einen Zeugen. Ein alter Mann namens Arliss Woods hat möglicherweise etwas gesehen. Und ich habe heute mit Bollinger gesprochen.«

»Mit wem?«

»Bollinger«, wiederholte ich. »Der Privatdetektiv, den Sie zuerst engagiert haben. Er sagt, er ist Carson und Suzanne ein paarmal zu ihrem Lieblingsrestaurant gefolgt. Einem Italiener. Aber er kann sich nicht an den Namen des Lokals erinnern. Es könnte nützlich sein, herauszubekommen, warum die beiden da so oft hingehen.«

»Die Trattoria«, erklärte Zack prompt. »Mir liegen Carson Dobbs' Kreditkartenabrechnungen der letzten sechs Monate vor. Sie essen da mindestens zweimal die Woche. Whitney fand es sehr merkwürdig, weil Carson sich immer geweigert hat, italienisches Essen auch nur anzurühren, als sie noch verheiratet waren.«

»Gut. Noch eins. Mir ist gerade eingefallen, daß ich eine Versicherung für all meine House-Mouse-Angestellten abgeschlossen habe. Gegen Diebstahl. Glauben Sie, daß Carson Dobbs auch für seinen Finanzleiter eine abgeschlossen hat?«

»Mensch, Scheiße«, sagte Zack langsam. »Wunderbar. Verdammt, wunderbar, Callahan. Ich hätte selbst daran denken müssen. Wenn Ben Dwyer versichert war – und er müßte es sein – muß Dobbs bei der Versicherung einen Anspruch geltend gemacht haben. Ich werde mich sofort darum kümmern.«

Das Autotelefon klingelte wieder, sobald ich den Hörer auf die

Gabel gelegt hatte. Wahrscheinlich Zack, dem noch ein Hinweis eingefallen war, dem ich nachgehen sollte.
Aber es war nicht Zack. Es war Edna. Und als sie meinen Namen sagte, wußte ich, daß sie verstört war. Und Angst hatte.
»Wo bist du jetzt?«
»In der Praxis. Bei Dr. Dobbs«, fügte sie nachdrücklich hinzu.
Ich sah auf die Uhr. Es war fast drei. »Du bist immer noch in der Praxis? Was ist los? Was ist passiert, Ma?«
»Er sagt, ich muß operiert werden. Er sagt, ich bin schwerkrank. Ich verstehe das alles nicht. Jules, könntest du bitte sofort kommen?«

Auf dem Weg zu Carson Dobbs' Praxis schrie ich abwechselnd jedes Schimpfwort, das ich wußte, und flüsterte jedes Gebet, an das ich mich erinnern konnte.
»Verdammt. Segne uns, o Herr ... Scheiße ... Ave Maria, voll der Gnaden ...« So ging es weiter, bis ich den Wagen geparkt hatte und in die teakvertäfelten Räumlichkeiten der Herz-Kreislauf-Gesellschaft von Atlanta stürmte. Paradox Properties, in der Tat.
Die Sprechstundenhilfe blickte scharf auf, als ich hereingestürzt kam. Sie griff nach einem Formular, klemmte es fest und machte Anstalten, es mir zu reichen. Sie nahm wohl an, ich sei eine neue Patientin.
Vier oder fünf Leute saßen im Wartezimmer und lasen seelenruhig Zeitschriften. Eine elegant gekleidete Frau stickte. Sie hatte ein Vergrößerungsglas an ihren Stickrahmen geklemmt.
Rennt um euer Leben, wollte ich schreien. Am liebsten hätte ich sie geschüttelt, sie hier rausgescheucht, weg von dem Mann da drinnen, der die Menschen so mühelos und wirkungsvoll täuschte. Ich gab der Sprechstundenhilfe das Klemmbrett zurück. »Edna Garrity«, sagte ich und beugte mich über die Anmeldung. »Meine Mutter. Ich will zu ihr.«

Die Sprechstundenhilfe runzelte die Stirn. Meine Stimme war zu laut. Nicht ehrerbietig genug. Sie blätterte in einer Liste. »Mrs. Garrity. Ja. Sie ruht gerade. Wollen mal sehen, ob alle Untersuchungen abgeschlossen sind. Nehmen Sie bitte da drüben Platz.« Bevor ich sagen konnte, daß ich meine Mutter sehen wollte, und zwar jetzt sofort, verschwand das Mädchen durch eine Tür hinter der Anmeldung.

Ich setzte mich neben die stickende Frau. Sie blickte auf, schenkte mir ein nichtssagendes Lächeln und wandte sich wieder ihrer Tapisserie zu. Sie arbeitete an dem berühmten Blue-Boy-Porträt. Ich sah wie hypnotisiert zu, wie sie die Nadel durch die Gitterleinwand zog, hinein und hinaus. Ihre Stiche waren ordentlich, die Bewegungen sparsam. Die Frau wandte den Blick nicht von ihrer Stickarbeit. Aber ihr Kiefer war angespannt, und die Nadel stand keine Sekunde still.

»Sind Sie eine Patientin von Dr. Dobbs?« fragte ich leise.

Sie wirkte ziemlich gesund, gute Gesichtsfarbe, kein flacher Atem oder krampfhaftes Pressen der Hand gegen den Brustkorb. Ende Fünfzig wahrscheinlich.

»Mein Mann«, antwortete sie, immer noch ohne aufzublicken. »Dr. Dobbs sagt, er braucht einen vierfachen Bypass.«

Ich zuckte zusammen. »Tut mir leid.«

»Es ist riskant«, sagte die Frau. »Aber Dr. Dobbs scheint zu wissen, wovon er redet. Er überweist uns an einen wirklich erstklassigen Chirurgen. Und schließlich muß man seinem Arzt vertrauen.«

»Muß man das?« fragte ich.

Die Nadel stockte. Die Frau holte tief Luft, dann stieß sie den Atem wieder aus. »Ja, unbedingt.«

Ich versuchte, eine Zeitschrift zu lesen. Aber ich konnte den zweiten Zeiger meiner Armbanduhr ticken und meinen Magen knurren hören. Die Ruhe, die absolute Stille in diesem Wartezimmer ärgerte mich. Ich war jetzt schon seit fünfzehn Minuten hier. Wo zum Teufel blieb die Sprechstundenhilfe? Wo war Edna? Was ging da hinten vor?

Ich stand auf und marschierte zur Anmeldung. Sie war nicht besetzt. »Hallo!« rief ich laut. »Achtung, auf dem Gesundheitssektor Arbeitende, hören Sie mich?« Das Lesen und Sticken hinter mir hörte schlagartig auf. Wie kann sie nur? konnte ich die Patienten denken hören.

Als niemand erschien, ging ich zu der Tür hinter der Anmeldung und klopfte laut. »Hallo!« brüllte ich. Ich drückte die Klinke herunter. Die Tür war verschlossen. Ich spürte, wie Panik in mir aufstieg. Ich mußte Edna hier rausholen.

Nun hämmerte ich mit beiden Fäusten gegen die Tür.

Und plötzlich sprang sie auf. Eine sichtbar zornige Sprechstundenhilfe stand dahinter, mit rosa Flecken auf beiden Wangen.

»Miss Garrity, ich muß doch sehr bitten!« zischte sie. »Es sind Kranke hier.«

»Bringen Sie mich einfach zu meiner Mutter«, sagte ich. »Keine Untersuchungen mehr. Ich will sie sehen. Jetzt sofort.«

»Ich wollte Sie gerade holen«, entgegnete sie mit angespannter, dünner Stimme. »Sie brauchen deshalb keine Szene zu machen.«

»Sie haben ja noch keine Vorstellung, was eine Szene ist«, teilte ich ihr mit.

Sie stürmte erregt davon, und ich folgte ihrem wackelnden Hintern.

Vor einer Tür in der Mitte des Flurs blieb sie stehen, riß ein Krankenblatt aus einem Gestell an der Wand, überprüfte es kurz und steckte es wieder hinein. Sie klopfte leicht. »Mrs. Garrity? Ihre Tochter ist hier.«

»Herein«, hörte ich Edna sagen.

»Der Doktor wird in ein paar Minuten kommen«, äußerte die Sprechstundenhilfe und ging davon.

Edna lag auf einem Untersuchungstisch und bemühte sich, sich aufzurichten. Ein dünnes Papierhemd bedeckte sie vom Hals bis zu den Knien. Darunter stachen ihre knochigen weißen Beine hervor. Die knielangen Strümpfe waren bis zu den Knöcheln heruntergerollt. Sie hatte die Arme um den Leib geschlungen und zitterte. Ihr klapperten buchstäblich die Zähne, und sie war totenblaß.

»Deine Jacke«, sagte sie.

Ich zog die Jacke aus und legte sie ihr um. Dann rieb ich ihr Hände und Füße, um sie zu wärmen. Sie waren kalt wie Eis.

»Mir ist so kalt«, sagte sie. »So verdammt kalt.«

»Ich bin gleich zurück«, versprach ich.

Ich hielt die erste Person an, die ich auf dem Flur traf. Sie war jung und blond, und das Namensschild auf dem weißen Laborkittel verriet, daß es sich um Amy Schwartz handelte.

»Können Sie mir eine Decke besorgen?« fragte ich unverblümt. »Meine Mutter wurde in einem Untersuchungsraum alleingelassen. Nur mit einem dieser Papierhemden bekleidet. Sie ist fast erfroren.«

Das Mädchen blickte wild um sich. »Eine Decke. Sicher. Irgendwo müssen wir Decken haben.« Sie eilte davon, um eine zu holen, und ich ging zu Edna zurück.

»Sie bringen gleich eine Decke«, teilte ich ihr mit. »Wo sind deine Sachen?«

Es war ihr gelungen, den Reißverschluß meiner Jacke bis zum Kinn hochzuziehen. Sie hockte mit hochgezogenen Beinen da, die Beine eng gegen die Brust gedrückt. Nur die Zehen guckten unter der Jacke hervor.

»Im Schrank«, meinte sie und wies auf einen Kleiderschrank an der Wand.

Ich öffnete ihn und holte ihren Hosenanzug und die Bluse heraus.

Edna wollte aufstehen, um sich anzuziehen, sank aber plötzlich wieder auf die Liege zurück. »Ich bin so benommen«, entschuldigte sie sich. »Du wirst mir helfen müssen.«

Sie hatte Unterhose und BH angezogen, während ich draußen war. Es gelang uns, ihr die Hose überzuziehen, während sie halb saß und halb stand.

»Einen Augenblick«, flüsterte sie, als ich nach der Bluse langte.

Sie schloß die Augen, und zum ersten Mal begriff ich, wie schwach sie war.
Das junge Mädchen im weißen Laborkittel klopfte kurz und kam dann geschäftig herein, eine blaßgrüne Decke in einer Hand, einen Styroporbecher in der anderen. Sie wickelte Edna die Decke um die Schultern. »Ich habe Ihnen Tee mitgebracht«, sagte sie. »Und ich habe mit Dr. Dobbs gesprochen. Er wird gleich hier sein.«
»Vielen Dank«, meinte ich.
Als sie gegangen war, schlürfte Edna den Tee. Dann zog sie schnell Bluse und Jacke an.
»Er sagt, ich muß operiert werden«, wiederholte sie und blickte auf die Knöpfe ihrer Bluse hinunter. »Sie haben alle möglichen Untersuchungen gemacht. Herr im Himmel. Ich weiß nicht mal, was das für Untersuchungen waren. Sie haben mir den Brustkorb geröntgt, und dann haben sie mich auf ein Fahrrad gesetzt und an irgendwelche Drähte angeschlossen. Irgendwann kam dieser Dr. Dobbs rein und fing an, von einer Operation zu reden. Ich sagte, sie müßten erst mit Jeanne Payne sprechen. Sie haben sie ausrufen lassen, aber sie hat noch nicht zurückgerufen.«
»Zieh dich fertig an, Ma«, sagte ich. »Wir holen dich hier raus, jetzt sofort. Es tut mir leid. Es war ein schreckliches Erlebnis für dich, und das ist ganz allein meine Schuld. Das ist bestimmt der blödeste Trick, den ich je abgezogen habe.«
»Ich wollte ja hierherkommen«, erwiderte Edna. »Die Rechnung habe ich noch nicht.« Meine Mutter brachte ein Lächeln zustande. »Vielleicht haben sie Angst, daß ich einen echten Herzanfall bekomme, wenn ich sie sehe.«
»Mrs. Garrity?«
Wir drehten uns um. In der Tür stand Carson Dobbs, der kleiner wirkte, als ich ihn in Erinnerung hatte. Mit seinen sanften braunen Augen und dem warmen Lächeln war er ganz Anteilnahme. Eine Locke fiel ihm in die Stirn, was ihn jungenhaft, ja sogar verletzlich wirken ließ.

Er guckte mich ganz komisch an, wie jemand, der denkt, daß er einen schon mal gesehen hat, sich aber nicht ganz sicher ist. Ich hoffte, daß er sich nicht von Whitneys Gedenkfeier her an mich erinnerte.

»Ich bin Callahan, Mrs. Garritys Tochter«, stellte ich mich vor. »Was soll das Gerede über eine Operation?«

Dobbs zog einen Rollhocker hervor und setzte sich. Es war die einzige andere Sitzgelegenheit im Raum, also blieb ich stehen und verschränkte die Arme vor der Brust. Die Abwehrhaltung.

Er ging seine Notizen durch, beugte sich dann vor und tätschelte Edna die Hand. »Sie werden wieder gesund, Edna«, sagte er. »Ich weiß, der Gedanke an eine Operation kann beängstigend sein, aber es ist wirklich eine reine Routinesache. Ich übernehme die Herzkatheterisierung. Wir können es gleich morgen machen, im Piedmont. Und der Herzchirurg, den Sie aufsuchen sollten, Dr. McBride, ist erstklassig.«

Mir fiel auf, daß Edna sich an Dobbs' Hände klammerte und jedes Wort in sich aufsog.

»Was genau fehlt meiner Mutter?« fragte ich.

»Mitralklappenprolaps«, erklärte Dobbs. »Ein kleines Leck in der Mitralklappe. Sie schließt nicht mehr richtig.«

Edna hob ruckartig den Kopf. »Blut? Blut läuft in mein Herz? Bin ich deshalb so kurzatmig, habe ich deshalb diese Schmerzen in der Brust?«

Er nickte und wandte sich dann wieder an mich, als sei Edna unfähig, seine Worte zu verstehen. »Wir haben heute ein Elektrokardiogramm gemacht und unspezifische Schwankungen wie invertierte T-Wellen festgestellt.« Er runzelte die Stirn.

»Ist das schlecht?« fragte Edna.

»Das Belastungs-EKG zeigte eine Senkung der ST-Segmente, und beim Röntgen des Brustkorbs haben wir Kalkablagerungen im Bereich der Mitralklappe gefunden. Das Echokardiogramm bestätigte unsere Vermutung einer Schlaffheit der Mitralklappe.«

Dobbs stand auf und knallte sein Notizbuch zu. »Sie hatten großes Glück, daß Sie heute zu uns gekommen sind. Noch einen Tag weiter, und sowohl Dr. McBride als auch ich wären rettungslos mit Arbeit überhäuft. Eine große Konferenz steht ins Haus. Zufällig können wir Ihre Operation noch gut in unseren Terminplan einbauen.«

Er drückte Ednas Schulter und lächelte sie verständnisvoll an. »Wenn Sie fertig angezogen sind, wird Suzanne, die für Krankenversicherungsfragen zuständige Sachbearbeiterin, Ihnen einige Papiere zum Ausfüllen geben. Und eine der Schwestern wird Ihnen Anweisungen für morgen erteilen.«

»Sie ist nicht krankenversichert«, sagte ich.

Carson Dobbs' Lächeln verblaßte. »Dr. Payne hat das in Ihrer Überweisung nicht erwähnt. Medicaid? Ich fürchte, solche Patienten nehmen wir im Augenblick nicht an.«

»Was?« Edna blickte fassungslos von mir zu Dobbs. Sie hatte den ursprünglichen Zweck ihres Besuches hier völlig vergessen. Verständlich.

Dobbs seufzte. »Ihnen ist doch klar, daß Sie für die heutigen Untersuchungen aufkommen müssen?«

Edna biß sich auf die Lippen. »Es ist uns klar. Ich schreibe einen Scheck aus. Geht das in Ordnung?«

»Großartig.« Er blickte Edna mitfühlend an. »Drüben im Grady haben sie auch eine Herzklinik«, meinte er. »Da wird man sie wahrscheinlich annehmen. Es könnte allerdings ein paar Monate dauern.«

Damit glitt er aus der Tür und schloß sie hinter sich.

Edna umklammerte meinen Arm. »Er hat gesagt, daß Blut in mein Herz leckt, Jules. Was ist, wenn ich wirklich operiert werden muß?«

»Wir werden heute noch mit Jeanne sprechen«, sagte ich. »Ich lasse ihr die Untersuchungsergebnisse per Kurier zustellen. Und sie wird dir einen Termin bei dieser Kardiologin besorgen, die sie empfohlen hat.«

Ich half meiner Mutter vom Untersuchungstisch herunter. Sie war leichter, als ich sie in Erinnerung hatte. Durch den Stoff ihrer Jacke hindurch konnte ich ihre Schulterblätter fühlen. Zart und gebrechlich. Niemals zuvor hatte ich die Worte zart und gebrechlich mit meiner Mutter in Zusammenhang gebracht.
»Was ist, wenn sie uns die Untersuchungsergebnisse nicht mitgeben?« sorgte Edna sich. »Dann muß ich das alles noch mal bezahlen.« Ich spürte, wie sie zusammenschauderte. »Und das alles noch mal durchmachen.«
»Nein, das mußt du nicht«, versicherte ich ihr. »Wir bezahlen mit einem Scheck, und ich reiche die Rechnung gleich bei der Versicherung ein. Sie werden sie bezahlen.«
Wir kamen an einem kleinen, durch eine Glasscheibe abgetrennten Büro vorbei. An der Tür stand in großen Goldbuchstaben KRANKENVERSICHERUNG, auf einem kleineren Namensschild S. Shaddeau.
Suzanne saß hinter ihrem Schreibtisch, in ihren Chefsessel zurückgelehnt, die Finger über dem Bauch gekreuzt und die Augen geschlossen. Von mir aus gesehen war nur eine winzige Wölbung zu entdecken. Ihr Bauch war um einiges flacher als meiner, aber sie trug heute ein Umstandsoberteil mit schwarzweißem Karomuster.
Das Schwesternzimmer war direkt vor uns. Die für die Fakturierung zuständige Sachbearbeiterin blickte uns an und sah dann wieder auf ihren Computerbildschirm. »Geht die Rechnung an Ihre Krankenversicherung?«
»Nein«, sagte ich. »Ich schreibe einen Scheck aus. Und ich hätte gern eine spezifizierte Rechnungskopie und vollständige Kopien aller Untersuchungsergebnisse, für die wir bezahlen.«
Sie sah überrascht aus. »Normalerweise schicken wir diese Sachen mit der Post. Sie haben es in drei bis fünf Tagen.«
Ich lächelte süß. »Wir bezahlen sofort, und wir wollen die Untersuchungsergebnisse und die spezifizierte Rechnung sofort. Bitte.«

Es dämmerte bereits. als wir nach Hause kamen. Maureens Wagen parkte in der Auffahrt, und das Haus war hell erleuchtet. »Hast du ihr einen Schlüssel gegeben?« fragte ich.

Edna warf mir einen entschuldigenden Blick zu. »Sie ist deine Schwester. Ich habe sie angerufen, als ich dich nicht erreichen konnte. Sie hat sich furchtbare Sorgen gemacht. Wollte gleich rüberkommen und mich auf die Operation vorbereiten. Ich habe sie etwas beruhigt, aber sie meinte, sie würde nach der Arbeit vorbeikommen, um sich selbst ein Bild zu machen.«

»Fein«, bemerkte ich düster und half Edna aus dem Wagen. »Ich freue mich schon darauf.«

Maureen kam uns an der Tür entgegen, in voller Notfall-Alarmbereitschaft. Es überraschte mich, daß sie Edna nicht gleich mit diesen Defibrillatoren attackierte, die man immer im Fernsehen sieht.

»Bist du verrückt?« kreischte sie. »Du hättest sie ins Krankenhaus einweisen lassen sollen. Sie sollte nicht so herumlaufen.« Maureen nahm Ednas Arm und trug sie fast zum Sofa.

Dann wirbelte sie herum und fixierte mich, die schlechte Tochter. »Wir müssen uns unterhalten«, sagte sie. »Wie lautete die Diagnose von Dr. Dobbs? Mutter konnte mir nur sagen, daß er eine sofortige Operation empfohlen hat.«

Edna zerrte nervös an ihrem Ehering. »Es ist etwas, das sich Mitralklappenprolaps nennt. Ich glaube, das hat er gesagt. Es heißt, daß meine Herzklappe nicht richtig schließt.«
Maureen setzte sich neben sie und packte sie an beiden Schultern. »Das ist sehr ernst. Das ist eine sehr gefährliche Sache, Mutter. Es bedeutet, daß dein Herz nicht richtig arbeitet. Ich will, daß du sofort umkehrst und ins Krankenhaus gehst.«
»Nein, ich denke nicht«, erklärte Edna langsam.
»Auf keinen Fall«, sagte ich. »Carson Dobbs ist nicht ihr Arzt. Ich vertraue ihm nicht.«
»Ich auch nicht«, bekräftigte Edna. »Als wir ihm erklärten, daß ich nicht krankenversichert bin, ließ er mich fallen wie eine schlechte Angewohnheit. Den würde ich an niemandem herumdoktern lassen.«
»Jeanne Payne hat eine Kardiologin empfohlen, zu der Edna gehen soll«, fügte ich hinzu. »Wir haben eben im Auto mit Jeanne telefoniert. Die Kardiologin wird Edna nächste Woche einschieben. Normalerweise dauert es Monate, bis man einen Termin bei diesen Spezialisten bekommt. Jeanne hat alle Hebel in Bewegung gesetzt, um Ma einen Termin zu verschaffen.«
Maureen kaute an ihrer Unterlippe. »Solange können wir nicht warten!« Ihre Stimme wurde immer lauter. »Mutters Herz kann jederzeit schlappmachen. Im Gegensatz zu dir bin ich ausgebildete Krankenschwester, Callahan. Und ich sage dir, mit dieser Sache ist nicht zu spaßen.« Sie nahm Ednas Hand, und ihr Ton wurde etwas sanfter. »Ich weiß, daß du nicht ins Krankenhaus gehen willst, Mom, aber es ist nur zu deinem Besten.«
Edna lächelte. »Ich gehe nicht ins Krankenhaus, Maureen. Nicht bevor ich mit der Ärztin gesprochen habe, die Jeanne empfohlen hat, und eine zweite Meinung eingeholt habe.«
Sie stand auf, noch ein bißchen wackelig auf den Beinen. »Fahr nach Hause, Liebes. Ich mache jetzt ein Nickerchen. Morgen ruf ich dich an. Es wird alles gutgehen, du wirst schon sehen.«

Maureen warf mir einen vernichtenden Blick zu. »Schön. Laß dich von Callahan mit ihren blöden Detektivtricks umbringen. Hör nicht auf die einzige Person in der Familie, die einen Funken gesunden Menschenverstand besitzt.«

Als sie gegangen war und die Tür hinter sich zugeknallt hatte, zuckte Edna mit den Achseln. »Sie meint es nur gut.«

Als zwei Stunden später Neva Jean mit roter, laufender Nase und einer Reisetasche an der Hintertür auftauchte, war ich so erleichtert, daß ich sie hätte küssen können.

»Die Emus?«

Sie nieste und nickte. »Ich hätt nie gedacht, daß so ein gottverdammter Vogel mit haarigen Beinen mich und Swannelle auseinanderbringen würde. Aber es ist echt schlimm geworden, Callahan. Er hat sich ein Feldbett in diesen Verschlag gestellt. Seit zwei Tagen war er nicht mehr zur Arbeit, weil Nancy sich darauf vorbereitet, ein Ei zu legen, sagt er, und er will dabei sein, wenn es soweit ist.«

»Komm erst mal rein«, meinte ich tröstend. »Edna ist gerade aufgestanden, sie hat ein Nickerchen gemacht. Sie wird sich über Gesellschaft freuen.«

Edna, die am Herd stand und Klöße in einen Topf mit Hähnchenstew warf, drehte sich um. »Wer sagt, daß ich Gesellschaft brauche?« fragte sie scharf. Der Schlaf hatte ihr gutgetan. Sie war wieder ganz die Alte, nörgelig und aufbrausend. »Wo gehst du hin, Jules? Und wer soll das alles essen?«

»Ich muß arbeiten«, erwiderte ich. »Ich fahre runter zum Obdachlosenasyl, um mit einem Typen zu reden, der mit Whitney in dieser Arbeitskolonne war. Ich mache mir einen Teller zurecht, wenn ich nach Hause komme.«

Edna schüttelte den Kopf. Sie stellte zwei Suppenschalen auf den Tisch und begann, Stew hineinzulöffeln. »Du fährst doch nicht etwa wieder raus zu diesem Golfplatz, oder?«

»Nicht heute abend«, versprach ich.

Der Schrein der Unbefleckten Empfängnis hat für ein Obdachlosenasyl einen idealen Standort. Es liegt direkt gegenüber vom State Capitol, in Atlantas Regierungsviertel, eine deutliche Erinnerung an die lokalen Gesetzgeber, wie kläglich sie gegenüber den Unterprivilegierten der Stadt versagt haben.

Ich parkte den Lieferwagen neben dem Kellereingang zum Obdachlosenasyl, im Parkverbot. Ich war schon mal hier gewesen, als ich noch bei der Polizei war. Als ich den Wagen abschloß, sah ich eine schattenhafte Gestalt mit der Dunkelheit verschmelzen. Wahrscheinlich ein Zuspätkommender, der auf eine milde Gabe an der Küchentür hoffte. Das Obdachlosenasyl arbeitete mit einem Ticketsystem. Man bleibt eine Nacht, benimmt sich anständig, und wenn man am nächsten Morgen um sechs geht, erhält man ein Ticket, mit dem man am Abend wieder reingelassen wird. Es gibt fünfundzwanzig Betten in der Keller-Cafeteria. Das Asyl ist sicher und warm. Man erhält eine warme Mahlzeit, von Freiwilligen gekocht, und morgens bekommt man ein Lunchpacket mit. Aber ohne Ticket kommt man nicht rein. In bitterkalten Winternächten werden die Tickets bis zu zwanzig Dollars gehandelt, habe ich gehört.

Der Betreuer, ein stämmiger, grauhaariger Mann in einem unförmigen Strickpullover, wollte mich nicht reinlassen.

»Nur Männer«, erklärte er. »Versuchen Sie es bei dem Obdachlosenasyl der Atlanta Union Mission in Howell Mill. Die nehmen Frauen auf.«

Ich mußte wirklich mal meine Garderobe etwas aufpeppen. »Ich möchte nur mit Harold Eaves sprechen. Er ist einer Ihrer Gäste. Dann gehe ich wieder. Okay? Es ist wichtig. Es geht um Ermittlungen in einem Mordfall.«

»Harold Eaves? Mord?« Der Betreuer griff nach einem eselsohrigen Block und überprüfte die Liste seiner Gäste. »Darüber sind wir nicht informiert worden. Die Polizei ist nicht hiergewesen.«

»Er ist kein Verdächtiger«, sagte ich hastig. »Nichts in der Art. Aber er könnte etwas gesehen haben.«
Der Grauhaarige dachte eine Weile nach. »Gut. Harold ist ein umgänglicher Typ. Vielleicht redet er mit Ihnen. Er ist da drüben.«
Er wies auf einen dunkelhäutigen Schwarzen in einem roten Pullover mit Stehbund. Der Mann hockte auf der Kante einer engen Pritsche, einen Plastikeimer zwischen den gespreizten Beinen.
»Was macht er?« fragte ich zögernd.
»Wäscht seine Wäsche«, entgegnete der Betreuer. »Nur zu. In fünfzehn Minuten geht das Licht aus.«
Harold Eaves wrang gerade ein Paar grauer Sportsocken aus, als ich zu ihm trat.
»Mr. Eaves?«
Er blickte wachsam auf. »Ja?«
»Ich bin Callahan Garrity, Mr. Eaves«, fuhr ich fort und reichte ihm eine Geschäftskarte. »Wie ich höre, waren Sie mit Shawan Taylor befreundet.«
Eaves wischte sich die seifigen Hände an der Hose ab und nahm die Karte.
»Ich hab' ihn gekannt«, erwiderte er langsam. Er betrachtete die Karte und legte sie dann unter seine Pritsche, auf eine fettige braune Einkaufstüte. Dann langte er in den Eimer und zog etwas hervor, daß wie Boxershorts aussah. »Ich hab' Shawan oft gesehen. Er ist jetzt tot.«
»Ich weiß«, sagte ich und blickte weg, aus einem bizarren Schamgefühl heraus. Es schien mir nicht richtig zu sein, einen Mann auszufragen, während er seine Unterwäsche wusch. Der niedrige Raum war voller Männer, die in einem Halbkreis um einen Fernseher herum saßen, rauchten und sich unterhielten. Ihre Stimmen hallten über dem gefliesten Boden wider. Manche lagen auf ihren Pritschen, lasen oder schliefen. Alle schienen zu wissen, was von ihnen erwartet wurde.

Ich sah einige ältere weiße Männer, bärtig und mit trüben Augen, aber alle anderen waren schwarz. Manche blickten mit offener Neugier zu mir hin, aber die Mehrheit hatte schon vor langer Zeit gelernt, sich aus den Angelegenheiten anderer Leute herauszuhalten.
»Sie waren in derselben Arbeitskolonne wie Shawan, als er getötet wurde«, sagte ich. »Jemand hat mir erzählt, daß Sie ganz in der Nähe waren. Daß Sie etwas gesehen haben könnten.«
»Die Deputies haben uns in den Kleinbus geladen, und wir sind abgefahren. Da hab ich den Jungen zum letztenmal gesehen.«
»Aber sie haben ihn vorher gesehen«, stellte ich fest. »Mit Whitney Dobbs. Der Frau, die umkam.«
»Die mochte er irgendwie«, meinte Eaves. Ein langsames Lächeln enthüllte kaputte und geschwärzte Zähne.
Eaves war bereits der zweite, der erwähnte, daß Shawan Taylor sich an Whitney gehängt hatte.
»Glauben Sie, daß er sie von irgendwoher kannte?«
Er schnaubte. »Woher sollte Shawan denn so eine reiche Frau kennen? Sie hatte richtig nette Sachen an. Neue Stiefel und all das. Sie war reich. Das wußte ich.«
Es war schon komisch. Whitney hatte wahrscheinlich versucht, sich so schäbig wie möglich anzuziehen, damit sie weniger auffiel. Aber jeder hatte sie als das erkannt, was sie war – eine wohlhabende Hausfrau aus den Suburbs, die sich unter das gemeine Volk mischte. Ich dachte noch mal über ihre Stiefel nach, und dann über die Schuhe von Shawan Taylor. Auch er hatte neue Schuhe getragen.
»Mr. Eaves«, sagte ich, »als Shawan getötet wurde, trug er neue Nikes. Nagelneue. Wo könnte er solche Schuhe herhaben?«
Eaves blickte auf seine eigenen Schuhe herunter. Es waren einmal weiße Tennisschuhe gewesen, aber jetzt waren sie verdreckt vom Leben auf der Straße, an den Nähten aufgerissen und abgelaufen.
»Geklaut vielleicht«, schlug er vor.

»Vielleicht«, stimmte ich zu. »Haben Sie ihn an dem Tag einmal die Gruppe verlassen sehen, zu der Whitney gehörte?«
»Solange ich ihn sehn konnt, blieb er immer in ihrer Nähe«, meinte Eaves. »Ich glaub nich, daß den Deputies, diesen alten Rassisten, das sehr gefiel.«
»Gab es keine Pausen?« bohrte ich. »Was passiert, wenn jemand mal aufs Klo muß?«
»Er pißt in den Graben«, sagte Eaves beiläufig. »Nur die Frauen bringen sie zu 'ner Tankstelle oder so was.«
»Haben Sie irgend jemanden eine Pause machen sehen? Whitney oder eine der anderen Frauen?«
Sorgfältig breitete er die Boxershorts und die nassen Socken auf dem Fliesenboden unter seiner Pritsche aus. »Kann sein. Die Leute waren überall. Kann sein, daß ich jemanden zu diesem Haus da auf dem Golfplatz rübergehen sah.« Er sah mich nachdenklich an. »Ja. Shawan. Er ging da rüber. Ich hab' gesehen, wie er zu dem Haus rüberging.«
»Zum Clubhaus? Sie haben gesehen, wie er zum Clubhaus ging?«
»Er und ein paar andere.«
Ich fragte mich, was Shawan Taylor im Clubhaus gesucht hatte. Natürlich gab es da Toiletten. Und noch etwas. Ein Münztelefon. Draußen vor dem Clubhaus, mit einem kleinen Halbdach darüber. Hatte Taylor jemanden angerufen und ihm gesagt, wo Whitney zu finden war? Und hatte dieser Jemand dann beschlossen, sich auch gleich Taylor vom Hals zu schaffen?
»Mr. Eaves, hat Shawan auch mal hier in diesem Obdachlosenasyl übernachtet?«
»Manchmal. Manchmal schlief er in einem leerstehenden Haus, in der Nähe des Stadions. Es soll abgerissen werden. Manchmal haben wir uns ein Bett im Grady beschafft, er und ich.«
Taylor hatte noch immer das Plastikarmband vom Grady getragen, als er erschossen wurde.
»Sie waren auch im Grady?« fragte ich.

Eaves grinste. »Wenn ich konnte. Man muß so tun, als sei man furchtbar krank. Husten und Spucken und all das. Shawan hatte das echt gut drauf. Wenn er irgendwo weit draußen war und eine Mitfahrgelegenheit brauchte, hat er einen Krankenwagen gerufen. Wenn der kam, kriegte er einen Anfall und ließ sich ins Grady schaffen. Und da bekam er ein heißes Bad, ein Bett, was Warmes zu essen. Haben Sie mal im Grady gegessen?«
Ich mußte zugeben, daß ich das nicht hatte.
»Shawan hat ziemlich viel gehustet, also haben sie ihm Hustenmedizin gegeben. Von dem Zeug kann man high werden«, vertraute Eaves mir an.
Mir kam ein Gedanke. »Sind Sie je einem Feuerwehrmann namens Bryant Mayes begegnet, Sie und Shawan? Ein stämmiger Schwarzer, Mitte Dreißig?«
»Mayes?« Eaves kratzte sich nachdenklich am Kinn. »Kann sein. Einmal waren Shawan, ich und ein paar andere in diesem alten Holzhaus an der Alum Avenue. Wir haben Feuer gemacht und uns hingelegt. Aber es ist was schiefgegangen. Ich und Shawan sind fast verbrannt. Die Feuerwehrleute mußten uns da rausziehen. Mann, das war übel.«
Im dem Augenblick ging das Deckenlicht aus und wieder an. Der grauhaarige Betreuer stand in der Mitte des Raums. »Licht aus, Männer.«
»Wann war das Feuer? Erinnern Sie sich?« fragte ich eindringlich.
Harold Eaves machte ein verdutztes Gesicht. »Letztes Jahr. Oder vorletztes.«
Wahrscheinlich hatte er nicht die Zeit gefunden, es in seinen Kalender einzutragen. Ich wühlte in meiner Jeanstasche und zog einen Zwanzig-Dollar-Schein hervor, den ich auf die rauhe Wolldecke legte. »Ich danke Ihnen, Mr. Eaves.«
Er nahm das Geld und verstaute es in der Einkaufstüte, in die er schon meine Karte gelegt hatte. »Schon gut«, meinte er. »Shawan war in Ordnung.«

Es war mittlerweile nach neun. Genug Zeit, um noch etwas mehr Arbeit einzuschieben. Aber es war kälter geworden, und ich trug nur ein leichtes Sweatshirt über meinem T-Shirt. Und ich mußte ständig an Edna denken. Vielleicht war es an der Zeit, nach Hause zu fahren und mich um sie zu kümmern.

Edna und Neva Jean waren beide auf dem Sofa im Arbeitszimmer eingeschlafen. Ich weckte Edna, bugsierte sie in ihr eigenes Bett und half Neva Jean, sich die Bettcouch zurechtzumachen. Dann stolperte ich erschöpft ins Bett. Ich las noch eine Weile, versuchte sogar, ein bißchen Papierkram zu erledigen. Um elf drehte ich das Licht aus und döste ein.

Aber die ganze Nacht träumte ich von neuen Turnschuhen, Volkskünstlern und einem Arzt – einem gesichtslosen, stummen Arzt, der hinter einer Operationsmaske hervorlugte und meine Mutter und mich wieder und wieder um einen hohen Operationstisch jagte. In seiner Hand blitzte ein Skalpell aus rostfreiem Stahl.

Es war ein dreckiger Trick, aber ich beschloß, an Bukky Deavers' niedere Instinkte zu appellieren.

Ich rief ihn vom Autotelefon aus an.

»Ich sitze vor dem Schaufenster des Krispy Kreme«, gurrte ich mit leiser, kehliger Stimme. »Das Förderband ist gerade angelaufen. Die Doughnuts werden glasiert. Ich kann sie dampfen sehen, so warm sind sie. Warm und zuckrig. Ooh. Jetzt stellen Sie ein großes Tablett mit diesen cremegefüllten Dingern ins Schaufenster.«

Er stöhnte. »Die mit Zuckerglasur *und* Schokoladenüberzug?«

»Uh-huh. Und das Mädchen hat gerade frischen Kaffee aufgesetzt. Treffen wir uns hier, in zehn Minuten?«

Er stöhnte wieder. »Du bist böse, Callahan.«

Ich ging rein, um zwei Hocker an der Theke zu besetzen. Das Krispy Kreme am Ponce de Leon ist eine Institution in Atlanta. Ofenwarme Doughnuts, vierundzwanzig Stunden am Tag. Es war acht Uhr morgens, und das Café war knallvoll. Ein steter Strom von Autos hielt vor dem Durchreichfenster, wo es Doughnuts zum Mitnehmen gab, und drinnen mußte ich fünf Minuten warten, bis ein paar Bauarbeiter die Hocker räumten.

Während ich wartete, guckte ich aus dem Fenster. Pendler auf dem Weg in die City strömten vorbei, langsam wie Ölschlamm. Die meisten der Nutten und Stricher, die hier am Rand des Zen-

trums arbeiteten, hatten Feiermorgen gemacht und waren bei Tagesanbruch nach Hause gegangen, um ein bißchen an der Matratze zu horchen. Aber eine dünne, langbeinige junge Frau in einem kurzen, gammeligen Pelzmantel ging die Straße herunter und blieb unauffällig bei dem großen Krispy Kreme-Neonschild stehen. Ich sah interessiert zu, als ein paar Sekunden später ein schwarzer Jugendlicher mit Ohrenschützern und Atlanta-Falcons-Skikappe herbeieilte. Sie blickte sich unauffällig um, langte in die Manteltasche und zog eine Handvoll Scheine hervor. Auch er hatte etwas für sie in der Hand.
Gerade in dem Augenblick kam Bucky herein und ließ sich auf den Hocker neben mir fallen.
»Was guckst du so?« fragte er.
»Nichts. Ich finde nur, es ist schon verdammt frech, auf dem Parkplatz des Krispy Kreme einen Crack-Deal abzuziehen. Verflucht, jeder einzelne Polizist von Atlanta kommt irgendwann im Laufe des Tages hier vorbei. Ist denn nichts mehr heilig?«
»Merkwürdige Zeiten«, bestätigte Bucky. »Hast du schon bestellt?«
»Ich hab' auf dich gewartet.«
Beide bestellten wir Kaffee, ich dazu einen Doughnut mit Schokoladenüberzug. Bucky drei cremegefüllte Bismarcks, sechs Doughnuts mit Zuckerguß und sechs gemischte mit Geleefüllung. Und weil man noch ein Dutzend für nur 1,99 Dollar extra bekommen konnte, nahm er noch ein Dutzend glasierte. »Fürs Revier«, meinte er.
Er verschlang zwei Doughnuts und schüttete eine halbe Tasse Kaffee in sich hinein, sobald die Kellnerin die Sachen vor ihn hingestellt hatte.
Als er sich zu Wort meldete, war sein Gesichtsausdruck gequält. »Dieser Anwalt, für den du arbeitest, hat mich angerufen. Er will mich unter Eid aussagen lassen, bei diesem Zivilprozeß, den er gegen Carson Dobbs anstrengt. Was für eine Nervensäge.«
»Das tut mir leid«, sagte ich. »Hör zu. Ich habe mit einem der

Typen geredet, die an dem Tag zusammen mit Whitney in der Arbeitskolonne waren. Sein Name ist Harold Eaves. Er ist obdachlos, und er war ein Kumpel von Shawan Taylor.«
Bucky nahm einen der cremegefüllten Doughnuts und fing an, die Füllung auszusaugen. Ich mußte wegsehen. »Wir haben auch mit Eaves geredet«, meinte er. »Er war mit den anderen im Kleinbus, als Whitney erschossen wurde. Er hat nichts gesehen.«
»Da nicht«, bestätigte ich. »Aber vorher. Er hat gesehen, wie Shawan zum Clubhaus rüberging. Es gibt da ein Münztelefon, vor den Toiletten.«
»Shawan Taylor war obdachlos. Keine Familie, kein Job. Nix. Wen hätte er schon anrufen sollen?«
»Den Schützen?« regte ich an. »Denk doch mal nach, Bucky. Woher wußte der Mörder, wo er Whitney finden konnte?«
»Er hätte vorm Büro des Sheriffs warten und dem Kleinbus folgen können. Das hat Mayes unserer Ansicht nach getan. Er folgte dem Kleinbus und wartete auf den richtigen Moment. Dann schießt er und fährt weg.«
»Aber er ist nicht sofort weggefahren«, beharrte ich. »Es gibt einen Zeugen, der aussagt, er hätte die Schüsse gehört und gesehen, wie jemand durch den Wald davonrannte. Und da ist dieser alte Schwarze, ein verrückter Künstler namens Arliss Woods, der auf der Veranda seines Hauses stand. Der Schütze muß direkt an ihm vorbeigerannt sein.«
Bucky schüttelte verärgert den Kopf. »Schon wieder Billy Tukker. War er nüchtern, als er dir dieses Märchen erzählt hat?«
Ich errötete leicht. »Am Anfang war er nüchtern.«
»Aber schon bald war er breit, oder? Billy Tucker hat seit zwei Jahren keinen nüchternen Atemzug getan, Callahan. He – hat er erwähnt, daß er getrunken hat, bevor er in diesen Kleinbus stieg?«
»Was? Wer sagt das?«
»Als sie schon im Kleinbus saßen, fiel einem der Deputies auf,

daß Billy sich ziemlich komisch benahm. Er tastete ihn ab und fand sechs dieser kleinen Flaschen in seiner Tasche. Zwei waren bereits leer.«

»Aber ich bin da draußen gewesen, Bucky. Ich habe den Schuppen gefunden. Es war alles genauso, wie Tucker es beschrieben hat. Und ich habe mit den Nachbarn gesprochen. Dieser Arliss Woods ist eine Art Einsiedler. Seit dem Tag des Mordes hat ihn niemand mehr zu Gesicht bekommen.«

»Du hast dich im Gelobten Land herumgetrieben?« fragte Bukky. »Ganz alleine? Bis du wahnsinnig? Diese Leute mögen es nicht, wenn Außenseiter sich da rumtreiben. Willst du unbedingt erschossen werden?«

»Es war hellichter Tag«, sagte ich und fegte seine Bedenken beiseite. »Und ich hatte eine Waffe dabei. Niemand hat mich belästigt. Jedenfalls, ich dachte, es würde dich interessieren, das von Harold Eaves und Shawan Taylor zu erfahren. Die beiden sind zusammen rumgehangen. Letztes Jahr campierten sie in einem leerstehenden Haus an der Alum Street, und es brach ein Feuer aus. Die Feuerwehrleute mußten die beiden aus dem brennenden Haus ziehen. Ist die Alum Street nicht irgendwo in der Nähe der Feuerwache, in der Bryant Mayes arbeitet?«

»Mayes war in Feuerwache Zweiundzwanzig. Die Doppelte Zwei«, sagte Bucky. »Vielleicht fünf Meilen entfernt. Aber wenn es ein Großbrand war, ist es möglich, daß auch von der Zweiundzwanzig eine Einheit gekommen ist. Wann war dieses Feuer noch mal?«

Er war jetzt interessiert und kritzelte Notizen auf eine Papierserviette.

»Irgendwann letztes Jahr. Genaueres konnte Eaves mir auch nicht sagen. Ich weiß, daß ein Krankenwagen die beiden ins Grady gebracht hat. Sie sind beide Rooters. Shawan Taylor war zudem abhängig von Hustensaft.«

Bucky nickte. »Wir können anhand der Unterlagen des Grady

überprüfen, ob und wann Taylor und Eaves ins Krankenhaus aufgenommen und wegen Rauchvergiftung behandelt wurden.«
Er griff nach einem Doughnut mit Zuckerguß, hielt ihn zwischen Daumen und Zeigefinger und tunkte ihn in seinen Kaffee. »Hast du von dem Untersuchungsbeamten gehört, den das Justizministerium hier runtergeschickt hat?«
»Ja.«
»Schielender kleiner Bastard«, sagte Bucky. »Er ist meine Personalakte durchgegangen und redet mit Knackies über meine alten Fälle. Irgendwann heute soll ich eine Unterredung mit ihm führen. Ich weiß, was er will. Er will beweisen, daß ich ein Rassistenschwein bin, das Bryant Mayes abgreifen will, weil er schwarz ist. Das Ganze geht mir echt auf den Sack.«
Ich gab mitfühlende Laute von mir. »Echt Scheiße. Ist ziemlich schwierig zu beweisen, daß man kein Rassist ist. Ich mache gerade dasselbe mit einem der Mädels durch.«
Bucky kaute eine Ecke des kaffeedurchtränkten Gebäcks ab. »He, sag mir die Wahrheit. Du glaubst nicht, daß Bryant Mayes diesen Mord begangen hat, das wissen wir beide. Also warum sitzen wir jetzt hier und führen diese Unterhaltung?«
»Erinnerst du dich an Shawan Taylor?« fragte ich. »Ich mußte an diese Schuhe denken, die er anhatte. Nagelneue Nikes. Wie kommt jemand, dessen letzte Postanschrift unter einer Autobahnüberführung in der City ist, zu Schuhen, die neunzig Dollar kosten? Ich habe eine Theorie. Ich glaube, jemand hat Shawan bezahlt, damit er ihm verrät, wo Whitney an diesem Tag steckt. Shawan macht den Anruf, geht zurück zur Arbeit und hängt sich an Whitney, damit der Schütze sie finden kann. Aber anstatt mit dem Rest des Honorars abzuziehen, bekommt er noch eine Freifahrt ins Grady. Ins Leichenschauhaus.«
»Es hätte Bryant Mayes sein können«, sagte Bucky. »Er hatte ein Motiv, die Gelegenheit und, was am wichtigsten ist, die Waffe.«

»Es hätte auch Carson Dobbs sein können«, widersprach ich hartnäckig. »Wenn Whitney weiter in seinen Vermögensverhältnissen herumgestochert hätte, um die Scheidungsvereinbarung anzufechten, hätte er ernste Probleme kriegen können. Wir wissen, daß er seine Bücher frisiert hat, obwohl wir noch nicht alle Details kennen. Jetzt ist Whitney tot. Carsons Probleme verschwinden spurlos. Er heiratet seine Freundin, bekommt ein neues Baby, das Leben ist phantastisch. Und er läßt es so aussehen, als ob ein Schwarzer es getan hätte. Netter Plan, was?«

Bucky klopfte leicht mit der Fingerspitze an meinen Schädel. »Das Problem ist nur, daß der Plan ausschließlich da drin existiert. In deinem kleinen verqueren Kopf. Ich muß mit dem arbeiten, was da ist. Mit Beweisen. Und dabei ist es egal, was für eine Hautfarbe jemand hat. Beweise sind Beweise.«

»Überprüf dieses Feuer«, beharrte ich. »Wer weiß? Vielleicht hast du recht. Vielleicht hat Bryant Mayes damals Shawan Taylor getroffen und kam auf die Idee, ihn für die dreckige Arbeit einzuspannen.«

»Wenn das Feuer vor Faneetas Tod war, nützt uns das gar nichts«, erinnerte Bucky mich. »Trotzdem, es ist ein brauchbarer Anhaltspunkt. Also, was willst du?«

»Ich?« Ich zauderte und antwortete erst nach einer mir schicklich erscheinenden Pause. »Carson Dobbs behauptet, daß sein Finanzleiter ihn um Millionen geprellt hat. Nur hat er ihn nicht angezeigt. Der Name des Finanzleiters ist Ben Dwyer. Er ist spurlos verschwunden. Ich will wissen, ob er eine Vergangenheit hat.«

»Hast du das Geburtsdatum, seine Sozialversicherungsnummer, irgendwas Nützliches in der Art?«

Ich reichte ihm die Kopie von Dwyers Mietvertrag, die ich vom Geschäftsführer seiner Wohnanlage erhalten hatte. »Du kannst ja deinen Bossen erzählen, daß du wegen des Mordes an Whitney nach ihm suchst«, schlug ich vor. »Vielleicht weiß er ja irgendwas.«

»Richtig«, bekräftigte Bucky ohne große Überzeugung. »Noch was, wo ich schon deine dreckige Arbeit mache?«
»Wo du es schon anbietest . . . Carsons Freundin, Suzanne Shaddeau. Sie arbeitet in seiner Praxis, sie ist für die Abrechnungen mit den Krankenversicherungen zuständig. Wenn da irgendein Schmu abläuft, wie wir glauben, muß sie in die Sache verwickelt sein. Ich würde gern mehr über ihre Vergangenheit erfahren. Und ich würde wirklich gern wissen, ob sie noch eine andere Anschrift hat. Wir glauben nicht, daß die beiden wirklich unter der angegebenen Adresse wohnen.«
Bucky kritzelte etwas auf die Rückseite des Mietvertrags, den ich ihm gegeben hatte. »Was weißt du über Shaddeau?« fragte er.
»Nichts. Aber zumindest hast du ja Zugang zum Führerscheinverzeichnis. Damit hast du alles, was du für den Anfang brauchst.«
»Danke für die Ratschläge, wie ich meinen Job zu machen habe«, knurrte Bucky.
Ich gab ihm einen Kuß auf die Wange und glitt hastig von meinem Hocker. Ich mußte hier raus. Die Kombination von Zucker und Fett wurde sogar für mich langsam zuviel. Außerdem lag für mich noch jede Menge Arbeit an.

Zack Alexander wollte Informationen, die er gegen Carson Dobbs verwenden konnte. Wir wußten von dem Trick mit dem Verkauf des Stadthauses, das Dobbs an seine eigene Praxis zurückverkauft hatte, aber wir beide wußten auch, daß da noch mehr war.

Nachdem ich das Krispy Kreme verlassen hatte, ging ich noch mal meine Notizen durch und fand einen Faden, an dem zu ziehen sich lohnte. Carol Steiner, Praxisschwester bei Carson, hatte erwähnt, daß Suzanne Pferde hielt.

Aber wo? Carol hatte auch erwähnt, daß eins von Suzannes Pferden im Sommer krank gewesen war. So krank, daß es in eine tierärztliche Klinik gebracht werden mußte. Wenn ich den Stall fand, wo sie ihre Pferde hielt, würde ich vielleicht auch ihr Haus finden.

Wenn sie Pferde hielt, mußte sie sie auch füttern und Sättel kaufen. Und Tierarztrechnungen bezahlen. Ich zerrte die Gelben Seiten hervor, die hinten im Lieferwagen lagen, und fing mit den Tierärzten an.

Neun Seiten mit Tierärzten. Ein Gefühl der Hoffnungslosigkeit beschlich mich. Einige der Tierärzte gaben an, auf Katzen, exotische Vögel oder Reptilien spezialisiert zu sein. Einige waren Veterinärzahnärzte, selbst Hautärzte für Tiere gab es und einen Arzt, der sich auf Homöopathie für Tiere spezialisiert hatte.

Ich sah mich um, um sicherzustellen, daß keine freundlichen Crackdealer aus der Nachbarschaft sich an den Lieferwagen heranarbeiteten. Dann las ich die Eintragungen durch, eine nach der anderen. Schließlich stieß ich ungefähr in der Mitte auf einen Tierarzt in Lithonia, dessen Spezialgebiet laut Eintragung Pferdechirurgie war.

Ich dachte mir meine Geschichte nach und nach während des Telefongesprächs aus. »Ich bin neu in der Gegend«, erzählte ich der Sprechstundenhilfe, die sich meldete. »Bei einem Reit- und Springturnier habe ich eine Frau getroffen. Suzanne Shaddeau. Sie hat so wundervolle Dinge über den Tierarzt erzählt, der im Sommer das Leben ihres Pferdes gerettet hat. Das neue Pferd meiner Tochter ist krank, wissen Sie, und ich brauche sofort einen Tierarzt. Suzanne kann ich leider nicht anrufen«, fügte ich etwas lahm hinzu, »weil sie gerade nicht in der Stadt ist.«

»Shaddeau?« Ich hörte das Klicken einer Computertastatur. »Der Name steht nicht in unserer Kartei. Aber Dr. Jenkins ist wirklich ein ganz hervorragender Arzt. Was, sagten Sie, fehlt Ihrem Pferd?«

»Äh, na ja, ich bin mir nicht sicher«, meinte ich ausweichend. Alles, was ich über Pferde wußte, hatte ich aus *Fury* gelernt, einer Serie, die ich in den Sechzigern immer geguckt hatte.

»Ich, äh, glaube, es hat Locoweed gefressen.« Ich erinnerte mich an eine Episode, in der Fury fast gestorben war, weil er die giftigen Schmetterlingsblütler gefressen hatte.

»Locoweed? Ich habe noch nie gehört, daß Locoweed hier in der Gegend wächst. Wo lassen Sie Ihr Pferd denn weiden?«

»Auf einer Weide«, sagte ich. Die Frau verschwendete meine Zeit. Es gab noch mehr Tierärzte, die ich anrufen mußte. »Also, äh, wissen Sie vielleicht, wer das Pferd meiner Freundin sonst behandelt haben könnte?«

»Dr. Jenkins ist der Beste«, entgegnete sie frostig.

»Das sagten Sie bereits«, erwiderte ich.

Ich versuchte es erfolglos bei zwei weiteren Tierärzten, bis ich erwähnte, daß Suzannes Pferd hatte operiert werden müssen.

»Wenn es etwas Ernstes war, wurde das Pferd wahrscheinlich in die Tierklinik oben in Athens gebracht«, erklärte der junge Assistent des Tierarztes. »In Athens oder in Auburn. Möchten Sie, daß Dr. Oglesby Sie zurückruft?«

»Schon gut«, sagte ich. Ich war das Spiel leid.

Schon beim ersten Geschäft für Sattel- und Zaumzeug, das ich anrief, hatte ich natürlich Glück. Ich hatte mir irgendeine Geschichte über einen neuen Sattel ausgedacht, den ich unbedingt brauchte, und daß ich Suzanne bei einem Reit- und Springturnier getroffen hätte.

»O ja«, sprudelte das Mädchen am Telefon hervor. »Dr. Dobbs hat gerade einen wunderschönen handgearbeiteten Sattel gekauft, den er ihr zum Geburtstag schenken will. Er hat wirklich den exquisitesten Geschmack, den man sich vorstellen kann. Wir mochten uns gar nicht von dem Sattel trennen.«

»Ich kann es kaum erwarten, ihn zu sehen«, schwärmte ich zurück. »Wissen Sie, Weihnachten steht ja vor der Tür, und ich habe schon zu meinem Mann gesagt, daß ich unbedingt einen neuen Sattel brauche. Den von Suzanne würde ich wahnsinnig gern mal sehen.«

»Wir haben ihn letzte Woche an ihren Stall geliefert«, entgegnete das Mädchen. »Sonst hätten Sie gern herkommen und ihn sich ansehen können. Warum fragen Sie sie nicht, ob Sie mal einen Blick darauf werfen können?«

»Das würde ich ja gern, aber sie ist nicht in der Stadt«, sagte ich mit enttäuschter Stimme.

»Was für eine Schande. Aber vielleicht erwischen Sie ja das Mädchen, das die Pferde tagsüber versorgt. Sie wird Ihnen liebend gern Suzannes Sattelkammer zeigen.«

»Wahnsinnig gern!« quietschte ich. »Könnten Sie mir vielleicht noch mal sagen, wie man am besten hinkommt? Ich verirre mich jedes Mal, wenn ich da rausfahre.«

»Aber gern«, erwiderte das Mädchen. Und lieferte mir eine detaillierte Wegbeschreibung zur El Rancho Dobbs.

Das Haus lag in North Fulton, wie wir vermutet hatten, in der hügeligen Landschaft hinter Alpharetta. Früher waren hier Baumwollfelder gewesen. Heute war das Land zu teuer zum Bebauen, aber genau richtig für fünf bis zehn Morgen große »Landsitze«, wo die BMWs und Mercedesse zusammen mit teuren Reit- und Springpferden umherstreiften.

Ich bog in eine neu asphaltierte Straße ein, die von der Bundesstraße abging, und fand dann eine schmale, unbefestigte, von Bäumen gesäumte Straße, die der Wegbeschreibung der Verkäuferin des Sattelgeschäfts entsprach. Die ganze Woche über hatte es hin und wieder geregnet, und die Straße war aufgeweicht und gefurcht von Spurrillen.

Nach ungefähr einer Viertelmeile fuhr ich durch ein offenes Zaungitter auf einen asphaltierten Zufahrtsweg, und nach einer weiteren Viertelmeile stieß ich auf eine Lichtung, die von einer funkelnagelneuen, drei Stockwerke hohen weißen Villa im Greek-Revival-Stil beherrscht wurde.

Die Vorderfront war mit Säulen verziert, die Eingangstür mit fächerförmigen Bleiglasfenstern versehen, und auf der Veranda waren sechs neue Schaukelstühle aufgereiht, damit der Landadel seine Besitzungen überblicken konnte. Die Bauarbeiten mußten erst vor kurzem abgeschlossen worden sein, denn auf einer Seite des Hauses lag noch ein Stapel Bauholz, halb mit einer Plastikplane bedeckt.

Der Bauunternehmer war zu Recht stolz auf sein Werk. Am Eingang zu dem, was einmal der Vorgarten sein würde – im Moment ein wüstes Durcheinander aus übereinandergestapelten Rasenstücken und Reihen von Bäumen und Sträuchern, die Wurzelballen in Juteleinen eingeschlagen – hatte er ein großes Holzschild in Form der Dobbs-Villa aufgestellt. HÄUSER NACH MASS VON CUTLIP & SONS stand auf dem Schild. Ich notierte mir die Telefonnummer des Bauunternehmers. Zack würde erfreut sein.

Den Lieferwagen parkte ich etwas abseits unter einigen Bäumen, in der Hoffnung, daß er nicht auffallen würde, wenn jemand zu Besuch kommen sollte.

Dann marschierte ich flott zur Veranda hoch. Sollte jemand auftauchen, würde ich die Geschichte auftischen, daß ich die Eigentümerin einer Reinigungsfirma sei und gehört hätte, die neuen Eigentümer seien vielleicht interessiert daran, Haushaltshilfen einzustellen.

Ich spähte durch die Vorderfenster. Die Eingangshalle im Atrium-Stil war in grünem Marmor gehalten, von der Decke hing ein gewaltiger Kristallüster herab, und eine geschwungene Treppe führte zum zweiten und dritten Stockwerk hoch. Ich konnte einige Möbel ausmachen, die meisten frisch aus dem Laden und noch in Plastik gehüllt. Vor der Tür lag ein verdrecktes Stück Teppich, an dem die Eigentümer ihre Schuhe abtraten, nachdem sie durch den Bauschlamm gewatet waren.

Die Veranda umschloß das Haus von allen Seiten. Ich ging weiter und blickte durch ein Fenster in ein dunkelgetäfeltes Arbeitszimmer, wo medizinische Texte in Kartons noch darauf warteten, in die Regale gestellt zu werden. Ein großer Mahagonischreibtisch nahm eine Ecke des Raums ein. Auf ihm standen nur ein schickes schwarzes Telefon und eine Studioaufnahme einer mondänen Suzanne Shaddeau mit Schmollmund in einem prunkvollen Silberrahmen. O ja. Ich war im richtigen Haus.

Auf der Rückseite der Villa entdeckte ich das Schlafzimmer. Sie hatten noch keine Zeit gehabt, die Gardinen aufzuhängen, von Suzanne zweifellos als »charmante Vorhänge« bezeichnet, also hatte jemand ein Bettlaken vor das Fenster gespannt. Glücklicherweise war das Fenster größer als das Bettlaken.

Drinnen erspähte ich ein riesiges, geschnitztes Himmelbett. Ein Teppich lag zusammengerollt vor einer Wand, und vor der anderen Wand stand ein Sammelsurium von Farbeimern, Pinseln und Leitern. Aber das Bett war bezogen, und ich konnte große, ungeöffnete Kartons mit der Aufschrift »Kleidung« in der Mitte des Raums erkennen. Die Handwerker waren noch im Haus, aber es sah aus, als seien Carson und Suzanne schon eingezogen, zumindest provisorisch.

Als ich von der Villa und der Lichtung um sie herum wegblickte, sah ich Wasser durch die Bäume schimmern. Es war ein Teich. Ich spazierte ein Stück durch den Wald und entdeckte die Ecke eines Gebäudes, das wie ein großer neuer Stall aussah, mit integrierter Reitbahn. Nette Ranch für einen Arzt, der am Rande der Armut dahinvegetierte.

Ich spähte gerade durch eine Reihe von Glastüren in die Küche, als ich hörte, wie ein Wagen vorfuhr. Mein Herz hämmerte, aber ich versuchte mich zu beruhigen und mir einzureden, daß es wahrscheinlich nur einer der Handwerker war. Ich würde meine Geschichte vorbringen und einen schnellen, aber dezenten Abgang machen.

Auf Zehenspitzen schlich ich um die Hausecke, um zu sehen, wer da gekommen war. Schlechte Neuigkeiten. Suzanne kletterte gerade aus einem dieser riesigen Geländewagen, die sich in letzter Zeit bei vorstädtischen Frauen großer Beliebtheit erfreuen. Sie war angezogen, wie es wahrscheinlich ihrer Vorstellung von ländlicher Freizeitkleidung entsprach: enge Jeans, hochhakkige Stiefel und einen dieser teuren Mäntel aus Wolle von einem erst einmal geschorenen Schaf.

Die Fahrerin des Ford Explorer sah aus, als hätte sie sich für einen Lunch im Klub angezogen. Sie war mittleren Alters, mit der Art Frisur, für die Coiffure ein angemesseneres Wort ist, und trug einen wadenlangen dunklen Pelzmantel. Als sie die matschige Auffahrt sah, runzelte sie die Stirn, langte aber nach hinten und zog eine Stoffrolle und ein Buch mit Tapetenmustern hervor.

Ein Besuch der Innenarchitektin. Das konnte Stunden dauern. Ich seufzte und versuchte, meine Flucht zu planen. Der Liefer-

wagen parkte vor dem Haus unter einer Baumgruppe, nicht weit vom Wagen der Innenarchitektin entfernt. Suzanne konnte den Lieferwagen unmöglich übersehen haben.
Ich sprang von der Veranda und steuerte auf den Wald zu. Mein Plan war, durch den Wald um das Haus herumzugehen und dann aus der Deckung auf den Lieferwagen zuzurasen.
Und es hätte fast geklappt. Ich war nur noch ein paar Meter vom Lieferwagen entfernt, als die Stimme die herbstliche Stille durchschnitt.
Ich blickte auf. Suzanne war auf die vordere Veranda hinausgetreten und kam jetzt die Stufen herunter, die Hände in die Hüften gestemmt. Sie wirkte nicht amüsiert.
»Entschuldigen Sie«, rief sie. »Was haben Sie auf meinem Grundstück zu suchen?«
Mein Gesicht brannte. Der Preis, den man bezahlen muß, wenn man so viel herumschnüffelt wie ich, war eben, daß man manchmal erwischt wurde.
Augenblicklich verwarf ich den Putzfrauen-Vorwand. »Ich wollte zu den Carrolls«, sagte ich. »Ich komme mir so blöd vor. Ich muß irgendwo falsch abgebogen sein.«
»Einen Augenblick.« Suzanne stapfte in ihr Schlammbad von einem Vorgarten. »Ich kenne Sie. Sie waren gestern in unserer Praxis. Mit einer älteren Dame. Sie haben Carsons Zeit verschwendet, und dann waren Sie noch nicht mal krankenversichert.«
Der Schlamm war glitschig und rutschig. Das verlangsamte ihr Tempo, aber sie steuerte entschlossen auf mich zu. Und ich zog mich ebenso entschlossen zurück, legte den Rückwärtsgang ein, so schnell ich konnte, zur Maskierung ein blödes, hilfloses Grinsen auf dem Gesicht.
»He!« rief Suzanne aus. »Sie waren auch auf Whitneys Beerdigung. Mit diesem gottverdammten Anwalt, der uns verklagen will. He, Sie! Bleiben Sie stehen! Sie haben unser Grundstück unbefugt betreten. Ich rufe die Polizei. Zum Teufel, ich rufe

unseren Anwalt an. Sie können hier draußen nicht einfach herumschnüffeln...«

Die letzten Meter rannte ich. Glücklicherweise steckten die Autoschlüssel noch. Ich ließ den Motor an und setzte zurück, von den Bäumen weg. Und fuhr direkt über irgend etwas ziemlich Großes. Ein Felsen oder ein Stück Holz, keine Ahnung, und es scherte mich auch nicht. Ich schaltete in den Vorwärtsgang und riß das Steuer nach rechts. Die Reifen drehten im Schlamm durch, also setzte ich wieder zurück, stieß gegen den Felsen, schaltete in den Vorwärtsgang und trat das Gaspedal bis zum Anschlag durch.

Ich konnte hören, wie die Hinterreifen im Schlamm durchdrehten, als sie versuchten, Griffigkeit zu gewinnen. Suzanne brüllte irgend etwas, aber ich konnte nicht verstehen was. Endlich schoß der Lieferwagen vorwärts, und ich raste über die unbefestigte Straßen mit den Spurrillen, so schnell ich es wagte.

Als ich wieder auf der trockenen, asphaltierten Straße war, erlaubte ich mir ein kleines, zufriedenes Lächeln. Ich hatte das Haus gefunden. Und was für ein schönes Haus es war. Wohl wert, versteckt zu werden. Ich fragte mich müßig, wieviel es wohl gekostet hatte. Eine Million, zwei Millionen? Ein guter Ort, um ein Kind großzuziehen. Viele Bäume zum Hochklettern, Pferde zum Reiten, ein Teich zum Fischen. Natürlich, wenn einer deiner Eltern jemanden umgebracht hatte, um dir all das geben zu können, könnte das den Glanz etwas mindern. Aber was zum Teufel, Carson war schließlich Arzt. Und Psychiater gaben Preisnachlässe für Berufskollegen.

Fliehen macht mich immer hungrig. Ursprünglich hatte ich einen Besuch in dem Restaurant geplant, zu dem Bollinger Carson und Suzanne gefolgt war. Aber das war jetzt witzlos. Ich hatte gefunden, wonach ich gesucht hatte.

Mir kam eine andere Idee. Ich kannte die Gegend. Nur ein paar Meilen weiter ging eine andere unbefestigte Straße von der

Bundesstraße ab. Sie führte zu einem anderen Pferdehof, und zur Blockhütte des Hausverwalters.

Macs Haus. Irgendwie hatte ich es seit vielen Monaten vermieden, hier rauszufahren. Nach der Trennung hatte Mac eine Zeitlang immer wieder bei mir angerufen. Ich wußte, daß Edna, C. W. und Linda noch Kontakt zu ihm hatten, aber ich hatte den Mann seit dem Morgen nicht mehr gesehen, an dem ich ihn dabei erwischt hatte, wie er mich betrog. Mit seiner Ex-Frau.

Es war ein langes, einsames Jahr gewesen. Ich hatte die Ratschläge meiner Therapeutin, meiner Familie und meiner Freunde ignoriert und mich geweigert, ihn zurückzunehmen. Es tat immer noch weh, und er fehlte mir immer noch. Im Frühsommer war ich einmal zu einem Spiel der Braves gegangen. Als ich beim Hot-Dog-Stand seinen vertrauten Hinterkopf mit dem weißgesprenkelten schwarzen Haar zu erkennen glaubte, war ich sofort zu meinem Platz zurückgekehrt, ohne Bier oder Hot Dog.

Der kalte Sprühregen, den wir die ganze Woche über gehabt hatten, wie aus einem auf- und zugedrehten Wasserhahn, war im Augenblick abgestellt. Die Sonne schien die umliegende Hügellandschaft in weiche Renaissance-Gold- und Bernsteintöne zu tauchen. Es war mitten am Nachmittag. Warum sollte ich nicht einen kurzen Abstecher zur Blockhütte machen? Es konnte nichts schaden. Vielleicht sollte ich vorbeifahren und Rufus, Macs clownischem schwarzem Labrador, guten Tag sagen.

Auf dem Weg zu Macs Blockhütte lag ein Tante-Emma-Laden, in dem man Bier, Köder, Kekse und Zigaretten kaufen konnte. Aber sie hatten auch eine kleine Feinkosttheke. Was sie als Salami verkaufen, ist gräßlich, aber der Pimentkäse auf weißem Brot ist großartig. Ich holte mir ein Sandwich, eine Tüte Kartoffelchips, eine kalte Cola Light und eine kleine Packung Milch-Knochen für meinen Kumpel Rufus.

Als ich in den Hof einbog, erkannte Rufus den rosa Lieferwagen sofort und kam angesprungen, um mich zu begrüßen. Er warf mich fast um, als ich ausstieg, sprang an mir hoch, leckte mir das Gesicht und wedelte vor freudiger Aufregung pausenlos mit dem Schwanz.

Natürlich war es möglich, daß er die Milch-Knochen gerochen hatte. Aber ich zog es vor zu glauben, daß er wegen mir in einen solchen Freudentaumel geraten war.

»Hiya, Junge, hi, Junge«, gurrte ich, kniete mich hin, kraulte ihn hinter den Ohren und nahm seine Schnauze liebevoll zwischen meine Hände. Ich zuckte nicht einmal zurück, als er mir das Gesicht ableckte. »Stimmt, ich bin's, Callahan. Aber es bleibt unser Geheimnis, denk daran.«

Vorsichtig blickte ich mich um. Keine Spur von Macs Blazer. Rufus lief vor mir her zur Blockhütte.

Ich suchte mir einen sonnigen Fleck auf der Vordertreppe für mein Picknick aus und wickelte mein Sandwich aus dem Wachspapier. Ich mußte Rufus ein paar Milch-Knochen zuwerfen, um ihn davon abzuhalten, an meinem Pimentkäse zu schnüffeln.

Ich hatte die erste Hälfte meines Sandwichs verdrückt und mir gerade ein paar Kartoffelchips mit Salz- und Essiggeschmack in den Mund gesteckt, als ich hörte, wie die Vordertür sich knarrend öffnete.

Ich erstarrte.

Stiefel gingen langsam über den Holzfußboden der Veranda. Ich drehte mich nicht um, um zu sehen, wessen Stiefel es waren. Es war nicht nötig. Er setzte sich neben mich auf die Stufen und pfiff leise, nur einmal, und Rufus ließ seine Leckereien im Stich und trottete gehorsam zu ihm hin. Mac stupste den Hund mit der Stiefelspitze an, und Rufus warf sich auf den Rücken, um sich am Bauch kraulen zu lassen. »Na, sieh mal einer an, was der Hund ins Haus geschleppt hat«, stellte Mac ruhig fest.

Ich sagte zunächst mal gar nichts. Schließlich hatte ich den Mund voller Salz- und Essig-Kartoffelchips. Ich trank einen Schluck Cola Light und erwog meine Optionen.

Zweimal an einem Tag beim unbefugten Betreten fremden Besitzes erwischt. Wenn die Lizenzbehörde für Privatdetektive des Staates Georgia davon Wind bekam, würden sie mich vielleicht zwingen, meine Röntgenbrille und den geheimen Decodierring wieder zurückzugeben.
Das Leben war nicht fair. Mac war noch sexier geworden. Und ich – was? Müde?
»Du hast dich rasiert«, lautete meine brillante Eröffnungsbemerkung.
Ein paar Stoppeln überzogen sein Kinn, aber der graue Papa-Hemingway-Vollbart war verschwunden. Mac sah jetzt zehn Jahre jünger aus, als er wirklich war, nämlich fast Fünfzig.
Er rieb sich das Kinn. »Tja. Die Arbeit. Ich muß auch Anzug und Krawatte tragen, und einen Aktenkoffer.«
»Hartes Schicksal«, bemerkte ich.
»Die Bezahlung ist nicht schlecht. Ich habe die Blockhütte gekauft, weißt du.«
Ich wußte es nicht. Er hatte die Luxus-Blockhütte für mindestens acht Jahre von der wohlhabenden Familie gemietet, der der Pferdehof gehörte. Vor langer Zeit war einmal die Rede davon gewesen, daß er die Blockhütte aufgab und zu mir in die Stadt zog. Wir wußten beide, daß das nie funktioniert hätte. Wir hatten Rufus, der Platz zum Umherstreifen brauchte, die Schuld in die Schuhe geschoben, aber wir wußten beide, daß Mac ebensowenig auf das Landleben verzichten konnte wie sein Hund.
Ich schob die ungegessene Hälfte meines Sandwichs in die Papiertüte zurück, knüllte die leere Chipstüte zusammen und steckte sie und die Coladose in meine Abfalltüte. Mit so viel Würde, wie ich aufbringen konnte, fegte ich die Chipskrümel vom Schoß und stand auf. Rufus blickte zu mir auf, einen vorwurfsvollen Ausdruck in den sanften dunklen Augen.
»Ich muß gehen«, bemerkte ich. »Ich habe einen großen Fall laufen. Ich war pausenlos unterwegs.«
»Und was sollte das hier werden?« fragte Mac verwirrt, aber

nicht ärgerlich. »Ein Boxenstopp? Möchtest du zumindest reinkommen und das Badezimmer benutzen?«
»O nein. Vielen Dank«, lehnte ich hastig ab. »Siehst du, ich war gerade in der Gegend, wegen des Falls, und ich hatte noch nicht zu Mittag gegessen und es ist so ein schöner Nachmittag, also dachte ich, ich schau mal vorbei und besuch Rufus.«
»Rufus«, sagte Mac tonlos. »Nicht mich.«
»Ich dachte, du wärst bei der Arbeit. Dein Auto war nicht da. Ich wollte dich nicht stören.«
»Du störst mich nicht. Der Blazer ist in der Werkstatt, und ich habe mir einen Tag freigenommen. Bist du sicher, daß du nicht reinkommen willst? Ich bin allein, falls du dir deswegen Gedanken machst.«
»Ich gehe besser. Ich muß noch mit einigen Leuten reden.«
Mac nahm eine Minute lang meine Hand und ließ sie dann wieder los. »Es war nur dieses eine Mal, weißt du«, sagte er. »Nur dieses eine bescheuerte, besoffene Mal, und es wird nie wieder vorkommen. Sie hat den Typen geheiratet, mit dem sie zusammen war. Nach Weihnachten ziehen sie nach Houston.«
»Meine Therapeutin sagt, es ist an der Zeit, zu vergeben und zu vergessen«, hörte ich mich selbst sagen. »Zeit, nach vorne zu schauen.«
»Klingt nach einer klugen Therapeutin.«
»Ich weiß nicht«, meinte ich zweifelnd. »Sie hat mich überredet, für Whitney Dobbs zu arbeiten. Jetzt ist Whitney tot, und ich stecke bis über beide Ohren in diesen Ermittlungen und versuche gleichzeitig, House Mouse zu leiten und Ednas Gesundheitszustand zu kontrollieren.«
»Ich habe vor kurzem mit Edna gesprochen. Mach dir nicht allzugroße Sorgen wegen ihr, Callahan. Deine Mutter ist ein zäher alter Kauz. Sie ist eine Überlebenskünstlerin.«
»Mit einem Mitralklappenprolaps. Sie muß vielleicht operiert werden. Hat sie wohl nicht erwähnt, was?«
Er lachte. »Sie bezeichnete es als Herzbeschwerden. Sie meinte,

wegen ihrer Herzbeschwerden hätte sie mit dem Rauchen aufgehört.«
»Etwas Gutes ist zumindest dabei rausgekommen«, gab ich zu.
»Du arbeitest zu hart«, brach es plötzlich aus Mac heraus. »Du zerreißt dich fast, wie immer. Kannst du es nicht ein bißchen langsamer angehen, Callahan? Vielleicht jemanden mit reinnehmen, der dir hilft?«
»Das wäre großartig«, entgegnete ich inbrünstig. »Die Firma steckt gerade in einer kritischen Phase. Wir müssen expandieren, um anständig Profit zu machen, aber ich kann einfach keine kompetenten Leute finden.«
»Ich rede nicht über House Mouse«, erwiderte Mac. »Kannst du nicht diesen Detektivkram ein bißchen drosseln? Edna macht sich Sorgen, weil du Tag und Nacht rumrennst. Sie sagt, daß du kaum schläfst.«
Ich schäumte vor Wut. Was hatte meine Herzensmutter ihm wohl sonst noch erzählt? »Ich kann auf mich selbst aufpassen, Mac. Du solltest das besser wissen als jeder andere.«
»Ja doch.« Sein Kiefer erstarrte zu einer zornigen Linie. »Ich vergaß. Callahan Garrity schafft alles allein.«
Das Gespräch fing langsam an, wie die Wiederholung einer schlechten Serie zu klingen. Die ganze alte Wut und Bitterkeit kam zurückgeflutet. Eine Wolke schob sich vor die Sonne, und alles wurde wieder grau. Wir waren zurück im November.
Ich beugte mich hinunter und tätschelte Rufus' Kopf. »Ich muß gehen«, sagte ich.
Mac verabschiedete sich nicht und folgte mir nicht zum Wagen. Als ich in den Rückspiegel blickte, sah ich ihn auf der Veranda stehen. Er hielt Rufus am Halsband fest, damit der nicht hinter mir herjagte.

Essen heilt ein gebrochenes Herz, aber ich hatte nur ein durchweichtes halbes Sandwich, also stürzte ich mich wieder in die Arbeit.

Das Büro von Cutlip & Sons lag ungefähr zwei Meilen entfernt. Der Firmensitz war eine Miniaturvilla. Als ich die Auffahrt hochfuhr, kam eine große blonde Frau aus der Tür. Sie schloß ab und wollte gerade in einen Kleinlaster mit der Aufschrift Cutlip & Sons an der Wagentür einsteigen, als ich neben ihr hielt. Ich hupte, um ihre Aufmerksamkeit zu erregen, und sie blickte aufgeschreckt hoch.

»Hallo«, sagte ich. »Ich suche Mr. Cutlip.«

»Ich auch«, erwiderte sie. »Er und unsere Sekretärin sind vor drei Jahren rausgegangen, um ein Sandwich zu essen, und bislang nicht zurückgekehrt.«

»Also sind Sie der Bauunternehmer?« fragte ich.

»So ist es. Meine Söhne heißen Scott und Steve. Ich bin Lisa. Ist es dringend?«

»Irgendwie schon«, meinte ich und lächelte gewinnend. »Ich habe gerade ein Haus gesehen, das mir wirklich sehr gefiel. Und Ihr Schild stand davor. Drüben an der Bradford Ferry Road.«

Sie nickte und steckte die Autoschlüssel in die Jackentasche zurück. »Mrs. Laidlaws Haus«, erklärte sie stolz. »Es ist großartig, nicht? Es ist kein Fertighaus, aber wenn Sie das richtige

Grundstück haben, können wir Ihnen sicher etwas Vergleichbares hinstellen.«
»Mrs. Laidlaw?« fragte ich verwirrt. »Ich dachte, das sei Carson Dobbs' Haus.«
»Nee«, erwiderte sie. »Das von Doreen Laidlaw. Und natürlich das von Suzanne. Ihrer Nichte. Suzanne war unsere Ansprechpartnerin.«
»Suzanne Shaddeau?«
»Genau. Mrs. Laidlaw ist ihre Großtante. Sobald ihre Hüfte wieder besser ist, wird sie hier runterziehen.«
»Runterziehen von wo?« fragte ich.
Lisa Cutlips graue Augen musterten erst mich und dann meinen rosa Lieferwagen. »Eine solche Villa ist nicht Ihre Preisklasse«, sagte sie ruhig. »Also, warum sind Sie so interessiert an dem Haus?«
Lügen erfordert ein bestimmtes Maß an Energie, habe ich festgestellt. Und mein Energieniveau war im Augenblick ziemlich niedrig. »Ich bin Privatdetektivin«, gab ich zu. »Ich interessiere mich für Suzanne Shaddeau und ihren Verlobten.«
»Den Doktor?« Sie zog überrascht eine blonde Augenbraue hoch. »Warum? Was hat er angestellt?«
»Vielleicht haben Sie es in den Nachrichten gesehen. Carson Dobbs' Frau ist ermordet worden.«
»Ich sehe keine Nachrichten«, erklärte Lisa Cutlip. »Bei Sonnenaufgang bin ich auf der Baustelle, und da bleibe ich gewöhnlich, bis die Subunternehmer abends gehen. Sie haben mich nur hier im Büro angetroffen, weil wir im Augenblick zwischen zwei Aufträgen sind und ich noch einen Berg Papierkram zu erledigen habe. Ich wollte gerade losfahren, um mir einen Bauplatz anzusehen.«
»Carson und Whitney waren dabei, die Scheidungsvereinbarung auszuhandeln, als Whitney erschossen wurde«, erläuterte ich. »Carson hat behauptet, er sei pleite, und Whitney hat ihm nicht geglaubt. Ich wurde engagiert, um herauszufinden, wo

sein Vermögen steckt. Mittlerweile ist ihre Tochter meine Klientin. Wir glauben, daß Carson das Haus bezahlt hat, das Sie da gerade gebaut haben.«
»Meines Wissens nach nicht«, erklärte sie fest. »Es ist Doreen Laidlaws Haus. Suzanne hatte eine Vollmacht von ihr, und sie war unsere Ansprechpartnerin. Aber Mrs. Laidlaws Name steht auf der Grundeigentumsurkunde. Und sie hat bar bezahlt. Keine Hypothek.«
Interessant. »Wo, sagten Sie, wohnt sie jetzt?«
»Knoxville, Tennessee.«
»Sind Sie ihr je begegnet?« fragte ich.
»Nein. Suzanne hat alles geregelt. Sie hat mal erwähnt, daß sie die einzige noch lebende Verwandte der Tante ist.«
»Wie alt ist die Tante?«
Lisa runzelte die Stirn. »Ich hab' nie gefragt, aber ich nehme an, sie ist mindestens siebzig.«
»Finden Sie das alles nicht ein bißchen merkwürdig?« erkundigte ich mich. »Ein ältere Frau mit einem Hüftleiden, die sich noch ein derart großes Haus baut – ein Haus mit drei Stockwerken? Ziehen die meisten Leute in dem Alter nicht nach Florida in eine Eigentumswohnung?«
»Die Baupläne sahen im Erdgeschoß ein großes Schlafzimmer für Mrs. Laidlaw vor«, erläuterte Lisa. »Suzanne wird oben wohnen und sich um Mrs. Laidlaw kümmern.«
»Sind Sie in letzter Zeit mal bei der Villa gewesen?«
»Letzte Woche habe ich mit Suzanne eine Hausbegehung gemacht. Die Arbeiten sind im wesentlichen abgeschlossen.«
Ich holte tief Luft. »Ich habe das Haus heute gesehen. Suzannes Sachen sind in dem Schlafzimmer, das Sie beschrieben haben. Und die von Carson Dobbs. Sie wären nicht vielleicht bereit, uns beiden jede Menge Zeit zu ersparen?«
»Was wollen Sie damit sagen?« fragte sie. »Ich muß jetzt wirklich los. Wie ich schon sagte, die Sache ist abgeschlossen. Was die mit ihrem Haus machen, geht mich nichts an.«

»Der Anwalt meiner Klientin kann einen Gerichtsbeschluß erwirken, der Sie zwingt, dem Gericht alle Unterlagen, die das Haus und Doreen Laidlaw betreffen, zur Einsicht vorzulegen. Sie werden einen Anwalt engagieren müssen. Eine nervige Sache, die keiner von uns brauchen kann.«
Sie blickte auf die Uhr. »Herrgott noch mal. Was wollen Sie?«
»Einen Blick auf den Kaufvertrag werfen. Alle Unterlagen einsehen, die mit dem Haus zu tun haben. Doreen Laidlaws Adresse. Den Namen der Bank, die die Schecks ausgestellt hat.«
»Schön«, sagte Lisa, drehte sich um und ging zum Büro zurück. »Aber machen Sie schnell.«

Eine halbe Stunde später hatte ich, was ich brauchte.
Als ich nach Hause kam, parkte Rubys Wagen in der Auffahrt. Es war erst halb vier. Eigentlich hätte sie noch bei der Arbeit sein sollen. Vielleicht machte ihr Blutdruck ihr wieder zu schaffen. Oder es war etwas mit Edna. Ich eilte zur Küchentür. Ruby telefonierte gerade. Ihre Stimme war hoch und kindlich, aber höflich. Und sie hörte sich verwirrt an.
»Nein, tut mir leid«, sagte sie. »Callahan kann nicht ans Telefon kommen. Sie ist geschäftlich unterwegs. Das stimmt. Das hier ist eine Reinigungsfirma.«
Ich stellte mich vor sie und bedeutete ihr mit einer Handbewegung, mir den Hörer zu geben. »Hier«, meinte Ruby und bedeckte das Mundstück mit der Hand, damit der Anrufer sie nicht hören konnte. »Sie will mir nicht sagen, was sie will.«
»Hier ist Callahan Garrity«, meldete ich mich knapp. »Was kann ich für Sie tun?«
»Sind Sie die Detektivin?« Die Stimme klang leise und vorsichtig. Es war schwer zu sagen, aber die Frau schien ziemlich jung zu sein, vielleicht Anfang Zwanzig.
»Unter anderem.«
»Hören Sie, haben Sie so eine Art Unterstützungsprogramm für die Leute, die Ihnen vertrauliche Infos geben?«

»Manchmal. Worum geht es denn?«
»Ich könnte eine Unterstützung gebrauchen.«
»Über welche Art Information reden wir denn?«
»Arliss Woods. Wie ich höre, suchen Sie nach ihm.«
Der alte Mann in der Hütte. Das Gelobte Land. »Ja.« Ich versuchte, nicht zu eifrig zu klingen. »Haben Sie Arliss Woods gesehen?«
»Über wieviel Unterstützung reden wir?« fragte sie.
Ich öffnete meine Brieftasche und betrachtete meinen Vorrat an Bargeld. Drei Zwanziger. »Wie wär's mit zwanzig Dollar?«
»Wie wär's mit Vierzig? Ich habe schließlich Auslagen.«
»Ein Telefongespräch kostet nur einen Vierteldollar«, bemerkte ich. »Dreißig.«
Sie dachte darüber nach.
»Wissen Sie, das Haus, in dem Sie letztesmal waren? Im Gelobten Land? Das war mein Freund, mit dem Sie gesprochen haben. Er wohnt manchmal bei mir. Da fahren Sie wieder hin, geben ihm das Geld und sagen ihm, es sei eine Unterstützung für Wanda. Aber Sie müssen sofort los.«
»Wie finde ich Arliss Woods?« drängte ich.
»Das wird er Ihnen sagen, wenn er das Geld hat. Sie sind weiß, oder?«
»Stimmt. Und?«
»Arliss mag weiße Leute nicht«, erklärte die junge Frau. »Einmal war ein weißer Mann da, der unheimlich nett tat. Und dann hat er die ganzen Bilder von Arliss geklaut.«
Ich sah zu Ruby hinüber. Erst da fiel mir auf, daß der Fernseher im Arbeitszimmer lief und Baby und Sister davorsaßen und gespannt ihre Lieblingsserie verfolgten.
»Ich werde eine Freundin bitten, mit ihm zu reden«, versicherte ich der jungen Frau.
»Kommen Sie sofort«, wiederholte sie. »Arliss bleibt nie lange an einem Ort.«

»Wir waren früher fertig«, erklärte Ruby, als ich aufgelegt hatte. »Ich habe Baby und Sister hergebracht, um zu fragen, ob noch Arbeit für uns da war. Aber Edna liegt im Bett und schläft, und ich wollte sie nicht wecken.«

»Sie schläft?« Edna macht nie mitten in der Arbeitszeit ein Nikkerchen. Zumindest hatte sie es bislang nicht getan.

Ich ging in ihr Schlafzimmer. Edna hatte sich in einen gestrickten Afghan gewickelt und war auf der Tagesdecke eingeschlafen. Ich setzte mich auf die Bettkante und legte das Ohr an ihren Brustkorb. Mit ihrer Atmung schien alles in Ordnung zu sein; sie schnarchte leise.

Ihre Lider zuckten, und dann schlug sie die Augen auf. »Was ist?«

»Nichts«, sagte ich und erhob mich. »Die Mädels waren ein bißchen besorgt, das ist alles.«

Edna setzte sich langsam auf, brachte mit einer Hand ihre Frisur in Ordnung und suchte mit der anderen nach etwas auf dem Nachttisch.

»Verdammt. Hatte ich vergessen. Keine Zigaretten.«

»Genau«, bekräftigte ich. »Schlaf ruhig weiter. Ich kümmer mich schon um alles.«

»Den Teufel wirst du«, erwiderte Edna und kämpfte sich auf die Beine. »Ich muß die Mädels wieder zur Arbeit schicken. Ist Neva Jean auch schon zurück?«

»Nur Ruby und die Easterbrooks. Und für die habe ich schon einen Job.«

»Für Ruby, Baby und Sister?« Sie kniff argwöhnisch die Augen zusammen. »Was denn für einen Job?«

»Nur ein bißchen missionieren«, teilte ich Edna mit. »Nichts, was dich interessieren würde.«

Glücklicherweise bewahrte Ruby ihre Bibel und einen Karton mit religiösen Traktakten im Kofferraum ihres Wagens auf.

»Man weiß nie«, sagte sie freudestrahlend und klopfte liebevoll auf den Karton, der jetzt auf ihrem Schoß stand. »Man weiß nie, wann die Gelegenheit für einen kommt, die Gute Nachricht zu verbreiten.«

»Amen!« rief Sister vom Rücksitz des Lieferwagens aus. »Verbreite das Evangelium und werde für die Arbeit einer Detektivin bezahlt.«

»Sag uns noch mal genau, was wir tun sollen, Callahan«, meinte Baby. »Die beiden alten Närrinnen denken, wir sind darauf aus, Seelen zu retten.«

»Lest ihm so viele Bibelstellen vor wie ihr wollt, wenn es nötig ist«, wiederholte ich meine Instruktionen. »Und dann versucht ihn dazu zu bringen, über die Schießerei zu reden. Fragt ihn, ob er Schüsse gehört hat, oder ob er gesehen hat, wie die hübsche Frau mit der Baseballkappe erschossen wurde. Fragt ihn, ob er jemanden gesehen hat. Jemanden in einer grünen Jacke, der an seinem Schuppen vorbeilief. Versucht eine Beschreibung zu bekommen. Wenn es gut läuft, fragt ihn, ob er bereit wäre, mit mir zu reden.«

»Du sagst, dieser Mann mag keine Weißen?« Ruby war beunruhigt. »Ich habe vom Gelobten Land gehört. Ich weiß alles über diesen Teil der Stadt, Callahan. Diese Leute mögen keine Fremden, das ist es. Ich hab' gehört, daß Leute da erschossen werden.«

»Tagsüber ist es ganz harmlos«, erklärte ich nicht allzu überzeugend. »Bevor es dunkel wird, sind wir längst wieder über alle Berge. Ihr seid gottesfürchtige Frauen, die Bibeln mit sich herumtragen. Niemand wird euch dumm kommen.«

»Das würde ich denen auch nicht raten.« Baby hob die Hand, die voller Leberflecken war, und machte hackende Bewegungen in der Luft. »Ich kann Jiu-Jitsu. Und Karate. Wenn jemand versucht, sich mit uns anzulegen, kriegt er einen Tritt in den ...«

»Miss Baby«, rief Ruby schockiert.

»Ich auch«, versprach Sister. »Ich hab' ein Mace-Spray, genau hier im Ausschnitt.«

»Lassen Sie die chemische Keule, Miss Sister«, riet ich. »Ich bleibe in der Nähe. Und meine Pistole ist genau hier unter dem Sitz.«
Wir waren mittlerweile im Gelobten Land, das seinem Namen eindeutig nicht gerecht wurde. Die Straße war schmal, der Asphalt mit Schlaglöchern übersät. Das Geschäftsviertel bestand aus einem Spirituosenladen, einem Videoverleih, einem Münz-Waschsalon und einem Fischgeschäft. Männer und Frauen standen vor dem Spirituosenladen und tranken aus Flaschen in braunen Papiertüten. Auf der anderen Straßenseite, vor der Videothek, standen zwei Mädchen sich gegenüber und brüllten Obszönitäten, die wir noch durch die geschlossenen Wagenfenster hören konnten.
»Holen Sie besser die Pistole raus und laden sie«, meinte Sister kopfschüttelnd. »Diese Leute sehen irgendwie nicht so aus, als seien sie bereit, jetzt schon das Heil zu finden.«

Diesmal war Wandas Freund schon freundlicher. Er machte die Tür auf, noch bevor ich zu Ende geklopft hatte. Wieder lag das schläfrige Baby an seiner Schulter.

»Sie haben etwas für mich? Vierzig Flocken?«

»Ich habe etwas für Wanda. Wo kann ich Arliss Woods finden?«

Er steckte den Kopf aus der Tür und blickte die Straße hinauf und hinab. »Ein Taxi hat ihn gerad abgesetzt. Mit einer Einkaufstasche. Vor einer Stunde.«

»Und wo?« fragte ich geduldig. Wie ein Dummkopf.

Er grinste breit. »Zu Hause.«

Ich war reingelegt worden. Ich nahm einen Zwanziger heraus und legte ihn in seine ausgestreckte Hand.

»He«, sagte er. »Wir hatten eine Vereinbarung.«

»Ich hatte Auslagen«, erklärte ich und wandte mich zum Gehen. »Müssen Sie mit klarkommen.«

Ruby preßte ihre Bibel an sich, als ich am Ende der Sackgasse hielt und auf die Hütte deutete. »Du meine Güte«, sagte sie. »Willst du behaupten, daß da drin jemand wohnt?«

»Er ist Künstler«, erklärte ich.

»Er ist verrückt«, sagte Baby.

»Haben Sie diese Filmkamera dabei?« fragte Sister. »Die Handtasche könnt ich gut gebrauchen. Falls der Alte irgendwas versucht, brat ich ihm eins über.«

»Ja«, pflichtete Ruby ihr bei. »Ich bin dran mit Filmemachen, nicht wahr, Callahan?«

»Ich fürchte, ich habe die Kamera nicht mehr«, meinte ich bedauernd. »Ich habe sie dem Anwalt zurückgegeben.«

Es war gar keine schlechte Idee. Wenn Arliss Woods tatsächlich etwas Wichtiges gesehen hatte, hätte ich das Band nicht nur Zack, sondern auch der Polizei übergeben können. Wenn alles gut lief, versprach ich mir, würde ich die Kamera nächstesmal mitbringen.

Ruby stieg zuerst aus und half den Easterbrook-Schwestern, von Bord zu gehen. Alle hatten einen kleinen Stapel von Rubys Traktaten dabei. Ich beobachtete, wie sie sich der Hütte näherten, Arm in Arm, und dabei zweifelnd die Müllberge betrachteten, die sie umgaben. Sie schafften es, auf die Veranda zu klettern, und ich hielt den Atem an, als die kleine Hütte unter dem vereinten Gewicht der drei deutlich Schlagseite bekam.

Baby ging kühn zur Tür und klopfte. Von meinem Standpunkt aus konnte ich nicht erkennen, wer die Tür öffnete. Aber einen Augenblick später trat Baby einen halben Schritt zurück, drehte sich um und signalisierte, daß alles okay war. Dann gingen alle drei ins Haus.

Die ersten fünf Minuten oder so ließ ich die Hütte keine Sekunde aus den Augen. Niemand kam. Einmal bewegte sich etwas am Rand des Müllhaufens, und ich beugte mich angespannt vor, um besser sehen zu können. Es war eine Ratte. Die größte, häßlichste Ratte, die ich je gesehen hatte. Ich schluckte und hoffte, daß sie Rubys geringe Meinung von Arliss Woods' Wohnsitz teilte.

Als die Ratte in einen Stapel alter Autoreifen flitzte, entspannte ich mich ein wenig. Dann begann ich, mich zu langweilen. Ich warf einen Blick auf das Notizbuch, in das ich die Informationen geschrieben hatte, die ich aus Lisa Cutlips Akte über Suzanne Shaddeaus Haus entnommen hatte.

Alle auf Cutlip & Sons ausgestellten Schecks stammten von der Cumberland Savings and Loan in Knoxville, Tennessee. Kontoinhaber waren Doreen Laidlaw und Suzanne Shaddeau, die angegebene Adresse ein Postfach in Atlanta. Lisa Cutlip hatte mir gesagt, daß das Geld problemlos ihrem Konto gutgeschrieben worden war.

Es war mittlerweile halb fünf. Ein bißchen spät, aber ich beschloß, trotzdem noch bei der Bank anzurufen. Wie erwartet, erwischte ich nur ein Band. Ich wurde aufgefordert, doch innerhalb der Geschäftszeiten anzurufen, Montags bis Freitags von neun bis vier.

Ich beobachtete die Hütte noch ein paar Minuten. Keine weiteren Ratten tauchten auf. Dann rief ich die Auskunft von Knoxville an. Im Großbereich Knoxville waren sechs Laidlaws ins Telefonbuch eingetragen. Niemand mit dem Anfangsbuchstaben D. Ich wählte drei der Nummern, und bei der dritten meldete sich jemand. Die Frau hörte sich jung und atemlos an.

»Mein Mann heißt Pete Laidlaw, und es wohnen nur zwei Laidlaws in der Stadt, die nicht mit uns verwandt sind«, erklärte sie. »Von einer Doreen habe ich noch nie was gehört. Sie muß zum Arkansas-Zweig der Familie gehören.«

Als nächstes rief ich Zack an und teilte ihm mit, daß ich das Haus gefunden hatte – und Suzanne. Er schrieb sich auf, was ich über die Bank in Knoxville herausgefunden hatte.

»Aber ohne irgendeine richterliche Anordnung werden die mir gar nichts sagen«, meinte er. »Haben Sie irgendwelche Kontakte in Tennessee?«

»Glaube kaum«, erwiderte ich düster.

»Wir sind dicht dran«, sagte Zack. »Wenn der verdammte Richter mir nur ein bißchen Spielraum geben würde.«

»Ich könnte nach Knoxville hochfahren«, bot ich an. »Wie lange würde ich brauchen, vier oder fünf Stunden?«

»Nicht ohne weitere Informationen, auf die wir uns stützen können. So ist es Zeitverschwendung. Was haben Sie sonst noch?«

Ich erzählte ihm von Arliss Woods.
»Die Nachbarn sagen, er ist verrückt?« hakte Zack nach. »Wie verrückt? Würde er einen einigermaßen brauchbaren Zeugen abgeben, selbst wenn er was gesehen hat?«
»Das weiß ich noch nicht«, gab ich zu und beobachtete, wie eine dürre gelbe Katze sich vorsichtig einen Weg durch die Müllkippe suchte. Ich hoffte, daß sie eine gute Mäusefängerin war.
»He«, meinte Zack. »Ich hab vor einer Weile mit Ihrer Mutter gesprochen. Das war gute Arbeit.«
»Was?«
Plötzlich sah ich alle drei Mädels auf die Veranda hinaustreten. Ruby redete lebhaft auf jemanden ein, das Gesicht zur Tür gewandt.
»Ich muß«, teilte ich Zack mit und legte auf.
Jetzt standen Baby und Sister mitten auf der Veranda und zogen Ruby am Arm. Und dann trat eine vierte Person heraus.
Arliss Woods war ein hochgewachsener Mann, ungefähr einsneunzig groß. Er war so dürr, daß er mich an eine Comicfigur erinnerte. Sein verblaßter blauer Overall und das grüne Arbeitshemd hingen an ihm wie die Kleider an einer Vogelscheuche. Er war so gut wie kahl, nur eine kleine Wolke krausen weißen Haars klebte noch am Hinterkopf. Beim Sprechen wedelte er mit den Armen; er regte sich offensichtlich über irgend etwas sehr auf. Und er hielt etwas in einer Hand, ein Brett oder so was, mit dem er wild herumgestikulierte.
Ich kurbelte das Fenster herunter, um zu hören, was er sagte, aber ich konnte kein Wort verstehen.
Ruby machte eine Abschiedsgeste, redete weiter und zog sich vorsichtig von ihm zurück. Sie und Baby traten von der Veranda herunter und begannen, Sister hinunterzuziehen wie einen Sack Kartoffeln. Arliss Woods schien nicht aufzufallen, daß sie gingen. Er brüllte weiter herum und wedelte mit den Armen.
»Grundgütiger Himmel«, sagte Ruby, als sie beim Lieferwagen angekommen waren. »Gütiger Himmel.«

»Dieser alte Mann ist vielleicht einer«, meinte Sister, als ich ihr auf den Rücksitz half.
»Ist vielleicht einer?« wiederholte Baby, als sie hinter Sister ins Auto kletterte. »Man konnte ihn bis nach Jerusalem schreien hören. Er ist verrückt.«
Ruby stieg ein und fächelte sich mit ihrer Bibel Luft zu. Ihr Gesicht glänzte vor Schweiß, und sie war außer Atem. Ich wußte nicht genau, ob vor Aufregung oder vor Angst.
»Dieser Mann ist ein gewaltiger Ausleger der Heiligen Schrift, Callahan«, sagte sie, als sie endlich wieder reden konnte. »Er kennt seine Bibel.«
Ich ließ den Motor an und steuerte aus der Sackgasse heraus.
»Schön«, sagte ich. »Das ist ein Anfang. Er kennt die Bibel. Weiß er auch irgend etwas darüber, wer Whitney Dobbs praktisch in seinem Hinterhof erschossen hat?«
»Er hat etwas gesehen«, behauptete Sister. »Er zeigte ständig auf die Wände mit diesen Bildern drauf. Er wollte uns etwas zeigen. Ich konnte es nur nicht so richtig erkennen.«
»Das liegt daran, daß es nichts zu erkennen gab«, entgegnete Baby. »Ich bin nicht blind, aber selbst ich konnte auf diesen Bildern nichts erkennen, was irgendwie Sinn gab.«
»Habt ihr ihn dazu gekriegt, von dem Tag zu sprechen, an dem der Mord geschah?«
Ruby hustete entschuldigend. »Siehst du, es ist so, er beantwortet keine Fragen. Nicht direkt jedenfalls. Und er redet nicht so, wie wir jetzt reden. Es sind alles Worte aus der Heiligen Schrift. Und die sind alle durcheinandergewürfelt, wie bei einem Rätsel. Und er brüllt ständig herum und wedelt mit den Armen.«
»Ich mußte da raus«, schwor Baby. »Er wollte mich umhauen mit seiner Psalmsingerei.«
»Was hat er euch zu zeigen versucht, draußen auf der Veranda, als ihr gehen wolltet?« fragte ich.
»Ach das«, sagte Ruby und lachte nervös. »Es war eins von sei-

nen Bildern. Er wollte es uns verkaufen. Für einhundert Dollar!«
»Hier wollen alle Geld«, bemerkte ich. »Die müssen immer noch an das Gerede vom Gelobten Land glauben.«
»Moses hat seine Leute in die Wüste geführt«, meinte Ruby nachdenklich. »Ich frage mich, wer in aller Welt diese Leute in dieses Schlamassel geführt hat?«
»Bestimmt kein Prophet«, erwiderte Sister.
»Warum glaubst du, daß er etwas gesehen hat?« fragte ich Ruby.
»Er wurde ganz aufgeregt, als wir ihn nach der blonden Frau fragten, die erschossen wurde«, entgegnete Ruby. »Da fing er an, von Kain und Abel zu reden. Das ist ein Mord, der in der Bibel vorkommt.«
»Ich erinnere mich vage, von der Sonntagsschule her«, erwiderte ich trocken. »Aber waren Kain und Abel nicht Brüder?«
»Stimmt«, meinte Sister ermutigend. »Kain war Bauer und Abel Hirte. Und Kain war neidisch auf seinen Bruder. Also hat er ihn reingelegt, damit er mit ihm auf ein Feld ging. Dann sprang er heraus und schlug ihm mit einem Stein auf den Kopf, bis er tot war. Er hat seinen Bruder umgebracht.«
»Und Gott hat es gesehen«, fuhr Ruby fort. »Er rief Kain und fragte ihn, wo ist denn dein Bruder?«
»Und dann ist Kain frech geworden«, sprang Sister wieder ein. »Er sagte zu Gott: ›Soll ich meines Bruders Hüter sein?‹«
Darüber mußte ich lächeln. Wie oft, wenn ich mal wieder auf meine nervigen kleinen Brüder aufpassen mußte, hatte ich Edna eine Version derselben Frage gestellt. Und wie oft hatte sie mich mit einem Klaps auf den Po belohnt, weil ich ihr eine freche Antwort gegeben hatte.
»Gott hat Kain rausgeschmissen«, fuhr Ruby fort.
Baby erzählte die Geschichte zu Ende. »Er hat ihm ein Zeichen am Kopf angebracht, damit jeder wußte, wer er war.«
Es wurde langsam dunkel, und als wir durch die windgepeitsch-

ten Straßen des Gelobten Landes fuhren, verriegelte ich erst Rubys Tür und dann meine.
»Glaubst du, daß Arliss Woods mit mir reden würde?« fragte ich sie. »Wenn du dabei bist, können wir ihm vielleicht noch ein paar mehr Fragen stellen. Vielleicht schaffen wir es, daß er sich ein bißchen klarer ausdrückt.«
»Ich weiß nicht recht.« Ruby ließ das breite Gummiband zuschnappen, das die Seiten ihrer zerlesenen Bibel zusammenhielt. »Er hat dich im Lieferwagen sitzen sehen, als er draußen auf der Veranda war. Und er nannte dich Teufelin und Schlange, und ich weiß nicht was noch alles.«
»Vielleicht solltest du eins seiner Bilder kaufen«, schlug Sister vor. »Oder eins dieser Dinger, die er aus Schrott macht.«
»Redest du von diesen Skulpturen von ihm?« fragte Baby lautstark. »Die sehen aus wie all das Zeug zusammengeklebt, das ich immer unter den Sofakissen finde. So was will ich nicht auf meinem Couchtisch stehen haben.«
»Einhundert Dollar«, sagte Ruby ungläubig. »Für mich sieht das aus wie Farbkleckserei. Meine kleine Großnichte kann das besser, mit ihren Fingerfarben.«
»Ich interessiere mich für Kunst«, bemerkte ich. »Ich würde seine Bilder sehr gern sehen. Sobald wie möglich.«

An diesem Abend kochte ich. Das heißt, ich machte eine Dose Spaghettisauce auf und ließ das Knoblauchbrot anbrennen. Es gelingt mir nie, die Grillvorrichtung des Backofens richtig einzustellen.
Vom Spielfeldrand aus gab Edna mir Anweisungen.
»Stell den Herd runter«, tadelte sie. »Du wirst noch die Sauce in meinem besten Topf anbrennen lassen.«
Ich schenkte ihr ein großes Glas von dem billigen Chianti ein, den ich auf dem Heimweg gekauft hatte. »Trink das«, erklärte ich. »Das ist gut für dein Herz.«
Als ich den Salat aus dem Kühlschrank holte, stand sie auf und

spähte in den Topf, in dem ich Wasser für die Pasta zum Kochen zu bringen versuchte.

»Tu ein bißchen Olivenöl rein«, riet sie. »Hast du schon Salz rangetan?«

»Ja und ja.« Ich nahm einen großen Schluck Wein. Mir war wieder eingefallen, warum ich nie koche, wenn meine Mutter in der Nähe ist.

Sie beobachtete mich scharf, während ich den Salat putzte.

»Ich denke, ich habe heute wirklich Fortschritte gemacht«, versuchte ich sie abzulenken. »Aber je mehr ich herausfinde, desto mehr Fragen tauchen auf. Wo ist Ben Dwyer, Carsons Finanzleiter? Er kann ja nicht vom Erdboden verschwunden sein. Und was für einen Schwindel ziehen Carson und Suzanne genau durch? Wo ist Doreen Laidlaw? Und Bryant Mayes. Wie paßt er da rein? Könnte Bucky recht haben? Vielleicht hat wirklich Mayes Whitney umgebracht, und wir jagen nur unserem eigenen Schwanz nach.«

Während ich die Liste meiner Frustrationen herunterbetete, ging ich mit dem größten Hackmesser, das in der Küche zu finden war, auf den Salat los.

»Bucky hat angerufen und eine Nachricht auf dem Anrufbeantworter hinterlassen«, sagte Edna und musterte kritisch den Kopfsalat. »Dwyer ist nicht vorbestraft. Suzanne Shaddeau auch nicht. Zuletzt hat sie in Sandy Springs gewohnt. Und dieser Salat hat schon braune Flecken.«

Ich hob das Messer und machte eine schlitzende Bewegung in ihre Richtung.

»Ich versuch doch nur zu helfen«, meinte sie unschuldig.

»Warum deckst du nicht den Tisch und läßt mich in Ruhe?« schlug ich vor. »Bevor ich dir eine schwere Körperverletzung zufüge.«

»Schön«, sagte Edna. Aber anstatt zum Geschirrschrank zu gehen, marschierte sie ins Arbeitszimmer und kam mit einem Zettel in der Hand zurück.

»Soll ich dir sagen, was für ein Spiel Carson Dobbs und Suzanne Shaddeau spielen?« fragte sie.
»Ja, unbedingt.« Ich schüttete ein wenig von dem Wein in meinem Glas in den Topf mit der Spaghettisauce. Das hatte ich mal einen Koch im Fernsehen machen sehen.
Edna schob ihre Brille auf die Nasenspitze und blickte auf das Papier. »Farmers Trust«, sagte sie. »Schon mal davon gehört?«
»Nein.«
»Hatte ich auch nicht. Also rief ich Amy Fritz an, meine kleine Kassiererfreundin von der Bank. Weißt du, die Niedliche mit den Sommersprossen auf der Nase. Ich fragte sie, ob sich feststellen ließ, ob dieser Scheck, den du Dr. Dobbs ausgestellt hast, schon eingelöst wurde.«
»Das ist doch erst zwei Tage her«, erinnerte ich sie.
»Electronic Banking«, erklärte Edna selbstgefällig. »Hat Amy mir alles erklärt. Rat mal, bei welcher Bank dieser Scheck gelandet ist.«
»Farmers Trust?«
»Eine ganz neue Bank. Sie haben nur eine einzige Geschäftsstelle. Rat mal, wo die ist.«
»Direkt neben Carson Dobbs' Praxis?«
»Direkt *in* dem Bürohochhaus, in dem sich seine Praxis befindet«, konterte Edna. »Die Bank ist unten in der Eingangshalle. Ich erinnere mich an den Namen, weil er für Buckhead ziemlich sonderbar ist.«
»Recht praktisch, das mußt du zugeben«, sagte ich.
»Das fand dieser Anwalt auch«, meinte Edna selbstgefällig.
»Wer?«
»Zack Alexander. Whitney Dobbs' Anwalt.«
Hatte Zack das gemeint, als er erwähnte, er hätte mit meiner Mutter gesprochen?
»Du hast Zack angerufen? Du kannst doch nicht rumlaufen und einfach meine Klienten anrufen, weil du auf Informationen aus bist.«

»Das tu ich doch ständig.«
»Aber nur, wenn ich dich darum bitte.«
»Er denkt, du hättest mich heute darum gebeten«, erwiderte sie ruhig. »Ich hab' ihm gesagt, du wolltest wissen, wo die Herz-Kreislauf-Gesellschaft von Atlanta ihre Konten hat. Und er war mir liebend gern gefällig. Nations-Bank. Da sind die Konten, von denen er wußte. Richtig zufrieden war er«, fügte sie hinzu, »als ich ihm erzählte, daß Dr. Dobbs ein weiteres Konto eröffnet und unseren Scheck da eingereicht hatte.«
Sie reichte mir eine Fotokopie der Vorder- und Rückseite unseres Schecks.
»Und ich habe auch eine Idee, wie man Doreen Laidlaw finden könnte«, verkündete sie.
»Nein. Ich will nicht, daß du so was machst. Du bist krank. Du hast eine kaputte Herzklappe, schon vergessen?«
Wir debattierten über Ednas Gesundheitszustand, während wir den Salat und die Spaghetti aßen und die ganze Flasche billigen Weins leertranken. Dann holte ich eine Packung Fertigkuchen hervor und rührte einen Schokoladenkuchen an. So treibt sie mich zum Schokoladenkonsum.
Wir diskutierten gerade darüber, ob ich Pecannüsse an den Teig tun sollte, als C. W. Hunsecker auftauchte.

»Was ist los?« fragte ich schnell. »Ist etwas mit Linda? Oder dem Baby?«
»Beruhig dich«, sagte C. W. und ließ sich vorsichtig auf einem Stuhl nieder. »Ich nehme an, du hast noch keine Nachrichten gesehen, oder? Du weißt das mit Deavers noch nicht?«
Edna kam mir zuvor. »Was ist passiert?« fragte sie schnell. Sie hat immer eine Schwäche für Bucky gehabt, selbst nachdem klar wurde, daß unsere Freundschaft stets platonisch bleiben würde.
»Es ist dieser gottverdammte Untersuchungsbeamte aus dem Justizministerium«, sagte C. W. »Er hat heute einen vorläufigen Bericht veröffentlicht. In dem steht, daß Deavers bekannt für Rassenvorurteile ist. Und daß das Auffinden dieses Gewehrs in Bryant Mayes' Laster zweifelhaft war.«
»Zweifelhaft?« wiederholte ich. »Was soll das heißen?«
»Er beschuldigt Bucky, Mayes das Gewehr untergeschoben zu haben. Um Mayes den Mord anzuhängen.«
»So ein Schwachsinn«, rief ich aus. »Das ist einfach Bockmist. Bucky ist kein Rassist, das weißt du, C. W.«
»Erzähl das denen im Rathaus«, entgegnete C. W. »Der Bürgermeister hat um fünf eine gemeinsame Pressekonferenz mit diesem Typen vom Justizministerium abgehalten. Der Bürgermeister hat verkündet, daß Bucky vom Dienst suspendiert wurde.«

»Lloyd Mackey hat Bucky vom Dienst suspendiert?«
»Auf Anweisung der Polizeipräsidentin, auf Wunsch des Bürgermeisters«, sagte C. W. »Ich habe eben mit Mackey gesprochen. Er ist sehr unglücklich über die Sache, aber was kann er schon tun? Es war eine politische Entscheidung.«
»Was ist mit Bucky? Hast du mit ihm gesprochen?«
»Er hat sich mit seinen Anwälten eingeschlossen.«
»Und wer bezahlt die Anwälte?«
»Die Polizeigewerkschaft«, erklärte C. W.
Ich schob das Blech Schokoladenkuchen von mir weg. Mir war plötzlich jeder Appetit auf Schokolade vergangen.
»Es ist das Hinterletzte«, sagte C. W. »Ich hab' Deavers ausgebildet. Ich hab' seinen Kopf gehalten, als er kotzte wie ein Reiher, nachdem er zum ersten Mal eine madenzerfressene Leiche zu Gesicht bekommen hatte.«
»Das hast du auch für mich getan«, erinnerte ich ihn. »Also, warum dieser Besuch? Du hättest anrufen können, um mir die Neuigkeit mitzuteilen.«
»Arbeitest du immer noch für Whitney Dobbs?«
»Für ihre Tochter«, erklärte ich. »Alisons Anwalt hat eine Zivilklage gegen Carson Dobbs eingereicht. Schadensersatz wegen absichtlicher Tötung.«
C. W. nahm seine Brille ab, putzte sie mit dem Tischtuch und setzte sie wieder auf. »Ich kann mich da nicht einmischen«, sagte er. »Meine Beurlaubung wegen Dienstunfähigkeit muß noch von einer Prüfungskommission genehmigt werden. Noch mehr Politik. Wenn ich Ärger mache, stoßen sie mich von Bord. Und ich muß auch an Lindas Karriere denken. Sie soll demnächst zum Sergeant befördert werden. Du weißt, wie nachtragend die Leute sein können. Aber du bist Privatdetektivin. Mit einer Bona-fide-Klientin.«
»Stimmt.«
Er stemmte sich vom Stuhl hoch, indem er sich an der Rückseite des Stuhls festhielt, auf dem ich immer noch saß. Ich dachte

flüchtig, wieviel Kraft er doch in den Armen und im Oberkörper hatte.
»Laß uns eine Spazierfahrt machen«, sagte C. W. »Reden wir mit Bryant Mayes.«

Die Fahrt verlief ruhig. Nachdem C. W. den Rollstuhl losgeworden war, hatte er sich einen großen Mercedes gekauft, einen Gebrauchtwagen. Ich grübelte, während C. W. fuhr. Wie sollten wir an Bryant Mayes herantreten? Wie sollte ich ihn fragen, was ich wissen mußte, ohne ihn gegen mich aufzubringen? Ich wünschte, ich hätte meinen gelben Schreibblock dabei.
C. W. langweilte sich bald und fing an, am Radio herumzuspielen. Er stellte ungefähr jede Minute einen anderen Sender ein, hörte sich ein paar Takte eines Songs an, einige Sätze Nachrichten, ein bißchen Fan-Geplauder einer Sportsendung mit Hörerbeteiligung. Als er wieder einen neuen Sender einstellte und Ellis McIntyres Stimme aus den Lautsprechern triefte, zuckte ich zusammen und langte nach dem Radio. »Nicht schon wieder dieser Blödmann.«
C. W. schob meine Hand zur Seite. »Was ist los? Magst du Atlantas Stimme der Vernunft nicht? Ich hör mir seine Sendung immer an.«
»Ist das dein Ernst?«
Er nickte. »Wieso? Wußtest du nicht, daß man schwarz und konservativ sein kann?«
»Ellis McIntyre predigt Haß. Er haßt Schwarze. Haßt Frauen. Haßt Sozialhilfe.«
»Er haßt das Verbrechen«, sagte C. W. ruhig. »Er haßt die Regierungsbürokratie und Band-Aid-Sozialprogramme, die nichts weiter sind als Almosen. Er bringt ein paar ganz gute Argumente, wenn man über die Sprüche von wegen ›Dritt-Welt-Mentalität‹ hinwegsieht.«
»Eben darüber kann ich nicht hinwegsehen. Ich bin überrascht, daß du es kannst.«

»Jetzt hörst du dich an wie Linda. Sie kann den Typ auch nicht ausstehen. Ich kann mir seine Sendung also nur anhören, wenn ich mit dem Auto unterwegs bin.«
McIntyres Stimme bebte buchstäblich vor Entrüstung.
»Und nun«, verkündete er gerade, »hat irgendein Strohkopf aus Washington, der sein Juraexamen wahrscheinlich am Tuskegee Institute oder irgend so was abgelegt hat...«
»Siehst du«, bemerkte ich. »Er ist ein Rassist.«
»Halt den Mund«, warnte C. W.
»Dieser Strohkopf kommt hier runter, mit Anweisungen von unserer geschätzten Justizministerin in der Tasche. ›Krieg einen Cop am Arsch‹. Die Wahrheit interessiert uns nicht. Oder die Gerechtigkeit. Oder daß eine Frau von irgend so einem blutdürstigen *Banditen* erschossen wurde. Aber wir können doch nicht zulassen, daß die Bürgerrechte dieses *Kriminellen* mit Füßen getreten werden.«
McIntyre schwieg drei Herzschläge lang. Ausgebildet in der Paul-Harvey-Schule für Rundfunk und Fernsehen.
»Leute«, verkündete er. »Die Gorillas haben den Zoo übernommen.«
An der Stelle steckte ich mir die Finger in die Ohren. »Ich kann mir das nicht länger anhören«, teilte ich C. W. mit.
Nach ein, zwei Minuten zupfte er mich am Arm. »Die Show ist vorbei. Hat dir schon mal jemand gesagt, daß du nicht alles so furchtbar eng sehen solltest?«
»Vielleicht einmal.«
Wir waren zehn Minuten lang die Schnellstraße entlanggefahren, als C. W. sich für die Ausfahrt Central Avenue einordnete.
»Du hast mir gar nicht gesagt, wohin wir fahren«, bemerkte ich.
»Zur Feuerwache«, entgegnete C. W. und bog am Ende der Ausfahrt links ab. »Die Doppelte Zwei.«
»Glaubst du, daß Mayes da heute abend auftaucht?«

»Er ist dort«, versicherte C. W. mir.
»Woher weißt du das?«
»Ich war mal ein Jahr im Brandstiftungsdezernat. Anfang der achtziger Jahre. Wir waren damals direkt in den Feuerwachen stationiert, anstatt vom Revier aus zu arbeiten. Ich gehörte zur Doppelten Zwei.«
»Hast du Mayes gekannt?«
»Ja.« C. W. fuhr langsamer und beugte sich im Sitz vor, um die richtige Abzweigung nicht zu verfehlen. Zwei Blocks weiter bog er links ab und unmittelbar darauf nach rechts. Die Feuerwache befand sich auf der linken Straßenseite, an der Ecke.
»Lange her, seit ich zuletzt hier unten war«, meinte C. W. »Das Alter hat das Gebäude nicht gerade verschönert.«
Die Doppelte Zwei war Anfang der sechziger Jahre erbaut worden. Damals hatte irgend jemand irgendwo die Bestimmung erlassen, daß alle öffentlichen Gebäude aus gelben Ziegeln erbaut sein mußten, mit Fenstern aus aufgerauhtem Aluminium, rechteckig und klotzig – Marke Tiefgeschoß mit Sonderangeboten-Bauhaus. Das Spritzenhaus stand vorn an der Straße, die Wache selbst war etwas seitlich gelegen. Die Fenster waren erleuchtet. Sah aus, als seien die Jungs zu Hause.
C. W. parkte neben einem Pickup-Truck, der mir bekannt vorkam. »Mayes ist hier«, sagte C. W. und wies mit dem Kopf auf den Kleinlaster. »Mackey mußte den Wagen freigeben. Hast du dir schon überlegt, was du sagen willst?«
»So ungefähr. Was ist mit dir?«
»Ich mache nur eine Spazierfahrt und schnappe ein bißchen frische Luft«, erklärte C. W. »Denk daran, und zieh mich nicht in irgendwas rein.«
»Wer hat denn hier wen in was reingezogen?« wollte ich wissen.

Als wir durch die Tür traten, standen wir in einem kleinen Bürobereich. Vier Schreibtische, ein paar Computer und Akten-

schränke. Aus einer offenen Tür am Ende des Raums drangen Stimmen.
»Dann mal los«, sagte C. W.
Seine Metallstöcke machten ein klickendes Geräusch auf dem Linoleumfußboden.
Die Insassen der Doppelten Zwei – sechs Männer, vier Schwarze und zwei Weiße – lagerten hingegossen auf Sofas und Ruhesesseln und sahen sich einen Film im Fernsehen an. Bryant Mayes hockte auf einem Fitneßgerät, die Hanteln in der Hand, und guckte fern, anstatt zu trainieren.
»Guckt ihr etwa immer noch *Backdraft*?« fragte C. W. lautstark. »Ist die Kassette nicht längst ausgeleiert?«
Ein muskelbepackter Weißer mit grauem Bürstenschnitt sprang aus dem Sessel auf. »Du stehst im Weg, Hunsecker, du Arsch.« Er kam zu uns rüber und klopfte C. W. auf die Schulter.
»Du siehst gut aus, Hunsecker«, meinte er. »Echt gut.« Mit einem gutmütigen lüsternen Seitenblick auf mich fügte er hinzu: »Weiß deine Alte, daß du eine weiße Freundin hast?«
Die anderen Männer im Raum johlten. »Wir reden von Linda Nickells. Die wird dir eine tüchtige Abreibung verpassen, Mann«, warnte jemand.
»Nee, Mann, nichts dergleichen«, sagte C. W. »Callahan, das ist Freddie Walker. War mal ein guter Freund von mir.«
Walker schüttelte mir die Hand. »Callahan und Linda sind alte Freundinnen«, erklärte C. W. »Callahan war auch mal bei der Truppe. Ich hab' dir von ihr erzählt.«
»Einbruchsdezernat«, sagte ich.
C. W. senkte die Stimme, so daß die anderen ihn nicht hören konnten. »Glaubst du, Mayes ist in Stimmung?«
Walker warf einen Blick auf Mayes, der mich offen anstarrte. »Frag ihn«, entgegnete er. Er legte eine Hand auf C. W.s Schulter. »Komm mit in die Küche. Wie wär's mit einem Kaffee?«
Ich zog mir einen Küchenstuhl heran und setzte mich neben Mayes. »Bryant?«

Er griff nach einer Zeitschrift und fing an zu lesen. »Ja.«
»Sie wissen, wer ich bin, oder?«
»Ja.« Bei der Zeitschrift handelte es sich um eine uralte Nummer von *Sports Illustrated.*
»Hören Sie«, sagte ich. »Können wir nicht mal ein paar Minuten mit dem Scheiß aufhören? Ich bin nicht hinter Ihnen her. Ich versuche nur, meine Arbeit zu machen. Meine Klientin ist Alison Dobbs, Whitneys Tochter. Sie ist überzeugt, daß ihr Vater etwas mit dem Mord an ihrer Mutter zu tun hatte. Ihr Anwalt wird Carson Dobbs auf Schadenersatz wegen absichtlicher Tötung verklagen. Wir könnten uns gegenseitig helfen, denke ich.«
»Das glaube ich nicht.« Mayes blickte mich an. Seine Augen waren blutunterlaufen und umgeben von tiefen Ringen hängenden Fleisches. Sein Gesicht war rund, mit überraschend hohen Wangenknochen.
»Mein kleines Mädchen ist tot. Faneeta ist tot. Dafür hat Whitney Dobbs gesorgt. Meine Frau hat mich rausgeschmissen. Ich bin festgenommen worden. Ich habe meinen Job verloren und bin durch den Schmutz gezogen worden.« Seine Hände krampften sich um die Zeitschrift, zerknitterten die Ränder.
»Jemand hat Ihnen was angehängt.« Davon war ich noch keineswegs überzeugt, aber ich bearbeitete den Zeugen, wie es mir beigebracht worden war. »Vielleicht kann ich Ihnen helfen, das zu beweisen.«
»Halten Sie mich für blöd? Sie sind eine Freundin von Deavers. Dem Bullen, der mir was anhängen wollte. Der mich hoppsgenommen hat.«
Ich sah mich um. Die anderen Feuerwehrmänner lauschten interessiert und taten so, als verfolgten sie gebannt den Film.
»Können wir nicht irgendwo anders hingehen und reden?«
Mayes stieß einen tiefen Seufzer aus und warf die Zeitschrift auf das Fitneßgerät. »Im Büro«, sagte er.
Im Büro war es halbdunkel und kühl. Mayes setzte sich hinter einen Schreibtisch in der Nähe der Eingangstür. »Das war mein

Arbeitsplatz«, murmelte er. »Bevor all diese Scheiße passiert ist.«
Ich nahm mir einen Bürostuhl, der vor einer Schreibmaschine stand, rollte mit ihm zum Schreibtisch und setzte mich Mayes gegenüber.
»Erzählen Sie mir von diesem Nachmittag«, sagte ich. »Alles, was Sie wissen.«
Er griff nach einem Bleistift und fing an, das Radiergummi auf der Schreibtischplatte auf- und abspringen zu lassen.
»Warum? Damit Sie Ihrem Kumpel aus der Patsche helfen können?«
C. W. hatte mich auf dem Weg hierher gewarnt. »Mayes ist ein großes Baby. Hat einen Riesenkomplex.«
»Deavers ist heute vom Dienst suspendiert worden. Er kann auf sich selbst aufpassen. Ich will herausfinden, wer Whitney umgebracht hat. Wenn Sie es nicht waren, muß es jemand anders gewesen sein.«
»Das ist albern«, sagte Mayes. »Mein Anwalt wird mich umbringen, wenn ich mit Ihnen rede.«
Fred Grossbart, Mayes' Anwalt, war jeden Tag seit Whitneys Ermordung in den Medien aufgetreten. Ich hatte ihn sogar in einer dieser Sensations-Shows im Fernsehen gesehen, wo er sich über Korruption bei der Polizei von Atlanta ausließ.
»Für Ihren Anwalt war das eine Werbung, die mit Geld überhaupt nicht zu bezahlen ist«, machte ich Mayes klar. »Eigentlich sollte er Ihnen Geld geben.«
»Das sagt Janie auch«, entgegnete Mayes. »Sie vertraut ihm auch nicht.«
»Also, was ist passiert?« drängte ich.
»Nachdem Faneeta, mein kleines Mädchen, umgekommen ist? Alles ging in die Brüche. Ich saß ziemlich tief in der Tinte. Janie und ich, wir haben uns ständig gestritten. Ich hab' bei Freunden gewohnt. Man hat mich suspendiert. Und dieses Aas hatte an allem schuld.«

»Whitney. Erzählen Sie mir von dem Tag, an dem sie ermordet wurde. Wo waren Sie zu der Zeit?«

»Im Park. Ich geh oft dahin. Es gibt da einen Platz, wo man sich hinsetzen kann. Manchmal schreibe ich Zettel und lasse sie da. Für Faneeta.«

»Hat irgend jemand Sie an dem Tag dort gesehen?«

»Weiß nicht. Ich hatte eine Flasche José Cuervo mit. Fragen Sie José. Er kann es Ihnen sagen.« Mayes lachte über seinen eigenen Witz.

»Sie waren den ganzen Tag dort?«

»Den größten Teil. Ich bin rumgefahren. Auch am Haus von dieser Sau bin ich vorbeigefahren.«

Er vergrub das Gesicht in den Händen. »Wissen Sie, was Sie der Polizei erzählt hat, als sie an dem Tag angehalten wurde? Sie sagte, sie hätte gedacht, sie wär über eine Bodenschwelle gefahren. Eine Bodenschwelle«, wiederholte er mit gebrochener Stimme. »Janie hat es gesehen. Sie hat immer noch Alpträume.«

Ich mußte an die Fotos denken, die die Zeitung immer wieder gebracht hatte. Das von dem schüchternen kleinen Mädchen. Und das von Whitney, einen Highball in der Hand, laut lachend. Ich schauderte unwillkürlich zusammen.

»Ich wollte sie umbringen«, sagte Mayes leise. Wieder ließ er den Bleistift auf- und abspringen, hämmerte eine Tätowierung auf die Schreibtischplatte. »Janie hat herausgefunden, wo Whitney wohnte. Als die Verhandlung vorbei war, hat sie diese Schilder gemacht, fuhr zu ihr hin und stellte sich einfach da hin. Starrte auf das Haus. Damit sie Schuldgefühle kriegt.«

»Und Sie haben die Telefonanrufe gemacht«, stellte ich fest.

»Eine von Janies Freundinnen aus der Gemeinde arbeitet für Southern Bell. Sie hat uns die Nummer besorgt. Whitney hat Ihnen von den Anrufen erzählt, was?«

»Ja. Und Sie sind ihr gefolgt?«

»Ich hatte meine geladene Pistole dabei. Nicht das Gewehr. Das ist ein Jagdgewehr. Ich habe mir eine Fünfundvierziger besorgt, die ich benutzen wollte.«

»Warum haben Sie es nicht getan?«

Er zuckte die Achseln. »Es war leichter, high zu werden, rumzufahren und sich auszumalen, wie gut es sich anfühlen würde.«

»Wenn Sie die Fünfundvierziger hatten, warum war dann das Gewehr in Ihrem Pickup-Truck?«

Mayes starrte nur. »War es ja gar nicht. Das hab ich auch den Bullen erzählt. Das Gewehr gehörte meinem Vater. Ich hab' es nie im Wagen mitgenommen. Es war in meiner Garage. Jemand muß es geklaut haben.«

»Sie wußten nicht, daß das Gewehr nicht mehr da war? Sie haben es nicht als gestohlen gemeldet?«

»Faneeta ist im letzten Sommer gestorben. Ich war seit mehr als einem Jahr nicht mehr auf der Jagd. Außerdem wohne ich nicht mehr zu Hause. Also wußte ich nicht, daß es weg war.«

»Was ist mit Janie? Ist ihr aufgefallen, daß das Gewehr nicht mehr da war?«

Sein Kopf zuckte heftig zurück, und er ließ den Bleistift fallen. »Sie wußte nix von dem Gewehr. Es ist meins.«

Er log. Und zwar ziemlich schlecht.

»Weiß sie, wie man mit einem Gewehr umgeht? Haben Sie sie je zur Jagd mitgenommen?«

»Weiß nicht«, murmelte er. »Vielleicht hat ihr Bruder sie mal mitgenommen, als sie klein war. Sie lebten drüben in Madison. Es ist lange her. Janie haßt Waffen.«

Aber Janie Mayes hatte Zugang zu dem Gewehr. Ihr Motiv war offensichtlich. Aber die Mittel. Hatte sie gewußt, wo Whitney zu finden sein würde? Könnte sie die Person gewesen sein, die Billy Tucker durch den Wald rennen sah?

»Besitzt Janie eine grüne Jacke? Mit einer Kapuze?«

»Weiß nicht«, knurrte er mürrisch.

»War sie je mit Ihnen in Brown's Mill, auf diesem Golfplatz?«

»Lassen Sie den Scheiß«, stieß er plötzlich hervor. »Wir reden hier von mir. Nicht von ihr. Sie glauben, daß Janie Whitney Dobbs umgebracht hat? Dann sind Sie noch verrückter als die Bullen. Janie hätte so was nie getan. Ich dachte, Sie sagten, dieser Arzt wär's gewesen.«

»Sind Sie Carson Dobbs je begegnet?«

»Ich erinnere mich nicht.«

»Seine Frau hat Ihre Tochter überfahren. Das scheint mir ziemlich einprägsam zu sein.«

»Wir haben uns einmal getroffen. Mit meinem Anwalt.« Mayes blickte nicht auf.

»Weswegen?«

»Um über eine Abfindung zu reden.«

Gütiger Himmel. Kreise in Kreisen. »Wann war das?«

»Direkt nach Prozeßbeginn. Dobbs fing an durchzudrehen, wegen der schlechten Publicity. Ich und mein Anwalt, wir dachten, Dobbs sollte uns eine Abfindung zahlen. Schmerzensgeld. Faneeta war unser einziges Kind, Mann. Janie kann keine Kinder mehr kriegen. Aber es passierte nichts.«

»Und warum nicht?«

»Verdammt!« Mayes zerbrach den Bleistift in zwei Teile und schleuderte ihn gegen die Glastür. »Wegen diesem Anwalt. Alexander. Er kam mit diesem Quatsch an, daß der Polizist, der sie verhaftet hat, ihr ärztliche Hilfe verweigert hätte. Was für ein Mist. Dobbs' Anwalt wollte es gar nicht glauben. Auf die Idee war er überhaupt nicht gekommen. Aber sobald das auf den Tisch kam, sagte Dobbs, verpißt euch. War nix mit Schmerzensgeld. Wir haben keinen Groschen gekriegt.«

Durch gemeinsame Anstrengung all dieser Anwälte war Mayes um die einzige Entschädigung betrogen worden, die ihm je für den Verlust seiner Tochter angeboten worden war. Seine Bitterkeit war größer, als selbst ich es erwartet hätte.

»Ich würde gern mit Ihrer Frau sprechen«, sagte ich. »Meinen Sie, Sie wäre damit einverstanden?«

Er lachte. »Sie schafft es nicht, nicht darüber zu reden.«

»Was wollen Sie?«

Janie Mayes umklammerte krampfhaft den Kragen ihres Bademantels, obwohl die Kette vorgelegt war und wir nur fünfzehn Zentimeter von Janie erkennen konnten.

Bryant beugte sich vor. Seine Stimme klang überredend. »Mach auf, Janie. Diese Leute sind Detektive. Die Frau sagt, sie kann uns helfen.«

»Ich weiß, wer diese Frau ist, du Trottel«, zischte Janie. »Ich habe ihr nichts zu sagen. Und dir auch nicht. Und jetzt verschwinde, bevor ich die Polizei rufe.« Sie reckte trotzig das Kinn vor. »Hier sind wir in East Point, nicht in Atlanta. Hier unten kannst du die Dinge nicht so hindeichseln, wie du sie haben willst.«

»Janie«, drängte Bryant. »Komm schon, Schätzchen. Willst du, daß die Leute weiter glauben, daß wir das getan haben? Daß wir diese Whitney Dobbs umgebracht haben?«

»Wir?« rief sie aus. »Was soll dieses Wir-Gerede?«

»Darüber würden wir gern mit Ihnen reden«, sagte ich.

Das Wohnzimmer war klein. Vorhänge aus schwerem Rosenbrokat ergossen sich in Girlanden über ein kleines Panoramafenster. Sofas und Stühle waren von durchsichtiger Plastikfolie überzogen, die Tische aus Pecannußholz-Imitat durch Zierdeckchen und Spitzentischläufer geschützt. Wo man in diesem Raum auch hinblickte, man sah Faneeta Mayes.

Es gab einen kleinen Kamin, und auf dem Kaminsims marschierte eine Bilderparade von Faneeta Mayes. Babybilder, Bilder von Faneeta als Kleinkind, Familienporträts in steifer Positur, Schulfotos und Familienschnappschüsse. Ein neueres Foto zeigte Faneeta in einem flitterübersäten schwarzen Katzenkostüm, zu dem ein kleines Stirnband mit Katzenohren mit weißen Spitzen gehörte. Ein aufgeschminkter Katzenschnurrbart zierte ihr Gesicht, und sie hatte die Haltung einer Katze auf Mäusejagd eingenommen. Es brach mir das Herz, dieses Bild. Auf der Ecke des Kaminsimses stand eine ungeschickt mit einer Spritzpistole ausgeführte Karikatur von Faneeta, die Art, die man für zehn Dollar in einem Vergnügungspark bekommt.

Auf dem Couchtisch und den Beistelltischchen waren noch mehr Fotos zu sehen.

Als Janie Mayes sich in einen der Sessel setzte, gab der Plastiküberzug ein komisches furzähnliches Geräusch von sich, aber niemand lachte oder lächelte auch nur. Ich hatte den Eindruck, daß derartige Geschmacklosigkeiten in diesem Haus nicht länger geduldet wurden.

Bryant ließ sich auf einem Stuhl nieder, aber auf der Kante, als wüßte er, daß der Zähler lief. C. W. und ich setzten uns auf das Sofa.

»Also, was wollen Sie?« fragte Janie Mayes. Ihr Haar war straff zurückgekämmt, als hätte sie sich gerade das Gesicht gewaschen. Sie saß kerzengerade.

»Bryant hat mir erzählt, daß er sein Jagdgewehr nie in seinem Pickup-Truck mitgenommen hat«, sagte ich. »Wie kam es also in den Wagen, als Detective Deavers es fand? Wie wurde es benutzt, um Whitney Dobbs zu töten? Das fragen wir uns.«

Ihre Hände waren im Schoß gefaltet. Adrett. »Das habe ich schon der Polizei gesagt. Ich weiß nicht, wie dieser Detective

es gemacht hat. Ich weiß nicht, wie er zu dem Gewehr gekommen ist. Es gehörte meinem Mann. Ich habe nie darauf geachtet.«
»Ihnen ist nicht aufgefallen, daß das Gewehr nicht mehr da ist?« hakte C. W. nach. »Hat es hier kürzlich einen Einbruch gegeben? Fehlt sonst noch etwas?«
»Nein«, sagte Janie Mayes.
»Aber es ist allgemein bekannt, daß Bryant ein Gewehr hatte, oder? Daß er manchmal auf die Jagd ging?«
Ich sah Bryant an. »Sie haben mir erzählt, daß Sie auch eine Fünfundvierziger haben. Was ist mit der passiert?«
Janie biß sich auf die Lippen. »Ich habe sie in den Fluß geworfen. Nachdem Bryant festgenommen wurde. Es war seine Pistole. Er hatte einen Waffenschein dafür.«
»Viele Leute wußten von meinem Gewehr«, erklärte Bryant. »Und?«
»Vielleicht wußte jemand auch, daß Sie aus diesem Haus ausgezogen waren«, gab ich ihm zu verstehen. »Sie sagten, Sie haben das Gewehr in der Garage aufbewahrt. Unter Verschluß?«
»Als ich zuletzt nachgesehen habe, war der Schrank abgeschlossen.« Bryant warf einen Seitenblick auf seine Frau.
»Keine Ahnung«, sagte Janie. »Ich rühr seine Sachen nicht an.«
»Aber Sie wissen, wie man mit einem Gewehr umgeht, stimmt's? Sind Sie nicht früher auf die Jagd gegangen?«
»Wer hat Ihnen das erzählt?« wollte sie wütend wissen. Bryant blickte zur Seite. »Das war vor langer, langer Zeit. Ich war damals ein kleines Mädchen. Ich hab' nie irgendwas getötet. Nur auf Blechdosen gezielt, mit meinem Bruder.«
Sie drehte den Gürtel ihres Bademantels zusammen, zwirnte ihn, bis es aussah, als würde er sie entzweischneiden. Anklagend sah sie den von ihr getrennt lebenden Ehemann an. »Denkst du etwa, ich hätte etwas mit dem Mord an Whitney Dobbs zu tun?«

»Nein«, antwortete er schnell. »Aber das Gewehr. Darüber hab ich auch nachgedacht. Wie ist der Bulle an das Gewehr rangekommen, wenn er es mir untergeschoben hat?«

»Ich war bei der Arbeit«, erklärte Janie. »Im Comfort Inn am Camp Creek Parkway.« Sie war jetzt wirklich wütend. »Da arbeite ich. Irgend jemand muß ja die Rechnungen bezahlen. Vielleicht ist dieser Detective hergekommen, während ich bei der Arbeit war, und hat das Gewehr gestohlen.«

Warum hätte er das tun sollen? hätte ich fast gefragt. Aber bevor ich etwas sagen konnte, erkundigte sich C. W.: »Könnten wir mal sehen, wo das Gewehr aufbewahrt wurde?«

Janie Mayes schien gewillt, uns fortzujagen, als sie das hörte, aber Bryant gab ihr keine Gelegenheit dazu.

»Draußen in der Garage«, meinte er. »Ich zeige es Ihnen.«

Es war eine kleine, freistehende Garage aus Löschbeton, mit einem Fenster in der Seitenwand und einem Garagentor zum Hochziehen. Das Garagentor war geschlossen. Janies weißer Ford nahm den größten Teil des Raums ein. In der Ecke stand eine Werkbank. Werkzeuge hingen ordentlich von Haken, die an einer gelochten Platte befestigt waren, und auf einem Regal daneben waren fein säuberlich Farbdosen aufgestapelt. Unter der Werkbank befand sich ein Schrank.

»Wo ist das Vorhängeschloß?« fragte Bryant seine Frau.

»Ich hab' hier nie ein Vorhängeschloß gesehen«, erwiderte sie. »Das sind deine Sachen. Nicht meine.«

Mayes öffnete den Schrank. Das obere Regal war leer, unten lagen Utensilien zum Reinigen von Waffen und eine Schachtel Munition. Er kniete nieder und spähte in den Schrank, als erwarte er, das verschwundene Gewehr würde jeden Moment auftauchen.

»Da war ein Vorhängeschloß«, beharrte er kopfschüttelnd. »Wissen Sie, mit Faneeta und den Nachbarskindern in der Nähe wollte ich kein Risiko eingehen. Wenn Kinder Waffen sehen, werden sie neugierig. Faneeta allerdings nicht. Sie mochte es

nicht, wenn ich auf die Jagd ging. Sie war weichherzig. Mein Baby war so weichherzig.«
Er drehte sich zustimmungsheischend zu seiner Frau um, aber die war verschwunden. Ihre Hausschuhe schlugen mit einem leise klatschenden Geräusch gegen die Sohlen ihrer Füße. »Ich geh ins Bett«, rief sie. Einen Moment später war sie im Haus. Wir hörten das Klicken das Schlosses, und ein paar Sekunden später ging die Außenbeleuchtung aus.
»Das war's dann wohl«, meinte ich.
»Das Gewehr war unter Verschluß«, beharrte Bryant. »Ich weiß, daß es unter Verschluß war.«
»Jeder hätte in diese Garage eindringen können«, sagte ich zu C. W. Wir folgten Bryant Mayes' Wagen bis zur Interstate. Wahrscheinlich kehrte er zur Feuerwache zurück. Wir fuhren nach Hause.
»An der Tür war nur ein kleines Druckknopfschloß«, sagte ich. »Das hätte selbst Edna aufkriegen können. Was sage ich, Baby und Sister hätten es aufkriegen können. Selbst wenn Mayes die Wahrheit sagt und es ein Vorhängeschloß gab, wäre das für jemanden, der an das Gewehr wollte, kein großes Hindernis.«
»Direkt darüber hingen Bolzenschneider an diesem Brett«, stimmte C. W. mir zu. »Wär kein Problem gewesen.«
»Komisch, daß die Frau dem Gewehr nie große Beachtung geschenkt haben will. Sie wußte, daß er Waffen hatte. Sie hatten ein Kind im Haus, da würde man doch annehmen, daß sie sich für so was interessiert.«
»Aber das Kind ist tot«, stellte C. W. unverblümt fest. »Seit letzten Juni. Diese Leute sind verzweifelt, da läßt man die Dinge schon etwas schleifen.«
»Hast du das Haus gesehen? Makellos sauber. Und die Garage. Nicht mal ein Ölfleck auf dem Boden. Nicht mal ein verirrtes Stück Zeitungspapier. Die Frau ist zwanghaft.« Ich schauderte. »Die würde ich nur höchst ungern als House-Mouse-Klientin haben.«

»Sie hat ein Alibi.«
»Woher weißt du das?«
Er wandte den Blick nicht von der Straße. »Mackey hat es mir heute abend erzählt. Inoffiziell. Er hat mich einen Blick in die Akte werfen lassen.«
Warum sollte mich das überraschen? Wir leben in einer Männerwelt. Mackey würde mir, einer Frau, noch nicht mal die Uhrzeit verraten. Nein. Aber für Hunsecker, einem Mitglied des Frauenhasser-Clubs der richtigen Männer, stand die Tür des Clubhauses natürlich stets offen.
»Hast du vor, mir zu erzählen, was das für ein Alibi ist?« fragte ich. »Oder ist das ein Geheimnis? Nur für Jungs?«
»Janie Mayes war an dem Tag bis siebzehn Uhr bei der Arbeit.« C. W. ignorierte meine Seitenhiebe. »Deavers hat eine Kopie ihrer Stechkarte. Sie arbeitet in diesem Motel in der Buchhaltung.«
»Camp Creek Parkway ist keine zehn Minuten vom Golfplatz entfernt«, bemerkte ich. »Ist sie jede Minute des Tages im Büro gesehen worden? Sind die Kollegen befragt worden?«
»Deavers hat nur mit dem Aufseher gesprochen. Sie ist eine gute Kraft, hat er gesagt.«

Als wir bei mir zu Hause ankamen, war die Auffahrt vollgeparkt.
»Hier ist ja jede Menge los«, bemerkte C. W. und hielt am Straßenrand.
»Du hast ja keine Ahnung«, teilte ich ihm mit.
»Was machen wir morgen?« fragte er. »Ich denke, wir müssen mit jedem reden, der an dem Abend am Tatort war. Wir müssen Zeugen auftreiben, die beweisen können, daß Deavers nie auch nur in der Nähe von Mayes' Pickup-Truck war, bis er den Auftrag erhielt, ihn zum Revier zu fahren. Und du hast recht, wir müssen mit Janie Mayes' Kollegen reden.«
»Hast du nicht eine Firma zu leiten?« fragte ich spitz.

»Mein Partner kann sich mal einen Tag darum kümmern«, sagte C. W. »Was ist los? Willst du Deavers etwa nicht helfen?«
»Doch, ich will ihm helfen.« Ich musterte die Autos, die meinen Lieferwagen zugeparkt hatten. Einer gehörte Neva Jean. Der andere meiner Schwester. »Aber es gibt neue Entwicklungen in dem Fall, an denen ich dranbleiben muß. Für meine Klientin. Du erinnerst dich? Wenn das hinhaut, wird sich die Sache mit Deavers von selbst erledigen.«
»Ich ruf dich morgen an«, versprach C. W.

Der Duft von frischgebackenem Schokoladenkuchen und heißem Kaffee empfing mich, als ich in die Küche trat. Am Küchentisch saßen vier Personen: Edna, Maureen, Steve und Neva Jean.
»Hallo!« rief Edna fröhlich. »Lust auf ein Dessert?«
»Nein, danke.« Ich warf einen ostentativen Blick auf die Küchenuhr. Es war fast elf. »Ich bin müde. Ich glaube, ich geh ins Bett.«
Maureen hüstelte taktvoll. Steve machte sich über ein Stück Schokoladenkuchen her.
»Die Tischler haben neue Termitenschäden entdeckt. Ist es nicht unglaublich? Sämtliche Fußbodendielen im Badezimmer und im Flur sind nur noch Sägespäne. Dabei haben wir das Haus vor sechs Jahren auf Termitenschäden untersuchen lassen. Steve meint, wir sollten die Leute verklagen.«
»Ich habe eine Bescheinigung, daß das Haus termitenfrei ist«, erklärte Steve. Die Spitzen seines Schnurrbarts waren mit Vanilleeiscreme bekleckst.
»Ihr solltet klagen«, stimmte ich liebenswürdig zu.
Neva Jean stand auf und öffnete den Kühlschrank. Sie holte sich eine Dose Mountain Dew aus dem untersten Fach. Es war ein Zwölferpack. Man brauchte keine Detektivin zu sein, um zu dem Schluß zu kommen, daß sie einen längeren Aufenthalt plante.
Sie öffnete die Dose und tat einen kräftigen Zug. »Ich hab's

Swannelle heute abend ganz klar gesagt. Ich oder die Emus. Weißt du, was er jetzt vorhat? Er will noch ein Paar Zuchtstrauße dazukaufen.«
»Du solltest klagen«, teilte ich ihr mit.
Ich ging in mein Schlafzimmer. Maureens Koffer und ihr Make-up-Täschchen lagen auf meinem Bett, und Steves Rettungssanitäter-Uniform in einer Plastikhülle von der Reinigung. Ich sammelte das ganze Zeug ein, trug es in die Küche und ließ es auf den Boden fallen.
Die Schokoladenkuchenesser sahen mich in ungläubigem Schweigen an.
Dann ging ich in den Flur, wo der Schrank mit dem Bettzeug steht, und holte eine Ladung Kopfkissen, drei Decken und ein Bündel Bettwäsche heraus. Das schaffte ich in die Küche und ließ es oben auf den Gepäckstapel fallen.
Ich nahm mir ein Stück Schokoladenkuchen, legte es auf einen Teller und goß mir ein Glas Milch ein, den Rest aus einer Vierliterpackung. Jetzt war ich bereit, meine Ankündigung zu machen.
»Falls nicht jemand sich freiwillig bereit erklärt, die Hypothek, die Stromrechnung oder die Steuern zu zahlen, schlafe ich in meinem eigenen Bett«, teilte ich allen mit. »Und Edna geht es nicht besonders gut, weder seelisch noch körperlich, also wird sie auch nicht auf ihr Bett verzichten. Ihr drei könnt euch unter euch um das Sofa im Wohnzimmer und die Bettcouch im Arbeitszimmer kloppen. Aber das ist das letzte Mal, ist das klar? Danach können mir Termiten und Emus gestohlen bleiben. Hier gibt es keine freien Zimmer mehr.«
Ich sah mir gerade Lettermans Monolog an, als es an der Tür klopfte. »Geh weg«, rief ich.
Edna kam trotzdem rein und schloß die Tür hinter sich.
»Ich hätte ihnen dein Bett schon nicht gegeben«, sagte sie.
»Gut«, teilte ich ihr mit. »Ich hätte auch nicht zugelassen, daß du es ihnen gibst.«

»Maureen ist so sauer auf dich, daß sie abgezogen und ins Motel Six gegangen ist.« Edna schaffte es nicht, ihr Grinsen zu unterdrücken. »Steve hat erklärt, sie würde gutes Geld verschwenden. Ich glaube, er hat vor, im Wagen zu schlafen.«
»Dann ist ihr Eisprung wohl vorbei.«
»Ich habe nicht gefragt.«
»Also hat Neva Jean durch Nichterscheinen des Gegners die Bettcouch gekriegt?«
»Es geht ihr wirklich nicht gut. Ich glaube, sie heckt gerade einen Plan zur Vergiftung von Swannelles Emus aus.«
»Sie könnte sie mit Insektenspray besprühen«, schlug ich vor. Vor einigen Jahren, während eines Krachs um den Kauf eines Boots, hatte Neva Jean Swannelle fast umgebracht, indem sie ihn mit einer Dose Kakerlakenspray eingenebelt hatte. Sie haben sich wieder vertragen, aber Swannelle schläft immer noch nicht allzu gut, wenn sich Insektenvernichtungsmittel im Haus befinden.
»Jemand hat heute abend für dich angerufen«, sagte Edna. »Maureen ist rangegangen. Es war jemand namens Wanda. Wer ist das?«
»Teil des Callahan-Garrity-Zeugenunterstützungsprogramms«, erklärte ich gähnend. »Wahrscheinlich will sie mir für dreißig Dollar erzählen, wo Jimmy Hoffa begraben ist.«
Das Gähnen war ansteckend. Edna gähnte auch, als sie erklärte: »Maureen sagt, diese Wanda meint, daß jemand dir ein Bild verkaufen will. Gibt das irgendwie Sinn?«
Arliss Woods. Wenn es stimmte, was ich bezweifelte, würde ich mich morgen damit befassen müssen. Das Gelobte Land konnte warten. Im Augenblick war ich mehr am Traumland interessiert.

Neva Jean holte sich einen Kaffee und setzte sich hin, ungewohnt schweigsam. Edna, die Zeitung las, reichte mir ohne ein Wort die Seite mit dem Kreuzworträtsel. Das Schweigen, das Kreuzworträtsel, das war alles ein Komplott, damit ich mich schuldig fühlte, weil ich das Hotel Garni geschlossen hatte. Und es funktionierte.

»Es tut mir leid, daß ich gestern abend so gereizt war«, sagte ich zu Neva Jean.

»Sie hat wahrscheinlich ihre Tage«, meinte Edna hilfreich.

Neva Jean langte in die Tasche ihres rosaroten Kittels, zog zwei Zehn-Dollar-Noten hervor und schob sie unter den Rand ihres Kaffeebechers. Wie Trinkgeld. »Ich bin kein Schnorrer«, erklärte sie.

»Behalt dein Geld.« Ich schob die Scheine wieder zurück.

Edna raffte das Geld an sich. »Unsere Heizkostenrechnung wird enorm sein, mit so vielen Leuten im Haus.«

»Ihr müßt diese Emu-Sache klären, du und Swannelle«, stellte ich fest. »So kann es nicht weitergehen.«

Neva Jean setzte ihren Kaffeebecher ab. »Ich habe einen Plan. Ein anonymer Anruf beim Gesundheitsamt. Eine Beschwerde über Swannelle McComb, weil er Vieh innerhalb der Stadtgrenzen hält. Wie findet ihr das?«

»Brillant«, rief Edna. »Kann ich anrufen? Du weißt, daß ich die schrullig-griesgrämige Alte echt gut hinkriege.«
»Dame Edna«, sagte ich. »Die schrullig-griesgrämigste überhaupt.«
»Da ich dir einen Gefallen tue, Neva Jean, mußt du mir auch einen Gefallen tun«, fuhr Edna fort. »Ruby hat gestern abend angerufen und für heute abgesagt. Ihr Blutdruck ist zu hoch. Kannst du ihre Häuser übernehmen?«
Neva Jean stand auf und holte sich einen rosa Kittel aus dem Schrank. »Ruf sofort an, okay? Ich will, daß die Emus heute abend weg sind.«
Da klingelte das Telefon. An Ednas Stimme konnte ich erkennen, daß Jackie dran war und sie ihre Stunden tauschen wollte.
»Kommt gar nicht in Frage«, sagte Edna. »Das bringt den ganzen Wochenplan durcheinander. Sie wissen doch, daß das so kurzfristig schlecht ist.«
Edna blickte düster drein. »Sie ist auf Jobsuche. Ich weiß es.«
»Ich rede mit ihr«, versprach ich.
Die nächste Stunde oder so brachten wir damit zu, mithilfe von Terminkalender und Telefon den Arbeitsplan des heutigen Tages umzustellen.
»Zu blöd, das mit Ruby«, meinte ich, nachdem wir alles auf die Reihe gebracht hatten. »Ich wollte sie mitnehmen, um mit diesem verrückten Künstler zu reden.«
Ich schlug die Akte Whitney Dobbs auf. Sie war voller Notizen über Hinweise, denen ich noch nachgehen mußte und Leute, mit denen ich noch reden mußte.
»Du hast dir meine Idee, wie wir Suzannes Tante finden können, noch gar nicht angehört«, erklärte Edna.
»Nur zu«, meinte ich, ohne von meinen Notizen aufzublicken.
»Erinnerst du dich an die Krankenschwester aus Dr. Dobbs' Praxis? Die, mit der du auf Whitneys Beerdigung geredet hast? Sie hat mit Suzanne zusammengearbeitet. Vielleicht hat Suzanne in der Praxis mal über ihre Tante gesprochen.«

»Möglich.« So ungern ich es zugab, die Idee hatte was.
Ich rief Alison Dobbs an, um Carol Steiners Privatnummer zu erfahren.
»Zack sagt, Sie hätten das neue Haus meines Vaters gefunden«, sagte Alison. »Mein Vater hat angerufen und eine Nachricht auf meinem Anrufbeantworter hinterlassen. Er hat rumgebrüllt, schreckliche Sachen gesagt, mich beschimpft. Also nehme ich an, daß er von der Klage weiß. Zack sagt, wenn das alles vorbei ist, sollte ich das Haus besser verkaufen.«
»Es ist ziemlich groß für eine Person«, bestätigte ich. »Aber ich würde nichts übereilen. Haben Sie darüber nachgedacht, ob Sie ins College zurückgehen wollen?«
»Vielleicht zum Frühjahrsquartal. Oder im Sommer. Wenn das alles vorbei ist.«
Wir unterhielten uns noch ein wenig, sie gab mir Carol Steiners Nummer, und dann legten wir auf.
Es wird nie vorbei sein, dachte ich. Wenn sie mir nicht glaubte, konnte sie Janie und Bryant Mayes anrufen. Die konnten ihr das bestätigen.
Bevor ich Carol anrufen konnte, klingelte das Telefon erneut. Edna ging ran und reichte mir den Hörer. »Es ist dieser Anwalt.«
Zack platzte schier vor Tatendrang. »Die Information über das Konto war Gold wert. Der Richter war fuchsteufelswild, als er davon erfuhr. Jetzt ist von Betrug die Rede. Dobbs muß alle Unterlagen vorlegen, die mit diesem Konto zu tun haben. Wir haben ihn voll bei den Eiern, Garrity.«
Zumindest eine Sache lief richtig.
»Ich arbeite daran, Suzannes Tante in Knoxville aufzuspüren«, erklärte ich. »Aber ich habe gestern abend noch etwas anderes herausgefunden. Wußten Sie, daß Dobbs bereit war, Bryant und Janie Mayes mit einer größeren Geldsumme abzufinden? Während des Prozesses?«
»Wer sagt das?« schoß Zack zurück. »Wir haben das nie autori-

siert. Ich gebe zu, Whitney wollte sowas in der Richtung machen, aber ich habe sie zur Vernunft gebracht. Es hätte sie schuldig wie die Sünde wirken lassen.«

»Vielleicht hatte Carson genau das im Sinn«, bemerkte ich.

»Was hat ihn davon abgehalten, das Geld hinzublättern?« fragte Zack.

»Sie. Dieser Zug in allerletzter Minute, daß Whitney medizinische Hilfe verweigert worden sei. Sobald Sie das auf den Tisch brachten, wußte Carsons Anwalt, daß Sie Whitney freikriegen würden. Die beiden haben Mayes gesagt, er soll sich verpissen.«

»Dreckskerl. Ihnen ist doch klar, daß damit eine Verbindung zwischen Dobbs und Bryant Mayes bewiesen ist? Entweder hat Dobbs Mayes dafür bezahlt, daß er Whitney umbringt, oder er hat es selbst getan und es so hingebogen, daß Mayes in den Knast wandert. Mir soll beides recht sein.«

»Janie Mayes könnte auch was damit zu tun haben«, teilte ich ihm mit. »Sie hatte Zugang zum Gewehr, und sie kann mit Waffen umgehen. Und übrigens, Mayes hat gestern abend zugegeben, daß er der anonyme Anrufer war und Whitney gefolgt ist.«

»Die Frau kann es nicht gewesen sein«, behauptete Zack.

»Warum nicht?«

»Eine Frau fährt an Whitney vorbei, hält an und knallt sie und dann noch den Obdachlosen ab? Nee, unmöglich.«

»Es klingt ziemlich weit hergeholt«, stimmte ich zu. »Aber ich habe Janie Mayes gesehen, Zack, und ich würde es nicht ausschließen.«

»Ich wette um fünf Piepen, daß sie es nicht war.«

»Ich nehm an.« Eine ganz große Spielerin, das bin ich.

»Hallo!« rief Carol Steiner, als ich sie anrief. »Ich wollte mich gerade bei Ihnen melden. Das ist wirklich komisch. Eben gerade sagte ich zu meiner Freundin, ich muß diese Detektivin anrufen, die Alison engagiert hat.«

»Was ist los?« fragte ich.
»Vielleicht ist es nichts«, meinte sie zögernd. »Deshalb hab ich auch nicht sofort angerufen.«
»Also, lassen Sie hören«, schlug ich vor.
»Ich glaube, ich habe Ben Dwyer gesehen.«
»Wo?« Ich griff nach meinem Bleistift und fing an, mir Notizen zu machen.
»Ich arbeite für eine Zeitarbeitsfirma, eine speziell für Krankenschwestern. Gestern war ich in diesem kleinen Krankenhaus draußen in Canton, in der Urologie. Das Western Regional. Das Krankenhaus und das Bürogebäude nebenan haben eine gemeinsame Cafeteria. Ich will mir gerade ein Sandwich holen, und raten Sie mal, wen ich da rauskommen seh? Ben Dwyer.«
»Sind Sie sicher?«
»Er war auf der anderen Seite der Cafeteria, und ich hab' ihn nur kurz gesehen, aber er hat mich wirklich an Ben Dwyer erinnert. Er hat so einen merkwürdigen Gang, wissen Sie, er zieht die Schultern hoch und schiebt den Kopf vor. Wie eine Schildkröte.«
»Großartig«, lobte ich. »Vielleicht arbeitet er irgendwo in dem Bürogebäude. Haben Sie eine Ahnung, was für Firmen da drin sind?«
»Alle möglichen. Da draußen ist sonst nichts. Es ist das einzige Hochhaus im ganzen County, soweit ich feststellen konnte. Fünf Stockwerke. Also, warum haben Sie mich angerufen?«
»Ich habe Suzannes Traumhaus gefunden. Aber die Bauunternehmerin sagt, das Haus sei auf den Namen von Suzannes Tante eingetragen, die oben in Knoxville wohnt. Sie will hier runterziehen, und Suzanne will sich um sie kümmern.«
»Hah!« schnaubte Carol. »Nicht, wenn sie nicht Hufe, einen Schwanz und eine Mähne hat.«
»Ich muß diese Tante unbedingt finden. Ich finde auch, daß die Sache ziemlich faul klingt. Haben Sie Suzanne je eine reiche Tante erwähnen hören? Sie heißt Doreen Laidlaw.«

»Wenn sie eine reiche Tante hätte, würden wir das alle wissen. Das hätte sie uns schon erzählt. Aber soweit ich weiß, war Carson ihre Haupteinnahmequelle.«
»Hat sie je irgendwelche Angehörigen erwähnt?«
»Doch, da war was«, sagte Carol. »Lassen Sie mich nachdenken. Ja, ich erinnere mich, letztes Frühjahr hatte Suzanne einen Notfall in der Familie. Sie sollte eigentlich die Gehaltsabrechnungen machen, konnte dann aber nicht. Carson mußte unsere Gehaltsschecks selbst ausstellen. Er hat ein Riesentheater deswegen gemacht.«
»Ist sie nach Knoxville gefahren?«
»Könnte hinhauen. Sie mußte jemanden von einem Haus irgendwo anders hin verfrachten oder so. Wir haben überlegt, ob wir Blumen schicken sollten, aber daraus ist nie was geworden.«
»Können Sie sich noch an irgend etwas anderes erinnern? An etwas, das mit einer Tante zu tun hat?«
»Nein, tut mir leid. Das war's.«
Ich dankte ihr nochmals für ihre Hilfe.
»Wie geht es Alison?« erkundigte sie sich.
»Sie kommt zurecht. Aber sie klang irgendwie ziemlich einsam. Ich glaube, die Sache mit ihrem Vater wird langsam wirklich häßlich.«
»Ich ruf sie an«, versprach Carol.

»Fühlst du dich einem bißchen Detektivarbeit gewachsen?« fragte ich Edna.
Natürlich hatte sie gelauscht, während ich telefonierte.
»Muß ich dabei viel herumlaufen?«
»Vergiß es«, sagte ich schnell. »Du fühlst dich nicht wohl. Komm, wir rufen Jeanne an.«
»Ich bin nur ein wenig kurzatmig. Es ist der Wetterumschwung. Der Regen. Vielleicht wieder ein bißchen Asthma. Ich habe ja meinen Inhalator. Der hilft. Also, was ist mit der Detektivarbeit?«

Wir hatten Ben Dwyer ausfindig gemacht. Zumindest wußten wir, in welchem County er war. Ich könnte den Job selbst erledigen. Aber Edna konnte es ebensogut machen, und ich hätte Gelegenheit, noch ein paar Telefongespräche zu führen. Vielleicht konnte ich Doreen Laidlaw aufspüren. Und Arliss Woods besuchen.

»Versprich mir, daß du Jeanne anrufst, wenn der Inhalator nichts nützt«, drängte ich.

»Ich verspreche es.« Sie hob die Hand zum Pfadfindereid. Nur war es die linke Hand.

Ich wiederholte, was Carol Steiner mir erzählt hatte. »Das Bürohochhaus ist in der Innenstadt von Canton. Es sollte nicht schwer zu finden sein. Es ist das einzige fünfstöckige Gebäude im County.«

»Fünf Stockwerke? Du erwartest von mir, fünf Stockwerke nach diesem Mann abzusuchen?«

Ich schlug den Aktenordner auf und reichte ihr das Foto von Ben Dwyer, das Zack mir gegeben hatte.

»Du mußt ja nicht von Tür zu Tür gehen. Warte in der Cafeteria«, schlug ich vor. »So viele Lokale, wo man in der Mittagspause hingehen kann, kann es da nicht geben. Wenn du ihn entdeckst, folg ihm zu seinem Büro. Sprich ihn nicht an, folg ihm nur.«

»Und wenn ich ihn nicht sehe? Was ist, wenn er sich eine Pizza kommen läßt?«

»Such den Hausverwalter. Besorg dir eine Liste der Mieter. Wir sind besonders an Arztpraxen, Zahnarztpraxen, Krankenversicherungen und ähnlichem interessiert. In dem Bereich hat Dwyer Erfahrung. Sobald wir einen Angriffspunkt haben, fangen wir einfach mit der Telefonarbeit an.«

Edna stand auf und ging ins Schlafzimmer, um sich umzuziehen. In der Küchentür blieb sie stehen und betrachtete das Foto von Dwyer. »Er sieht überhaupt nicht aus wie ein Finanzgenie. Oder wie ein Krimineller. Er sieht nur aus wie irgendso'n verklemmter Typ.«

»Er geht mit hochgezogenen Schultern und vorgestrecktem Kopf«, teilte ich ihr mit. »Denk an Schildkröten.«

Aus irgendeinem Grund brannte ich darauf, das Haus zu verlassen, irgend etwas zu tun. Ich wollte Arliss Woods besuchen. Der Anruf von gestern abend war wahrscheinlich nur Schwindel, sagte ich mir. Wahrscheinlich.

Ich schloß einen Kuhhandel mit mir selbst ab. Wenn ich eine Stunde lang gewissenhaft Telefonarbeit geleistet hatte, würde ich losgehen und nach Woods suchen.

Ohne die Gelben Seiten von Knoxville würde die Suche nach Doreen Laidlaw in Schufterei ausarten, und es würde ewig dauern. Ich könnte in die Stadtbibliothek fahren und da nachsehen, aber es war eine Tortur, in der Innenstadt einen Parkplatz zu finden, und das Ganze würde mich mindestens eine Stunde kosten.

Versuch's nochmal, Garrity, drängte ich mich selbst. Geh die Sache von einer anderen Seite aus an. Aber von welcher? Ich kehrte zu der Akte zurück.

Doyle Bollingers Geschäftskarte war an meine Notizen geheftet. Ich hatte ihn gar nicht gefragt, ob er Suzannes persönlichen Hintergrund überprüft hatte. Vielleicht hatte Whitney ihn veranlaßt, Suzanne zu überprüfen, als ihr der Verdacht kam, daß Carson etwas im Schilde führte. Es war der leichteste Ausweg, den anderen Privatdetektiv anzurufen, aber dagegen hatte ich nicht unbedingt etwas.

»Ach ja«, meinte Bollinger, als ich erklärt hatte, wer ich war. »Wie läuft der Fall? Ich hab' in den Nachrichten gehört, daß die Anklagen gegen diesen Feuerwehrmann wahrscheinlich fallengelassen werden.«

»Möglicherweise«, sagte ich. »Die Sache ist ziemlich kompliziert. Komplizierter, als ich angenommen hatte.«

»Na, Sie werden ja nach Stunden bezahlt«, meinte er. »Selbst wenn Sie das Gewünschte nicht auftreiben können.«

»Ich habe das Haus der beiden gefunden«, teilte ich ihm mit. »Es ist nicht weit von dem Restaurant, von dem Sie mir erzählt haben. Also danke. Aber die Grundeigentumsurkunde ist auf den Namen von Suzannes Tante ausgestellt. Ich bin mir ziemlich sicher, daß das ein Schwindel ist. Aber ich muß unbedingt die Tante ausfindig machen. Haben Sie vielleicht Suzannes persönlichen Hintergrund überprüft, als Sie für Whitney gearbeitet haben? Namen oder Adressen von Familienangehörigen herausgefunden?«

»Eine Tante«, erklärte Bollinger bewundernd. »Nicht schlecht. Man fragt sich, ob die Ärzte dieses Zeug auf der Uni lernen. Nein, Whitney hat mich gefeuert, bevor ich irgendwelche Nachforschungen anstellen konnte.«

Ich verspürte leise Schuldgefühle wegen der Art, wie sich die Dinge entwickelt hatten.

»Ich werde Zack sagen, daß er Ihnen aus dem Nachlaß weitere vier Stunden gutschreiben soll«, teilte ich ihm mit. »Ohne den Tip mit dem Restaurant hätte ich das Haus vielleicht gar nicht gefunden.«

»Anständig von Ihnen. Aber das ist nicht nötig. Ich bin bezahlt worden.«

»Es ist mein Ernst. Durch das Haus bin ich auf die Tante gekommen. Sie heißt Doreen Laidlaw. Ich halte es für möglich, daß Carson seine Gelder über sie laufen läßt. Jetzt kann ich noch mal die Grundbücher durchgehen. Mal sehen, was für Immobilien Doreen Laidlaw so besitzt.«

»Frohe Jagd«, wünschte er mir.

Als ich wieder an das Haus dachte, fiel mir Lisa Cutlip ein. Es gefiel ihr nicht sonderlich, von mir zu hören, aber sie gab mir, was ich haben wollte. Den Namen des Anwalts in Knoxville, der Suzannes Vollmacht aufgesetzt hatte.

»Fentress, Boyle, Hanlon und Reardon«, zwitscherte die Empfangsdame in Knoxville. »Sie sprechen mit Karen.«

»Hallo, Karen«, zwitscherte ich zurück. »Hier ist Myra, die

Sekretärin von Zack Alexander unten in Atlanta.« Ich glaubte nicht, daß Myra etwas dagegen haben würde, wenn ich mir für ein einziges Telefongespräch ihre Identität ausborgte. »Ist Mr. Hanlon zu sprechen?« fragte ich.

»Tut mir leid, er ist außer Haus.«

Das war kaum überraschend. Empfangsdamen in Anwaltskanzleien sind gehalten, die Anwälte von den meisten Anrufen abzuschirmen. Konkrete zwischenmenschliche Kontakte verringern die in Rechnung gestellten Arbeitsstunden.

»Oh«, seufzte ich. »Dann sitze ich ganz schön in der Klemme. Wir handeln gerade eine Leasing-Kaufvereinbarung für Suzanne Shaddeau aus. Es geht um Land, das an ihren Besitz angrenzt. Und Mr. Alexander muß wissen, ob wir auch wirklich Miss Laidlaws neueste Anschrift haben. Ich habe mehrmals die Nummer angerufen, die wir in unseren Akten stehen haben, aber ich bekomme nur die Ansage, daß der Anschluß abgemeldet wurde.«

»Miss Laidlaw?« fragte Karen. »Augenblick, ich seh mal nach, ob ich die Akte finden kann.«

Ich hörte das Klicken einer Tastatur.

»Warten Sie einen Moment«, sagte Karen. »Wir haben ein neues Programm. Es treibt mich zum Wahnsinn.«

Sie stellte auf Berieselungsmusik um. Da die Anwaltskanzlei in Tennessee lag, hatten sie schlauerweise in eine Nur-Country-Variante investiert. Nicht schlecht. Ich pfiff fröhlich die Melodie von »Motel Room in Dallas« mit, während meine Sekretärinnenkollegin mit der neuen Software kämpfte.

Wir waren halbwegs durch eine besonders streicherbeladene Version von »Release me«, als Karen sich wieder meldete.

»Gut, daß Sie es nochmal überprüft haben. Sie hat eine neue Adresse, ab letzten April. 1208 Valleyvue, direkt hier in Knoxville.«

»Haben Sie auch die neue Telefonnummer?« fragte ich hoffnungsvoll.

»Tut mir leid«, entgegnete Karen. »Die steht nicht in unseren Akten.«

Ich bekam einen Strafzettel wegen Falschparkens, weil ich den Wagen in der Ladezone der Bibliothek abgestellt hatte. Aber es war die Mühe wert. 1208 Valleyvue war die Adresse des Knox-County-Pflegeheims. Ich hatte die Nummer auf einen Zettel gekritzelt.

Mit dem Anruf würde ich warten müssen, bis ich aus der Innenstadt heraus war. Die Hälfte der Straßen war wegen Straßenbauarbeiten gesperrt, die andere Hälfte anscheinend über Nacht zu einspurigen Einbahnstraßen geworden. Die würden nie rechtzeitig zur Olympiade mit allem fertig werden.

Sobald ich auf der Schnellstraße war, rief ich im Pflegeheim an.

»Knox-County-Pflegeheim«, meldete sich eine Frauenstimme. Ihr gedehnter Südstaaten-Akzent war stark ausgeprägt, viel stärker als hier in Atlanta.

»Ich würde gern mit Miss Doreen Laidlaw sprechen«, sagte ich.

»Tut mir leid. Sie können nicht mit Miss Doe-Reen reden.«

Hatte Suzanne ihre Tante woanders hingebracht? Vielleicht hatte die Sekretärin in der Anwaltskanzlei mir aus Versehen die alte Adresse gegeben.

»Können Sie mir sagen, wo sie ist?« fragte ich. »Ich muß dringend mit ihr sprechen.«

»Oh, sie ist schon hier«, meinte die Frau. »Die geht nirgendwo mehr hin. Hat Ihnen denn niemand das von Miss Doe-Reen erzählt?«

»Nein«, erwiderte ich. »Ich bin eine alte Freundin der Familie, aber wir hatten den Kontakt verloren. Ist sie krank?«

»Sie hatte eine Lungenentzündung. Nachdem sie aus dem Bett gefallen war und sich die Hüfte gebrochen hatte. Aber jetzt ist es nur ihr Kopf. Altersdemenz, steht in ihrem Krankenblatt. Kommen Sie sie besuchen? Sie liebt Besuch.«

»Nicht allzu bald«, erwiderte ich. »Grüßen Sie sie bitte von mir.«
Jetzt wußte ich, wie sie es gemacht hatten. Suzannes Tante war eine senile alte Frau, die in einem Pflegeheim lebte. Suzanne hatte eine Vollmacht, ihr Name stand auf den Schecks. Es konnte nicht schwer gewesen sein. Carson war Arzt. Er hatte wahrscheinlich die Papiere unterschrieben. Dann mußte er nur noch sein Geld über die Tante laufen lassen. Suzanne war zu einer Instant-Erbin geworden.
Der Sprühregen vom Morgen hatte sich zu einem stetigen Landregen ausgewachsen. Es herrschte starker Verkehr, so daß ich fast von einem Lastwagen mit achtzehn Rädern weggeputzt worden wäre, der mich nicht in die richtige Spur lassen wollte, als meine Ausfahrt kam.
Die Scheibenwischer konnten mit dem strömenden Regen kaum fertig werden. Ein Schauer rann mir über den Rücken, als ich daran dachte, wie es bei diesem Wetter in Arliss Woods' Hütte sein würde. Vielleicht war er ja bereit, sich im Wagen mit mir zu unterhalten. Falls er bereit war, sich mit mir zu unterhalten.
Ich fand die richtige Straße und fuhr an dem Haus vorbei, in dem Wandas Freund wohnte. Die schmalen Straßen waren wie ausgestorben. Graues Regenwasser schwappte über die kaputten Bordsteine auf die Gehsteige und in die Gärten.
Die Sackgasse, die zu dem Müllabladeplatz führte, war noch genau da, wo sie bei meinem letzten Besuch gewesen war. Der Müllabladeplatz, der im Regen noch gottbeschissener aussah als bei Sonnenschein, war auch noch da.
Aber die Hütte war weg. Wo Arliss Woods' Haus gewesen war, lag jetzt nur noch ein Haufen Betonblöcke herum.

Ich hämmerte mit beiden Fäusten gegen die Tür, so laut ich konnte, aber der Regen übertönte mein Klopfen. Also zog ich einen Schuh aus und ballerte mit dem gegen die Tür. Tennisschuhe sind kein wirklich effektives Gegen-die-Tür-Baller-Gerät, aber etwas anderes hatte ich nicht. Mein Fuß wurde naß.

Endlich öffnete Wandas Freund die Tür. Diesmal ohne das Baby. Und ohne Hemd. Die auf den Hüften sitzenden Jeans enthüllten ein Röllchen Babyfett.

»Ich will zu Wanda«, erklärte ich und drängte mich ins Haus. »Wo ist sie?«

»Hier nicht«, versuchte er es.

»Wanda!« brüllte ich. »Ich will mit Ihnen reden!«

Es gab keinen Flur. Nur ein winziges Wohnzimmer mit zu vielen Möbeln. Es stank nach dreckigen Windeln und Dope.

»Bleib cool, Mann«, flehte er. »Roseanne schläft. Wecken Sie das Baby nicht auf.«

»Wanda!« brüllte ich.

Sie kam aus dem hinteren Teil des Hauses angestürmt, mit wildem Haar, breiten Hüften und schläfrigen Augen. Sie war ziemlich breit. Kämpferisch baute sie sich vor mir auf.

»Was wollen Sie? Sie können hier nicht so einfach eindringen.«

»Ich will Arliss Woods.« Ich nahm eine ebenso kämpferische Haltung ein. Sie war älter als ihr Freund, mindestens fünf Jahre, und mindestens dreißig Kilo schwerer.
»Sie haben Ihren Macker gestern bei mir anrufen lassen. Arliss will mir ein Bild verkaufen, hat er mir ausrichten lassen. Ich war gerade dort. Es ist nichts mehr da.«
»Was reden Sie da für 'nen Stuß?«
Ich zuckte vor dem Geruch nach Knoblauch, Bier und Bratfisch zurück. Meine Güte. Ihr Atem würde Farbe zum Schmelzen bringen.
»Arliss' Haus ist weg. Plattgemacht«, erklärte ich. »Wollen Sie behaupten, daß Ihnen das neu ist?«
Sie konnte es zuerst gar nicht glauben. Sie sah erst ihren Freund an, dann mich und dann wieder ihn, wie in einem Comic. »Neeee«, sagte sie entschieden. »Das is nicht wahr. Oder?«
Der Freund zog seine Jeans hoch, die prompt wieder auf die Hüften zurückfielen. »Ein paar Kids sind vorhin vorbeigekommen. Sie quasselten was von einem Lkw, der die Hütte von dem Alten plattgemacht hat.«
»Plattgemacht«, grübelte sie. »Huhh.«
»Wo ist er hin?« fragte ich. »Wo geht er normalerweise hin, wenn er von hier verschwindet?«
Sie bekam einen träumerischen Blick. »Verschieden.«
»Ich gebe Ihnen kein Geld mehr«, erklärte ich.
In Wirklichkeit hatte ich vorhin beim Geldautomaten haltgemacht und mein Cash-Limit abgehoben.
»Ich weiß es nicht«, protestierte sie. »Er geht halt weg. Wer würde denn sein Haus einfach plattmachen? Wer würde ihm so was antun?«
»Er steckt in Schwierigkeiten«, sagte ich unverblümt. »Er hat rumerzählt, daß er gesehen hat, wie diese Frau umgebracht wurde, stimmt's?«
»Ich hab's Ihnen doch gesagt. Er redet ständig so'n Scheiß. Schlangen und Teufel und feurige Öfen. Niemand schert sich drum.«

Doch, jemand hatte.
»Wann haben Sie ihn zuletzt gesehen? Nicht lügen, okay? Ich glaube, er steckt in ernsten Schwierigkeiten.«
Sie zuckte die Achseln. »Gestern abend. Er hatte dieses Bild, das er der weißen Frau verkaufen wollte. Er hat Sie gestern im Lieferwagen sitzen sehen.«
Der Freund meldete sich zu Wort. »Arliss kam heute morgen vorbei, als du noch im Bett warst. Ich mußte ihm ein Taxi rufen.«
»Wann war das?«
Er rieb sich die Augen. »Neun?«
Ich holte einen Zwanziger und eine meiner Geschäftskarten aus der Tasche. Die Nummer des Autotelefons schrieb ich auf die Rückseite. »Hören Sie sich um. Reden Sie mit diesen Jungs. Sehen Sie zu, ob Sie eine Beschreibung des Lkws oder des Fahrers kriegen können. Sie können mich entweder unter dieser Nummer oder unter der anderen Nummer anrufen. Wenn niemand sich meldet, hinterlassen Sie eine Nachricht.«
Wanda studierte die Karte.
»Wollen Sie immer noch dieses Bild kaufen?«
»Haben Sie es denn?«
»Arliss kriegt hundert Dollar für ein Bild«, erklärte Wanda. »Und das hier ist ein gutes. Keine Pappe. Es ist auf Holz gemalt.«
Ich holte die Zwanziger hervor und zeigte sie ihr. »Woher weiß ich, daß er das Geld auch kriegen wird?« fragte ich.
»Er ist mein Vater«, sagte sie entrüstet. »Glauben Sie, ich würd' meinen eigenen Vater beklauen?«
Wanda mußte Anfang Zwanzig sein. Arliss Woods mindestens achtzig. Sie merkte, wie ich nachrechnete, und stieß den Freund in die Rippen.
»Arliss hat viele Kinder«, kicherte sie. »Er sagt, er ist wie Abraham. In der Bibel. Ich hab' 'nen Halbbruder, der ist erst drei.«
Der Freund wieherte. »Der Alte hat eben Stehvermögen.«

»Kann ich das Bild sehen?« fragte ich.
Wanda ging ins andere Zimmer, wobei sie sorgfältig die Tür hinter sich zumachte. Als sie zurückkam, hielt sie ein ausgefranstes Stück Sperrholz in der Hand.
»Das müßte eigentlich hundertfünfundzwanzig Dollar kosten«, meinte sie. »Das Bild ist viel größer als die anderen. Sehen Sie, wie gut es ist?«
Wenn es nach Größe und Menge der verwendeten Farbe ging, hatte sie recht. Das Bild hätte wahrscheinlich vierzig mal fünfzig Zentimeter gemessen, wenn irgendeine der Kanten gerade gewesen wäre.
Es erinnerte mich an eine Kinderzeichnung vom Paradies. Abgebildet waren hoch aufragende grüne Bäume, bunte Blumen, ein Löwe, Lämmer und gigantische rote Vögel. Die Proportionen waren wild aus dem Gleichgewicht geraten, die Vision chaotisch und beunruhigend.
Die Lämmer fürchteten sich, der Löwe war verwirrt. Die Bildmitte wurde von drei Figuren dominiert. Die Kleinste war eine blaßgoldene Hirschkuh. Zumindest glaubte ich, daß es sich um eine Hirschkuh handelte. Die Züge erinnerten mehr an einen Hund, bis auf den weißen Stummelschwanz und die riesigen, entsetzten braunen Augen. Das Maul der Hirschkuh stand offen, als würde sie schreien.
Zur Rechten der Hirschkuh war ein herumhüpfender grüner Teufel mit einem gekrümmten Schwanz über dem Kopf abgebildet. Von den spitzen Hörnern tropfte Blut. Statt einer Mistgabel hielt er eine lange Pistole in der Hand, und er fletschte die Lippen zu einem schrecklichen, bedrohlichen Knurren.
In der unteren rechten Ecke lag hingestreckt ein schwarzer Bär mit einem riesigen roten Fleck auf der Brust. Im Gegensatz zu den beiden anderen Figuren hatte der Bär überhaupt keine Gesichtszüge.
Und in der oberen linken Ecke, verführerisch um eine helle gelbe Sonne gewickelt, war eine zusammengerollte purpurrote

Schlange. Sie hatte grüne Augen und eine lange, hervorschnellende Zunge, die zu einem grausamen Lachen gekräuselt war.
Ich gab Wanda das Geld, und sie lächelte breit. »Das wär dann in Ordnung«, meinte sie.
»Hat sonst noch jemand das Bild gesehen?« fragte ich von der Tür aus.
»Weiß nich«, sagte Wanda gelangweilt. Schließlich war der Bargeldteil der Transaktion vorbei. »Wenn er eins fertig hat, fängt er mit dem nächsten an. Besonders, wenn er eine Vision hatte.«
Es war Arliss' Tochter nicht in den Sinn gekommen, daß diese spezielle Vision sein Tod sein konnte.

Ich ging noch einmal zurück zum Müllabladeplatz, nur um zu sehen, ob vielleicht doch noch irgendwelche Spuren von Arliss' Haus zu finden waren.
Es hatte nicht viel dazugehört, die Hütte dem Erdboden gleichzumachen. Verbogene Blechstücke mit Teilen von Arliss' Bildern darauf lagen verstreut zwischen den alten Autoreifen, Bierdosen und Matratzen herum, auch einige alte Farbdosen, aber das war alles.

Bucky hatte seinen Anrufbeantworter eingeschaltet, aber ich wußte, daß er zu Hause war. »Hier ist Callahan, Bucky. Verdammt, nimm endlich ab.«
»Was willst du, Garrity?« fragte er schleppend. »Hast du noch nicht gehört? Ich bin suspendiert.«
»Stell dich nicht so saublöd an«, teilte ich ihm mit. »Wir versuchen, dir zu helfen.«
»Wer ist wir?«
»Ich und C. W. Ich hab's dir schon mal erzählt. Es gibt einen Zeugen. Ein alter Mann, der mitten auf einem Schrottplatz wohnt. Er hat überall rumerzählt, daß er gesehen hat, was passiert ist. Er hat Bilder gemalt, auf denen die Morde zu sehen sind. Ich habe eins gekauft. Und ich denke, ihr müßt mit

ihm reden. Ihn vielleicht einen Blick in die Kartei werfen lassen.«
»Wieso rufst du mich an? Frag Mackey. Er kann einen seiner guten Jungs hinschicken, damit er mit dem Alten redet.«
»Der alte Mann ist verschwunden«, sagte ich. »Jemand hat seine Hütte plattgewalzt. Ich glaube, der Mörder von Whitney und Shawan hat den alten Mann erwischt. Ich kenne dich, Bucky. Du hast sicher Kopien von allem, was in der Ermittlungsakte steht. Laß mich rüberkommen und einen Blick darauf werfen. Mal sehen, ob irgendwelche Zusammenhänge . . .«
Er schnitt mir das Wort ab. »Das kannst du vergessen. Ich bin sowieso schon am Arsch. Mein Anwalt sagt, wenn ich mich ruhig verhalte, können wir es vielleicht aussitzen und beweisen, wie total kaputt dieser Typ vom Justizministerium ist. Ich kann dir keine Akteneinsicht geben, Garrity. Das weißt du.«

Bryant Mayes' Pickup-Truck stand nicht vor der Doppelten Zwei, als ich dort vorbeifuhr, also machte ich mich auf zum Haus seiner Frau.
Das Garagentor war geschlossen. Kein Pickup-Truck in der Auffahrt. Ich sprang aus dem Wagen, ging um die Garage herum und spähte durch das Garagenfenster. Janies weißer Ford stand noch genau da, wo er gestern abend gestanden hatte.
Sie ging nicht zur Tür, als ich klingelte. Und als ich ihre Durchwahlnummer im Büro wählte, sagte mir die Büroleiterin, daß Janie Mayes sich krank gemeldet hätte.
»Haben Sie mit ihr gesprochen?« fragte ich. »Hat sie gesagt, was ihr fehlt?«
»Sie hat eine Nachricht hinterlassen. Sie hat Migräne.«
Nachdem ich aufgelegt hatte, saß ich fünf Minuten da und starrte das Haus an. Der Regen hatte aufgehört, aber Bodennebel hüllte alles in einen kranken milchweißen Schleier. Ich fuhr rückwärts aus der Auffahrt und parkte den Lieferwagen auf der anderen Straßenseite.

Auf der Rückseite des Hauses war eine kleine Holzveranda, und von dort führte eine Tür zu einem Raum, der wie eine Waschküche aussah. Einen richtig offiziellen Satz von Dietrichen besitze ich nicht. Aber ich habe ein schmales kleines Drahtding, das ich mir mal aus einem Katalog für »persönliche Sicherheit« bestellt habe, für dreißig Dollar. Bei einem komplizierteren Schloß würde es wahrscheinlich nicht funktionieren, aber bei der Tür zu Janie Mayes' Waschküche klappte es hervorragend.

Sobald ich festgestellt hatte, daß niemand zu Hause war und mein Herzschlag sich soweit beruhigt hatte, daß er nur noch so schnell war wie der eines erschreckten Eichhörnchens, wanderte ich durch das Haus und suchte nach ... irgendwas. Irgendwie hoffte ich, ich würde Arliss Woods in einem Schrank finden, gefesselt und geknebelt, aber ansonsten wohlauf, wie man es immer im Kino sieht.

Alle Schränke, Schubladen und Kommoden waren ordentlich und aufgeräumt, genau wie ihre Besitzerin. Ich setzte mich in Janies Schlafzimmer aufs Bett und schmollte. Da fiel mir auf, daß die Matratze leicht schief auf den Sprungfedern auflag. Sah Janie überhaupt nicht ähnlich.

Ich drehte die Matratze um, Tagesdecke, Kissen, Decken und alles.

Der Aktenordner steckte in einem weißen Kissenbezug. Zeitungsausschnitte von jedem Tag der Verhandlung gegen Whitney. Ein Bündel Broschüren der Organisation »Mütter gegen Alkohol am Steuer«, Fotokopien von Briefen, die Janie an einige Abgeordnete geschrieben hatte. Sie drängte sie, die Gesetze des Staates Georgia gegen Alkohol am Steuer zu verschärfen. Und Notizzettel. Whitneys Adresse, ihre Geheimnummer, Zack Alexanders Telefonnummer, Name und Adresse des Richters, der die Verhandlung geführt und Whitney schließlich freigelassen hatte.

Da war noch ein merkwürdiger Zettel. Es sah nach irgendeiner Tabelle aus. MDMDFS lauteten die Überschriften. Kein Problem. Die Wochentage. Unter jeder Überschrift standen Zah-

len: 10–2, 12–4, 2–6. Und Abkürzungen, die aussahen wie Wegbeschreibungen. Auch ein Name stand da.
Colleen Danaher. Ich dachte nach. Den Namen hatte ich schon mal gehört, und zwar erst vor kurzem. Es hatte etwas mit Whitney zu tun, das wußte ich. Aber ich hatte mit so vielen Leuten gesprochen.
Ich ging den Terminplan noch mal durch. Das war bestimmt keine volle Arbeitswoche. Aber das sollte es auch nicht sein, wurde mir plötzlich klar. Es war Whitneys Arbeitsplan. Die vom Richter verhängten Arbeitsauflagen. Und Colleen Danaher war ihre Bewährungshelferin. Janie Mayes brauchte dem Kleinbus mit den Arbeitern gar nicht zu folgen. Und Bryant auch nicht. Sie wußten im voraus, wo Whitney Müll aufsammeln würde.
Hastig durchsuchte ich den Rest des Hauses, aber zwanghaft ordentliche Leute lassen nicht viele Spuren herumliegen. Nicht mal Müll war irgendwo zu entdecken. Müll. Ich dachte wieder an Whitney und Shawan Taylor, begraben von einem Haufen Müll.

C. W. und ich trafen uns bei der Doppelten Zwei.
Das Gesicht seines Freundes Freddie verlor alle muntere Lebhaftigkeit, als ich ihm berichtete, was ich in Janies Haus gefunden und was für einen Verdacht ich hatte.
»Verdammt. Sind Sie sicher? Janie auch? C. W?« Walkers hellblaue Augen suchten in Hunseckers Gesicht nach irgendeinem Zeichen, daß das alles nur ein Mißverständnis war.
»Die beiden haben Mrs. Dobbs verfolgt. Sie haben sie mit anonymen Anrufen belästigt und sie bedroht«, teilte C. W. ihm mit.
Er wandte sich an mich. »Heute morgen habe ich mit der Frau gesprochen, dic im Comfort Inn an der Rezeption arbeitet. Sie hatte Angst, aber nach einer kleinen Weile gab sie doch zu, daß *sie* Janie an dem Nachmittag ausgestempelt hat, an dem Whitney ermordet wurde. Janie machte sich Sorgen wegen Bryant. Er

hätte getrunken, sagte sie, und sie wolle nach ihm sehen. Janie hat die Frau kurz vor fünf angerufen, und sie hat sie ausgestempelt.«

»Whitney und Shawan wurden wahrscheinlich gegen halb fünf getötet«, fügte ich hinzu.

»Gütiger Gott.« Walker rieb sich das Kinn. »Bryant meinte ... wir dachten alle ... ihr wißt schon, Polizeischikane. Wir dachten, die Polizei macht ihn zum Prügelknaben. Weil er schwarz ist.«

»Diesmal nicht«, erwiderte ich.

»Es gibt einen Zeugen, Freddie«, sagte C. W. »Einen alten Mann. Er wird vermißt. Janie und Bryant sind auch verschwunden. Janies Auto steht noch in der Garage, und sie hat sich heute krankgemeldet. Wir glauben, daß die beiden den alten Mann entführt haben. Wohin könnten sie ihn bringen, Freddie?«

Walker wirkte betroffen. »Scheiße, ich weiß es nicht.«

»Wir haben gehört, daß er bei einem Freund übernachtet hat, als Janie ihn rausgeschmissen hat. Wer war der Freund? Könnten sie bei ihm sein?«

»Nein. Lewis' Frau hat Bryant auch rausgeschmissen. Danach hat er hier geschlafen. Heute nacht allerdings nicht.«

»Irgendwo anders dann«, sagte C. W. »Gibt es irgendeinen Ort, wo er gern rumhängt, wenn er allein einen trinken will?«

»Im Piedmont Park«, entgegnete Walker. »Er nimmt immer eine Flasche Tequila mit, sitzt da oben auf diesem kleinen Hügel und starrt auf die Stelle, wo sein kleines Mädchen umkam. Ich hab' ihm gesagt, das ist doch krank.«

»Der Park ist zu öffentlich«, sagte ich ungeduldig. »Wo könnte er sonst noch sein?«

»Was ist mit seiner Familie?« fragte C. W.

»Ich glaub' nicht, daß die hier in der Gegend wohnen«, antwortete Walker. »Sonst wäre er sicher zu ihnen gegangen, nachdem Lewis' Frau ihn rausgeschmissen hatte. Es gab eine Jagdhütte«, fuhr er zögernd fort. »Südlich von hier. In Henry County. Gehört einem pensionierten Polizisten. Mayes und ein paar andere sind da oft runtergefahren, haben gesoffen und Jäger gespielt. Ich glaube, Mayes gefiel es einfach, in den Wald zu fahren, weg von Janie.«

»Wo liegt die Jagdhütte?« fragte ich. »Ist es weit?«

»Ich war nur einmal da«, entgegnete Walker. »Ich mag es nicht, wenn Leute gleichzeitig saufen und schießen. Dann fallen sie aus Hochsitzen und schießen auf Schatten. Nix für mich.«

C. W. ging zu einem Schreibtisch und holte ein Blatt Papier. »Komm, Freddie. Denk nach. Sieh zu, ob du uns eine Wegbeschreibung liefern kannst.«

Walker setzte sich und kaute an seinem Bleistift herum. Er zog ein paar Linien, radierte sie wieder aus und fing noch mal von vorne an. Einmal stand er auf, trat zu einer Karte von Georgia, die an der Wand hing, und fuhr eine Linie mit dem Finger nach. Dann setzte er sich wieder und zeichnete weiter.

C. W. blickte ihm über die Schulter. Ich borgte mir ein Telefon und rief zu Hause an. Der Anrufbeantworter meldete sich. Es gab eine Nachricht. Eine forsche Frauenstimme bat Ms. Garrity, das Westside Regional Hospital anzurufen. Edna mußte mit der Telefonarbeit angefangen haben. Vielleicht hatte sie Ben Dwyer gefunden. Zack würde erfreut sein.

»Bist du sicher, daß es so stimmt?« C. W. betrachtete die fertige Skizze.

»Müßte so ziemlich hinhauen«, antwortete Walker. »Direkt an der Abzweigung von der Georgia 308 ist ein Spirituosenladen. Ich weiß den Namen der Straße nicht mehr, in die ihr einbiegen müßt, aber das Spirituosengeschäft könnt ihr nicht verfehlen. Über dem Eingang hängt ein großer Rehbockkopf aus Zement. Big Buck Beverages, so heißt der Laden. Da müßt ihr abbiegen.«

»Bist du bewaffnet?« fragte C. W., als wir im Lieferwagen saßen. Ich holte meine Neunmillimeter unter dem Fahrersitz hervor und zeigte sie ihm.

»Gut«, meinte er und nickte. Er zog seine Dienstwaffe aus dem

Holster unter seiner Jacke. »Die wird mir allerdings nicht viel nützen. Ich brauche beide Hände für die Krücken. Wenn ich zur Waffe greife, falle ich hin.«

»Ich hab' noch meine kleine Zweiundzwanziger«, bot ich an. »Sie ist ganz leicht. Vielleicht kannst du sie benutzen. Sie liegt im Handschuhfach.«

»Egal«, sagte C. W.

Ich warf ihm einen Blick zu. »Hast du nicht vor, Mackey anzurufen? Ihm die neuesten Entwicklungen mitzuteilen? Willst du keine Verstärkung anfordern?«

»Die Jagdhütte liegt in Henry County. Bis Mackey da unten angerufen und die Sache mit dem Büro des Sheriffs koordiniert hat, kann der alte Mann längst tot sein. Bryant und Janie könnten längst weg sein. Was ist los? Gefällt es dir nicht, einen Krüppel als Partner zu haben?«

Ich versuchte, es nicht persönlich zu nehmen.

»Es hat nicht zufällig etwas damit zu tun, daß du Angst hast, es dir mit dem Ausschuß zu verderben, der über deine Beurlaubung wegen Dienstunfähigkeit zu entscheiden hat? Oder mußt du dir einfach beweisen, daß ein Krüppel immer noch seinen Mann stehen kann? Ist es das, C. W.?«

»Fahr einfach«, knurrte er.

Nebel und Regen waren von einem steifen Westwind weggeblasen worden. Die Böen ließen den Lieferwagen ein bißchen hin- und herschwanken, und der Wind pfiff durch das winzige Loch im Rückfenster.

Als das Autotelefon klingelte, erschreckte mich das so sehr, daß ich eine ruckartige Bewegung mit der Hand machte und der Lieferwagen auf die linke Spur geriet. Ich riß das Steuer hart nach rechts herum, eine Aktion, die von dem langen, wütenden Hupkonzert eines kleinen roten Sportwagens hinter mir belohnt wurde.

Zack Alexander wollte ein bißchen angeben und mir mitteilen, was er alles erreicht hatte.

»Der Kurier hat gerade die Kontoauszüge von diesem Konto gebracht, das wir ausfindig gemacht haben«, sagte er. »Carson hat in den letzten Jahren mindestens zwei Millionen Dollar über dieses Konto laufen lassen. Und er hat das Geld in Grundbesitz und Immobilien investiert. Ich habe Myra per Computer nach Grundbucheintragungen auf den Namen Doreen Laidlaw suchen lassen. Volltreffer. Ihr gehört unbebautes Land oben bei dem neuen Haus, zwei Wohnungen in Carsons Stadthauskomplex, ein Bürokomplex in Peachtree-Dunwoody...«

Ich teilte ihm ungern die schlechten Neuigkeiten mit, aber da er meine Klientin vertrat, besaß ich eine gewisse Verantwortung.

»Zack«, unterbrach ich ihn. »Ich kann jetzt nicht reden. Wenn Sie Klage wegen Betrugs gegen Dobbs einreichen wollen, haben Sie gute Karten. Doreen Laidlaw lebt in einem Pflegeheim. Sie ist senil, bettlägerig und mittellos. Das Geld gehört eindeutig nicht ihr. Aber die Sache mit der Zivilklage auf Schadensersatz wegen absichtlicher Tötung könnte schiefgehen.«

»Warum?«

»Bryant Mayes und seine Frau sind verschwunden. Ich glaube, sie haben sich Arliss Woods geschnappt. Wir... ich meine, ich suche gerade nach ihm.«

»Sind Sie sicher?« Zack klang enttäuscht.

Vor mir tauchte die Ausfahrt auf die State 308 auf. »Ich lasse Sie wissen, wie es ausgeht.«

»Wahrscheinlich nur zum Besten«, meinte er. »Absichtliche Tötung ist verdammt schwer zu beweisen. Wir kriegen sie mit Betrug dran.« Zack legte auf.

»Du hast ihm nicht erzählt, daß du Hilfe hast«, sagte C. W.

»Ich will nicht, daß du Probleme mit den großen Bossen kriegst.«

Er hieß es mit einem Nicken gut, zappelte aber unbehaglich auf seinem Sitz herum.

»Mayes muß ja nicht erfahren, daß wir keine Verstärkung angefordert haben«, schlug ich vor. »Wahrscheinlich weiß er nicht mal, daß du beurlaubt bist. Hast du deine Dienstmarke und die Handschellen dabei?«

»Klar, immer. Gewohnheit.«

»Wenn Arliss noch am Leben ist, werden sie wahrscheinlich aufgeben«, versuchte ich mir selbst einzureden. »Bryant mag ja blöd sein, aber Janie ist es nicht. Wenn Arliss am Leben ist, können sie beide auf verminderte Zurechnungsfähigkeit plädieren. Sie waren eben verrückt vor Kummer. Das System hat sie geleimt. Vielleicht verpfeifen sie sich gegenseitig.«

»Glaubst du das?« fragte C. W.

»Ich versuche es«, entgegnete ich.

Der Spirituosenladen mit dem Rehbockkopf war genau da, wo Freddie Walker gesagt hatte, daß er sein würde.

Ich bog in die Landstraße ein, und C. W. las laut die Wegbeschreibung vor.

»Vier Meilen auf der Landstraße. Dann links ab, bei einer großen abgestorbenen Eiche, die mitten auf einer Pferdekoppel steht. Nach einer Meile fangen wir an, nach einer unbefestigten Straße Ausschau zu halten, mit einem Pfosten mit einer Reihe drangenagelter Briefkästen. Dann die dritte rechts. Die Jagdhütte liegt mitten im Wald.«

Nachdem wir die Briefkästen passiert hatten, holperten wir auf der unbefestigten Straße dahin. Die Scheiben waren bald mit Schlamm bespritzt, so daß ich den Scheibenwischer einschalten mußte, um überhaupt etwas erkennen zu können. Die meisten Namen auf den Briefkästen waren unleserlich gewesen, verblaßt von Sonne und Regen. Aber die noch zu erkennenden Buchstaben auf einem der Postkästen hatten mich nachdenklich gestimmt.

»Hat Walker gesagt, wem diese Jagdhütte gehört?«

»Nur einem pensionierten Polizisten. Die Typen hingen da immer zusammen rum.«

»Doyle Bollinger ist ein pensionierter Polizist«, sagte ich. »Nur ist er jetzt Privatdetektiv. Whitney hat ihn angeheuert und gefeuert, kurz bevor ich anfing, für sie zu arbeiten.«

»Bollinger? Der früher bei der Polizei von East Point war?« fragte C. W. verwirrt zurück. »Und? Ich kann dir nicht folgen.«
»Zack hat mir gerade erzählt, daß Carson und Suzanne einen Bürokomplex in Peachtree-Dunwoody besitzen. Doyle Bollinger hat sein Büro in einem Bürokomplex in Peachtree-Dunwoody. Umgeben von Arztpraxen aller Art.«
»Ich kenne ihn von früher«, sagte C. W.
»Ja, er erwähnte, daß er dich kennt.«
»Ich kenne ihn von der Zeit her, als ich noch einen Zweitjob als Wachmann im Grady hatte. Ich hab' gekündigt, als ich zum Captain befördert wurde, aber Bollinger hat lange da gearbeitet.«
»Wo genau im Grady?«
»In der Notaufnahme«, antwortete C. W. »Ich hab' ihn später noch ein paarmal gesehen, wenn wir wegen eines Falls ins Grady mußten. Ich wußte nicht, daß er eine Lizenz als Privatdetektiv hat.«
Mir wurde ziemlich flau im Magen.
»Hast du welche von den Rooters gekannt, die in der Notaufnahme rumhingen? Einen hageren Schwarzen namens Harold Eaves? Er war ein Freund von Shawan Taylor.«
»Das ist acht Jahre her. Alle Rooters, die ich kannte, sind wahrscheinlich längst tot.«
»Aber Bollinger kannte sie beide«, sagte ich. »Bollinger ist ein freundlicher Typ. Er hat sich mit Shawan Taylor angefreundet. Shawan trug immer noch ein Armband vom Grady, als er ermordet wurde. Deswegen klebte er so an Whitney. Doyle Bollinger hat ihn dafür bezahlt. Und dann hat er ihn umgebracht. Wie Whitney.«
C. W. zählte die Abzweigungen. Als wir zur dritten Abzweigung kamen, hielt ich an. Der Wind hatte mittlerweile Sturmstärke erreicht. Blätter und kleine Zweige wirbelten an den Scheiben vorbei.
»Ruf Verstärkung«, sagte C. W.
Ausnahmsweise widersprach ich ihm nicht.

Die Fahrdienstleiterin des Sheriffs hörte sich zweifelnd an.
»Und Sie sind wo?«
»Ich weiß die Adresse nicht. Irgendwo in den Wäldern. Es gibt hier keine Straßenschilder. Aber wir sind ungefähr fünf Meilen vom Big Buck Beverages entfernt.«
Es knisterte in der Leitung, und die Fahrdienstleiterin bat mich, die Wegbeschreibung noch einmal zu wiederholen. »Es ist eine Jagdhütte, die einem Mann namens Bollinger gehört. Doyle Bollinger. Er war früher bei der Polizei von East Point, jetzt ist er pensioniert. Wir haben Grund zu der Annahme, daß er eine Geisel festhält, einen Mann, der Zeuge eines Doppelmords oben in Atlanta wurde.«
Wieder das Knistern in der Leitung. »Bitte buchstabieren Sie Bollinger, Ma'am.«
Im dem Augenblick hörten wir einen Schuß. Nach einer Pause folgten zwei weitere Schüsse.
»Schicken Sie den verdammten Streifenwagen«, schrie ich. »Wir haben gerade eine Schießerei gehört. Wir greifen ein.«

Ich sprang aus dem Lieferwagen und landete knöcheltief im Matsch.

C. W. öffnete die Wagentür und spähte hinaus. »Ich kann unmöglich mit meinen Krücken durch das Zeug waten«, stellte er fest. »Kannst du nicht näher ranfahren?«
»Bollinger kennt meinen Lieferwagen, und er weiß, daß ich in die Sache verwickelt bin. Bleib hier und warte. Ich versuch, mich an das Haus ranzuschleichen. Mal sehen, was da los ist.«
Die Straße war so matschig, daß man nicht auf ihr gehen konnte. Ich versuchte, mich an den Straßenrand zu halten, aber der war mit einem Dickicht aus hüfthohen Kudzu-Ranken und dornigen Sträuchern bewachsen, die mir ins Gesicht peitschten und an meinem Sweatshirt hängenblieben. Zweimal stolperte ich und rutschte in den Straßenmatsch.
Nach knapp dreihundert Metern kam ich zu einem Wendeplatz. Durch den Schutzschirm der Bäume sah ich Holzrauch aus dem Schornstein einer alten Hütte aufsteigen. Sie war aus verwitterten Baumstämmen erbaut und umgeben von einer Zedernholzveranda mit einem Blechdach. Die Hütte schien kurz vor dem endgültigen Zusammensacken zu stehen. Das einzige Auto in Sicht war Bryant Mayes' weißer Pickup-Truck. Außer dem Wind war nichts zu hören. Die Vorhänge waren zugezogen, und kein Licht war zu sehen.
Ich rutschte aus und kehrte unauffällig zum Wagen zurück. C. W. legte gerade den Hörer auf.
»Ich habe bei Mackey angerufen. Er ist nicht da. Die gesamte Mordkommission ist unten bei der Five Points Marta Station. Bandenkrieg. Zwei Verletzte, drei Tote. Ich habe eine Nachricht hinterlassen. Auch bei Deavers habe ich's probiert und eine Nachricht hinterlassen.«
Die Entwicklung der Dinge gefiel mir nicht sonderlich.
»Bryants Pickup-Truck steht vor der Hütte. Keine anderen Autos in Sicht. Im Kamin brennt ein Feuer.«
»Und das heißt was?« fragte sich C. W. »Arbeitet Mayes mit Bollinger zusammen?«

»Weiß nicht«, sagte ich. »Ich kann es nur herausfinden, wenn ich wieder hingehe und mich noch mal genauer umsehe.«
»Aber nicht allein«, protestierte C. W. »Wie soll ich dir zu Hilfe kommen, wenn was passiert?«
»Wir können den Lieferwagen dichter ranfahren«, erwiderte ich. »Ungefähr vierzig Meter von der Hütte entfernt gibt es einen Wendeplatz. Geschützt durch dichtes Unterholz. Du kannst die Hütte von da aus im Auge behalten und per Autotelefon Hilfe rufen, wenn irgendwas sein sollte.«
»Wenn irgendwas ist, greife ich ein«, erklärte C. W. »Also, ich geb dir zehn Minuten. Du siehst dich um und kommst zurück. Wir haben bereits Verstärkung angefordert. Laß uns warten, bevor wir eingreifen.«
»Drei Schüsse«, sagte ich. »Arliss Woods könnte tot sein oder im Sterben liegen.«
»Wenn er tot ist, hat es keine Eile. Wenn er im Sterben liegt, wird er warten müssen. Du weißt, ich habe recht.«
Die Zeit war zu kostbar, um sie auf eine Strategiediskussion zu verschwenden. Wir rollten im Leerlauf die Straße herunter, und ich manövrierte den Lieferwagen in die kleine Lichtung.
Heute morgen hatte ich ein gelbes Sweatshirt und Jeans angezogen, aber jetzt fühlte ich mich in Gelb so verwundbar und ungeschützt wie der Hirsch in Arliss Woods' Bild. Also wühlte ich hinten im Transporter herum und suchte nach etwas, das für Tarnung sorgen würde. Das Beste, was ich auftreiben konnte, war ein sackartiger schwarzer Pullover, der nach Hustenbonbons und Scheuerpulver roch.
»Zehn Minuten«, rief C. W. mir in Erinnerung.
Ein kleiner Fußpfad führte vom Wendeplatz durch den Wald zur Hütte. Bollinger und seine Jagdkumpel waren offenbar nicht so für Wanderungen durch die unberührte Natur zu haben. Der Pfad war unglaublich schmal, voller abgefallener Äste und zugewuchert mit Sträuchern, die mitten auf dem Weg Wurzel geschlagen hatten, so daß ich stellenweise Umwe-

ge durch den Wald machen oder mich kriechend vorwärtsbewegen mußte.
Als ich zur Hütte kam, umging ich sie, blieb in der Deckung des Waldes, bis ich neben dem Pickup-Truck angelangt war. Dann sauste ich zu der von der Hütte abgewandten Seite des Kleinlasters. Ich kauerte mich nieder und schlich im Entengang zur Vorderseite des Wagens.
Ich schob den Kopf hoch und riskierte einen Blick. In der Hütte blieb alles still, aber plötzlich ging die Vordertür auf, und er trat auf die Veranda.
Doyle Bollinger trug Kampfkleidung. Einen alten Drillichanzug der Army, eine grüne Kapuzenjacke und hohe Schnürjagdstiefel. Die grüne Jacke. Das mußte die Jacke sein, die Billy Tucker am Mordnachmittag gesehen hatte. Bollingers schönes Silberhaar leuchtete in der Düsternis der überdachten Veranda. Wachsam blickte er sich um und schlenderte dann gemächlich davon, nicht auf mich zu, sondern in die andere Richtung.
Ich richtete mich halb auf, um zu sehen, wo er hinwollte. Zur Rechten des Hauses lag ein Schuppen. Er bestand aus denselben verwitterten Holzbalken und verschmolz harmonisch mit der Umgebung.
Als ich zu meinem Versteck zurückkehren wollte, erregte etwas im Laster meine Aufmerksamkeit.
Bryant und Janie Mayes waren im Pickup-Truck. Sie saßen dicht aneinandergelehnt, zusammengesackt und zur Beifahrertür hin gekippt. An der Seite von Janies Gesicht war Blut. Von Bryants Gesicht war nicht mehr viel übrig. Keiner der beiden bewegte sich oder atmete.
Ich setzte mich in den Matsch und preßte die Hand vor den Mund, um nicht loszuschreien. Ich biß mich in die Innenfläche der Hand, ein alter Trick, den einer meiner Brüder mir als Kind beigebracht hatte. Gut in Situationen, die danach verlangten, die Sache wie ein Mann durchzustehen.
Vorsichtig schlich ich um die Ecke des Trucks herum. Bollinger

kam aus dem Schuppen. Er hatte einen roten Plastikbenzinkanister in der Hand und pfiff vor sich hin. Es klang nach dieser Melodie aus der *Brücke am Kwai*. Die Melodie, die die amerikanischen Kriegsgefangenen pfeifen, während sie von den japanischen Soldaten auseinandergenommen werden.
Vor der Tür der Jagdhütte setzte Bollinger den Kanister ab, ging hinein und schloß die Tür hinter sich.
Ich blickte auf die Ladefläche des Pickup-Trucks. Sauber und ordentlich, wie Janie Mayes es gern hatte. Keine Spur von Arliss Woods. Er mußte in der Hütte sein. Wir hatten drei Schüsse gehört. Je einer für Bryant und Janie. Ihnen war nicht mehr zu helfen. War Arliss auch erschossen worden? Oder war er noch am Leben?
Der Rand der Veranda war vielleicht neun Meter von meinem Versteck entfernt. Ich beschloß, es zu riskieren, hielt mich außer Sichtweite der Vordertür und steuerte auf die rechte Hausseite zu. Als ich an der Rückwand des Hauses entlangschlich, konnte ich drinnen immer noch das Pfeifen hören. Bollinger war offensichtlich ein Mann, dem seine Arbeit Spaß machte.
An der Rückseite der Jagdhütte war noch ein Eingang. Hinter der zerfetzten Fliegentür befand sich eine ramponierte Holztür mit einem kleinen Fenster darin. Ich schob mich näher heran und spähte hindurch.
Es war dunkel auf der Veranda und ebenso dunkel im Haus. In der Küche brannte eine einzelne nackte Glühbirne. Ich konnte so gerade eben die Ecke eines Kühlschranks ausmachen und etwas, das wie ein Stapel Feuerholz aussah. Und einen Hinterkopf.
Das Pfeifen hatte aufgehört. Ich drehte mich um. Doyle Bollingers Revolver war auf mein Gesicht gerichtet. Da bemerkte ich, daß seine Stiefel Gummisohlen hatten.
»Na, na, na«, meinte er. »Wissen Sie, da komme ich aus dem Schuppen, ganz auf das konzentriert, was ich noch erledigen muß, und sehe da drüben im Wald ein kleines Stückchen rosaro-

te Farbe. Ich sage zu mir: ›Doyle, kennen wir jemanden, der kläglich genug ist, in einem rosa Auto rumzufahren?‹«
Ich konnte die Augen hinter der getönten Fliegerbrille nicht erkennen, aber das Zucken seines Mundes verriet, daß er amüsiert war.
»Und dann sage ich mir: ›Doyle, dieses Detektivmädchen ist nicht halb so blöd, wie wir dachten.‹ Also stelle ich mich in die Hütte, direkt vor dieses Fenster, und warte. Und wissen Sie, als ich Sie da am hellichten Tag so aus der Deckung rennen sah, dachte ich, wie ich zugeben muß: ›Doyle, du hast dich geirrt. Das Mädchen ist viel zu dämlich, um Privatdetektiv zu sein.‹«
Ich ließ meine Hände, wo sie waren, in die Taschen des Pullovers gestopft. Eine Hand ruhte leicht auf meiner Neunmillimeter.
»Ihre Waffe, bitte, Ma'am«, sagte er liebenswürdig.
Widerstrebend reichte ich ihm den Revolver.
»Kommen Sie mit ins Haus.« Bollinger stieß mich mit seinem Revolver in die Rippen. Er ging mit mir ums Haus herum nach vorne, aber in der Tür blieb er stehen, den Kopf geneigt. Lauschte.
Als er sich zu mir umdrehte, lächelte er nicht mehr.
»Sie haben sich einen Helfer mitgebracht. Stimmt's? Sie sind eine Frau voller Überraschungen und Geheimnisse, Miss Callahan. Das gefällt mir.«
Bevor ich etwas entgegnen konnte, hatte er ein Paar Handschellen aus einer der Taschen seines weiten Drillichanzugs gezogen. Er stieß mich zum Verandageländer, zwang mich, die Hände um einen Pfosten zu legen, und fesselte mich mit den Handschellen an den Pfosten. Ich versuchte angestrengt, nicht an das Drahtdings in der Jeanstasche zu denken. Aber er fand es und lachte. »Einbruch. Das gefällt mir.« Er fügte den Dietrich zu seiner Sammlung meines Eigentums hinzu und holte den Benzinkanister.
Er stand am Rand der Veranda und legte die Hände trichterför-

mig vor den Mund, so als würde er die Hunde zum Abendbrot ins Haus rufen.
»He, Sie da draußen!« brüllte er. »Ich habe Ihre Freundin, Miss Callahan Garrity. Und ich habe eine Pistole und vier Liter Benzin. Wenn Sie nicht sofort rauskommen, und zwar unbewaffnet, mache ich ein Barbecue. Sie können zusehen, wenn Sie wollen.«
Er öffnete den Kanister und fing an, Benzin auf den Holzboden der Veranda zu schütten, wobei er wieder vor sich hinpfiff. Ich hielt die Augen auf den Lieferwagen gerichtet und hoffte, daß C. W. Verstand genug hatte, zu bleiben, wo er war. Wenn wir Bollinger lange genug hinhalten konnten, würden Deavers oder die örtliche Polizei auftauchen. Bollinger stellte sich neben mich und stieß mir seinen Revolver in die Schulter. Meine Pistole steckte in einer seiner Hosentaschen.
»Na, wo ist dein Freund, Zuckermöpschen?«
»Kein Freund«, antwortete ich beiläufig. »Nur ich.«
Der Schlag war so heftig, daß mein Kopf hart gegen einen Balken donnerte. Ich blinzelte, um die Tränen zurückzuhalten.
»Tut mir leid«, sagte Bollinger. »Es ist normalerweise nicht meine Art, eine Dame zu schlagen. Aber wir müssen die Dinge etwas beschleunigen. Und Ihr Freund muß wissen, wie ernst es mir ist.«
Er holte meine Neunmillimeter heraus, spannte sie und hielt sie mir gegen die Wange.
Die Masche zog. C. W. kam langsam zwischen den Bäumen hervor, schwer auf die Krücken gestützt, die bei jedem Schritt tief in den aufgeweichten Boden einsanken.
»Beeilung«, rief Bollinger. Er legte die andere Hand auf meine Schulter und kniff mich in den Nerv. Ich schrie auf, und C. W. blieb stehen und bewegte sich dann noch entschlossener vorwärts. Er hatte jetzt die Veranda erreicht und mühte sich die steilen Stufen hinauf, die Zähne vor Anstrengung zusammengebissen. Ich schloß die Augen. Ich konnte es nicht mit ansehen. Aber Doyle Bollinger hatte seinen Spaß.

»Gut, gut«, lobte er. »Jetzt noch eine Stufe.«
Als C. W. neben uns stand, klopfte Bollinger ihn nach Waffen ab. Sofort fand er die .22 und stopfte sie in eine seiner zahlreichen Hosentaschen.
Er schloß die Handschellen auf und versetzte mir einen kleinen Schubs. »Los, rein da. Alle beide.«
C. W. hatte kein Wort gesagt. Er atmete schwer, und ein feiner Schweißfilm überzog sein Gesicht, trotz der Kälte und dem Wind.
Die Jagdhütte war ein einziger Trümmerhaufen. Überall auf dem Fußboden lagen die Reste zerschlagener Möbel herum, zusammen mit Müllhaufen und Bierdosen, und wo es an der Decke durchleckte, standen Wasserpfützen.
Bollinger versetzte einer rostigen Bierdose einen Tritt. »Irgendwelche gottverdammten Kids sind hier eingebrochen und haben alles ruiniert. Kommen Sie mit in die Küche und sehen Sie, wer noch da ist.«
C. W.s Krücken schlugen dumpf auf den Holzfußboden auf.
Die Küche war klein. Es gab einen alten, verrosteten Kühlschrank und einen Herd mit halb abgerissener Backofentür, und auf dem Boden lag ein älterer Mann, Hände und Füße fest mit einem groben braunen Seil gebunden. Er lag auf der Seite, und auf seiner Stirn war eine blutige, klaffende Wunde.
Arliss Woods war bewußtlos.
»Setzen Sie sich direkt neben ihn.« Bollinger deutete mit dem Revolver auf die Stelle. Nachdem er einen Blick auf die Uhr geworfen hatte, holte er die Handschellen hervor und fesselte mich an den schmiedeeisernen Fuß des Herds. Er löste die Fesseln des alten Mannes und schnürte C. W. damit zusammen.
»Ich habe nur ein Paar Handschellen mitgebracht«, meinte er entschuldigend. »Aber ich glaube nicht, daß Mr. Woods irgendwelche plötzlichen Bewegungen machen wird.« Er nahm C. W.s Krücken und stellte sie in eine Ecke.
»Geht ja nicht weg«, sagte er und drohte uns mit dem Finger. Er

pfiff schon wieder, und dann war er fort. Wir hörten, wie die Vordertür aufging und dann, wie er mit schweren Schritten über die Veranda ging. Als er am Küchenfenster vorbeikam, wehte Benzingeruch unter der Tür hindurch. Die Vordertür ging auf, und wir hörten Bollinger zu uns zurückkehren. Der Benzingeruch war jetzt intensiver. Bollinger kam in die Küche, kniete sich hin und schloß die Handschellen auf.

»Die kann ich nicht hierlassen«, erklärte er. »Wenn die Leichen gefunden werden, würde das gar nicht gut aussehen. Jemand könnte auf ganz falsche Ideen kommen.«

»Wie soll es denn aussehen?« fragte C. W. »Meinen Sie im Ernst, daß die Polizei nicht wissen wird, was hier vorgefallen ist? Die Hütte gehört Ihnen, Bollinger. Sie haben überall Spuren hinterlassen.«

»Wieviel Leichen sind es denn mittlerweile?« erkundigte ich mich. »Whitney. Shawan. Bryant. Janie. Und Mr. Woods hier sieht aus, als könnte er Nummer fünf werden.«

»Es ist ein bißchen übertrieben«, räumte Bollinger mit einer Spur von Bedauern in der Stimme ein. »Ich gebe zu, daß ich darüber nicht sehr glücklich bin.«

»Wie steht denn Ihr Klient dazu?« fragte ich. »Schwer zu glauben, daß Carson Dobbs all diese Leichen vor seiner Tür abgeladen haben wollte. Nur um keinen Unterhalt zahlen zu müssen.«

»Der alte Doc tut so, als wüßte er von nichts«, sagte Bollinger. »Das nennt sich Leugnen von Verantwortung. Noch etwas, was diesen Ärzten im Medizinstudium beigebracht wird. Immer ist niemand verantwortlich. Er vergißt, daß er mit einem Profi arbeitet. Wenn es hart auf hart kommt, habe ich die nötigen Beweise.«

»Wer hat Sie engagiert?« fragte ich. »Ist es passiert, nachdem Whitney Sie gefeuert hatte? Waren Sie wütend auf sie, Doyle? Haben Sie Carson angerufen und ihm angeboten, den Spieß umzudrehen? Haben Sie ihm angeboten, das Scheidungsverfah-

ren etwas abzukürzen? Tote Frauen lösen keine Unterhaltsschecks mehr ein.«
Bollinger blickte auf die Uhr. »Der Versuch, Zeit zu schinden. Sehr gut. Aber ich kann leider nicht hier rumsitzen und die Einzelheiten diskutieren. Nur ganz kurz: Miss Suzanne erkannte die Gelegenheit, als ich noch mal zu diesem Restaurant fuhr und ihr sagte, wer ich bin und für wen ich gearbeitet hatte. Der Doc ist in solchen Sachen ziemlich zimperlich. Erstaunlich für einen Mann, der so gern Herzen aufschneidet, was?«
»Haben die beiden Sie auch für den Mord an Bryant und Janie bezahlt?«
»Mr. und Mrs. Mayes?« Er mimte einen schockierten Blick. »Oh, aber neeeein. Neeeein. So wird es nicht aussehen, aber überhaupt nicht. Sehen Sie, Bryant Mayes war derjenige, der die arme Mrs. Dobbs und diesen Penner umgebracht hat. Und an den tragischen Geschehnissen heute sind Sie beide schuld. Gestern abend, nachdem Sie soviel Tamtam gemacht hatten, bekam er es mit der Angst zu tun. Also entführte er den verrückten Alten, brachte ihn runter zu dieser verlassenen Jagdhütte, brach ein und setzte sie in Brand. Als ihr beiden aufgetaucht seid«, er zeigte auf uns, »hat er euch ebenfalls erledigt.«
»Und dann bekam Mr. Mayes Gewissensbisse«, fuhr Bollinger fort. »Er fuhr nach Hause und holte seine Frau, und die beiden fuhren in den Piedmont Park, wo er erst sie erschoß und dann sich selbst. Tragisch.« Bollinger schnalzte mit der Zunge. »Einfach tragisch.«
Bevor ich weitere Fragen stellen konnte, knüppelte er mich mit einem ordentlichen Schlag mit dem Kolben seines Revolvers aufs Genick nieder.

Als Kind liebte ich den Geruch von Benzin. Er stand für Familienausflüge am Sonntag, eine Fahrt zum Strand, sonnige Samstage mit Springseilhüpfen, während mein Vater den Rasen mähte. Und während der Teenagerzeit war eine Tankfüllung Benzin pure Magie – der Schlüssel zum Königreich. Für fünf Kröten Benzin und los ging's. Miss Unabhängigkeit. Wenn man erwachsen ist, ist Benzin nur noch ein notwendiger Bedarfsartikel, im Grunde lästig. Jetzt roch das Benzin nach tödlicher Gefahr.

Ich erwachte durch mein eigenes Würgen. Weißer Rauch wallte unter der Küchentür hindurch. Durch die Fenster konnte ich sehen, wie die Flammen die Holzpfosten der Veranda verzehrten. Mein Kopf fühlte sich an, als sei er als Rammbock benutzt worden. Warmes, klebriges Blut rann mir den Nacken hinunter. Ich versuchte aufzustehen, mußte mich aber ganz plötzlich wieder setzen, so heftig waren Übelkeit und Schmerz.

»C. W.?« rief ich.

Er stand auf seine Krücken gelehnt und blickte durch das winzige Küchenfenster auf das Feuer. »Bist du okay?«

»Kopfschmerzen«, sagte ich. Ich beugte mich vor und legte die Hand auf Arliss Woods' Kehle. Er atmete, aber nur ganz schwach. Seine Haut fühlte sich kühl und trocken an, und sein Atem kam pfeifend und unregelmäßig.

»Arliss? Mr. Woods?«
Er reagierte nicht. »Er ist am Leben«, sagte ich und hustete. »Können wir hier rauskommen?«
C. W. zuckte die Achseln. »Er hat mich losgebunden, nachdem er dich niedergeschlagen hat. Die Tür da ist zugenagelt. Er meinte, er würde draußen warten, falls wir versuchen sollten auszubrechen. Das ist seine Vorstellung von der Jagd, nehme ich an.«
Ich holte tief Luft und stand langsam auf. Alles drehte sich, aber ich stand zumindest aufrecht. Es war ein besseres Gefühl.
Draußen prasselte und bullerte das Feuer, unterstrichen vom lauten Knallen des Harzes in den alten Kiefernbrettern.
»Wir müssen Arliss hier rausschaffen«, sagte ich.
Als ich wieder sicher auf den Beinen stand, ging ich nach vorn. Flammen züngelten an der Vordertür hoch, und die sengende Hitze war atemberaubend. Durch die Flammen hindurch konnte ich weiße Farbe aufleuchten sehen. Bryants Kleinlaster. Also war Bollinger noch da.
Vom Wohnzimmer ging ein winziges Schlafzimmer ab, aber es war voller Rauch, und durch ein Fenster züngelten bereits Flammen. Ich knallte die Tür zu und kehrte in die Küche zurück.
C. W. stand an der Spüle und machte sich am Wasserhahn zu schaffen, einen zusammengerollten Stoffstreifen in der Hand, den er von seinem Flanellhemd abgerissen hatte. Der Rauch war dichter geworden. »Das Wasser ist abgestellt.« Seine Stimme war unbewegt. »Die Tür geht nicht auf. Ich habe es versucht. Die Veranda ist sowieso fast verbrannt. Auf dem Weg kommen wir nicht mehr raus.«
Ungeschickt legte er sich auf den Boden. »Runter«, riet er. »Heiße Luft und Gase steigen hoch. Unten ist die Luft am besten.«
Ich legte mich flach auf den Bauch und preßte mein zerschlagenes Gesicht gegen das sandige Linoleum. Es war auf die ursprünglichen Holzdielen genagelt worden und stellenweise stark abgetreten und zerrissen, so daß die Holzdielen darunter zum Vorschein kamen.

Ich konnte hören, wie Arliss keuchend nach Luft schnappte. Er hustete schwach. Ich zog meinen Pullover aus und legte ihn unter den Kopf des alten Mannes. Die Ärmel drapierte ich ihm leicht über Nase und Mund, als Filter für den Rauch.
»Der Fußboden stinkt«, bemerkte ich müßig.
C. W. legte das Gesicht auf den Boden. »Riecht nach alten verfaulten Kartoffeln« meinte er und schnüffelte. »Bei einer so alten Jagdhütte gibt's wahrscheinlich einen Vorratskeller unter der Küche, wo Äpfel, Karotten, Kartoffeln und so was gelagert wurden. Bevor die Kühlschränke erfunden wurden.«
»Großartig«, erwiderte ich und zog mir den Kragen meines Sweatshirts vor die untere Gesichtshälfte. »Dann können wir später gebackene Kartoffeln essen. Wenn wir noch am Leben sind.«
»Frischluft«, erklärte C. W. und schob sich auf den Ellbogen vorwärts. »Wenn es einen Keller gibt, ist er unter der Erde. Wir könnten das Feuer aussitzen.«
Da gab es einen Knall, und das Glas des kleinen Küchenfensters zersprang in eine Million Scherben. Flammen züngelten am Türrahmen hoch, und noch mehr Rauch quoll durch das zerbrochene Fenster herein.
»Meine Oma hatte auch einen Vorratskeller«, sagte ich. »Ihrer hatte auch einen Zugang von draußen.«
Die Küche war klein, vielleicht zwei mal drei Meter. Man konnte genau sehen, wo die Bewohner am häufigsten entlanggegangen waren. Vor dem Kühlschrank, dem Herd und der Spüle war das Linoleum besonders abgetreten.
Ich kroch zur Spüle hinüber und betastete den Boden. Nichts außer dreckigen Dielenbrettern.
Die abgetretene Ecke vor dem Kühlschrank war kleiner. Ich bearbeitete eine Ecke des spröden Bodenbelags mit einem Fingernagel, aber es gelang mir nur, ein kleines Stückchen abzureißen, bevor mir der Nagel abbrach.
»Wir brauchen ein Werkzeug«, erklärte ich und blickte in die

Anrichte neben dem Kühlschrank, in der Hoffnung, ein Messer oder einen Eispickel zu finden. Aber die Anrichte war leer. Jemand hatte die Küche ausgeräumt. Die Küchenschränke waren alle leer. Ich fand nur zwei vergilbte Kakerlakenfallen aus Pappe. Im letzten Fach, in dem ich nachsah, fand ich einen zerbeulten Kochtopf aus rot-weißer Emaille und einen verrosteten Flaschenöffner.

»Hier«, rief ich und hielt triumphierend den Flaschenöffner hoch.

Abwechselnd hackten wir mit dem spitzen Ende des Flaschenöffners auf das Linoleum ein. Nach fünf Minuten hatten wir genug entfernt, um die Umrisse einer Klappe zu erkennen.

Nach weiteren fünf Minuten konnten wir den größten Teil der Klappe sehen. Sie war etwa einszwanzig breit, und als Griff war ein gebogenes Loch ins Holz geschnitten worden. Aber nur etwa zwanzig Zentimeter ragten unter dem klobigen Kühlschrank mit den abgerundeten Ecken hervor.

C. W. packte den Rand der Klappe und zog, das Gesicht vor Anstrengung verzerrt, aber die Klappe ging nur einen knappen Zentimeter weit auf.

»Wir müssen den Kühlschrank wegschaffen«, sagte C. W.

Er zog sich am Griff des Kühlschranks hoch und klemmte sich die Krücken unter die Achseln. Wir stellten uns auf dieselbe Seite des Kühlschranks und schoben. Es war ein altes Koloß von einem Gerät und schwer wie Blei. Wir schoben und stöhnten und schafften es, ihn vielleicht um einen halben Zentimeter zu verrücken.

»Verdammt«, stöhnte C. W. »Los, wir versuchen's nochmal.«

Aus dem Wohnzimmer kam ein ohrenzerreißendes Krachen. Ich kroch zur Küchentür und sah, daß das Dach durchgebrannt und eingestürzt war. Riesige Balken baumelten von der Decke herab, und der kalte Wind peitschte die Flammen hoch und versorgte das Feuer mit ausreichend Sauerstoff.

Rauch wirbelte um uns herum, und langsam wurde die Hitze im

Raum unerträglich. Ich mußte ständig innehalten und mir das Sweatshirt wieder über Nase und Mund ziehen.
»Wir müssen ihn umstürzen«, sagte ich schließlich, als Flammen an der hinteren Wand hochzüngelten.
»Eins. Zwei. Drei.« Ich sog glühendheiße Luft in meine Lungen und schob mit aller Kraft, für mich, und für C. W. und Arliss Woods. Dann schob ich für Jesus, Maria, Joseph und alle Heiligen. Es war unsere letzte Chance.
Ich sah nicht, wie der Kühlschrank zu schwanken begann und dann fiel. Meine Augen waren fest geschlossen und meine ganze Energie auf das Bewegen von Masse durch Muskelkraft konzentriert.
Mit einem hallenden metallischen Krachen donnerte der Kühlschrank auf die Dielenbalken, die unter dem Aufprall zersplitterten.
C. W. und ich ließen uns zu Boden fallen, um zu sehen, was wir erreicht hatten.
Wir fühlten die Klappe eher mit den Händen, als daß wir sie sahen. C. W. packte den Griff und zog kräftig. Die Klappe sprang auf und entließ eine Wolke von Staub und saure, modrige Luft.
»Hol den alten Mann«, sagte C. W. und ließ sich durch das Loch im Boden herab. Mit den Händen klammerte er sich am Rand der Öffnung fest. »Es ist nicht tief«, berichtete er. »Vielleicht ein Meter fünfzig.«
Ich reichte ihm die Krücken und tastete mich durch den Rauch zu Arliss durch. Wo die Rückwand der Küche gewesen war, stand jetzt ein senkrechter Flammenmantel. Der Rauch war mittlerweile schwarz, und Batzen verkohlter Wandbalken und Dachpappe fielen unter Funkenregen herab.
Es gelang mir, Arliss zu packen und auf Händen und Knien zur Falltür zurückzukraxeln. Um uns herum fielen brennende Holzstücke zu Boden.
C. W. langte hoch und zog Arliss in den Keller herunter. Ich folgte, ließ mich in das übelriechende Loch fallen und landete

hart auf meinem Hintern. Der Boden des Kellers bestand aus festgestampfter Erde. Ein Schmerzstoß fuhr mir das Rückgrat hoch.
Da hörten wir ein lautes, knallendes Geräusch und den Übelkeit erregenden Lärm einer einstürzenden Wand. Weitere brennende Holzstücke fielen in den Keller. Eins verbrannte mich an der rechten Hand.
»Mach die Klappe zu, um Gottes willen!« schrie C. W.
Ich langte hoch und zog die Klappe zu. Wir saßen in kühler, tintenschwarzer Dunkelheit. Ich dachte an Alice im Wunderland, die durch das Kaninchenloch fällt, tiefer und tiefer, und augenblicklich schien die Schwärze auf mich einzudringen, mich zu ersticken. Irgendwie war es genauso schlimm, wie es in der rauchgefüllten Küche gewesen war.
Ich saugte an der Brandwunde an meiner Hand.
»Dem alten Mann geht's schlecht«, sagte C. W. Ich streckte die Hand aus und berührte ihn. Es machte die Sache leichter, daß C. W. da war.
»Kopfverletzung«, erklärte er. »Möglicherweise Schädelbruch. Irgend so was. Wie geht's dir?«
Ich lachte zittrig. »Hab' mir den Hintern gebrochen, als ich auf den Boden prallte. Was ist mit dir?«
»Ich bin noch ganz.«
Über uns konnten wir das Feuer tosen hören. Dachbalken fielen herab. Ich richtete mich auf die Knie auf, langte hoch und berührte die Klappe. Sie war glühend heiß. »Wir müssen hier raus«, sagte ich. »Kannst du dich hochziehen?«
»Nicht ohne einen Halt«, entgegnete er reuevoll.
Die Dunkelheit im Vorratskeller war total. Auf Händen und Knien kroch ich herum und tastete die Wände ab. Der Keller war rechteckig und hatte schräge Wände. Mit einer Hand berührte ich etwas Rauhes, vielleicht Sackleinen, und dann etwas anderes, etwas Weiches, Verschrumpeltes. Ich riß die Hand zurück und zog mich rückwärts bis zur Wand zurück.

In der entgegengesetzten Ecke war ein Rascheln zu hören.
»Glaubst du, es gibt hier Ratten?« fragte ich.
»Wahrscheinlich.«
Ich schluckte und schob mich seitwärts. Meine Hand ertastete noch mehr Sackleinen, und dann hörte ich, wie Glas gegen Glas stieß. Meine Finger fanden einen Gegenstand. Eine Glasflasche mit irgendeiner schwappenden Flüssigkeit drin und einem Schraubverschluß. Ich hockte mich hin, schraubte die Flasche auf und roch daran. Der Geruch ließ mir die Tränen in die Augen steigen.
»Rat mal, was hier außer Wurzelgemüse noch gelagert wurde«, sagte ich.
»Zwiebeln und Äpfel?«
»Korn«, korrigierte ich ihn. Ich ertastete drei weitere Flaschen, gebettet in einen verrotteten Sack. Sie fühlten sich an wie Quartgefäße. Alte, mit einem Staubfilm überzogene Mason-Gläser. Meine Oma hatte auch solche Gläser in ihrem Vorratskeller, aber in ihren war Feigenmarmelade oder eingelegte Tomaten.
Ich reichte C. W. die Flasche und hörte, wie er den Duft tief einsog.
»O ja.« Er lachte leise. »White Lightning. Guter Stoff.«
Ich setzte das Glas ab und ließ die Hände die schrägen Wände hochgleiten, dorthin, wo die Decke sein mußte. Sie war ebenfalls schräg. Endlich trafen meine Finger auf Holz.
»Ich hab's gefunden«, verkündete ich.
Als ich mich hinkniete und mit ausgestreckten Armen gegen die Falltür drückte, konnte ich spüren, wie sie sich ganz leicht bewegte. Mit beiden Händen fuhr ich die Umrisse nach und ertastete die verrosteten Türangeln. Die Falltür gab ein bißchen nach, aber sie ging nicht auf.
»Das Holz hat sich verzogen. Ich krieg sie nicht auf.« Ich versuchte, meine Enttäuschung zu verbergen.
»Drück stärker dagegen«, sagte C. W. »Es kommt Rauch rein.«

Ich warf einen Blick nach oben. Die Luft im Keller war jetzt heiß und wurde stetig heißer, und durch die Ritzen der Bodenklappe konnte ich das Glühen der Flammen sehen.
Es gab einige scharrende Geräusche und Grunzer, und dann war C. W. direkt neben mir.
»Leg dich auf den Rücken und tret gegen die Tür«, sagte er. »In den Beinen steckt mehr Kraft als in den Armen.«
Rattenkot. Ich würde auf Rattenkot liegen, dachte ich. Meine Haare würden nie wieder sauber werden. Aber ich tat, was er vorgeschlagen hatte.
»Ich zähl bis drei«, sagte C. W.
»Eins. Zwei. Drei.« Wir zählten gemeinsam, und auf drei trat ich mit aller Kraft gegen die Tür. Das Holz war weich, mit Wasser vollgesogen. Es gab ein bißchen nach, aber nicht genug.
»Schieb deinen Po vor, so weit, wie es geht«, sagte C. W. »Zieh die Knie bis zur Brust hoch, ja, ganz bis zur Brust. Jetzt beug den Fuß, so daß du mit der Fußsohle zutreten kannst. Stütz dich mit den Händen ab. Preß sie gegen den Boden, dicht an deiner Seite. Auf drei. Und setz den ganzen Po ein, Garrity.
Eins. Zwei. Drei.«
Ich schrie wie eine Banshee und trat zu wie ein Maulesel. Die Falltür sprang auf. Ich stand auf, steckte den Kopf durch die Öffnung und sog tief die Luft ein. Sie war kalt und verräuchert, aber das Bukett war unvergleichlich viel besser als das, was ich bislang eingeatmet hatte.
»Gute Arbeit«, lobte C. W., als ich ihm auf die Füße half. »Laß uns den alten Mann hier rausschaffen.«
Gemeinsam gelang es uns, Arliss durch die Öffnung zu schieben und zu ziehen. Wir zerrten ihn vom Feuer weg, legten ihn zwischen eine Gruppe rauchgeschwärzter Rhododendren und deckten ihn mit meinem Pullover zu. C. W. wickelte seine Windjacke um die Beine des alten Mannes. »Er hat einen Schock«, sagte er. »Wenn wir ihn nicht bald ins Krankenhaus schaffen, wird er es nicht mehr lange machen. Nicht in seinem Alter.«

Der Wind hatte sich etwas gelegt. Ich hielt mich im Wald am Rande der Lichtung und schlug einen Halbkreis, bis ich parallel zum Haus war. Allein hätte ich es vielleicht bis zum Lieferwagen geschafft, wo C. W.s Pistole lag. Aber C. W. und Arliss würden so schnell nirgendwohin gehen.
Ich versteckte mich hinter einer Eiche und wünschte mir mit aller Kraft die Unsichtbarkeit. Der weiße Pickup-Truck stand noch da. Und trotz des Windes und dem Tosen des Feuers dachte ich, daß ich Bollinger pfeifen hören konnte. Er saß auf der Kühlerhaube, ein Gewehr über die Knie gelegt, pfiff und aalte sich wohlig in der Wärme seines Freudenfeuers.
»Er ist da draußen«, teilte ich C. W. mit, als ich zu ihm zurückkehrte. »Er guckt zu. Wartet darauf, daß wir verbrennen. Und er hat ein Gewehr.«
C. W. hatte Arliss' Kopf in seinen Schoß gelegt. Er tastete am sehnigen Hals des alten Mannes nach dem Puls. »Sein Puls ist ziemlich schwach.«
Meine Augen wanderten zur Kellertür. Wenn ich herumstand und zu lange darüber nachdachte, würden meine Instinkte die Oberhand gewinnen, und ich würde überall hingehen, nur nicht zurück in dieses feuchte, verräucherte Kellerloch.
Ich dachte nicht nach. In der Nähe des Hauses war die Hitze so intensiv, daß ich die Augen mit dem Arm abschirmen mußte. Ich hüpfte in das Loch. Die Klappe in der Decke war fast durchgebrannt, und der Boden war mit glühenden Holzstücken übersät. Ich griff mir zwei der Quartgläser und kraxelte wieder hinaus.
C. W. wirkte nicht überrascht, als ich ihm die Kornflaschen zeigte. Die Flüssigkeit war nicht ganz klar, sie hatte einen leicht gelblichen Schimmer.
»Hast du ein Streichholz?« fragte ich, zog meine weißen Baumwollsocken aus und die Turnschuhe wieder an.
Ich schraubte den Verschluß beider Flaschen auf, rollte die Socken zusammen und schob je eine in die Flaschenöffnungen, so daß sie sich voll Korn saugen konnten.

»Du weißt, daß ich nicht rauche«, sagte C. W.
Ich warf einen Blick auf Arliss. Eine zerdrückte Packung Camels guckte aus der Brusttasche seines Hemds heraus. »Durchsuch den Patienten«, schlug ich vor.
C.W. durchwühlte Arliss Woods' Hosentaschen und brachte schließlich zwei hölzerne Küchenstreichhölzer zum Vorschein. Vorsichtig reichte er sie mir, zog dann ebenfalls seine Socken aus und gab sie mir. Ich stopfte beide in die Flaschenöffnungen. So saß es strammer.
»Molotov-Cocktails«, meinte C. W. anerkennend. »Kannst du sie weit genug werfen?«
»Wahrscheinlich nicht«, sagte ich. »Ich werfe wie ein Mädchen. Ich werde mich so nahe ranschleichen wie ich kann, ohne zu riskieren, daß er mich sieht, dann mache ich meinen Wurf. Wenn der erste fehlgeht, gibt es zumindest ein ziemliches Durcheinander, und vielleicht habe ich Zeit, die zweite Flasche zu werfen, bevor ich zum Lieferwagen renne.«
»Führ den Wurf mit der Hand unter Schulterhöhe aus«, riet C. W. »Wenn du es anders machst, könnte der Alkohol auslaufen.«
Ich nickte und schlich mich durch den Wald, langsam, damit der Korn nicht überschwappte. Es dauerte eine Weile, bis ich einen Halbkreis durch den Wald bis zur Rückseite des Hauses geschlagen hatte. Das Gelände war rauh und von Bächen durchzogen. Meine Turnschuhe waren bald durchweicht und meine bloßen Füße darin eiskalt. Das Feuer erleuchtete den ganzen Himmel, und Rauch quoll zwischen den Baumwipfeln empor. Ich konnte die Rückseite des Hauses erkennen; zwei der Wände waren eingestürzt, und die beiden anderen bröckelten Stück für Stück. Sicher wird bald jemand den Rauch sehen, sagte ich zu mir selbst. Sicher wird bald jemand kommen und nachsehen.
Der Feuer war so spektakulär, daß Doyle Bollinger die Augen nicht davon abwenden konnte. Den leeren Benzinkanister hatte er neben dem Fond des Trucks auf den Boden gestellt. Als ich

die Hinterseite des Hauses umrundet hatte, bewegte ich mich schneller. Nur ein paar Meter von der Rückseite des Pickup-Trucks entfernt war eine Baumgruppe.
Ich kauerte mich zwischen die Bäume und wartete. Immer noch zu weit entfernt, um mit einiger Genauigkeit zielen zu können. Ich verfluchte meine Eltern, die mich mit Puppen hatten spielen lassen, wo ich doch ohne weiteres Baseballwürfe hätte üben können. Von meinem Standort aus konnte ich nur Bollingers Rükken sehen. Er war völlig entspannt und amüsierte sich prächtig. Einmal legte er das Gewehr an, zielte auf das Haus und setzte das Gewehr wieder ab. Seine Schultern zuckten vor Lachen.
Mehr brauchte ich nicht. Ich klemmte mir eine Flasche unter jeden Arm und rannte, bis ich noch gut vier Meter vom Truck entfernt war. Nicht nahe genug. Ich schlich mich näher heran, bis ich noch knapp zwei Meter weg war. Baseball hatte ich nie viel gespielt, aber ich war im Bowling-Team des Atlanta Police Departments gewesen. Ich holte die Küchenstreichhölzer heraus und zündete erst eine Socke an, dann die andere.
Ich stand auf und schleuderte die erste Flasche. Sie wirbelte wie ein Kreisel und rollte dann auf die Unterseite des Trucks zu. Dann schleuderte ich die andere Flasche.
Die erste Flasche blieb sechzig Zentimeter vom Auspuffrohr des Trucks entfernt liegen, die andere prallte gegen den Plastik-Benzinkanister. Fünf unerträgliche Sekunden lang passierte gar nichts.
»Cocktail-Time«, flüsterte ich. Dann rannte ich wie der Teufel.
Als der Knall kam, wurde ich von der Druckwelle nach hinten geschleudert. Der Kleinlaster war ein einziger Feuerball. Dann folgte eine zweite Explosion. Der Benzintank.
Metallstücke und Glasscherben regneten auf mich nieder. Ich stand auf, rannte auf meinen Lieferwagen zu und blickte nicht zurück. Den Gedanken an die Leichen im Pickup-Truck verdrängte ich. Damals jedenfalls.

Epilog

»Er ist am Leben«, sagte C. W. und blickte mit einem grimmigen Lächeln zu mir hoch. »Der Scheißkerl ist wie eine Kakerlake. Man kann ihn zerstampfen, aber man kann ihn nicht umbringen.«

Doyle Bollingers Flug war durch eine junge Eiche gebremst worden. Unmöglich zu sagen, wo er sonst gelandet wäre. Sein Körper lag schlaff da, wie ein weggeworfenes Spielzeug, das linke Bein verdreht. Ansonsten war er weitgehend unversehrt.

»Laß uns Arliss ins Krankenhaus bringen«, sagte ich. »Ich fahre den Lieferwagen so dicht ran, wie es geht.«

Da hörten wir Sirenengeheul, zwei Arten von Sirenen. Ein blauer Streifenwagen des Sheriffs von Henry County hielt durch den hochspritzenden Matsch auf uns zu. Auf zwei weitere Streifenwagen folgten ein Feuerwehrauto und ein Krankenwagen. Bucky Deavers' zweifarbiger Studebaker bildete die Nachhut.

Ich zeigte ihnen, wo sie Arliss finden konnten. Einer der Deputies bestand darauf, daß ich ihm erzählte, was zum Teufel hier passiert war. Ein Brand, Leichenteile überall verstreut. Hunsecker verlor die Beherrschung.

»Verdammte Idioten«, brüllte er. »Kennt ihr euer eigenes County nicht? Jemand meldet, daß er Schüsse gehört hat, und ihr wartet zwei Stunden, bis ihr nachsehen kommt?«

Deavers schritt ins Getümmel und ließ sein Abzeichen aufblitzen. »Mordkommission Atlanta«, sagte er in überraschend gebieterischem Ton. »Captain Hunsecker wird eine Aussage machen. Miss Garrity hat einen Notfall in der Familie.«

Damit verfrachtete er mich eilends zu seinem Wagen. Der Adrenalinschub ließ langsam nach, aber jetzt spürte ich, wie mein Herz flatterte.

»Was ist los?« fragte ich, obwohl ich es bereits wußte. »Ist etwas mit Edna?«

»Herzanfall, heißt es. Ihr Zustand ist stabil«, fügte er schnell hinzu. »Als das Krankenhaus dich nicht erreichen konnte, haben sie deine Schwester Maureen benachrichtigt. Sie ist jetzt dort.«

»Es ist alles meine Schuld«, sagte ich. »Da war eine Nachricht auf dem Anrufbeantworter. Western Regional, stimmt's? Edna ist da hingefahren, um nach Carson Dobbs' verschwundenem Finanzleiter zu suchen. Wir haben einen Tip gekriegt, er ist da gesehen worden. Ich dachte, Edna hätte im Krankenhaus angerufen und sie würden sie zurückrufen.«

»Ich hab' nicht die ganze Geschichte gehört«, erklärte Bucky. »Offenbar dachte Edna, sie hätte den Typ gesehen und ist ihm nach, eine Treppe hoch. Nach zwei Stockwerken brach sie zusammen. Zum Glück für sie hat irgend jemand aus einem Büro einen Treppenabsatz weiter oben heimlich geraucht. Er hat sie gefunden. Zum Glück für sie war sie in einem Krankenhaus.«

»Gütiger Gott«, brachte ich heraus. Und dann biß ich mich in die Handinnenfläche und versuchte, es wie ein Mann zu nehmen, aber die Schluchzer kamen in großen zitternden Wellen.

Maureen und Steve saßen eng zusammengedrängt auf einem Plastiksofa im Wartezimmer. Beide hatten Stryropor-Kaffeebecher in der Hand. Maureen blickte finster drein, als sie mich sah.

»Das ist alles deine Schuld«, begann sie.

»Das ist es«, stimmte ich zu. »Hundertprozentig. Könnten wir später darüber diskutieren, was für eine miese Tochter ich bin? Wie steht's? Wie schlimm ist es?«
»Sie hatte einen Herzinfarkt.«
»Und was heißt das im Klartext?«
Maureen verdrehte die Augen. »Sie hatte einen Herzanfall. Sie haben sie in die Notaufnahme gebracht und sie reanimiert. Jeanne ist gerade bei ihr. Das ist alles, was ich weiß. Wo zum Teufel bist du gewesen? Du riechst wie eine Röstbratwurst.«
Ich blickte an mir herunter. Meine Sachen waren zerrissen und verdreckt und meine Füße so naß, daß ich beim Gehen Pfützen hinterließ. Mein Nacken war voller Blut, und auch Gesicht und Hände waren blutverschmiert. Meine Haare waren angesengt, weil mir brennende Holzstücke auf den Kopf gefallen waren.
»Das ist eine lange Geschichte«, teilte ich ihr mit.
Jeanne Payne kam durch die Tür der Notaufnahme.
»Sie wird es schaffen«, sagte sie und umarmte mich. »Ihre Vitalfunktionen sind stabil. Sie wird gerade auf die Intensivstation verlegt. Ich habe die Kardiologin angerufen, von der ich dir erzählt habe. Wenn Edna transportfähig ist, werden wir sie morgen ins Piedmont Hospital verlegen. Dr. Soong wird sie morgen untersuchen.«
»Was ist mit der Operation?« wollte Maureen wissen. »Dr. Dobbs hat gesagt, daß sie operiert werden müßte, und zwar sofort. Callahan wollte ja nicht auf ihn hören. Sie hört nie auf jemanden.«
Jeanne seufzte und rieb sich das Kreuz. »Ich habe die Untersuchungsergebnisse von Dr. Dobbs noch nicht vorliegen, aber ja, nach ihrem EKG zu urteilen und nach allem, was ich beobachtet habe, leidet sie wohl tatsächlich an einem Mitralklappenprolaps, und es gibt Anzeichen für eine verstopfte Arterie. Das hat den Herzanfall verursacht. Dr. Soong wird uns mehr sagen können, wenn sie Ihre Mutter untersucht hat.«

»Was für eine Operation ist denn nötig?« fragte Maureen. »Braucht sie einen Herzklappenersatz?«
Jeanne schüttelte den Kopf. »Das muß die Chirurgin entscheiden. Erst machen wir eine Herzkatheterisierung, wahrscheinlich schon morgen. Wenn eine Arterie verstopft ist, wird sie eine perkutane Angioplastie durchführen.«
»Können wir sie sehen?« fragte Maureen.
»Sie steht unter Beruhigungsmitteln«, warnte Jeanne. »Sie wird euch nicht erkennen.«
»Wenigstens für eine Minute?« bat ich.
Das Western Regional war nagelneu, blitzsauber und effizient. Die Herzintensivstation befand sich zwei Stockwerke höher. Gegenüber dem Fahrstuhl sahen wir eine kreisrunde Schwesternstation, und darum herum waren acht Krankenzimmer mit Glaswänden angeordnet, wie die Speichen eines Rades. Hinter der Anmeldung leuchteten Monitore und Skalen im Neonlicht. Die Schwestern des Western Regional trugen eine Tracht, die wie weiße Hosenanzüge aussah, mit weißen Blazern und Emblemen auf den Taschen. »Sieht aus wie ein verdammter Jachtclub«, murmelte ich.
»Halt den Rand«, sagte Maureen scharf. »Sie hätte sterben können, weißt du. Könnte sie immer noch.«
Die Schwester brachte uns zu Edna und ließ uns unsere Mutter sehen. Sie hatten ihr eine Sauerstoffmaske auf das Gesicht geschnallt, und unter dem Krankenhausnachthemd konnte ich die Pflaster der Elektroden sehen, die an ihrem Brustkorb angebracht waren. Ein Schlauch war an ihrem Arm befestigt, und ein weiterer Schlauch verschwand unter dem Bettlaken. Irgendwo da drunter war meine Mutter, Edna Mae Garrity.
Maureen hielt den Atem an. Vielleicht griff sie zuerst nach meiner Hand, oder vielleicht war ich diejenige, die die Hand nach ihr ausstreckte. Lange Zeit standen wir so da, Maureen und ich, die Hand meiner Schwester fest in meiner, lauschten dem Piepton des Monitors und beobachteten die Wellen-

linie, die Bilder vom geschwächten Herzen unserer Mutter zeichnete.
»Stirb nicht«, flüsterte ich. »Bitte stirb nicht.«

An nächsten Tag wurde Edna ins Piedmont Hospital verlegt, und am Tag darauf wurde die Operation durchgeführt.
Angeblich wächst die Familie in einer Krise enger zusammen, aber Maureen und ich wurden nicht etwa gute Freundinnen, weil unsere Mutter krank war. Wir stritten uns über alles und jedes. Darüber, welches Nachthemd wir ins Krankenhaus mitbringen sollten, wegen der Entscheidung, ob die Angioplasie durchgeführt werden sollte, und über die Frage, ob wir unseren Brüdern solche Schuldgefühle einjagen sollten, daß sie nach Hause kamen. »Sie könnte sterben«, wiederholte Maureen ständig. »Es könnte ihre letzte Gelegenheit sein, ihre Söhne nach einmal zu sehen. Mom würde sie gern sehen.«
»Sie wird nicht sterben, verdammt«, sagte ich. »Wenn sie jetzt deswegen zurückkommen, wirst du ihr nur Angst einjagen. Sie wird denken, daß sie im Sterben liegt. Brian ist seit acht Jahren nicht mehr zu Hause gewesen, Maureen. Und Kevin hat gerade einen neuen Job angenommen. Sie können beide kommen, wenn es ihr besser geht.«
Sobald Ednas Operation vorüber war, ging ich zu einem Laden für Künstlerbedarf, kaufte einen großen Kasten Ölfarben, Pinsel und Leinwand und brachte die Sachen ins Grady Hospital.
Arliss Woods schien mein Geschenk zu gefallen. Und er hatte einen biblischen Präzedenzfall für sein Überleben und seine Errettung vor dem Feuer gefunden.
»Psalmen: Kapitel eins, Vers drei«, intonierte er. »Ach Herr, wie sind meiner Feinde so viel und erheben sich so viele gegen mich! Auf, Herr, und hilf mir, mein Gott! Denn du schlägst alle meine Feinde auf die Backe und zerschmetterst der Gottlosen Zähne.

Bei dem Herrn findet man Hilfe. Dein Segen komme über dein Volk!«

Das schrie er laut und wedelte mit den Armen. Er ließ sich so hinreißen, daß die Schwestern hereinkamen, um ihn zu beruhigen. »Zweiundachtzig«, sagte eine zu mir. »Er ist zweiundachtzig Jahre alt und kriegt ständig Damenbesuch.«

Sie teilten mir mit, daß Doyle Bollinger ebenfalls im Grady lag, unten in der Gefängnisstation, das gesunde Bein ans Bett gekettet, das andere an mehreren Stellen gebrochen. Sein Kiefer war zerschmettert, und durch die Explosion hatte er seine Vorderzähne eingebüßt.

Wenn ich nicht im Krankenhaus war, saß ich im Morddezernat und ging zusammen mit Bucky Deavers, Lloyd Mackey sowie verschiedenen Fulton-County-Staatsanwälten und Bundesstaatsanwälten meine Aussage durch.

Carson und Suzanne wurden festgenommen und wegen Anstiftung zum Mord angeklagt. Auch die Bundesstaatsanwälte schalteten sich ein und klagten beide wegen Postbetrugs, Steuerhinterziehung und zahlreichen anderen Vergehen an. Weil sie schwanger war, wurde Suzanne gegen Kaution freigelassen. Aber der Richter entschied, daß bei Dr. Dobbs Fluchtgefahr bestehe. Bucky erzählte mir, daß in der Praxis Vorkehrungen getroffen wurden, dem Doktor die Krankenblätter der Patienten zuzufaxen, während er im Gefängnis war.

Auch hörte ich, daß Carson einen neuen Privatdetektiv anheuerte, um nach dem schwer zu fassenden Ben Dwyer zu suchen. Ich habe den Mann nie gefunden.

Die Mädels schickten Blumen. Sister strickte Bettschuhe. Ruby kam, saß lange Stunden bei Edna und las ihr aus der Bibel vor. Edna ließ sie das Hohelied lesen, nur um Ruby erröten zu sehen.

Neva Jean und Swannelle tauchten am ersten Sonntag auf, an dem Edna Besuch haben durfte, und brachten eine Schachtel

Pralinen mit, so alt, daß die Schokolade schon von einem hauchdünnen weißen Film überzogen war. Ich saß bei Edna, nachdem ich den erbetenen *Serien-Digest* und Jergens-Lotion abgeliefert hatte, als sie beiden hereinkamen. Sie hielten Händchen und glotzten sich hingerissen an.

»Habt ihr euch wieder versöhnt?« fragte Edna.

Neva Jean kicherte, und Swannelle verdrückte sich, um schnell eine zu rauchen.

»Swannelle hat die Emus verkauft«, vertraute Neva Jean uns an. »Kurz nachdem die Leute vom Gesundheitsamt da waren. Wißt ihr, was mit den Emus los war?«

»Nein, was denn?« Edna beugte sich vor.

Neva Jean sah sich schnell um, um sicher zu sein, daß niemand zuhörte. »Stockschwul, die Viecher.«

»Tiere können homosexuell sein?« fragte ich. »Das kann ich kaum glauben, Neva Jean.«

»Doch, es stimmt«, versicherte sie uns. »Swannelle hatte schon seine Zweifel. Er wollte es bloß nicht zugeben. Die neuen Eigentümer haben den Viechern Blut abnehmen lassen und die Proben weggeschickt. Zur DNA-Untersuchung. Nur so kann man das bei Emus mit Sicherheit feststellen. Und es kam heraus, daß Nancy eigentlich Nathan hätte heißen sollen. Wir mußten einen Teil des Geldes zurückgeben.«

»Ich faß es nicht«, sagte Edna immer wieder.

Jackie kam an einem Montag, um uns beiden mitzuteilen, daß sie kündigen würde.

»Es ist nicht wegen der Rassismus-Sache«, sagte sie vom Fleck weg. »Ich habe nachgedacht. Was mich wohl gestört hat, war nicht so sehr, für eine weiße Frau zu arbeiten, sondern überhaupt für jemanden zu arbeiten.«

Edna war noch nicht bereit, ihr zu vergeben. »Sie haben uns ein paar harte Sachen an den Kopf geworfen, Jackie. Wir waren gut zu Ihnen, und Sie haben das nie zu schätzen gewußt.«

Ich sah, wie Jackies Rücken sich versteifte. »Ich werde meine eigene Firma gründen«, fuhr sie fort. »Mit meiner Cousine. Wir werden einen eigenen Hausangestellten-Service aufmachen. Aber ich werde nicht versuchen, meine Klienten mitzunehmen. Das wäre nicht richtig.«

Jackie und ich schüttelten uns die Hände. Edna rang sich ein kurzes, abweisendes Nicken ab. Als Jackie weg war, fing ich einen heftigen Streit mit Edna an, weil sie Jackie so schroff abgefertigt hatte. »Bei der Operation müssen sie dir aus Versehen das Herz ganz rausgerissen haben«, sagte ich anklagend. »Ich werde umgehend unser Geld zurückfordern. Du hast ja überhaupt kein Herz mehr.« So ging es eine halbe Stunde hin und her, und da wußte ich, daß meine Mutter wieder gesund werden würde.

Als ich am Mittwoch ins Krankenhaus kam, stand ein Techniker über Edna gebeugt da und füllte verschiedene Glasröhrchen mit Flüssigkeiten. Ich ging ins Wartezimmer.

Mac saß auf einem der Sofas und blätterte in einer Zeitschrift.

»Hat sie dich angerufen?« fragte ich und ließ mich ebenfalls auf dem Sofa nieder, in sicherem Abstand.

»C. W. hat angerufen. Und ich habe ein paarmal mit Edna telefoniert.« Er grinste. »Sie wollte nicht, daß ich sie besuchen komme, bevor sie beim Friseur war. Eitles altes Weib, wirklich ganz die alte. C. W. hat mir erzählt, was draußen in der Jagdhütte passiert ist. Er sagt, du hast ihm das Leben gerettet. Und dem alten Mann.«

»Wir haben uns gegenseitig gerettet«, sagte ich zögernd. »Ich wäre im Feuer umgekommen, wenn ich allein in dieser Hütte gewesen wäre. Wir saßen in der Falle. Und ich fing an, in Panik zu geraten. Ich weiß nicht, was ich getan hätte.« Ich schluckte hart. »Ich hatte panische Angst. Und als wir in diesem Loch saßen, hatte ich solche Angst, eine Minute lang, daß ich vergaß, daß C. W. bei mir war. Und ich hab' mich so verdammt allein gefühlt. Das Feuer wäre besser gewesen. Besser, als so ganz allein im Dunkeln zu sterben.«

»Alleinsein ist nicht gut«, sagte Mac.

»Zu dem Schluß bin ich auch gekommen. Wollen wir einen Kaffee trinken gehen?«

Econ & List

Unni Lindell
Das dreizehnte Sternbild
Krimi
520 Seiten
TB 25196-1
Deutsche Erstausgabe

Wiegenlieder werden eigentlich für Kinder gesungen, wenn sie nicht einschlafen können.
Einen unruhigen Schlaf hat seit kurzem auch Hauptkommissarin Myklebust, denn die Strophe eines alten Wiegenliedes ist bisher die einzige Spur in einer unheimlichen Mordserie, von der die Osloer Polizei in Atem gehalten wird.
Vier Männer, die auf den ersten Blick nichts miteinander zu tun haben, werden auf mysteriöse Weise getötet, und die Ermittler stehen vor einem Rätsel – der Fall scheint unlösbar.
Doch die Polizei hat ein wichtiges Detail übersehen …

»Unni Lindells Debütroman muß zu den absoluten Höhepunkten der norwegischen Krimiliteratur gezählt werden.«

Aftenposten

016

Econ & List

Barbara Block
Eine Frau mit Biß
Krimi
344 Seiten
TB 25187-2
Deutsche Erstausgabe

Eigentlich hatte sich Robin Light ihr neues Leben als Besitzerin einer Reptilienhandlung recht angenehm vorgestellt. Doch als ihr Mitarbeiter plötzlich an einem Schlangenbiß stirbt, muß sie feststellen, daß auch Tiere ein mörderisches Geschäft sein können. Der Hauptverdacht fällt zu allem Übel sofort auf sie selbst. Robin, intelligent, humorvoll und spitzzüngig, setzt alle Kräfte daran, den wirklich Schuldigen zu entlarven. Dies aber erweist sich trotz einiger Hinweise schwieriger als erwartet, und schon bald droht sie in einem Sumpf aus Drogengeschäften, illegalem Tierhandel und Hexenritualen zu versinken …
Mit Robin Light betritt eine neue und wunderbar skurrile Privatdetektivin die deutsche Krimibühne.

017